黨爭의 쏘시개로
스러진 先覺者 정여립

黨爭의 쏘시개로 스러진 先覺者 정여립

김용상 장편소설

| 작가의 말 |

430여 년 전 절대왕정絕對王政시절, '사람이라면 마땅히 지켜야 하는 대도大道가 구현된 대동세상大同世上을 일궈 나가야 한다. 사람 차별하지 않고 서로를 존중하며 해야 할 일과 하지 말아야 할 일을 가려 가며 오순도순 살아가야 한다'고 주장하고 나선 사람이 있었다.

그는 또 '그런 세상을 일구려면 어질고 신의가 두터운 사람 중에서 통치자統治者를 구해, 그가 반듯한 정치를 펼 수 있게 도와가며, 모두가 전체의 이익을 위해 한마음으로 열심히 일해야 한다'고도 했다.

그렇게 말씀하신 분이 바로 이 소설의 주인공인 정여립鄭汝立선생이시다.

소설小說은 사실 또는 작가의 상상력에 바탕을 두고 허구적으로 이야기를 꾸며 나간 산문체의 문학 양식이라고, 국어사전에 나와 있다.

다 아시겠지만, 이 소설의 바탕은 상상력이 아니라 엄연한 사실이다. 읽는 재미를 위해 허구적으로 꾸민 대목이 양적으로 꽤 많은 편이긴 하지만, 근본까지 흔들지는 않았고, 그럴 수도 없었다.

이 소설을 쓰면서, 문득 430여 년 전의 조선과 오늘의 대한민국 정치권이 별반 다를 게 없다는 사실을 깨닫고 놀랐었다. 그리고 부끄럽기도 했었다.

그때나 지금이나 정치권은 민생民生보다는 죽기 살기식 정쟁政爭을 하기에 더 바쁜 것 같다는 건 우리가 보고 듣고 알고 있는 엄연한 사실이니까.

과연 우리는 언제쯤 대동세상을 살아볼 수 있을까, 우리 생전에 그런 세상을 살아볼 수는 있는 걸까, 그것이 궁금해진다.

■ 차례

1. 황해도 손님 ● 9

2. 기축옥사 己丑獄事 ● 89

3. 셋에서 넷으로 ● 136

4. 위관位官 정철鄭澈 ● 154

5. 대동별초 大同別抄 ● 197

6. 마꽈암 ● 262

7. 토역일기 討逆日記 ● 304

8. 정여립鄭汝立공 통원기痛冤記 ● 332

1. 황해도 손님

 보름 넘게 불볕더위가 계속되고 있다. 한바탕 소나기라도 쏟아졌으면 좋으련만 비 구경한 지 오래다. 바람마저 길을 잃은 것인지 며칠째 감감무소식이다. 간간이 불어오던 재넘이도 누가 붙잡고 있는 것인지, 꼼작 않고 있다. 비가 아니라 바람이 불어주기를 이토록 갈망한 적이 또 있었나 싶다.
 양반이나 부자들처럼 찬물에 발을 담가 더위를 식힌다지만. 허기를 메꿔줄 먹을거리를 찾는 게 더 급한 상천常賤들은 배고픔에, 무더위까지 겹쳐 있으니 그야말로 죽을 지경일 것이다.
 저녁 거미가 내려앉기 시작하는가 싶더니, 곧 먼 산자락부터 가물거렸다. 오래잖아 해는 서산 너머로 사라졌다. 열기를 내뿜던 해가 졌는데도 더위는 수그러들지 않는다. 두 나절 내내 쏟아져 내린 햇발로 온 세상이 이미 뜨겁게 달아올라 있기 때문일 것이다.

사부님께선 삼베옷 차림으로 툇마루에 걸터앉아 계신다. 오늘도 어김없이 얼굴엔 그늘이 져 있다. 왜 아니겠는가. 당대의 문장가이자 학자요, 서인西人 세력의 책사로 떵떵거렸는데 원수 같은 동인東人 놈들이 들쑤시는 바람에 하루아침에 노비 신세가 돼버렸다지 않던가. 그렇다고 노비로 살 순 없어 도망쳐 몸도, 이름도 숨긴 채 살아온 지 어언 3년이라 했다.

드물긴 해도, 잠시 잠깐 그늘이 걷힐 때면 사부는 비장했다. '언제까지 이러고 살 순 없다. 무슨 수를 내야 한다'는 결기 같은 것도 느껴졌다.

물론 그런 걸 다 사부님께 물어 확인한 건 아니고, 순전히 그의 어림짐작이었다.

여기저기서 들어서 안 거지만, 구봉龜峯 송익필宋翼弼 사부와 아우 한필翰弼 형제는 재능이 비상해, 일찍부터 명문가 자제들과도 폭넓게 교유해왔다고 한다. 과거를 보진 않았지만, 누구와 겨뤄도 뒤지지 않을 정도의 학문도 성취했다고 자부했고, 남들도 다 그렇게 인정해 주었다. 토정土亭 이지함李之菡 선생께선 당신보다 17년이나 연하인 송익필 사부와 이이李珥, 성혼成渾 등 세분을 '시대의 스승'으로 치켜 주었다고 하지 않던가.

문장력도 뛰어나 이산해李山海 등과 함께 당대의 문장가 8인 중 한 사람으로 꼽혔고, 정치 감각까지 탁월해 서인의 막후실력자로 군림해왔다고 한다.

그렇게 떵떵거렸던 사부께서 나락으로 떨어진 건 3년여 전이라 했다. 좌의정을 지낸 안당安瑭의 후손들이 '송익필 형제의 할머니는 우리 집안의 노비였으니, 그 손자들도 마땅히 우리 가문의 노비가 돼야 한다.'고 주장하고 나선 것이다.

그 송사 결과는 참담했다. 사부의 형제자매는 물론 그 자식들까지 모두 안씨 집안의 노비가 돼야 하는 것으로 결론이 난 것이다.

그렇다고 노비가 될 순 없어, 일가는 뿔뿔이 흩어져 황해도 등지에서 도피 생활을 하고 있다고 한다. 사부님의 경우 성과 이름을 바꾼 채 훈장 노릇도 하고 점괘도 뽑아주면서 연명해오셨다.

사부께선 자기 집안을 나락으로 떨어뜨린 그 송사의 배후에 동인들이 있다고 여기신다. 그들이 당신을 제거하기 위해 안당의 후손들을 들쑤셨을 것이라는 거다. 동인들을 '하늘을 함께 이고 살 수 없는 원수들'로 여기는 이유다.

지금은 늘 그늘져 있는 스승님에게 익숙해져 있지만, 처음 한동안은 그런 사부가 갑갑하게 여겨지다 못해 싫기까지 했었다. '서인들 사이에선 꾀주머니로 통한다는 사부께서 왜 여태 묘책을 찾아내지 못하고 저러고 계시는지, 참으로 답답했었다.

최윤후가 사부를 모시기 시작한 건 1년이 조금 넘는다.

5년 넘게 나름 열심히 무술을 닦은 끝에 '이젠 무과 준비나 해볼까?' 하던 참에 당숙께서 찾아오셨다.

1. 황해도 손님   **11**

"무과? 겨우 글눈만 튼 주제에 가당키나 한 말이냐? 이 상태로 넌 아무것도 할 수 없다. 공부를 더 해야 한다. 내가 고명하신 사부님을 소개해 줄 테니 그분 밑에서 열심히 공부를 더 해라. 글을 배우면서 사부님의 신변도 지켜드리고…."

고명하신 분이라며 신변을 지켜드리라니, 그건 또 무슨 말인가 싶으면서도 당숙의 손에 이끌려 사부를 찾아뵈었다.

사부는 먼저 그의 무술 실력부터 꼼꼼히 살피신 뒤, 한 가지 조건을 내거셨다. 당분간 무과에 응시해선 안 된다는 것이었다. '서인 세상이 열리면 더 요긴하게 쓸 것이니 그때까지 참아야 한다'며.

'더 요긴하게 쓸 것'이라는 게 뭔지, 어떻게 하겠다는 것인지, 그때는 아무것도 몰랐지만, 선뜻 '그러겠다'고 대답했었다. 글을 가르쳐주실 사부님 말씀이니 해로운 일은 아닐 것이다, 그렇게 믿어서였다.

그날 이후 최윤후는 사부 댁에 머물면서 글공부도 하고, 갖가지 허드렛일도 하며, 밤낮없이 만약의 불상사로부터 사부의 신변 지키는 일을 해왔다.

최윤후는 글공부를 다시 시작하게 된 것 자체도 좋았지만, 얼마 전 사부로부터 칭찬을 들은 이후론 자신감까지 붙어 더 열심히 하고 있다.

보름여 전, 저녁상을 치우러 들어간 그에게 사부는 잠깐 앉으라더니, 영문을 몰라 눈만 깜박이고 있는 최윤후에게 말했다.

"최 무사! 자넨 머리도 좋은 편이고 공부도 열심히 하는 편이라

가르칠 맛이 나네. 자네가 워낙 열심히 한 덕분이겠지만, 불과 1년 만에 보통 사람이 5년 공부한 정도의 실력은 갖췄어. 부디 앞으로도 초심을 잃지 말고 열심히 하게."

그 말을 듣고 처음엔 '이게 무슨 말이야? 진심일까, 아니면 내 기를 살려주시려고 듣기 좋게 그냥 하신 말씀일까?' 했었다.

하지만 사부께선 아무 때나, 아무에게나 너불너불 듣기 좋은 말을 흘리시는 분이 아니라는 걸 알고 있던 터라 진심으로 받아들였고, 그래서 무척 기분도 좋았었다.

그동안 최윤후는 스스로를 '활과 창칼 등 몸으로 하는 건 조금 하지만 머리는 그저 그런 정도일 것'이라 여겨왔었다. 하지만 그날 스승으로부터 그런 칭찬을 듣고 난 이후론 자신도 모르게 내심 '나는 머리도 좋고 몸도 잘 쓰는 사람'이라 우쭐거리기도 하며 나날을 즐겁게 지내왔다. 그 좋았던 기분은 지금까지 이어지고 있다.

쿵, 쿵, 쿵…

누군가 대문을 두드리는 소리가 들려왔다.

머릿살이 비쭉 섰다. 사부께서도 벌떡 몸을 일으키시더니 급히 신발을 찾아 신고, 뒤란 은신처를 향해 두어 발짝을 뗐을 때였다.

"이리 오너라!"

대문 밖에서 귀에 익은 목소리가 들려왔다. 송강松江 정철鄭澈 어른이었다.

거의 동시에 최윤후는 대문으로 향하고, 사부는 다시 마루에

1. 황해도 손님

앉으셨다.

"아니, 송강! 이 늦은 시각에 어쩐 일이시오?"

"그럴만하니 왔겠지요."

송강 어른이 벙글거리며 받았다. 뭔지는 몰라도 좋은 일이 있는 게 분명해 보였다.

최윤후는 냉큼 시원한 샘물 두 사발을 받쳐 들고 두 분 뒤를 따라 방 안으로 들어갔다. 송강 어른이 자리를 잡고 앉기도 전에 서둘러 입을 뗐다.

"구봉! 기쁜 소식이오.··· 우리, 정여립鄭汝立, 그자를 다신 볼 일이 없을 것 같소."

"그게 무슨 말씀이오?···"

"방금 전 한 율곡栗谷 문인門人이 귀띔해주더이다. 정여립을 더 이상 두고만 볼 수 없어 몇몇 젊은 문인들이 돈을 추렴해 살수殺手를 사서 내려보냈다고."

그때였다. 사부가 빠르고 세차게 도리질까지 하며 다급하게, 목소리를 높이셨다.

"아, 안 됩니다. 마, 막아야 합니다."

사부님은 말까지 더듬으셨다. 그렇게 덤벙거리는 모습, 그분을 모신 이후 처음 본다.

최윤후도 놀랐지만, 송강 어른도 사부님의 반응이 너무나 뜻밖이었던지 어리둥절해했다. '이 사람, 이거 왜 이래?', 그런 표정이었다.

송강 어른이 뜨악한 눈빛으로 사부님을 바라보며 따지듯 물었다.

"막아야 한다니, 그게 무슨 말씀이오? 자신을 보살펴준 율곡이 세상을 떠난 뒤 우리 서인들에게 등을 돌린 잡니다. 우리 손에 피 한 방울 묻히지 않고 그자를 없앨 수 있는 좋은 기횐데, 왜요?"

"방금 그 말씀 듣고 퍼뜩 생각났소만, 정여립은 아주 좋은 쏘시갭니다. 동인 놈들을 모두 불살라 태워버릴 수 있는 불쏘시개⋯. 그 좋은 쏘시개를 써 보지도 않고 그냥 없애버린다면 그야말로 바보짓이다, 그 말이오."

그제야 모든 걸 단박에 알아차린 것일까. 송강 어른이 눈을 휘둥그레 떠 보이고 나더니, 철석 무릎까지 치며 껄껄 웃으며 말했다.

"과연 구봉이시오. 살아있는 제갈공명, 맞소이다. 암요, 그 좋은 쏘시개를 그리 허망하게 보내버리면 안 되지요."

사람들은 사부님을 일컬어 조선 최고의 지략가라고 치켜세운다. 언젠가 몇 사람이 둘러앉아 소곤거렸었다. '구봉의 얼굴엔 생쥐가 오르내리는 것 같다'고. 그만큼 꾀가 많고 약삭빠르다는 뜻일 것이다.

하지만 최윤후는 아직 사부의 지략이 어느 정도인지, 어림짐작도 못 하고 있다. 직접 겪거나 느껴본 적도 없고, 사부께서 언제 어디서 어떤 계략으로 뭘 해냈다는 얘기조차 들은 적이 없다. 대다수 사람이 그렇게 말하는 걸 자주 들었던 터라, 그런가 보다 해왔을 뿐이다.

최윤후는 조금 전의 상황을 되짚어가며 깊은 생각에 빠져들었다.

 송강 어른이 살수 얘기를 꺼낸 순간 사부님 머리에 우르르 쾅쾅하는 뇌성과 함께 번개가 치면서, 여러 달 생각이 날 듯 말 듯, 손에 잡힐 듯 말 듯 했던 묘책이 번쩍 떠올랐던 게 아닐까 싶다. 근래 깊은 생각에 잠기실 때도 많았고, 그러다 뭔가 잘 풀리지 않은 듯 낙담한 표정을 짓기도 하셨는데, 조금 전 송강 어른의 말을 듣고 불현듯 절묘한 방책을 찾아내신 것이리라…. 그래 맞아, 그거야. 틀림없어.'

 그는 자기 생각이 맞을 것이라고 혼자 쫑긋 까불었다.

 최윤후가 생각의 늪에서 막 빠져나와 방을 나서려 할 때 송강 어른이 사부님께 물었다.

 "그럼, 어쩌지요?"

 사부님께서 뭐라 대답하실까 하고 귀를 쫑긋 세운 순간, 사부님이 '최 무사!'하고 그를 불러 세웠다.

 "잠시 거기 앉게!"

 최윤후가 대답과 함께 자리를 잡으려고 몸을 굽히는 사이, 사부는 송강 어른에게 눈길을 돌리며 입을 열었다.

 "최 무사를 보냅시다. 아시다시피 최 무사, 활도 창도 칼도 잘 쓰고, 완력도 세고, 눈치도 빠르고 판단력도 뛰어납니다. 최 무사라면 정여립이 어떤 위험에 처해도 능히 막아낼 수 있을 겁니다."

 "아! 그거, 참 좋은 생각이오. 그럽시다."

 송강 어른이 긍정적으로 받아주자, 사부가 최윤후에게 눈길을 주며 말했다.

"들었겠지만, 자네가 해줘야 할 일이 있네."

"예. 무슨 일이든 시켜만 주십시오. 안 그래도 몸이 근질근질하던 참이었습니다."

"자네, 정여립이라는 자를 만난 적 있다, 했었지?"

"예, 전에 구월산九月山에서…."

"그래, 그자가 지금 전라도 전주에 살고 있는데, 그를 죽이려고 살수가 떠났다는군. 이 길로 전주로 가서 그 살수 녀석이 정여립을 해치지 못하도록 막아주게."

"아, 예… 그러겠습니다."

사부께 대답한 뒤, 송강 어른에게 물었다.

"살수의 신상身上을 아십니까?"

"그건 모르네. 젊은 선비들이 정여립을 죽이라며 살수를 구해 보냈다는 것만 알 뿐…."

잠시 후, 등을 돌려 주섬주섬 뭔가를 챙기던 사부가 최윤후를 보며 말을 보탰다.

"며칠이 걸릴지, 몇 달이 걸릴지 모르니 단단히 준비하고 가!… 정여립을 찾아가서 대동계大同契에 들고 싶어 왔다고 하면 군소리 없이 받아줄 거야."

그러면서 몇 가지 지시도 내렸다. 지시내용은 좀 섬뜩했지만 목소리는 은근했다.

"예, 잘 알았습니다."

최윤후는 자신이 왜 정여립을 보호해야 하는지 등등에 대해선 묻지 않았다. 무사는 자신에게 주어진 임무만 수행하면 되는 것이라고 배웠으니까.

사부는 엽전 여러 묶음과 은자도 몇 개를 건넸다. 이 정도면 어디서 뭘 하던 몇 달은 버틸 수 있을 것이다.

최윤후는 서둘러 행장을 꾸린 뒤, 그날 한밤중에 말 등위에 몸을 실었다.

말 등위에서 흔들리며 먼 길을 가는 동안 최윤후는 여러 번 고개를 갸웃거렸다. 이따금 불쑥 살아나 고개를 내밀곤 하던 한 가지 의문 때문이었다.

사부는 물론 송강 등 사부댁에 자주 드나드는 서인 대감, 영감들은 하나같이 정여립이라는 사람을 불구대천의 원수처럼 여긴다는 건 듣고 알고 있었다. 그런데, 왜 그 원수 같은 자를 살수로부터 보호하라는 걸까?, 또 놈들을 모두 불살라버릴 수 있는 쏘시개라니, 그건 또 뭘까 해서.

도무지 뭐가 뭔지 알 수 없어 갑갑했다. 아무리 생각해봐도 알 수가 없는 그 연유는 사그라들었다가 또 살아나기를 반복했다. 그때마다 그는 지리산 가리산 갸웃거리기만 했을 뿐 왜 그런 것인지는 끝내 알아내지 못했었다.

여러 날을 그렇게 보내고 난 어느 날, 그는 나름 매듭을 지었다. 아무리 머리를 굴려 봐도 알 수 없는 걸 자꾸만 생각해봤자 머리만 아프니 일부러라도 궁금증을 털어내 버리기로.

'어른들이 하는 일을 내가 알아서 뭘 해? 나는 어른들이 시키는 대로만 하면 되는 거야. 뭔지는 몰라도 서인 세상을 열기 위한 포석의 하나일 것이고, 서인 세상이 열리면 나에게도 번듯하게 살아갈 길이 열릴 것이라 하셨으니, 그냥 기다려 보는 거지 뭐…'
 그러고 났더니 마음이 편해졌다.
 최윤후는 정여립이라는 사람을 깊이 알진 못한다. 그렇다고 전혀 모른다고 할 수도 없다. 어른들이 그에 대해 주고받는 얘기도 자주 들었고, 사부님께 의탁하기 전 구월산에서 직접 만난 적도 있다.
 어느 날 가까이 지내던 벗 윤석이 '아주 박학다식한 분'이 구월산에 오신다니, 함께 가보자' 했다. 딱히 해야 할 일이 있는 것도 아니라서 벗을 따라 구월산엘 갔었다.
 황해도 신천信川과 은율殷栗에 걸쳐 있는 구월산은 백두산白頭山 금강산金剛山 묘향산妙香山 지리산智異山과 함께 조선의 5대 명산 중의 하나로 꼽힌다.
 단군檀君 성조聖祖께서 만년을 보내시다 9월 9일에 승천, 환검桓儉이라는 신이 되셨다는 설화에 따라 구월산이라는 이름이 붙었다고 들었다. 약 30년 전, 구월산에 환인桓因, 환웅桓雄, 환검 어른을 모신 삼성사三聖祠를 축성하게 된 기반도 그 설화였을 것이다.
 구월산은 임꺽정의 근거지로도 잘 알려져 있다. 그가 3년여 동에 번쩍 서에 번쩍 종횡무진 누비다가 구월산으로 숨어들면 관군들은 더 이상 그의 뒤를 쫓아 들어갈 엄두조차 내지 못했다고 한다. 그만큼 산세가 깊고 험했다.

윤석이 말한 '박학다식한 분'은 바로 정여립이었다. 그는 대동계에 심취해 황해도에서 전라도까지, 그 먼 길을 마다하지 않고 뻔질나게 전라도에 드나들던 안악安岳 사람 변숭복邊崇福과 박연령朴延齡 등이 '꼭 한번 다녀가시라'고 거듭 청해 황해도 여기저기를 돌아보다 구월산을 찾은 것이라 했다.

정여립은 삼성사부터 참배하고 나서 정상 쪽으로 길을 잡았다. 그를 초청한 사람은 여섯이라고 들었지만, 그의 뒤를 따르는 사람은 훨씬 더 많았다. 예순 명도 넘을 것 같았다. 하긴 이름조차 처음 들어본 그를 보겠다고 최윤후까지 따라나섰으니 그럴 만도 했다.

일행이 유독 깊숙하고 숲도 울창한 곳에 자리를 잡고 잠시 쉬고 있을 때였다. 얼굴도 설었으니 당연히 이름도 알 수 없는 30대가 정여립에게 넌지시 말을 걸었다.

"남몰래 군사훈련을 하기엔 여기보다 더 좋은 곳은 없을 것입니다."

최윤후는 그 말을 무심히 듣고 흘렸다. 한데 정여립은 달랐다. 바로 그 순간 정여립의 표정을 그는 지금도 똑똑하게 기억하고 있다. 느닷없이 둔탁한 뭔가로 뒤통수를 한 방 얻어맞고 얼떨떨해하는 것 같기도 했고, 경계심도 드러내며 매우 불쾌해하는 것 같기도 했다.

정여립이 곧 조곤조곤, 분명한 어조로 마치 못을 박듯 말했다.

"방금 그 말씀, 대동계를 염두에 두고 하신 말씀이라면 참으로 유감입니다. 대동계는 먼 훗날이라도 대동사상大同思想을 펼쳐

보고 싶다는 꿈을 가진 사람들이 모여 담소도 나누고, 해안가 마을에 자주 출몰한다는 왜구들을 쫓아내려면 무기도 다룰 줄 알아야 한다는 생각에서 활도 쏘고 칼도 휘둘러보는 동아리일 뿐, 군사 조직은 아닙니다. 더구나 산속에 숨어 군사훈련을 한다?… 반군조직이라면 모를까 누가 이런 곳에 숨어서 군사들을 조련한단 말입니까?… 오해를 사기에 충분한 언행, 조심해 주십시오."

 발설자가 금방 자라목이 돼 '죄송하다'며 고개를 숙였다.
 두 사람의 대화를 들으면서 최윤후는, 그 말을 꺼낸 사람이 아무 생각 없이 그런 말을 뱉은 것일까, 아니면 정여립을 떠보려고 일부러 꺼낸 걸까 하는 의문에 휩싸였었다.
 만약 정여립을 떠보려고 그 말을 꺼냈다면 그는 누군가의 지시를 받았을 것이고 그 배후엔 누군가, 혹은 어떤 세력이 있을 것이다. 그땐 그 세력을 특정해 내지 못했지만, 지금은 안다. 만약 그 질문자가 배후 세력의 지시를 받고 그 말을 꺼냈다면 그에게 지시를 내린 사람들은 당연히 서인들이었을 것이라는 걸.

 남도南道는 황해도보다 훨씬 더울 것이라 짐작은 했었다. 하지만 그 예상을 훌쩍 뛰어넘는 무더위에 최윤후는 지쳐갔다. 불볕이 쏟아지는 대낮이면 그야말로 죽을 맛이었다.
 사람뿐이겠는가, 말도 헐떡거렸다. 가마솥더위라는 말이 왜 나온 것인지, 알만했다.

어찌할까, 어찌할까 고심을 거듭한 끝에 나름 괜찮은 방법을 생각해냈다. 한낮엔 숲 그늘에서 더위를 식히고, 아침저녁으로 길을 줄여나가기로.

달도 아직은 반달이지만 앞으로 점점 더 커질 것이고, 그 달님이 말을 따라오며 길을 비춰 주면 밤길도 갈 만할 것이다.

무척 힘든 여정이긴 해도 황해도 밖으로 나온 게 처음이라, 최윤후에게 이번 나들이는 매우 각별했다. 보고 듣고 겪는 것 모두가 새롭기만 했다.

조선은 중원中原에 비하면 아주 조그맣다고 들었지만, 그 조그맣다는 땅덩어리 안에서도 지역에 따라 말투와 용어가 다르고, 지역에 따라 많이 나오는 작물이며 그 맛조차 조금씩 다 다르다는 게 신기하기만 했다.

저 멀리 고개가 보였다. 전라도로 가는 길에 있는 크고 작은 여러 고개 중 가장 높고 험준하다는 차령車嶺이라 했다. 충청도 공주와 천안 사이에 있는 차령은 원터 고개라고도 불린다.

사람과 마소의 발굽, 수레바퀴 등으로 다져진 차령 고갯길은 가파르고 급했다. 산길처럼 비좁거나 위험하진 않아도 높고 험했다. 이쯤 되면 바람도 구름도 그냥 내쳐 가진 못하고, 일단 쉬면서 숨을 고른 뒤에야 넘어갈 수 있지 않을까 싶었다.

오르막길로 들어선 지 얼마 안 돼 짙은 안개가 시야를 가렸다. 점점 더 가팔라진 길을 오르느라 힘들어하던 말이 안개로 앞까지 잘 보이지 않자 짜증을 냈다.

최윤후는 말에서 내려 고삐를 잡고 걸었다. 걷다가 힘에 부치면 쉬기도 여러 번 했다.

고갯길 곳곳에 여러 사람, 많을 땐 열 명도 넘는 사람들이 모여 담소를 나누기도 했다. 그도 그들 속에 끼어 쉬기도 하고 말도 섞으며 길을 줄여나갔다. 그렇게 꾸물거려서였을까. 오르막에 이어 그보다 더 긴 내리막까지 다 밟고 평지를 만난 건 한나절도 더 지난 뒤였다.

충청도 남부로 들어서면서 그는 자꾸만 생경한 느낌에 빠져들었다. 타관에 왔으니 낯설고 물선 건 당연한 거지만, 그런 것과는 결이 좀 달랐다.

이게 뭐지? 마음에도 와 닿지 않고, 현실과도 동떨어진 것 같기도 하고 그래서 출처도, 향방도 흐리터분하게 여겨지는 이 느낌의 정체는 도대체 뭘까? 그는 금방 감지해내지 못하고 연신 고개만 갸웃거렸다. 처음엔 그 느낌의 출처가 말꼬리를 길게 빼는 충청도 사투리인가 싶었으나 그건 아닌 것 같았다. 낯설고 미묘한 그 느낌은 처음엔 그냥 몇 차례 스쳐 지나가듯 하다 시간이 좀 지나면서 부턴 서서히 지르르하게 온몸으로 파고들어 왔다.

그게 미묘하게 달라진 민심의 동향이라는 걸 알게 된 건 한참 뒤였다. 콕 집어 민심이 달라졌다고까지 말하기는 어려워도, 한들거리는 민심 속에서 다른 곳과는 뭔가 조금 다른 기운 같은 건 분명하게 감지됐다. 초기엔 보일 듯 말 듯 하던 그것은 전라도가 가까워지면서 점차 확연하게 드러났다.

그 이상한 움직임 새 중심엔 사람이 있었고, 그는 바로 최윤후가 찾아가고 있는 정여립이었다.

찬찬히 돌이켜 생각해보니, 사람들의 입에서 정여립이라는 이름이 드물게 귓전에 닿기 시작한 건 충청도로 들어서면서부터다. 충청도에서도 남쪽으로 내려갈수록 그 이름이 더 자주, 더 또렷하게 들려왔고, 전라도가 가까워지면서 더 명확해졌다.

정여립을 입에 올리는 사람만 많아진 게 아니었다. 그를 나쁘게 말하는 사람은 없고, 하나같이 존중하는 게 느껴졌다.

최윤후는 내심 놀랐다. 그가 유식하고 청요직도 역임한 선비라는 얘긴 들었지만, 민심 속에 들어앉아 있을 정도로 대단한 사람일 거라곤 상상도 해본 적이 없다. 그를 기리는 얘기가 들려오기 시작한 초반에 무슨 영문인지 몰라 어리둥절해한 것도 그 때문이었다.

전라도에 들어서자 그 움직임 새는 더 짙어졌다. 주막이나 심지어 길가에서 마주친 사람들까지도 정여립을 우러렀다. 처음엔 그가 전라도 출신이라 동향 사람들이 유독 그를 좋아하는가 보다 했었지만, 그 정도가 아니라는 걸 금방 알 수 있었다.

경칭 없이 정여립의 이름을 입에 담는 사람은 없었다. '죽도 선생' '죽도 어른' '수찬 어른' '계주님' 등 하나같이 경칭으로 일컬었다. 처음엔 그렇게 불리는 사람이 누구인지 몰랐다가, 몇 번 듣고 나서 그게 바로 정여립이라는 걸 알았다.

그의 명성은 양민과 천민들에게서 더 크고 높았다. 정여립을 '괜찮은 사람' 정도가 아니라 경외敬畏하는 마음으로 떠받들고 있는 것처럼 느껴졌다.

최윤후가 알고 있던 정여립은 '임금에게 밉보여 낙향했다는 벼슬아치' '서인들 사이에선 배신자라는 낙인이 찍혀있는 사람' '구봉 스승과 그 주변 사람들에겐 하루속히 쳐내야할 방자한 자', 그리고 '대동계大同契라는 패거리를 이끌고 있다는 사람' 정도였다.

그런데 전라도에서의 정여립은 그가 알고 느껴온 정여립과는 전혀 다른 사람이었다.

도대체 전라도와 인근 지역 사람들이 정여립이라는 사람을 높직하게 앉혀두고 공경하기까지 하는 까닭은 뭔지, 무척 궁금했다. 금방 알아내진 못했으나, 여러 날이 지나서야 그가 다른 선비들과 확연히 다른 것 같은 한 가지를 겨우 찾아냈다. 그것은 그가 다른 선비들처럼 성균관이나 서책 안에 있는 게 아니라 백성들 속에 있다는 것이었다.

불현듯 어느 날 사부께서 하신 말씀이 생각났다.

'아무리 지혜로워도 천명을 얻을 수 없고, 민심도 힘으로는 얻을 수 없는 것이다.'

당신의 말이 아니라 어느 선현先賢의 말씀이라 했었다.

드디어 전주에 도착했다. 이젠 정여립의 집만 찾아가면 된다.

손이 많으면 일도 쉽다던가. 그의 고향인 전주에서 그의 집을 찾는 건 일도 아니었다.

처음 두 사람에게 '혹 정여립이라는 사람의 집을 아느냐?'고 묻자 대뜸 못마땅한 시선으로 찌르듯 하다 아무 대꾸도 없이 가버렸다. 그땐 '저 사람, 참 무례하네.' 그랬었다. 그러다 문득 '혹 정여립 이름 뒤에 존칭을 붙이지 않고 함부로 입에 올렸다고 그러는 건 아닐까'하는 생각이 들었고, 그다음부터 '죽도 어른'이나 '정여립 선생'으로 칭하자 모든 게 달라졌다. 이쪽으로 가라, 저쪽으로 가라는 네 사람의 말을 따라가자 곧 그의 집이 나왔다.

정여립의 집 대문은 열려 있었다. 그를 맞이한 집사에게 '계주님을 뵈려고 해주에서 왔다.' 했다. 친절한 말과 표정으로 그를 맞았던 집사는 더도 묻지 않고 정여립의 거처로 안내했다.

"해주에서 손님이 오셨습니다."

집사는 마루로 올라서서 그렇게 말하곤, 방안에서 '어서 뫼시라'는 등 의례적인 대답이 흘러나오기도 전에 방문을 열어주었다.

주뼛거리며 방안으로 들어서자 정여립이 벌떡 자리에서 일어나 최윤후를 맞았다. 손님 맞는 태도가 매우 정중하고 극진했다. 순간 '어떻게 이런 사람에게 배신자, 방자한 자라는 낙인을 찍은 거지?' 해서 잠시 혼란에 빠지기도 했었다.

놀란 게 한 가지 더 있다. 구월산에서 처음 봤을 때도 체격이 참 크다고 생각했었지만 그새 더 커진 건지 우람해 보이기까지 해서였다. 구월산에선 탁 트인 시야 속에서, 내내 몇 걸음 떨어져 보았고, 지금은 방안에서 마주 보고 앉아있기 때문인진 몰라도 주눅이 들 정도로 커보였다.

"어서 오십시오! 해주에서 오셨다고요?"
 묵직하면서도 정감이 묻어나는 그의 첫 마디가 최윤후를 더 혼란스럽게 만들었다.
 "예, 대동계 얘기를 듣고, 계원이 되고 싶어서 왔습니다."
 "먼 길을 오시느라 고생이 많으셨겠군요. 편히 앉으시지요."
 최윤후는 '예'하고 대답한 뒤 천천히 정여립의 맞은편에 앉아 예를 갖췄다.
 "먼저 인사부터 올리겠습니다. 저는 최윤후라고 합니다."
 "아, 예. 저는 정여립입니다."
 두 사람은 맞절로 인사를 나누고 자리에 앉았다. 정여립은 말투와 몸가짐, 그 어디에서도 빈틈이 없어 보였다.
 난엽蘭葉을 닦아주던 참이었는지, 근처에 난 분이 놓여있었다.
 고개를 들어 그에게 던진 눈길을 정여립의 맑은 눈이 받았다. 순간 최윤후는 또다시 이상한 기분에 휩싸였다. 정체도 알 수 없고, 거부도 할 수 없는 어떤 기운 같은 것에 자신이 압도당하고 있다는 느낌이 들어서였다.
 '이게 뭐지? 이러면 안 되는데…'
 아랫배에 힘을 주고 다시 한 번 그를 흘깃 바라보았다. 여전히 맑은 방울 같은 눈이 거기 있었다.
 '나를 압도한 건 형형한 저 눈빛이었나?'
 하지만 확실한 건 아니다.
 구월산에서 그를 처음 보았을 때도 '눈빛이 참 좋다'고 여기긴 했으나 지금 같진 않았다. 얼핏 그 눈 속 깊숙한 곳에 무언가가 있는 것 같다는 느낌까지 들었다. 그 무언가가 무엇인지는 알 수는 없어도, 사람을 끌어당기는, 예사롭지 않은 기운 같은 것인 건 분명했다. 그의 눈에서 부드러움과 함께 어떤 깊이 같은 걸 감지하게 된 것도 그 때문일 것이다.

최윤후는 그동안 눈빛이라면 자신도 한가락 하는 사람이라고 여겨왔다. 그야 자신의 눈빛이 좋은지 흐리멍덩한지 어찌 알겠는가만, '눈빛이 좋다'고 말해주는 이들이 적지 않았었다.

문득 '내 눈빛이 좋아봤자 설마 이 사람 눈빛 같기야 하랴', 그런 생각이 들었다.

"변변치 못한 사람을 이리 반갑게 맞아주시니 감사합니다."

"그 무슨 말씀이십니까? 이 더위에 먼 길을 마다하지 않고 찾아주신 귀한 손님이십니다."

그러더니 조심스럽게 덧붙였다.

"무예로 단련된 분 같습니다만…."

"그렇게 보이십니까?… 무과를 준비한 지는 꽤 오래됐습니다만, 아직도 멀었습니다."

"그러시군요.… 한데, 아까부터 어디선가 한번 뵌 것 같은 느낌이 드는군요. 제 기억력이 변변치 않긴 합니다만."

최윤후는 또 한 번 깜짝 놀랐다. 구월산에서 약 2년 전 예순도 넘는 사람들 무리에 끼어 있긴 했어도 그와는 말 한마디 나눠보지 않았었다. 그런데도 어렴풋하게나마 기억하다니.

"역시 눈썰미가 뛰어나시군요.… 예, 구월산에서 계주님을 뒤따르던 무리 중에 두어 시진 머물렀었습니다."

"아, 그러셨습니까?… 다시 뵙게 돼 반갑습니다."

여종이 가져온 찻잔으로 목을 축이고 난 뒤 정여립이 최윤후에게 물었다.

"그래, 요즘 황해도 민심은 어떻습니까?"

"좋을 리가 없지요. 허기진 배를 움켜쥔 채 죽지 못해 살아가는 사람이 수두룩합니다."

"죽지 못해 살아간다?"

"그렇습니다. 그들은 더 이상 이대로는 살 수 없다는 고추 먹은 소리를 내뱉으면서도 모진 목숨 차마 끊을 수 없어 어쩔 수 없어 살아간다고나 할까요.… 그게 어디 황해도뿐이겠습니까. 전라도 역시 황해도만큼은 아니라도 썩 좋은 편은 아닐 것입니다."

"하긴…."

최윤후는 덤덤하게 받는 정여립을 흘깃거리다 조심스럽게 다시 입을 뗐다.

"지금 황해도엔 이씨가 망하고 정씨가 흥할 것이라는 얘기가 널리 퍼지고 있습니다."

"그, 정감록 참설讖說이라는 건 오래전부터 나돌던 것인데, 왜 새삼스럽게…."

최윤후는 순간 당황했다. 그의 예상과는 달라도 너무 달라서였다. 그 말을 어찌 저리 덤덤하게 받을 수 있다는 말인가.

그렇다고 이대로 물러날 수는 없는 일이다.

"전주에… 성인이 나셨다는 말도 돌고 있습니다."

정여립이 픽 웃었다. 이것도 아니구나 싶었을 때였다. 그는 보았다. 짧은 웃음이 다 끝나기도 전에 정여립의 얼굴이 순식간에 굳어지는 것을. 불현듯 이상한 느낌이 든 게 아닐까 싶었다.
 "황해도 일대에 '이씨가 망하고 정씨가 흥한다'는 정감록 참설에, '전주에 성인이 났다'는 요망한 말들이 나돌고 있다?…"
 혼잣말을 중얼거리고 난 그가 최윤후를 지그시 바라보면서 대뜸 물었다.
 "최 무사께서 저를 찾아오신 것과 황해도에 나돌고 있다는 그 요망한 참언 간에 혹 무슨 관련이라도 있는 것입니까?"
 최윤후는 순간 당황했다. 날카로운 비수에 급소를 찔린 기분이었다. 혼자서 의심해보고 찬찬히 살피는 게 아니라 이처럼 대놓고 곧장 파고들 줄이야…. 이런 때 나는 뭐라고 대답해야 하는 거지?…
 하지만 우물쭈물하고 있을 상황이 아니었다. 시간을 끌면 의심만 더 커질 것이다.
 "어, 어떻게 제가 여기 온 게 그런 것과 관련이 있겠습니까. 저는 계주님을 뵌 김에 황해도 소식이랍시고 전해드린 건데… 제가 여기 온 건 대동계에 들어가고 싶어서고요."
 최윤후의 말이 채 끝나기도 전에 돌연 그가 껄껄 웃고 나서 말했다.
 "압니다. 최 무사님의 눈빛을 보고, 그건 아니라는 걸 이미 알았습니다. 입으로는 사람을 속여도 눈빛까지 속이지는 못하는 법이지요. 그냥 농을 해본 것입니다."

이건 또 무슨 말인가. 사람을 질겁하게 만들어 놓고, 농이라니….

말속에도, 말 뒤에도 다른 말이 숨겨져 있다고 한다. 입 밖으로 내놓은 말속에, 또는 그 말 뒤에 진짜 하고 싶은 말을 감춰놓기도 한다지 않던가.… 혹 그런 걸까? 내 눈빛을 보고 알았다니, 혹 내가 자기를 속이고 있다는 것까지 다 알고 있다는 얘긴가? 조금 전 농을 해본 것 운운할 때 그가 내게 쏘아 보낸 눈총엔 분명 바짝 날이 서 있었는데….

말 뒤나 말속의 또 다른 말을 찾아보려 부지런히 머릿살들을 움직여 보았으나, 그가 알아낸 건 아무것도 없었다.

정여립이 묘한 웃음을 머금은 채 말을 이었다.

"사실은 그 얘기, 최 무사님에게서 처음 들은 것도 아닙니다. 요동에서 왔다는 어느 중도 '전주에 왕기王氣가 서려 있는 걸 느끼고 서둘러 귀국했다' 하더군요. 나를 가늠 보는 말이라는 느낌이 들긴 했지만, 내색은 하지 않고 지나가는 바람 소리처럼 흘려버렸습니다."

이건 또 무슨 말일까. 요동에서 왔다는 중이 말했을 땐 바람 소리처럼 흘려버렸지만, 같은 말이라도 수상쩍어 보이는 내가 되뇌었으니 귀담아 두겠다는 건가? 아니면, 이번에도 무시하겠다는 건가? 도대체 뭐야?…

그냥 아무 생각 없이 한 말은 아닐 것이다. 분명 어떤 의도를 갖고 한 말일 것 같은데, 그 의도가 무엇인지는 알아내지 못했다. 알아낼 방도도, 재주도 없었으니까.

최윤후는 다시 머릿살을 팽팽하게 잡아당겼다. 아니 그가 잡아당긴 게 아니라 정여립이 잡아당긴 셈이리라.
 '지금 정여립은 도대체 무슨 생각을 하고 있을까? 나를 수상쩍게 여기는 기색도 살짝 느껴지는데… 그렇다면 낭패 아닌가. 어쩌지?'
 그때 번쩍, 그 딴엔 회심의 한방일 수도 있다고 생각되는 말 한마디가 떠올랐다. 곧 그걸 입 밖으로 뱉어냈다.
 "제가 혹 계주님께 실언이라도 한 것입니까?"
 정여립이 벙긋 웃고 나서 받았다.
 "실언이라니요? 최 무사님께서 해주신 말들을 제가 왜 실언이라 생각하겠습니까?… 혹 그렇게 여기시는 까닭이 따로 있으십니까?"
 또 한 번 당했다는 느낌이 퍼뜩 들었다. 동시에, 그는 자신이 상대할 수 있는 사람이 아니라는 것도 순간적으로 깨달았다. 그렇다면 어찌해야 하는가? 그를 떠보는 어설픈 짓은 여기서 멈춰야 한다고 매듭지었다.
 "계주님!…. 부디 절 버리지 마시고 많이 가르쳐주십시오."
 붙임성 있게 말을 건네자 그가 황급히 손사래까지 치며 받았다.
 "버리다니요. 먼 길을 마다하지 않으시고 저를 찾아주신 분을 어찌…. 하지만 제가 가르침을 드릴 수 있을지는 모르겠군요. 아시겠지만 대동계는 양반도 양인도 천인도, 어느 지역 출신인지, 그런 것도 가리지 않고 원하면 누구나 참여할 수 있는 동아리니다. 그런 대동계를 거북해하시지 않는다면 환영합니다."
"감사합니다. 계주님!"
"머물 곳이 마땅찮으시면 제집에 머무시지요."
"감사합니다. 딱히 갈 곳도 없으니, 받아만 주신다면 거처를 마련할 때까지 문객으로 지내겠습니다."
정여립이 방문 밖 마루에 서 있던 집사를 불렀다.
"손님, 잘 모시게. 먼 길을 오셨으니 사랑방 말고, 우선 따로 모셔 여독을 푸시게 해!"
"예, 그리하겠습니다, 어르신!"
최윤후는 정여립에게 인사를 하고, 집사를 따라 마당으로 내려서면서, 집사가 눈치채지 못하게 가만히 깊은 한숨을 몸 안으로 밀어 넣었다. '크게 책을 잡힌 건 아닌 것 같다.' '이 정도로 그와의 첫 대면을 끝내 다행이다' 그런 생각도 하면서.

다음 날 어스름에 정여립이 자기 방으로 최윤후와 다른 문객들을 불러 인사를 시켰다.
문객은 모두 넷이었다. 가장 유식해 보여 그날 곧바로 이름을 기억한 오성진이라는 선비, 그리고 김씨와 방씨, 이씨 등이었다. 모두 30대로 보였다.
최윤후는 그들과 같은 방을 쓰게 된 다음 날부터 조심스럽게 정여립을 호위하기 시작했다. 그가 외출할 땐 30여 보 이상 떨어져 가만가만 그를 따라붙으며 좌우와 앞뒤를 살폈다.

며칠 동안 그렇게 했다. 그사이 별다른 이상 징후는 없었다. 혹 자신이 살수에게 뒤를 밟힌 건 아닐까, 어느 순간 퍼뜩 그런 생각이 들기도 했지만, 그랬을 리는 없다. 나름 사주경계를 철저히 해 왔으니까. 설사 뒤를 밟혔다 해도 상관없다. 자신에게 주어진 임무는 정여립을 해치라는 게 아니라 정체불명의 살수가 그를 해치지 못하게 보호하라는 것이었으니, 그를 노린 살수가 몰래 엄호하는 사람을 발견하고 포기했다면 그 또한 자신에게 주어진 소임을 다한 셈이니까.

다만 그가 남몰래 자신의 뒤를 따라붙고 있다는 걸 나중에라도 정여립이 알면 오해할 수도 있겠다 싶어 적당한 때 미리 넌지시 흘려줄 생각이다. '사실은 누군가 선생을 해치려 한다는 얘기가 들려, 내가 몰래 경호 중'이라고.

최윤후는 밤에도 바깥에서 넘어오기 쉬운 담 안에 자리를 잡고 앉아 경계를 섰다.

그러던 어느 날, 그와 한방을 쓰는 문객들이 밤마다 잠자리를 비우는 이유를 따져 물었다. '늘 잠자리에 없던데, 밤잠도 자지 않고 밤중에 도대체 뭘 하고 다니는 것이냐?'고.

넷이 둘러앉아 추궁하듯 했다. 괜히 달리 둘러댔다간 문제가 생길 것 같았다.

"사실은… 누군가 계주님을 해치려 한다는 얘기가 들려, 혹시 밤중에 담을 넘는 자가 있을까 해서 지키는 것이오."

"예에?…"

네 사람이 거의 동시에 비슷한 소리를 내며 놀라더니, 나중엔 모두가 연신 '고맙다'고 했다. 그들이 깍듯이 모시는 정여립 계주를 지켜주느라 매일 날 밤을 새우고 있다니, 고맙게 여겨졌을 것이다.

다음 날, 대문 밖에서 우연히 마주친 계주가 최윤후에게 물었다.

"최 무사께서 나를 경호해주신다니, 그게 무슨 말씀이오?"

문객 중 누군가 날름 얘기한 모양이다.

"사실은… 전주로 오던 중 차령 중턱에서 만난 장사꾼들로부터 계주님을 노리는 자들이 있다는 얘길 들었습니다. 서인 패거리들이 살수를 보냈다는 소문이 돌더라고.…"

그 말을 듣고도 정여립은 놀라기는커녕 비릿한 웃음을 빼물고 나서 받았다.

"하긴 매미 같은 자들이 워낙 많으니….."

"무슨 말씀이신지?…"

정여립은 못 들은 척했다. '매미 같은 자들이라면, 어떤 사람들을 말하는 것이냐?'고 다시 묻자, 그제야 대답했다.

"뭐 그냥… 매미는 여름만 알지 봄도, 가을도, 겨울도 모르지 않습니까."

"아, 네에…"

"서인들이 날 오해하고 몹시 미워하고 있다는 얘긴 들었어도 살수를 보내기까지 할 줄은 몰랐습니다. 괜한 헛소리일 수도 있겠지만.… 말은 보태지고 떡은 떼어진다지 않습니까. 나를 험담하는 자들의 말이 바람에 묻어 여기저기 나 오르면서 부풀려지다가 살수 얘기까지 나왔을 수도 있다, 그런 말입니다."

"예, 그랬을 수도 있겠지요. 하지만 만의 하나를 생각하시고 조심 또 조심하셔야 합니다."

"그러겠습니다. 걱정해주셔서 감사합니다.… 그래도 밤잠까지 설쳐가며 절 지켜주실 것까진 없다고 생각합니다만."

"그건 제가 알아서 하겠습니다. 그렇게라도 해야 제 맘이 편하기도 하고요."

정여립은 지그시 최윤후를 바라보다, '고맙다'는 말을 남기고 집 안으로 들어갔다.

새벽닭이 홰를 치며 길게 울었다. 그 울음에 깨어난 새들이 지저귀며 퍼드덕거렸다. 사람들도 기지개를 켜며 잠자리에서 일어났다.

아직 동이 다 튼 건 아니라서 넷 에움은 아직 흐릿한 어둠 속에 있었다. 온 집안사람들이 부산하게 움직인 건, 오늘이 바로 한 달에 한 번 대동계 모임이 열린다는 보름날이기 때문이었다.

길 떠날 채비가 끝나자, 계주를 비롯 스무 명 남짓이 아침 일찍 진안鎭安으로 발걸음을 놓았다. 최윤후도 그 행렬에 끼어들었다.

훈련터가 있다는 목적지가 있는 천반산* 입구로 들어선 건

---

* 天盤山 : 과거엔 天防山 또는 千防山으로도 불리었다.

약 두어 시진 만이었다.

 삼국시대엔 신라와 경계를 이룬 백제 땅이었다는 산성은 산어귀에서 능선을 따라 5리도 채 안 되는 곳에 있었다.

 모양새가 좀 특이했다. 토성과 석성石城이 뒤섞여 있는 것도 그렇고, 성벽의 높이도 열대여섯 자에서 서른 자 남짓까지 들쭉날쭉했다. 험한 산세 탓에 사람의 접근이 불가능한 동북쪽엔 석성도, 토성도 없었다.

 산이 그리 높은 것도 아니고, 성곽의 규모도 전체 길이가 2리 남짓에 불과해도 산의 생김새가 독특해 그런대로 괜찮은 요새라 할만했다.

 산성 안엔 북동쪽으로 완만한 경사를 이루고, 만평도 더 돼 보이는 넓은 땅도 있었다. 그뿐 아니라, 큰 우물도 있고, 듬성듬성 민가도 들어앉아 있었다. 농사지을 땅과 마실 물이 있으니 산중임에도 민가들이 들어선 것이리라.

 그것만으로도 이 산성 안에 둥지를 튼 계주의 속셈이 훤히 들여다보였다. 방어벽도 공고한 편이고, 넓은 땅도 있으며, 마실 물도 넉넉하니, 예기치 못한 변고가 생기더라도 장기간 농성하면서 항전하기엔 이보다 더 맞춤한 곳은 흔치 않을 것이다.

 정여립 계주가 들어서자 먼저 와 있던 계원들이 길을 내주며 저마다 예를 표했다.

 계주는 그들에게 일일이 고개 숙여 인사하며 오르막 맨 위쪽 높은 곳에 있는 널찍한 암반 위로 올라가 섰다.

 "잘들 지내셨습니까?" 계주가 인사를 건네자, 모두가 '예!' 하고

1. 황해도 손님

합창하듯 화답했다. 그 소리들이 덩이 져 다른 산등성이로 가 부딪친 뒤 '예에~'하고 되돌아왔다.
"저기 멀리 여러분이 오고 계시는 게 보이니, 한 식경 후에 시작하겠습니다."
말을 끝낸 정여립이 뒷짐을 진 채 주변을 서성였다. 그 사이 몇 사람이 가장 높은 봉우리에 '大同'이라 쓴 커다란 깃발을 내걸었다.
최윤후는 재빨리 주변 지형 등을 살폈다. 살수가 어디엔가 숨어 있다가 갑자기 툭 튀어나올지 몰라서였다.
강물이 굽이쳐 흐르는 성 밖 서북쪽 끝머리에 자그마한 집채가 보였다. 누각 같기도 하고 망루 같기도 했다. 그 뒤로 흐르는 내 건너엔 병풍처럼 솟은 절벽이 먼저 눈에 담기는 섬도 보였다. 깎아 세운 것 같은 바위산 절벽과 섬을 휘감고 도는 맑은 내가 어우러진 풍광이 무척 아름다웠다. 그곳에 지천인 산죽山竹을 바라보다 무심코 혼잣말을 중얼거렸다.
"저 산죽 때문에 죽도라는 이름이 붙은 게로구먼."
근처에 있던 30대가 나직한 혼잣말을 용케 들은 것인지, 빙긋 웃으며 받았다.
"그렇기도 하지만, 저기 저쪽에서 바라보면 저 섬이 죽순처럼 보여 죽도라 한답니다."
처음 보는 얼굴이라 말벗을 해주고 싶었던 걸까? 그가 말을 이었다.
"오늘 처음 오신 것이지요?"

"그렇습니다만…. 수백 인이 모여 있는데, 제가 처음 온 걸 어찌 아십니까?"

"제가 다른 건 몰라도 눈썰미는 좀 있는 편이지요."

최윤후는 속으로 쿡 하고 웃었다. '눈썰미라면 나도 만만치 않은데' 생각하며.

사람 좋아 보이는 그는 초행이라는 최윤후를 위해 이것저것 일러주었다.

저 죽도를 휘감고 도는 물은 팔공산에서 발원해 남쪽 장수長水를 지나 덕유산에서 내려온 구량천九良川과 합쳐져 금강으로 흘러간다느니, 지금 여기 모여 있는 사람 중 대다수는 전주, 금구* 태인** 등지에서 온 사람들이지만 더 먼 곳에서 밤새 걸어 온 사람도 적지 않다 등등.

"아시겠지만 이곳엔 신분의 장벽 같은 게 없습니다. 저 죽도 어른의 도도한 강론에 탄복한 서생들, 대과에 급제하고도 아직 벼슬을 얻지 못한 양반, 소과小科 무과武科에 입격하고 부름을 기다리는 사람들, 농사짓는 사람들, 양반들을 따라온 노비들까지 한데 어울리지요."

심지어 이따금 산적들까지 찾아온다 했다.

"호포戶布 군포軍布를 감당할 수 없어 도망쳐 떠돌이가 된 양민이나, 양반 상전의 핍박을 견디지 못해 탈출한 천민도 적지 않습니다."

---

* 金溝 : 지금의 김제시 금구, 황산, 봉산, 금산면 일대.
** 泰仁 : 지금의 정읍시 일부.

1. 황해도 손님 *39*

"그렇군요.… 그런데, 계주님을 '죽도 선생' 혹은 '죽도 어른'이라고 일컫는 이유가 따로 있는 겁니까?"

"저 어른이 죽도의 풍광을 너무너무 좋아하셔서 저기 보이는 서실을 짓고 거기서 서책도 읽으시고 사람들과 담소도 나누시곤 해서지요."

그의 말을 들으면서도 최윤후는 이리저리 눈을 굴려 주위를 살폈다. 정여립을 노리는 살수가 여러 사람과 뒤섞여 있다가 어느 순간 길쭉하고 날카로운 칼을 빼 들고 급습해 찌를 수도 있을 것이고, 근처 어딘가에 숨어 있다가 활이나 수리검 같은 걸 날릴 수도 있을 것 같아서다. 그런 자들이 몸을 숨기기에 좋은 덤불이나 돌무더기도 주위에 많았다. 정신을 바짝 차리지 않으면 언제 누구에게 당할지 모르겠다 싶어 바짝 신경을 곤두세우고 있는 것도 그 때문이었다.

그때 백여 보 떨어진 성가퀴 쪽에서 쿵~하는 소리가 났다. 깜짝 놀라 소리가 난 쪽으로 눈길을 돌렸을 때 누군가 성벽을 넘어 안으로 뛰어내렸다.

"저, 저자는 뭐요?"

최윤후가 벌떡 몸을 일으키며 목소리를 높이자, 30대가 멀뚱한 표정으로 받으며 말했다.

"이따 밥 먹을 때 내올 산짐승을 잡아 온 포수 어른 같네요."

그 말을 듣고 살펴보니 조금 전 쿵~ 소리와 함께 성안으로 떨어진 것으로 짐작되는 멧돼지가 눈에 들어왔다. 여러 사람이 그 주변으로 몰려들며 환성을 질렀다.

"와따메… 이놈 참 크다, 커!"

"오늘도 배 두들기며 고기 먹게 생겼네."

"아이고, 포수 어른, 수고 많으셨소, 잉."

최윤후는 가만히 안도의 한숨을 내쉬었다.

그 사이 사람들이 속속 도착, 자리를 잡고 앉았다. 오백 명도 넘을 것 같다.

고개를 돌려보니 농지 위쪽 빈터엔 크고 작은 솥들이 여러 개 걸려 있고, 몇몇 아낙들이 분주히 오가는 모습이 눈에 들어왔다. 대동계가 열리는 날마다 계주가 사재私財를 털어 마련한다는 점심을 준비하는 게 아닐까 싶었다.

"밥과 술은 물론이고 계원들이 잡아 온 산짐승 고기도 아주 푸짐하요. 아까 본 께, 저 멧돼지 말고도 노루 두 마리도 손질하고 있등만요."

붙임성 좋은 30대가 묻지도 않았는데, 입맛까지 다셔가며 말했다.

그때 막 산성으로 들어선 열 명 남짓한 사람들이 자리를 잡기 시작하자, 최윤후와 30대도 중간쯤에 비어있던 자리에 나란히 앉았다.

정여립이 큰 소리로 입을 열었다.

"모두 다 오신 것 같으니, 이제 시작해볼까요?… 오늘은 지난달에 몇 분이 말씀을 주신 대로, 그동안 여러분이 궁금하게 여겨 오신 것들에 관한 질문부터 받겠습니다."

그 말이 떨어지자마자 기다리고 있었다는 듯 앞에서 세 번째

줄에 앉은 사람이 번쩍 손을 들며 자리에서 일어났다. 선비 차림의 30대였다.

"저는 지난달 처음 참석한데다 보고 들은 게 적어 대동계에 대해 아는 게 없다시피 합니다. 도대체 대동이라는 건 뭡니까?"

따져 묻는 것 같은 말투였지만 그의 표정 등으로 미루어 보면 시비를 거는 건 아니고, 정말 몰라서, 궁금해서 묻는 게 분명해 보였다.

"대동은 대도大道가 구현된 세상입니다. 대도가 무엇입니까? 아시다시피 사람이 마땅히 지켜야 할 큰 도리입니다. 사람을 차별하지 않고 서로를 존중하며, 해야 할 일은 열심히 하고, 하지 말아야 할 일을 삼가는 것입니다.… 수백, 수천, 수만 사람이 더불어 사는 세상에선 각자가 사람의 도리를 잘 지켜야 오순도순 살아갈 수 있으니, 바로 그런 세상을 일궈보자는 게 대동입니다. 지극히 마땅하고 당연한 거지만, 그동안 우리는 아쉽게도 그런 세상을 살아보지 못했습니다."

그러면서 대동은 포학무도한 정치가 판을 쳤던 진나라가 멸망하고 한나라가 들어서면서 씌어 진 예기禮記 예운禮運 편에 실려 있는 말이라고 덧붙였다.

"주인도 따로 없고 모두가 잘 살며 전쟁도 없는 대동 사회를 일궈나가자는 대동사상이 싹튼 것도 그땝니다. 어진 사람을 군왕으로 뽑고 청렴하면서도 능력 있는 사람을 골라 나랏일을 보살피게 하면 다른 건 다 저절로 이뤄질 것이라 믿었습니다."

그 말이 끝나기를 기다렸다는 듯 뒤쪽에서 누군가 큰 소리로 말했다.

"계주님! 앉아서 말씀하십시오."

그 말에 이어 여기저기서 '그러세요!' '편히 앉으세요!' 하는 소리들이 잇달았다.

계주가 벙시레 웃고 나서 '그러겠다'며 반석 위에 편한 자세로 앉았다.

잠시 후 이번에도 40대 선비 차림이 손을 들고 일어났다.

"그동안 계주님께선 '천하는 모든 사람의 소유물이라서 일정한 주인이 있을 수 없다'는 천하공물설天下公物說과 '누구를 섬긴들 임금이 아니겠느냐?'는 하사비군론何事非君論 등을 설파해 오셨습니다만…, 그건 왕조 체제를 부정하는 말이라느니, 이씨 왕조를 인정하지 않겠다는 거 아니냐며 삐딱하게 보는 사람들도 있다고 들었습니다. 그 점에 대해선 어찌 생각하시는지요?"

갑자기 분위기가 싸해졌다. 함부로 입 밖에 내놓기 어려운 매우 민감한 질문이었다.

잠시 멈칫하는 것 같던 정여립이 큰 소리로 웃고 나서 천연덕스럽게 받았다.

"하하하…. 전에도 몇 번 말씀드렸었는데…. 그건 제 생각도, 제가 지어낸 말도 아닙니다. 천하공물설은 예기에 나오고, 하사비군론은 맹자의 말씀이십니다. 맹자께선 백성이 가장 귀하고 사직社稷은 그다음이며, 군왕은 별로 중요하지 않다, 백성들의 마음을 얻으면 그 사람이 바로 천자天子가 되는 것이라 하셨습니다. 저는 성현들의 말씀을 듣고 배운 대로 전해드렸을 뿐입니다."

 계주는 대답을 끝내고도 뭔가 더 할 말이 있는 듯 잠시 뜸을 들이다 말을 이었다.

 "모두 아시겠지만, 제가 경전에 나오거나 선현의 말씀인 천하 공물설이니 하사비군론을 입에 담았다고 해서 그런 세상을 만들기 위해 힘을 모아보자고 선동하는 건 아닙니다. 누가 선동한다고 해서 될 일도 아니지만, 다른 누군가가 그런 일을 해보겠다고 나설 경우, 작은 힘이라도 보태리라, 그런 따위의 불측한 생각도 해본 적이 없습니다.… 그뿐 아니라, 앞서도 말씀드린 바와 같이 막강한 누군가가 앞장서고, 불순한 무리 수백, 수천 명이 뜻을 모아 '그런 나라를 일궈 보자'고 나선다 한들 어림 반 닷곱 없는 일입니다. 왜냐? 이런저런 제도 같은 걸 뜯어고치고 다듬는 개혁이라는 건 안에서 이루어져야 하는 것이지 밖에서 가져온다거나 외부의 힘으로 다잡기는 무척 어려운 일이거든요."

 그러면서 '탐관오리가 득시글거리고, 사대부라는 사람들이 하는 짓거리들을 보고 있노라면 한심하기 짝이 없게 여겨지기도 하지만, 조선은 그렇게 만만한 나라도 아니다' 했다.

 잠시 사이를 두고 또 한 사람 일어났다. 차림새는 농사꾼 같아 보였지만 의젓해 보이는 50대였다.

 "조금 전의 질문과 비슷한 얘기가 되겠습니다만, '나라는 모든 사람의 소유이며, 어진 분이라면 누구든 임금으로 모실 수 있다, 어질고 신의가 있는 사람 중에서 통치자를 고르고, 모든 신민은 그분이 반듯한 정치를 통해 전체의 이익을 도모할 수 있도록 해줘야 한다는 말씀, 개인적으론 저도 백번 천번 지당하다고 여깁니다만, 그 말씀을 꼬투리 잡는 소인배들이 나타나면 어쩌나 해서 걱정이 됩니다."

"진심 어린 걱정, 감사합니다. 하지만 저는 터무니없이 그런 말을 입에 담은 건 아닙니다. 조선이 떠받드는 중국에서도 이미 3천여 년 전에 그런 세상이 실제로 존재했었습니다. 요堯 순舜 우禹 임금은 혈통이 아니라 어진 사람에게 왕위를 물려주는 선양禪讓으로 군주가 됐었고, 그 시대는 누구나 다 인정하는 태평성세였다는 걸 말씀드린 것입니다."

또 한 사람이 일어났다. 이번에도 선비 차림의 사내였다.

"계주님께 진즉부터 여쭙고 싶었지만⋯ 좀 예민한 문제라 차마 입을 열지 못했습니다."

"주저하지 마십시오. 궁금한 것, 의심스러운 건 묻고 파헤쳐서 알고 넘어가야 합니다. 안 그러면 병 생겨요."

정여립 계주가 너털웃음까지 웃어보이며 말하자, 좌중에도 왁자한 웃음꽃이 피어났다.

"예, 그럼 여쭙겠습니다.⋯ 다름이 아니라 계주님께선 율곡 이이, 우계牛溪 성혼 선생 등 서인 중추들의 추천으로 청요직에 진출하셨고, 매사에 공정하시고 바른 말씀을 많이 하셔 덕망이 높기로 정인홍鄭仁弘 사헌부 장령과 쌍벽을 이루셨다고 들었습니다. 그랬던 계주님께서 율곡 선생이 작고하신 뒤 그분을 비난하고 동인으로 돌아선 것은 계주님답지 않다고 얘기한 사람들이 있었습니다. 그런 얘기가 왜 나온 것인지, 말씀해주실 수 있으십니까?"

마구발방하거나 가드락거리며 던진 질문은 아니었다. 오히려 매우 조심스러워하는 기색이 역력했다. 그래도 듣는 이들 중 태반은 난감해했다. 좌중의 분위기를 살피며 옆 사람과 귀엣말을 나누거나, 정여립의 표정을 살피는 이들이 적지 않았다. 심지어 정여립의 얼굴을 차마 바로 올려다볼 수가 없다는 듯 고개를 푹 수그린 사람들도 있었다.

하지만 계주는 이번에도 히죽 웃고 나서 헛기침으로 목청을 가다듬은 뒤 입을 열었다.

"안 그래도 그동안 그 얘기가 왜 안 나오나 했습니다. 그 일을 두고 일각에선 저의 기질이 동인의 영수로 꼽히는 동암東巖 이발李潑 형님과 좀 더 잘 맞아 돌아선 것이라느니, 심지어 제가 이조정랑正郎 물망에 올랐으나 율곡 선생께서 직선적인 제 성격을 문제 삼아 반대한 때문이었다느니 어쩌느니 하는 얘기들이 나돌았고, 지금도 험담이 이어지고 있다는 거, 저도 귀가 있으니 들어서 잘 압니다."

정여립은 잠시 말을 끊고 주위를 한번 돌아본 뒤 다시 말을 이었다.

"하지만 그 어느 것도 다 사실이 아닙니다. 저는 그때도, 지금도, 서인도 아니고 동인도 아닌 조선인, 조선 백성일 뿐입니다. 신료들이 파당을 짓고, 나라와 백성들이 아니라 자기네 정파 이익을 위해 이러쿵저러쿵하는 건 옳지 않다는 생각엔 지금도 변함이 없습니다."

또 자신이 이조정랑이 되는 걸 막은 건 율곡 선생이 아니라 이조 좌랑이던 이경중李敬中이라는 사람이었으며, 그는 그 일로 사헌부의 탄핵을 받아 파직된 것으로 알고 있다 했다.

"제가 율곡, 우계 선생에게서 많이 배우고, 존경해서 스승의 예로 대한 건 사실이지만, 나라와 백성보다는 자신들의 당파를 더 중시하는 자들의 파당적 행태는 옳지 않다고 여기는 사람입니다. 율곡 선생께서도 처음엔 양쪽 다 옳기도 하고 양쪽 다 그르기도 하다는 양시양비兩是兩非를 표방하시며, 파당의 조정에 힘쓰셨으나, 동인들로부터 자주 공격을 받아 마음을 상하신 건지, 나중엔 서인 편에 서셨고, 심지어 세상을 떠나시기 얼마 전부턴 당신이 중심이 된 파당을 더욱 공고히 하시려는 것 같은 느낌이 들어, 심사숙고 끝에 선생께서 작고하시기 전에 제 발로 그분 곁을 떠났었습니다."

그는 또 세상 사람들이 자신을 처음엔 서인으로 분류한 건 율곡 선생이나 그의 문인들과 가까이 지냈기 때문이었지, 서인 파당에 가담하거나 그들 편에 서본 적은 없다 했다. 근간에 동인으로 분류되는 것도 이발 공과 그 주위 사람들과 가까이 지내기 때문인 듯하다 했다.

"저는 그분들과 뜻이 맞고 얘기가 통해 개별적으로 교류해왔을 뿐 결코 동인에 가담한 적도 없습니다…. 그리고 이것도 제 생각입니다만, 제가 율곡 선생을 배신했다는 얘기는 당시 율곡 선생을 절대자 혹은 성인으로 숭배하던 사람들, 특히 서인들이 제기한 과장된 이야기라고 생각하고 있습니다."

또 한 사람이 일어났다. 차림새는 농부인데, 몸피가 탄탄하고 다부져 보였다.

"저는 의연義衍 스님께 여쭙겠습니다. 스님께선 요동에 계실 때, 동쪽에 서린 왕기를 느끼고 한양에 이르렀더니 그 왕기가 남쪽에 있었고, 그 왕기를 따라 내려오니 전주 남문 밖이더라고 말씀하셨다 들었습니다."

그 말을 듣고 한 스님이 일어나더니 모두에게 합장한 뒤 질문자를 바라보며 대답했다.

"맞습니다. 제가 그런 말을 했었습니다."

"왕기란 '왕이 나거나 왕이 될 조짐'이라고 하던데, 그 왕기를 어떻게 느끼십니까?"

"그건 형상이 있는 게 아니라서 보통 사람들 눈엔 보이지 않습니다. 도를 닦아 일정한 수준에 이른 사람만이 보고 느낄 수 있습니다."

왜 그러는지, 의연 스님이라는 사람을 바라보는 계주의 눈빛이 멀리서 보기에도 곱게 보이지 않았다.

"그럼 혹시 이 자리는 어떻습니까? 왕기가 느껴지십니까?"

농부가 다그치듯 다시 묻자 의연이 대답했다.

"왕기가 느껴지는지, 아닌지는 아무 때나 어디서나 함부로 말할 수 있는 게 아닙니다."

그 말이 떨어지자마자 계주가 자리에서 일어나더니 의연 스님을 바라보며 말했다.

"계원님께선 궁금해서 물으셨는데 함부로 말씀드릴 수 없다고 하시면, 괜히 오해하시는 분들도 계실 것입니다. 그런 오해를 받지 않으시려면 이 자리에선 확실하게 말씀해주시는 게 어떻겠습니까?… 제가 조금 전 질문을 하신 계원님을 대신해 스님께 다시 여쭙겠습니다. 지금, 이 자리에서 왕기가 느껴지십니까?"

잠시 머뭇거리던 의연이 계원들 쪽으로 몸을 돌리며 말했다.

"계주님께서 하문하시고 대답하라 하시니, 말씀 올리겠습니다.… 이 자리에선 왕기가 느껴지지 않습니다."

여기저기서 오오~하는 탄식들이 쏟아지듯 새 나왔다. 그 탄식들 속에 실망감, 허무함 같은 게 묻어있는 것 같은 느낌이 드는 건 왜일까?

퍼뜩 '저 농부가 혹시 율곡 문인들이 보냈다는 살수 아닐까?' 그런 생각도 들었다. 질문이 도발적이며 의도된 것 같은 느낌이 들어서였다. 예사롭지 않은 다부진 몸태에도 신경이 쓰였다.

옆에 있던 30대에게 '저 사람, 대동계에 들어온 지 얼마나 됐느냐?'고 묻자, '정확한 건 아니지만 1년은 넘었을 것'이라는 대답이 돌아왔다. 그렇다면 아니다.

또 한 사람이 일어났다. 차림새는 그저 그랬으나 왠지 당당해 보이는 40대였다. 그가 카랑카랑한 목소리로 물었다.

"이런 말씀 여쭙기 송구하오나,… 홍문관 수찬까지 지내신 계주님께서 낙향하신 건, 전하에게 밉보였기 때문이라고들 하는데, 사실입니까?"

그 또한 거북한 질문인데도 계주는 침착하게 받았다.

"밉보였다?… 전 그렇게 생각하지 않습니다. 전하께서 까닭

없이 저를 미워하신 건 아니고, 제가 타고난 성정을 억누르지 못해 직언을 거듭하는 등 불손하게 굴었다고 해야 옳을 것입니다.… 어느 날 문득 '내가 주상 전하께 많이 잘못하고 있구나' 하는 생각이 들었고, 그래서 죄를 청할까 하다가, 그보다는 스스로 물러나는 게 도리라고 판단해 전하 곁을 떠난 것입니다."

스스로 잘못을 깨닫고도 입신을 위해 은근슬쩍 덮어둔 채 시간을 끄는 건 치졸한 욕심이며, 그 허무맹랑한 욕심에서 벗어나지 못하면 자신을 망칠 수도 있다고 판단한 끝에 낙향을 결심한 것이라 했다.

질의응답에 이어 대동사상에 관한 강론이 이어졌다. 귀를 세우고 들어보니 한마디로 꿈같은 얘기들이었다.

'모든 사람은 평등해져야 한다. 반상의 차별은 물론이고 남녀 차별 같은 것도 없어져야 모든 사람이 진정한 평등을 누릴 수 있다.' '어질고 능력 있는 사람을 모시고 나라를 다스리게 하는 게 이상적이며, 언젠가는 그런 날이 올 것이다.' '대동사상이 실현되면 죄를 짓는 사람도 없어지고 전쟁 같은 것도 일어나지 않을 것이며, 모두가 서로를 존중하며 사람답게 살 수 있게 될 것이다' 등등.

그러면서 덧붙였다. '원론적으로 얘기하자면 어질고 신의가 있는 사람을 통치자로 모시고, 그가 반듯한 정치를 펼 수 있게 도와주며, 모두는 전체의 이익을 위해 일하자는 것이 참다운 대동사상'이라고.

강론이 끝난 뒤엔 점심을 먹었다. 멧돼지와 노루고기 등 먹거리가 푸짐했다.

  점심 뒤엔 한 식경 가량 몇 사람씩 무리를 지어 잡담을 나누었고, 그 후엔 각자 활쏘기, 칼과 창 쓰기, 말타기 등을 익혔다. 흡사 군사훈련을 방불케 했다.

  최윤후가 살수와 맞닥뜨린 건 대동계 모임에 다녀온 지 며칠 지난 뒤였다.

  낮부터 낀 먹구름이 밤까지 이어졌다. 그래서였을까. 그날 밤의 어둠은 먹물 같았다. 하현 달빛도 그 어둠엔 맥을 추지 못했다.

  최윤후는 그날 밤도 여느 때처럼 집 안 담벼락 밑에 앉아있었다. 어렴풋이 담 밖에 누군가가 조심스럽게 걸어오는 기척이 귓전에 와 닿았다.

  그가 숨을 죽인 채 웅크리고 앉아있자, 곧 누군가 순식간에 담을 넘어 안쪽으로 사뿐히 내려앉았다. 여간내기가 아니라는 건 그 몸짓만으로도 금방 알 수 있었다. 그렇다면 율곡 문인들이 돈을 추렴해 보냈다는 살수일 가능성이 크다.

  녀석은 누군가 자신을 지켜보고 있다는 건 까맣게 모른 채 잠시 주위를 두리번거리다 계주의 침소가 있는 사랑채를 향해 빠르게 내달았다. 최윤후 역시 소리 나지 않게 살금살금, 그러면서도 쏜살같이 녀석의 뒤를 쫓았다.

  그자가 마루로 막 올라서는 순간, 최윤후는 몸을 솟구쳐 녀석의 뒷덜미를 낚아챘다. 최윤후도, 그도 균형을 잃은 채 토마루 아래 마당으로 나자빠졌다. 최윤후는 곧 발딱 일어나 상대를 제압했다. 그의 양손을 뒤로 꺾은 뒤 급소를 누르자, 녀석은 맥을 추지 못하고 최윤후가 미는 대로 앞으로 나아갔다.

 최윤후는 조심스럽게 대문을 열고 나가자마자, 집 앞 밭두렁 쪽으로 녀석을 힘껏 밀쳤다. 그가 퍽 소리를 내며 앞으로 고꾸라졌다. 곧바로 그에게 다가가 머리채를 잡고 그의 목에 칼을 들이댔다. 마침 먹구름 사이를 비집고 나온 어슴푸레한 달빛에 그자의 모습이 희끄무레 드러났다. 몰골이 말이 아니었다. 얼굴이 온통 흙투성이였다. 연신 퇴! 퇴! 하며 입에 들어간 흙을 내뱉었다.

 "너는 누구냐?"

 "저, 저는 자, 장쇠라고 합니다."

 녀석은 자신보다 훨씬 강한 상대에게 잡혔다는 걸 이미 알아챈 듯 대적할 생각 같은 건 이미 접은 듯했다. 그럴 걸 보면 머리가 나쁜 녀석은 아니다.

 "누가 보낸 것이냐?"

 "그들의 이, 이름은 모릅니다. 돈꿰미와 함께 정여립이라는 사람을 주, 죽이고 오라는 지령만 받았습니다."

 거짓말을 하는 것 같지는 않았다.

 "그들이 너를 보낸 지 꽤 된 걸로 아는데 그동안 어디서 무얼 하다 이제 온 것이냐?"

 "오다가 이질에 걸려, 죽을 고생을 하다 겨우 몸을 추슬러서…"

녀석이 풀죽은 목소리로 떠듬거렸다.

이 자를 어찌할까, 잠시 고민했다. 화근을 없애려면 죽여야 마땅하다. 하지만 무인은 함부로 사람을 죽여서는 안 된다. 그것이 진정한 무도武道다.

"사람 죽이는 거, 나도 별로 원치 않는 일이지만 죽어줘야겠다."

속내와는 다른 말이 그의 입에서 삐져나왔다. 녀석이 화들짝 놀라 '제발 살려만 달라'며 납작 엎드렸다.

"내가 살려줘도 너에게 돈을 건넨 자들이 널 가만두겠느냐? 너는 어차피 죽은 목숨이야."

"그들의 손길이 미치지 않은 곳으로 도망치겠습니다."

잠시 사이를 두었다가 물었다.

"노자는 있느냐?"

"예에?… 아, 약값으로 대부분을 날려버리긴 했으나 조금은 남아 있습니다."

최윤후는 옷깃에서 돈 꿰미 하나를 꺼내 그에게 던졌다.

"다신 여기 얼씬거릴 생각 말고, 멀리 달아나거라. 내 눈에 또 띄면 그땐 죽일 것이다. 알았느냐?"

엉겁결에 돈꿰미를 받아든 녀석이 떠듬거렸다.

"예에? 저, 정말이십니까? 도, 돈꿰미까지 주시며 저를 살려주신다고요?"

"어서 가거라!"

"예, 나리. 살려주신 이 은혜, 잊지 않겠습니다. 존함을 알 수 있겠는지요."

"부질없는 일이다. 그런 거 알아볼 생각 말고 어서 가!"

"예, 나리!"

그가 땅바닥에 엎드려 큰절하고 일어나더니, 다시 허리를 꺾어 인사한 뒤 어둠 속으로 사라졌다.

잘 보이지도 않는 그가 사라진 쪽을 잠시 살피다가 대문 쪽으로 몸을 돌린 순간, 최윤후는 너무 놀라 헉! 소리를 내며 두어 발 뒤로 물러섰다. 열 걸음 남짓 건너 대문 앞에 누군가 서 있었다. 얼굴은 보이지 않았지만 커다란 몸피만으로도 그가 정여립 계주라는 걸 단박에 알 수 있었다.

그의 침실 앞에서 장쇠라는 자의 뒷덜미를 낚아챘을 때 녀석이 캑하던 소리, 그자와 함께 마당에 떨어졌을 때 쿵하는 소리도 제법 컸으니 그때 잠을 깼으리라.

최윤후가 대문 쪽으로 천천히 걸어가자, 계주가 입을 열었다.

"최 무사께서 살수 운운하는 얘기를 듣고도 설마 했었는데, 정말 살수가 나를 노리고 내 집까지 들이닥칠 줄 몰랐습니다. 최 무사 아니었으면 큰일 날 뻔했습니다."

"아닙니다. 계주님을 해치려고 잠입한 자이긴 했지만, 그리 대단한 자는 아니었습니다. 계주님께서도 능히 제압하셨을 겁니다."

계주가 두 손으로 최윤후의 손을 감싸며 말을 이었다.

"아무튼 고맙습니다. 내 곁에 최 무사 같은 분이 계셔서 참 든든합니다…. 그자를 살려 보내주신 것도 참 잘하셨습니다."

다음 날 아침, 정여립 계주는 문객들을 모두 불러 아침을 함께 하면서 어젯밤 있었던 일들을 들려주었다. 전주로 오던 길에 차령에서 만난 장사꾼들이 흘린 말을 우연히 듣고 나서 한 달 가까이 밤잠도 설쳐가며 자신을 지켜준 끝에 살수를 제압했고, 그자에게 돈까지 주어 살려 보낸 건 아무나 할 수 없는 일이라고.

그 말을 듣고 난 문객들은 입이 마르게, 듣기 민망할 정도로 칭찬의 말을 이어갔다.

기분이 참 묘했다. 최윤후는 '살수가 정여립을 해치지 못하게 하라' 했던 사부의 명을 수행한 것뿐인데, 그런 사실을 알 턱이 없는 정여립이나 문객들이 연신 '고맙다'고 하니 멋쩍고 거북하기까지 했다.

그날 이후 최윤후는 문객들과 이전보다 더 자주, 더 깊은 얘기도 주고받는 사이가 됐다.

그날도 최윤후까지 다섯이 툇마루에 걸터앉아 담소를 나누던 중이었다. 방씨가 한 사람 건너 앉은 오성진을 흘금거리며 탄식했다.

"벼슬아치라는 자들이 백성들 보살필 생각은 하지 않고, 파당을 지어 허구한 날 싸움질만 일삼고 있으니, 어쩌다 나라 꼴이 이 모양이 된 건지 원."

그러면서 오성진에게 어찌 생각하는지 눈으로 물었다. 오성진이 모르는 척하자 결국 직접 물었다.

"형씨 생각에, 이 망할 놈의 당파싸움은 언제쯤 끝날 것 같습니까?"

오성진이 툇마루에서 일어나며 대답했다.

"여간해선 끝나지 않을 것입니다. 격암格菴 선생께서도 그러셨잖습니까?…"

"격암이라면… 작고하신 남사고南師古 선생을 말씀하시는 거지요?"

"그렇습니다. 선생께서 작고하시기 몇 해 전에 그러셨다더군요. '조선의 도읍인 한성 동쪽의 낙봉*과 서쪽의 안현**이 서로 다투는 기상이라 반드시 동인과 서인의 다툼이 벌어질 것이라고… 정말 그렇게 되지 않았습니까."

오성진이 막대기 하날 주워 들고 쭈그려 앉아 땅바닥에 한자를 써가며 말을 이었다.

"그뿐 아니라 낙봉의 '駱'을 파자하면 각마各馬가 돼 동인은 분열되고, 안현의 '鞍'자는 혁안革安이니, 서인은 혁명이 일어난 다음에야 편안해진다고 하셨지요. 아직은 그런 일까지 일어나진 않았으니 더 두고 봐야겠지만***. 만약 그분 말씀대로 동인 서인이 다시 갈라져 다투게 되면 파당 싸움은 쉽게 그치지 않을 것입니다."

"못된 파당의 싹 같은 건 고개를 내밀었을 때 그 즉시 단칼에

---

* 駱峰 : 서울 종로구·동대문구·성북구에 걸쳐 있는 낙산의 옛 이름. 한양도성의 東山에 해당한다.
** 鞍峴 : 서울 서대문구에 있는 안산(鞍山)의 옛 이름. 무악산, 영천 고개로도 불리었다.
*** 나중에 동인은 북인과 남인으로, 다시 북인은 대북과 소북으로 갈라졌다. 광해군 때 권력에서 배제됐던 서인들은 '인조반정' 이후 정권을 독점했다. 남사고의 예언이 정확히 들어맞은 것이다.

잘라버렸어야 했는데, 익선관이 우물쭈물하다 이렇게 된 거지 뭐~."

김씨가 투덜대자 오성진 등 세 사람도 '익선관?~'하고 받으며 푸하하하~ 하고 웃었다.

최윤후가 영문을 몰라 '익선관이라니, 그게 뭐냐?'고 묻자 그런 것도 여태 모르고 있었느냐는 듯 좀 묘한 눈길을 보내며 오성진이 대답했다.

"익선관은 조선 개국 이후 처음으로 정궁 소생이 아닌 후궁의 자손으로 보위에 오른 금상을 두고 하는 우스갯말이오."

일각에서 은밀히 금상을 '익선관'으로 칭하게 된 데에는 좀 별난 사연이 있다.

폭군 연산군을 몰아내고 반정으로 보위에 오른 조선의 제11대 왕 중종의 첫 부인 단경왕후 신씨는 아버지 신수근愼守勤이 매부인 연산군 편에 섰다가 반정파에 의해 피살된 이후 '역적의 딸'이라는 굴레를 쓴 채 폐위됐다.

곤위를 오래 비워둘 수 없어 이듬해 맞이한 계비 장경왕후 윤씨는 8년여 만에 아들을 낳고 엿새 뒤 산후병으로 세상을 떠났다.

중종은 2년 뒤 문정왕후 윤씨를 두 번째 계비로 맞아들였다. 윤씨는 줄줄이 딸만 넷을 낳더니 혼인한 지 17년 만에, 왕비가 서른넷이 됐을 때 아들 하나를 낳았다.

재위 38년 만인 갑진년(1544년)에 중종이 서거하자 장경왕후 소생인 맏아들이 보위를 이었으니, 그가 바로 인종이다. 그러나

인종은 병약했다. 게다가 계모 문정 대비의 끝 모를 권력욕에 시달리다 마음마저 상했던 때문인지 왕위에 오른 지 9개월 만에 세상을 떠나고 말았다. 세간엔 대비가 독살했다는 소문까지 나돌았었다.

자식을 두지 못했던 인종의 뒤를 이어 보위에 오른 건 문정 대비의 소생인 명종이었다. 하지만 열두 살 때 보위에 오른 명종 역시 어머니 문정 대비와 외숙 윤원형尹元衡 일파에 의해 좌지우지되는 나라를 멀뚱히 바라보기만 했을 뿐 제대로 왕다운 왕 노릇 한 번 해보지 못한 채 아직 젊은 서른넷에 세상을 떠났다.

명종은 아들 하나를 낳았으나, 열세 살 어린 나이에 세상을 떠났다. 작고한 뒤 '순회順懷'라는 시호를 받은 이가 바로 그다.

그 뒤론 아들을 두지 못했던 명종이 세상을 떠나면서 조선 왕실의 직계는 끊어져 버렸다. 이런 땐 어쩔 수 없이 곁 쪽, 그러니까 후궁 소생 중에서 다음 왕을 찾아야 한다.

명종에겐 후궁 소생도 없었고, 그래서 명종의 아버지인 중종의 서자 중에서 찾아야 했지만, 숙의 홍씨 소생인 해안군, 숙의 이씨 소생인 덕양군 등은 이미 나이도 많고 왕재王才로 적합지 않아 그들의 자식 중에서 찾아보기로 했다.

다행히 서손庶孫은 많았다. 해안군에겐 서릉군, 서흥군, 오천군 등이, 덕양군에겐 풍산군이, 숙용 안씨* 소생으로 이미 고인이 된 덕흥군의 아들도 셋이나 됐다.

그들의 할머니들인 홍씨와 이씨는 종2품 숙의, 안씨는 종3품 숙용이었다. 후궁의 품계는 왕을 누가 더 오래 모셨느냐, 누가 더 왕의 굄을 받았느냐 등에 따라 정해지기 마련이니, 같은 서손이라도 품계가 높은 후궁의 손자가 더 유리했다.

하지만 결과는 달랐다. 왕위를 물려받은 건 뜻밖에도 품계가 가장 낮은 숙용 안씨의 손자, 그것도 맏이가 아닌 셋째 하성군河城君 균均이었다. 그가 바로 금상이다.

금상이 보위를 차지하자 궐 안에서 한동안 '익선관 안 쓴 덕에 왕이 된 사람'이라고 수군거렸다.

명종이 서른 살 되던 해, 여러 군들을 모아 놓고 자신이 쓰고 있던 익선관을 벗어 그들에게 건네며 말했다.

"이거, 모두 한 번씩 써 보아라. 누구 머리가 큰지, 작은지 보자꾸나."

왜 그런 엉뚱한 짓을 했는지, 아는 사람은 없다.

그 말을 듣고 다른 군들은 희희낙락 돌아가며 모두 익선관을 한 번씩 써 보았다. 그러나 당시 열두 살이던 하성군은 그 익선관을 써 보지 않고 공손하게 두 손으로 받들어 명종에게 건넸다.

"너는 왜 써 보지 않는 것이냐?"

명종이 묻자 하성군이 대답했다.

"보통 사람이 어찌 전하께서 쓰시는 익선관을 함부로 쓸 수 있겠습니까."

---

* 나중에 선조가 창빈(昌嬪)으로 봉했다.

그 말을 듣고 난 명종은 하성군을 매우 기특하게 여겨, 스승을 정해주고, 궐에 들어와 학문을 익히게 해주었다.

앓아누웠던 명종이 위중해지자 영의정을 비롯한 중신들은 일제히 가쁜 숨을 몰아쉬는 왕 앞에 엎드렸다.

"전하! 후사를 정해주시옵소서!"

정실 소생이 없으면, 후사는 선왕의 뜻에 따르게 된다. 하지만 그때 이미 기력이 소진돼 말을 할 수 없었던 명종은 간신히 오른손을 들어 검지로 병풍 쪽을 가리켰다.

그 손짓이 무엇인지를 놓고 설왕설래가 이어진 끝에 중신들은 '중전에게 물어보라'는 뜻으로 받아들였다.

중신들이 '전하께서 혹 후사에 대해 말씀하신 적이 있느냐?'고 묻자 중전이 대답했다.

"하성군이 좋을 것 같다는 말씀을 하신 적이 있습니다."

중전의 그 말 한마디로 하성군은 보위에 올랐다. 감히 꿈도 꾸어보지 못한 옥좌를 차지한 그는 한동안은 잔뜩 주눅이 들어 어찌할 바를 몰랐다. 심지어 꽤 오랫동안 자격지심에 빠져 허우적거리기까지 했었다. 용상에 앉아있으니 앞에서는 굽실거려도 돌아서면 '방계 승통한 주제에…' 어쩌고 하며 비웃는 신료들의 모습과 말소리가 환영으로 환청으로 시도 때도 없이 보이고 들렸을 것이다.

"누군가, 어디선가 '정통성도 없고 선왕의 유명遺命도 없이 용상에 앉은 금상을 내쫓고, 새로운 왕을 세우자'는 역모가 진행되고 있을지도 모른다는 불안감까지 스멀스멀 피어오를 때면 잠을 설치기도 했을 것이오."

문객들이 마구발방하고 있을 때 누군가 헛기침을 하며 다가왔다. 정여립 계주였다. 얼굴 가득 언짢은 기색이 역력했다.

모두가 거의 동시에 벌떡 일어나 예를 표하며 비워준 중간에 자리를 잡고 앉은 계주가 잠시 후 무겁게 입을 열었다.

"일부러 엿들으려 했던 건 아니지만, 전하를 두고 그런 말씀들을 하시다니, 그건 신민臣民의 도리가 아니라고 생각합니다."

"송구합니다."

문객들 모두가 입을 맞추듯 거의 동시에 말하며 고개를 숙였다.

계주가 자리를 뜨자 문객들이 수런거렸다. '금상의 눈 밖에 나서 낙향했다면서 무엇 때문에 지금도 익선관 편을 드는지, 도무지 모르겠다.' 등등.

최윤후는 계주와 이런저런 얘기를 주고받는 시간이 길어지면서 정여립 계주가 차츰 두텁게 여겨지기 시작했다. 홀로 있을 때나 잠자리에 누워있노라면, 그의 모습이나 말소리, 그가 했던 말들이 불쑥 떠올라 감치곤 했다. 한번 감치는 것으로 그치지 않고 몸 안 깊숙한 곳으로 들어와 있다가 꼬물꼬물 다시 살아나 꿈틀대기도 했다.

처음엔 그게 뭔지, 왜 그러는지, 도통 알 수가 없어 답답했었다.

그러다 며칠 전, 그게 뭔지는 몰라도 대동계 모임에 두 번째 다녀온 이후 더욱 확연하게 느껴졌고, 그러고 났더니 신기하게도 그 이상야릇한 현상을 꽁꽁 감싸고 있던 매듭들이 서서히 풀리기 시작했다.

지금은 그 매듭들이 어느 정도 다 풀린 것 같지만 그걸 뭐라고 함축해 표현해야 하는지는 아직 모른다. '공경하면서 두려워한다'는 경외와는 결이 좀 다른 것 같다고 여겨질 뿐이다. '그럼 뭐냐? 네가 말해 보라'는 다그침을 받는다면?…

겨우 생각해낸 건 '타인에게 심취(心醉)한 것 같다'였다. 그 '타인'은 물론 정여립 계주다. 그분의 높은 식견과 건전한 안목이나 판단 같은 것에 감화됐고, 그 올곧음을 본받고 싶어지면서 자신도 모르게 서서히 빠져든 것이다.

구봉 사부와 송강 어른 등 이전에 모셨던 대감 영감들은 하나같이 정여립을 일컬어 '은혜를 저버린 자' '배신자' '스승의 등에 칼을 꽂은 자' '시건방진 자'라 했었다. 하지만 아무리 요모조모 살펴보고 따져봐도 정여립 계주는 그들이 늘 입에 올리는 하찮은 사람들과는 거리가 멀어도 너무 멀었다. 그가 석 달 가량 가까이서 지켜본 그분은 정직하고, 사리에 밝고 친절하며 자신을 낮출 줄도 아는 분이었다. 그런 사람이 은혜를 저버리고 스승의 등에 칼을 꽂고 누군가를 배신하다니, 절대로 그랬을 리가 없다는 생각이 씨근씨근 차올랐다. 저토록 겸손한 분을 '시건방진 놈'이라 깎아내리다니, 그들이 오히려 이상한 사람들이라 여겨졌다.

최윤후는 정여립 계주 곁에서 몇 달 지내는 사이, 전엔 미처 깨닫지 못했거나 근래 알게 된 것들이 몇 가지 있다. 그중 하나는 그동안 그가 모셨던 구봉 사부를 비롯한 서인 핵심들의 말과 행실에 아쉽게 여겨지는 대목이 적지 않았다는 것이다.

그들 대다수는 고매한 학자나 이름난 문인, 떵떵거리는 대감 영감이니, 생각이나 안목이 보통 사람과는 달랐어야 마땅한데 지금 돌이켜 보니 그렇지 않았던 것 같다.

죽도 선생이 그들과 어떤 점이 어떻게 다른가를 견줘가며 곰곰 따져 본 결과, 무엇보다 그들에겐 백성을 위하고 사랑하는 마음이 턱없이 부족했다. 물론 그들도 '민생民生'이 어쩌고저쩌고하는 말을 더러 입에 올리긴 했지만 그건 남들에게 들려주고 보여주기 위한 것일 뿐 대체론 건성이었다. 그들에겐 나라와 백성의 안위보다 '어떻게 하면 내가 좀 더 떵떵거리며 잘 살 수 있을까', '하루빨리 동인들을 밀어내고 조정을 장악할 수 있는 길은 없을까?', 그런 게 먼저였던 것 같다.

꽤 오랜 시간 곰곰히 생각을 가다듬고 난 최윤후는 '나는 모든 걸 잘 알고 능히 해낼 정도로 슬기로운 사람은 아니지만, 옳음엔 고개를 끄덕이고 그름엔 고개를 갸웃거리거나 아쉽게 느낄 줄은 아는 사람이다.' '그런 내가 듣고 본 그들의 말과 행실들은 벼슬아치의 덕목과는 거리가 멀었다. 아직 출사도 못 해본 나도 알고 있는 그것들을 그들이라고 몰랐을 리 없다. 그냥 외면했던 것이리라' 그렇게 결론지었다. 어쩌면 그들에게 백성이란 다스림의 대상이자 뙤약볕에 땀범벅이 된 채 농사를 짓거나 허드렛일을

1. 황해도 손님

해서 양반들이 호의호식할 수 있게 해주는 걸 소임으로 여기는 사람들에 불과했던 게 아니었을까 싶다. 백성들이 헐벗고 굶주리는 건 누구도 어쩔 수 없는 그들의 숙명쯤으로 여겼던 건 아닐까, 그런 생각도 했었다.

그들에겐 어떻게 해야 당쟁에서 이겨, 권력의 핵심으로 들어갈 수 있을까 하는 것이 민생보다 먼저고, 더 중하게 여겨졌을 것이다.

굳이 멀리서 찾아볼 것도 없다. 그가 나름 지성으로 모셨던 구봉 사부만 해도 그랬다. 조선 팔문장* 중 한 사람이며, 조선 제1의 책략가로 꼽히는 사람이라면 그 그릇의 크기에 걸맞게 생각하고 행동했어야 했다. 도망쳐 숨어 살더라도, 남몰래 자신의 신분을 회복하는 길을 끊임없이 모색하더라도, 나라와 백성이라는 큰 틀 안에서 고뇌했어야 마땅한 일이었다. 예컨대, 어떻게 하면 배를 곯는 백성이 없게 할까?, 남서 해안에 자주 출몰해 백성들을 괴롭히는 왜구들을 효과적으로 퇴치할 방안은 없을까? 등등을 먼저 궁리하고 고심하면서 그 속에서 자신의 활로도 찾았어야 했다는 얘기다.

하지만 그가 이제야 그런 걸 깨달아 본들 뭘 어쩌겠는가. 누구도 아닌 그 자신이 미욱해서 그만한 깜냥이 안 되는 사람들을 대단하게 여긴 끝에 많은 기대를 했었고, 그래서 실망 또한 커진

---

* 八文章 : 조선 중기에 널리 문명(文名)을 떨치던 8대 문장가. 백광훈(白光勳), 송익필(宋翼弼), 윤탁연(尹卓然), 이산해(李山海), 이순인(李純仁), 최경창(崔慶昌), 최립(崔岦), 하응림(河應臨) 등이다.

것뿐인 것을.

　최윤후는 구봉 사부에게서 '머리가 좋은 편'이라는 칭찬을 들은 뒤론 '난 몸놀림도 재지만 제법 똑똑하기까지 한 사람'이라고 내심 으스대왔다. 하지만 계주님 곁에서 몇 달 지내는 사이 자신은 헛똑똑이로 살아왔음을 알아차렸다. 그랬기에 구봉 스승과 그 주변 사람들이 실상은 하찮은 사람들이었다는 걸 이제야 깨닫게 된 게 아니겠는가.

　반면에 몇 달 동안 가까이서 지켜본 정여립 계주는 그들과는 확연히 달라 보였다. 늘 백성들 속에 들어가, 그들의 마음을 껴안고 사는 것 같았다. 자나 깨나 어찌하면 모든 사람이 차별받지 않고 서로 도와가며 잘 살 수 있게 할 수 있을까에 몰두하는 게 보이고 느껴졌다.

　얼마 전부터 그는 계주가 추구하는 대동사상에 푹 빠져 지내고 있다. 대동 세상이 정확히 뭔지, 아직도 깊게 정확히 안다고는 할 수 없지만, 그게 이 땅에 뿌리를 내려준다면 더 이상 바랄 게 없을 것 같다는 생각은 하고 있다. 물론 공평한 세상이라는 게 그리 쉽게 이루어질 수 있는 게 아니라는 것도 잘 안다.

　최윤후는 언젠가 정여립 계주가 해준 말을 가슴 깊이 간직하고 있다.

　"모두가 차별 없이 공평하게 살아가는 세상을 당장 만나기는 어려울 것입니다. 그렇긴 해도 우리 모두 각자의 자리에서 그 불공평의 차이를 단계적으로라도 줄여나가야 한다는 생각과 의지는 굳게 간직해야 합니다. 지레 겁먹고 포기해버린다면 공평한 세상은 영원히 오지 않는다는 것도 잊어서는 안 됩니다."
 그 말을 듣는 순간 온몸이 찌르르했었다. '불공평의 차이부터 줄여나가야 한다'는 원론적인 그 말에 왜 그렇게 몸과 마음이 격렬하게 반응했는지, 왜 아직도 그 말을 떠올릴 때마다 가슴이 두근거리는지 알 수 없다.
 불공평의 차이를 줄여나가는 것조차 쉬운 일은 아니라도, 어둡고 음습한 혼돈 천지나 다름없는 이 시대에 공평한 세상을 꿈꿔보고 점진적으로라도 그 차이를 줄여 나가는 데 힘을 보태야 한다는 생각만으로도 가슴이 벅차올랐고, 더 없이 마음이 편안해졌었다.
 어느 날 눈을 감고 생각에 잠겨 있을 때, 감긴 눈 속에서 갖가지 형상이 홀현홀몰했다. 뭔가가 불쑥 솟구쳐 오르거나 둥둥 떠다니기도 했다. 처음 겪은 일은 아니다. 전에도 몇 번 비슷한 경험을 한 적이 있다. 그날 그에게 들락거린 형상은 구봉 사부와 정여립 계주였다. 사부는 노한 표정이었고 계주께선 환하게 웃고 있었다.
 그때 누구인지, 아직도 알지 못하는 사람이 그에게 다가와 말을 걸었다. 아니, 말을 걸었다기보다 그에게 물었다고 해야 옳을 것 같다.
 그는 물었다. '네가 섬기고자 하는 사람은 구봉이야, 오산鰲山 정여립이야? 한 사람만 말해 봐!'하고.
 최윤후는 흠칫 놀라 눈을 뜨고 주변을 두리번거려 보았다. 아무도 없었다. 환영을 보고 환청을 들은 것일까. 질문을 받았으니 대답은 해야 하는데 뭐라고 하는 게 좋을까 싶어 잠시 망설이고 있는데, 또 다른 누군가가 버럭 화를 냈다.
"아니, 뭘 망설이는 거야? 이런 식충이 같으니…"
많이 들어본 목소리, 바로 송강 정철이었다. 송강 말고도 여러 대감 영감이 자신을 노려보며 힐난하고 심지어는 침을 뱉기까지 했다.
'구봉은 어쩌자고 이런 자를 제자로 삼은 거야?' '사람 보는 눈이 영 아니네. 그래도 구봉을 믿어야 하는 건가?' 등등의 탄식도 이어졌다.
그 안에서 서로 다른 그가 싸우기 시작한 건 그때부터였다. 갑자기 둘로 나뉜 하나는 이전의 그, 또 하나는 지금의 그였다.
말싸움은 이전의 그가 거친 말투로 지금의 그를 꾸짖으면서 시작되었다.
'임금님 스승님 부모님은 한 몸과 같다는 데 잠시 잠깐이라도 어찌 그런 불측하고 망발된 생각을 한단 말인가? 지금 제정신이야?'
그 호통을 듣고도 지금의 그는 움츠러들지 않고, 즉각 반격했다.
'내가 뭘 어쨌다고 그래? 나는 무엇이 옳고 그른가를 생각해보고 있을 뿐인데…'
그러자 이전의 그는 '어쭙잖은 변명을 늘어놓는 걸 보니 그래도 부끄러운 줄은 아는 모양'이라며 비아냥거렸다.
그 안의 두 최윤후는 서로 한 발짝도 물러서지 않고, 악다구니까지 써가면서 한동안 격렬하게 맞섰다.

이전의 그는 '사람의 인연은 무 잘라내듯 끊어낼 수도 없고 그래서도 안 되는 것이다, 하물며 스승으로 섬겼던 분을 버린다는 건 사람이 할 수 있는 짓이 아니다'고 했다. '개도 닷새가 되면 주인을 안다고 하지 않더냐, 만약 네가 스승님을 배반한다면 사부님께선 기르던 개에게 다리를 물린 꼴이 되는 격이 될 것'이라며 비웃기도 했다.

그 말을 듣고 지금의 그가 버럭 화를 냈다.

'나를 모욕하지 마. 난 개가 아니야.… 그리고 군사부일체君師父一體 어쩌고 하는 건 누군가 듣기 좋게 지어낸 말일 뿐이야. 스승이라고 해서 어떻게 감히 임금님과 같냐?… 또 아무리 스승이라 해도 나에게 피와 살을 주신 부모님에겐 한참 미치지 못한다는 거, 몰라서 그러는 건 아니지?'

잠시 마음을 가라앉힌 지금의 그가 말을 이었다. '스승이라도, 스승의 가르침이라도 올곧지 못하다고 여겨지면 무작정 그대로 따를 게 아니라 바른길을 찾아가야 하는 거 아냐? 아무리 사제師弟의 인연을 맺었다 해도 불의한 것까지 용납하면서 계속 받들어야 하는 건 아니야. 의리라는 것도 그래. 의리는 사람으로서, 사람과의 관계에서 마땅히 지켜야 할 도리이며, 재물과도 바꿀 수 없는 값진 것이라는 거, 맞는 말이지만, 그건 관계가 바르고 옳은 것에 기반을 두고 있을 때만 지켜져야 하는 것'이라고.

그러더니 지금의 그가 또 큰 소리로 외치듯 덧붙였다.

'사람 간의 인연을 가벼이 여겨서도 안 되는 것이지만, 인연이라는 것에 자신의 몸뚱이를 맡긴 채 질질 끌려다니는 것 또한 바보 같은 짓이야. 인연이라는 것도 확실한 명분이 있어야만 끊어지는 건 아니고, 두 사람 중 누구를 택할 것인가 하는 물음에 대해 선택을 받지 못한 사람과의 인연은 저절로 끊어지는 것'이라고.

'그렇지. 나는 구봉이라는 낚싯바늘에 걸린 물고기도 아니고, 그가 놓은 덫에 갇힌 산짐승도 아니야. 나는 가고 싶은 길을 내 의지에 따라서 갈 수 있고, 그래야 마땅해!'

그러나 생각처럼 선뜻 결정을 내리지는 못했다. 한동안 어떻게 해야 할까, 망설이며 뇌고에 빠져들었다.

구봉은 그에게 처음으로 제대로 된 공부를 가르친 스승이시니 그 은혜를 잊어서도, 저버려서도 안 된다. 그건 부인할 수 없는 사실이다. 다만 그보다 더 근원적인 건, 사람이라면 자신이 무엇 때문에 살아왔고 살아가야 하는지, 그것이 온당한지는 따져 보고 마음속에 새기고는 있어야 한다는 생각이 들었다.

최윤후는 그 자신을 앞에, 옆에, 뒤에 세워두고 꼼꼼히 살펴보았다. 오래전엔 아무 생각 없이 먹고 싸기만 하며 살았던 것 같고, 근래 얼마 전까진 구봉 스승의 명을 따라 서인들의 졸개 노릇을 하며 살았었다. 그렇게 사는 동안 그는 그게 옳은지 그른지 가려볼 생각도 않고 맹목적으로 따르기만 했었다.

하지만 지금은 아니다. 상전의 명을 받는 졸개라 하더라도 지금 하는, 하려는 일이 나에게, 모두에게, 세상에 다소라도 도움이 된다면 좋겠지만, 모두에게 이롭지도 못하고 해가 되는 일이라고 생각되면 중단하고 돌아서는 것 또한 용기일 것이라는 확신이 들었다.

그렇게 그는 꽤 오래 대의大義와 정리情理 사이에서 좌고우면 우왕좌왕했다. 일찌감치 결론을 내려놓고도 무 잘라내듯 인정과 도리를 버리기가 쉽지는 않았지만, 결국은 결단했다.

마음을 굳히고 나자 몸도, 마음도 가벼웠다. 금방 날아오르기도 할 것처럼 가볍고 상쾌했다.

계주께선 고개를 숙인 채 뭔가를 찬찬히 내려다보고 계셨다. 가까이 다가가면서 보니 그분이 내려다보고 있는 건 당신의 손바닥이었다. 당신 손바닥을 뭘 저리 넋 놓고 보고 계시나 해서 피식 웃었다. 그러고 나서 찬찬히 두리번거리자, 그 손바닥 위에 가을 나무가 벗어 놓은 작은 이파리 몇 잎이 눈에 들어왔다.

문득 책을 읽던 구양수*가 서남쪽에서 들려오는 가을의 소리를 듣고 가을과 인생을 돌아봤다는 추성부秋聲賦가 생각났다. 그때 그는 부賦라는 게 여섯 종류의 시문 중 하나이며, '사물이나 그에 대한 감상을 다른 비슷한 현상이나 사물에 빗대 설명하지 않고 직접 서술하는 글'이라는 걸 몰랐던 터라 추성부를 처음

---

* 歐陽脩 : 송나라 때 정치가이자 문인. 당송 8대가(唐宋八大家)의 한 사람으로 후배들에게 많은 영향을 주었다. 당송 8대가는 구양수 외에 당나라의 한유(韓愈)와 유종원(柳宗元), 송나라의 소순(蘇洵)·소식(蘇軾)·소철(蘇轍)·증공(曾鞏)·왕안석(王安石) 등 8명의 작가를 일컫는다.

접했을 때 '참 괴상야릇한 시도 있구나' 했었다.

> 처음에는 우수수하면서 바람 소리가 나더니 갑자기 뛰어오르며 부딪치는 것이 마치 파도가 한밤중에 일어나고 비바람이 갑자기 몰려와 그것이 물건에 접촉하여 쨍그랑거리며 쇠붙이가 모두 울리는 듯하며, 또 마치 적에게 다가가는 병사들이 재갈을 물고 질주하는데 호령은 들리지 않고 다만 사람과 말이 가는 소리만 들리는 듯하다. …

그렇다면 계주님께선 지금 '풀잎이 가을을 만나면 빛을 바꾸고 나무가 가을을 만나면 이파리를 벗는다.'고 했던 구양수를 떠올리고 계시는 걸까, 아니면 그 이파리들을 따라 가버린 꿈과 세월을 아쉬워하고 있는 것일까, 그것이 궁금했다.

그는 인기척을 낸 뒤 천천히 계주에게 다가갔다. 문득 감히 그분과 나란히 설 수는 없다는 생각이 들어, 옆으로, 뒤로 반보쯤 떨어져 걸음을 멈췄을 때, 힐긋 쳐다보고 난 계주가 씨익 웃으며 그의 손을 잡아끌어 당신 곁에 세웠다.

"저어, 계주님… 드릴 말씀이…"

"드디어 결심하신 게요?… "

"예에?…"

최윤후는 너무 놀라 하마터면 그 자리에 주저앉을 뻔했다.

"그, 그렇다면 이미 다 아시고 계셨다는 말씀이십니까?"

"내가 귀신도 아닌데 어떻게 모든 걸 속속들이 알 수 있겠습니까. 다만 최 무사가 누군가의 지시를 받고 나를 감시하러 온 건 아닐까, 그렇게는 생각해봤지요."

"송구합니다."

그 말과 함께 사죄의 뜻으로 무릎을 꿇으려 했으나, 이번에도 계주가 그의 손을 잡은 뒤 몸통까지 껴안아 일으켜 세우며 말했다.

"그러실 거 없습니다. 최 무사께서 나에게 마음을 여셨고, 나 또한 최 무사와 함께 할 것이라는 마음을 갖는 것만으로 우리 두 사람은 각자 지난 일들은 모두 과거 속에 이미 묻은 겁니다. 이제부턴 손을 맞잡고 앞으로 나아가면 되는 것입니다."

"그리 말씀해주시니 더욱 부끄럽습니다만, 마음은 날아갈 듯 가벼워졌습니다."

"그래요? 다행이구려… 하나 물어봅시다.… 최 무사를 나에게 보낸 사람, 누굽니까?"

"구봉 송익필입니다. 한때 제가 스승으로 모셨습니다."

"내 짐작이 맞았구먼.… 나 역시 구봉이 아닐까, 짐작은 했었소.… 설마 날 죽이라 한 건 아니지요?"

"예, 그건 아니었습니다."

그때 오성진과 방씨가 가까이 다가오는 바람에 두 사람의 대화는 그것으로 접혔다.

하지만 그날 이후 여러 날에 걸쳐 많은 이야기를 나눈 끝에 우리는 서로 마음을 터놓고 지내는 사이가 됐다. 최윤후는 정여립 계주를 더욱 우러러 존경하게 됐고, 그분 말이라면 불구덩이라도 들어가리라, 그렇게 마음을 굳혔다.

계주는 '전주에 왕기가 서려 있다하더라'는 얘기가 황해도에서도 나돌고 있다는 내 얘기를 듣는 사이 머릿살이 비쭉 서는 것 같더라고 했다.

"요동에서 왔다는 의연 스님에게서 처음 그 얘길 들었을 땐, 이 양반이 사람들의 관심을 끌어보려고 허랑방탕한 얘기를 하는구나 하고 혼자 웃고 말았는데, 황해도에서도 같은 얘기가 나돈다는 최 무사 얘기를 듣는 순간, 문득 누군가 함정을 파 나를 밀어 넣으려고 흉계를 꾸미고 있는 게 아닐까, 그런 생각이 들었소. 누가, 왜, 무엇 때문에 그러는 걸까?, 그건 생각해보고 말 것도 없이 서인들일 거라 짐작은 했지요. 상당수 서인이 나를 증오하고 있고, 근래 그들의 동태도 심상치 않다는 얘기도 들려오곤 해서…."

그날 밤 계주께선 이런저런 생각으로 잠을 이루지 못하셨다 했다.

"가장 꺼림칙하게 여겨졌던 건 대동계 모임 때 자주 입에 올렸던 선현들의 말씀이었어요. 내가 지어낸 말들이 아니지만 음흉한 서인 중엔 내 의도를 왜곡해 물고 늘어지려는 자들도 있다는 얘기를 얼핏 들었거든요. 아마도 그들은 천하공물설과 하사비군론 만으로는 좀 부족하다 싶어 '전주에 성인이 나셨다더라' 등등의 말을 퍼뜨렸을 것이오."

그러면서 '오래전부터 계원들이 활도 쏘고 창검술 등을 익히는 걸 두고 구린 자들이 비밀군사조직 운운할까 봐 조심 또 조심해왔고, 2년 전 남해안에 떼지어 몰려든 왜구들을 물리치는 데 힘을 보태고 난 뒤론, 이젠 그런 걱정은 안 해도 되겠다 싶었는데, 근래 또 이런저런 얘기들이 들려오니 어찌해야 하나 싶다'했다.

"특히 황해도 쪽에 신경이 쓰입니다. 손거스러미나 목에 걸린 생선 가시처럼…. 변승복 씨 등 일부 황해도 출신들이 진즉부터 황해도에도 대동계를 일으켜 보겠다고 하셨으나 만류했던 것도 그 때문이고.…"

계주는 그 밖에 최윤후는 알지도 못했고, 묻지도 않은 말까지 해주었다. 황해도를 돌아본 뒤 전주로 내려오던 길에 도성에 들러 전에 모시던 대감 몇 분께, '기회가 닿거든 황해도 도사*로 추천해달라 부탁도 했었다고.

"왜 그랬는지 아시오?… 나는 당파와 무관한 사람이지만 작금에 서인들이 동인들을 다 몰아내고 더 많은 권력을 갖기 위해 혈안이 돼 있으며, 심지어 무슨 일인가를 꾸미는 것 같다는 풍문도 들려와, 서인 쪽 군수 현감 등이 많은 황해도 도사가 되면 불미스러운 일이 벌어지지 않도록 사전에 잡도리할 수 있었을 것 같았소."

그러나 그 뜻을 이루지 못해, 지금도 아쉽다고 했다.

9월도 하순으로 접어든 어느 날, 계주가 최윤후를 따로 불렀

---

* 都事 : 여기에선 충훈부·중추부·의금부 등에 속해 벼슬아치의 감찰 및 규탄을 맡아보던 종오품 벼슬을 뜻한다.

다. 왜 그러는지, 계주의 표정이 무거웠다. 걱정을 한 짐 지고 있는 것 같았다.

"신령스러운 기운이 가득한 계룡산에 가서 열심히 빌면 무엇이든 다 이뤄진다 해서 제사를 지내려고 찾아오는 사람이 많다는 건, 아시지요?"

"예, 저도 여러 번 들어서 알고 있습니다."

길흉화복은 운수소관이지만, 타고 난 운세가 좋지 않더라도 영험하다는 계룡산을 찾아 지성으로 빌면 좋게 바뀔 수도 있다고 믿는 사람들이 적지 않다 한다. 특히 먹고 사는 게 너무 힘든 상천 중엔 계룡산의 정기라도 받고 나면 좀 나아지지 않을까 해서, 어렵게 노자를 마련해 머나먼 길을 마다하지 않고 찾아오고 있다는 것이다.

그들은 빌고 또 빌었다. 하루 한 끼라도 배불리 먹을 수 있게 해달라고, 내 자식들만은 굶주리지 않게 해달라고, 현세에서 그 염원을 이룰 수 없다면 내세엔 복을 듬뿍 끌어안은 채 태어나게 해 달라고.

그런 사람들을 노린 사교邪敎들이 계룡산 곳곳에 똬리를 틀기 시작한 것도 오래전이며, 그 수도 해마다 늘고 있다고 한다. 그들은 우매한 백성들의 주머니만 터는 게 아니라 부녀자들을 희롱하기까지 한다니, 보통 일이 아니다.

"그 가여운 사람들을 상대로 흉악한 짓을 저지르는 자들을 더는 두고만 볼 수 없다는 생각이 듭니다. 무엇을 어떻게 해야 좋을지, 그 방도를 생각 좀 해봅시다. 나는 나대로, 최 무사는 최 무사대로…"

"예, 그러겠습니다."

계룡산이라는 이름이 붙은 까닭에 대해선 두 가지 얘기가 전해 온다.

조선을 개창開創한 이성계李成桂 장군은 계룡산이 길한 곳이라는 말을 듣고, 한때 이 산의 남쪽 신도안*에 도읍을 정하려 했었다 한다. 나중엔 생각이 바뀌었지만, 도읍지로 염두에 두고 계룡산을 답사했을 때 동행한 무학대사無學大師는 '산의 형국이 금계포란형**에 비룡승천형***'이라고 일컬은 데서, 계鷄와 용龍을 따서 계룡산이라 부르게 되었다는 게 그 하나다.

또 다른 하나는 주봉인 천황봉天皇峯에서 연천봉連天峯, 삼불봉三佛峯으로 이어지는 능선이 마치 닭 볏을 쓴 용의 모양을 닮아 계룡산이라는 지명이 붙여졌다는 게 그 둘이다.

계룡산은 웅장하진 않아도 울창한 수림 속에 기암이 솟고 층암절벽이 위용을 뽐내, 경관도 꽤 볼만하다. 곳곳에 흐르는 골물 또한 무척 맑아, 중국에까지 널리 알려져 있다 한다.

그 때문인지 계룡산은 오래전부터 풍수 도참설의 진원지가 되었고, 계룡산을 자기들 수도장으로 여기는 무속인들도 적지 않다고 한다.

다음 날 최윤후와 다시 마주한 계주는 전날과는 다른 얘길

---

* 지금의 계룡시 남선면 일대.
** 金鷄抱卵形 : 금 닭이 알을 품는 형국.
*** 飛龍昇天形 : 용이 날아 하늘로 올라가는 형국.

꺼냈다. '앉아서 궁리하기보다 계룡산을 찾아가 실태부터 파악하는 게 순서일 것 같으니, 그 일을 좀 맡아 달라'고.

"계룡산을 근거지로 삼고 있는 사교의 수와 그 사교들에 속아 넘어가는 백성들의 대략적인 수가 포함된 자세한 실태, 그리고 계룡산 초입에 백성들을 일시 수용하면서 바른길로 이끌 수 있는 터전을 마련한다면 어디가 좋을지, 그 입지까지 자세히 좀 살펴봐 주셨으면 합니다."

"예, 그러겠습니다."

계주가 무척 중요하게 여기는 그 일을 맡긴다는 건 그만큼 자신을 신임한다는 반증이기도 할 것이다.

최윤후는 다음 날 행장을 꾸려 계룡산으로 향했다. 계주의 명에 따라 권승빈과 문창근이 그를 따라나섰다.

권승빈은 연산군 시절 조부가 당상관*을 지낸 어엿한 양반이었으나 중종반정 때 역도로 몰려 조부와 함께 처형된 그 아들의 유복자로 태어났다 한다. 나이가 들면서 어느 서원의 노비가 되었지만, '운수가 불길해 지금은 천민으로 떨어져 살더라도 바탕은 양반이었음을 한시도 잊지 말라'던 어머니의 당부를 잊지 않았다. 그래서 강당講堂 근처를 어스렁 거리며 훈장의 가르침을 귀동냥하기를 계속했고, 어느 날 그가 홀로 소학을 흥얼거리는 걸 우연히 목격한 훈장이 마루 아래서나마 글공부를 계속할

---

* 堂上官 : 당상의 품계에 있는 벼슬아치. 조선왕조의 정3품 상계(上階) 이상의 품계 또는 그 품계에 해당하는 벼슬에 오른 관원으로, 지금의 국장급 공무원이다

수 있게 해주었다.

그러던 중 한참 후 어느 날, '사서삼경을 다 떼도 대과 응시 자격이 주어지는 것도 아닌데 글공부는 해서 뭐할 거야? 하는 생각이 들었고, 그 후 꽤 오랫동안 자신의 진로에 대해 고심하던 끝에 서원을 탈출했다고 한다.

그는 정처 없이 산길을 걷다 마주한 지리산의 한 산사로 들어가 4년도 넘게 숨어 살았다. 그냥 허송세월만 한 건 아니었다. 오나가나 운은 좋았던지, 한 스님의 가르침 아래 부지런히 무술을 연마, 상당한 무공을 쌓았다.

아예 머리를 깎고 중이 될까 하던 참에 대동계에 관한 소문을 들었고, 주지 스님의 허락을 받은 뒤 물어물어 찾아왔었다.

문창근의 사정은 좀 달랐다. 조부 때부터 전주 양반가의 사노였다는 그가 대동계에 발을 들여놓을 수 있었던 건 열성적인 대동계 계원이던 젊은 주인 덕분이었다. 까막눈이던 그는 젊은 주인과 대동계에 드나들면서 글눈도 떴고, 그걸 무척 자랑스럽게, 고맙게 여기며 살고 있다.

9월 스무사흘에 전주를 출발, 계룡산에 온 세 사람은 자그마치 20여 일이나 기슭부터 정상 언저리까지 이 잡듯 뒤져가며, 살피고 알아냈다. 하지만 알아봐야 할 게 워낙 많아, 계주께서 이루시고자 하는 일을 차질 없이 수행하는데 필요한 걸 빠짐없이 다 챙긴 것 같진 않았다. 애초 예정했던 하산下山 일자가 지났는데도 아직 산중에 머물러 있는 것도 그 때문이었다.

10월(음력) 보름날, 아침부터 서풍이 불더니 미시未時(13~15시)가 지날 때까지 멈추지 않았다. 예부터 서풍이 하루 내내 불면 눈이 내린다고 하지 않던가. 이른 첫눈이라도 그 눈에 갇히면 고생을 할 게 빤해, '다음에 다시 오더라도 일단 내려가자'는데 뜻을 모아 하산했다.

산을 내려온 세 사람이 맨 먼저 찾은 곳은 장터 주막이었다. 주막으로 오는 동안 사람들이 여기저기서 삼삼오오 모여 수군거리는 게 자주 눈에 띄어, '무슨 일이 있나 보다' 싶었지만, 자신들이 상관할 일은 아닐 것이라 여겼다.

국밥에 탁주 한 사발씩을 먹고 마시던 중, 바로 옆자리에서 역시 반주를 곁들여 국밥을 먹던 장사꾼 차림의 사내들이 수군거렸다.

"역모를 꾸민 자가 정여립이라며?"

권승빈이 화들짝 놀라며 무슨 말인가 하려고 입을 쫑긋거리는 걸 보고, 최윤후는 재빨리 검지를 입에 댄 채 고개를 저었다. 아무 소리 하지 말고 잠자코 들어보자고.

처음엔 딴생각에 빠져있었던지, 영문을 몰라 하던 문창근도 뒤늦게 이상한 낌새를 알아채고는 바짝 귀를 세웠다.

"그렇대, 수찬 벼슬을 하다 임금에게 밉보여 낙향했다니까 홧김에 그랬을지도 모르지."

"뭐어? 홧김에 그랬을지도 모른다고?… 살다 살다 별 소릴 다 들어보네. 분하고 화가 나 못살겠다, 그러니 역적질이라도 해야겠다고 하자면 하루에도 수백, 수천 명도 나서겠다."

"그렇게만 생각할 게 아냐. 우리처럼 불쌍한 백성들은 그냥 그러려니 하고 죽은 듯 엎드려 살지만, 양반들은 다르대. '남촌 양반이 반역할 뜻을 품는다'는 속담이 왜 나왔겠어? 처지가 각다분해지면, 막다른 곳에 몰리면, 누구든 막가는 거라잖아."

"그 양반, 군사들을 양성해온 걸 생각하면 좀 수상쩍기는 해."

"대동계를 두고 하는 말이야? 대동계가 무슨 군사야?… 내가 듣기론, 주로 전라도 사람들이지만 타관 사람도 섞여 세상 돌아가는 이야기도 나누고, 글도 배우고 활도 쏘아보곤 하는 동아리라던데."

"맞아! 나도 그렇게 들었어. 대동계는 양반은 물론 상민이고 천민이고 가리지 않고 다 받아주고, 한 달에 한 번 열리는 모임 때면 계원들에게 글도 가르쳐 주고, 세상 돌아가는 이야기도 해주고, 왜구 등 외적이 쳐들어왔을 때를 대비하자며, 창칼도 휘둘러보게 하고 활도 쏘아보게 한다고."

"아무튼, 정여립 그 양반은 자살하고 아들과 조카 등은 줄줄이 잡혀갔대. 전주에 관군들이 쫙 깔렸다니, 우리도 이번 장사는 접고 발길을 돌릴 수밖에 없겠네…."

이게 무슨 소리야. 계주님이 자결하셨다고?

마른하늘에 우르르 쾅쾅 세상을 갈기갈기 찢는 뇌성과 함께 떨어진 벼락이라도 맞은 것 같았다. 너무 놀라, 한동안은 입도 뻥긋하지 못했다. 문창근은 너무 놀라 입을 헤벌린 채 다물지 못했고, 권승빈 역시 온몸이 뻣뻣하게 굳어버린 듯 꼼짝달싹도 못하고 간신히 눈만 껌벅거렸다.

최윤후는 더 이상 귀동냥만 하고 있을 순 없어 자리에서 일어나 그들에게 물었다.

"실례합니다. 방금 나누신 말씀, 어디서 들으셨습니까?"

그들 중 턱수염이 더부룩한 사내가 최윤후의 위아래를 힐긋 훑고 나서 대답했다.

"짐작하시겠지만 우린 장사꾼이오. 장사차 전라도로 가던 길인데 여기 오니, 그 얘기가 파다합디다. 댁은 아직 못 들었소?"

"예. 우린 지금 막 산에서 내려온 길이라…. 그런데 정여립, 그 양반이 자결했다는 거 사실입니까?"

"우린 그렇게 들었소."

"그럼, 전주에 군사들이 쫙 깔렸다는 것도?…."

"아, 생각해보시오. 그 양반 본거지가 전주라니 그 패거리들도 대부분 전주에 있을 거 아니오. 그렇다면 군사들이 전주로 몰려가는 건 안 봐도 빤하지 않소."

그가 '이 사람, 참 답답하다'는 듯 다시 한번 위아래를 훑어보며 시쁘게 받았다.

듣고 보니 그랬을 것 같긴 했다. 잠시 후 그들은 자리를 털고 나갔다.

하지만 최윤후 일행은 금방 일어나지 못했다. 그대로 멍하니 한참 동안, 아무도 입을 열지 않은 채 한동안 그렇게 앉아있었다.

그들에겐 하늘이나 다름없던 계주께서 역모를 획책하시다 들통이 나 자결하셨다 한다. 삽시간에 온몸에서 기운이 모두 빠져

나가 버리는 것 같았다. 두 발로 일어설 수나 있을까 싶었다. '억장이 무너졌다'는 말로는 부족했다. 충격이 워낙 커서인지, 뭔가를 차근차근 생각해보고 나름의 대책을 세워볼 여유나 기력 같은 게 남아 있지 않았다.

셋 다 그렇게 멍한 상태로 한 식경도 넘게 앉아있었다. 문창근은 아까 나가버린 넋이 아직 돌아오지 않은 듯했고, 권승빈도 하얗게 질린 채 이따금 몸을 떨기까지 했다. 그나마 나이도 들었고, 오랜 수련을 통해 몸과 마음을 다져 온 최윤후는 이를 사리물고 잘 버티고 있다.

'이제 무엇부터 뭘 어찌해야 하는 걸까?'

곰곰이 따져보았지만 떠오른 건 아무것도 없었다. 좀 더 생각할 시간이 필요한 듯싶었다.

얼마 후 권승빈과 문창근이 거의 동시에 입을 열었다. '이제 우린 어찌해야 하느냐?'고.

"그 사람들이 터무니없이 지어낸 말 같진 않지만 그렇다고 그들의 말만 믿고 섣불리 행동할 수는 없는 일이니, 일단 장터로 나가 귀동냥을 더 해봐야지."

"만약 소문이 사실이라면 전주로 갈 수는 없잖습니까."

"그렇지. 일단 여기저기 돌아다니며 얘기부터 들어보자고."

주막 밖이 바로 장터였다. 주막에 들어오기 전에 보았던 것처럼 사람들은 여전히 몇 사람씩 모여 수군거렸다. 어딜 가나 주막에서 듣던 얘기 그대로였다.

일행은 외진 곳에 자리를 잡고 앉았다. 세 사람 중 입을 여는 사람은 없었다. 너무나 막막해서였을 것이다.
 그때였다. 최윤후가 나직이 소리쳤다.
 "이거였구나, 이거였어… 불쏘시개 어쩌고 했던 게 이거였어… 계주님에게 역모를 획책했다고 뒤집어씌우고 그걸 시작으로 동인들을 몰아내고 나면 서인 세상이 열리지 않겠느냐, 그것이었구나!"
 권승빈과 문창근은 '뭐라는 거야?' 하는 표정으로 최윤후에게 눈길을 모았다.
 '정여립은 동인 놈들을 모두 불살라버릴 수 있는 좋은 불쏘시개' 운운하는 말을 듣고도 그땐 '저게 무슨 소리야?' 했을 뿐, 그렇게 무지막지 음모를 꾸미고 있으리라곤 상상도 해보지 못했었다.
 순간 이루 말로는 다 할 수 없는 통분과 회한이 치밀었다.
 '계주님께, 그들이 계주님을 두고 불쏘시개 운운하더라는 얘기를 왜 하지 않은 거야? 나는 그게 무슨 말인지 몰랐어도 계주님께서 들으셨다면 저들의 꿍꿍이가 무엇인지 간파하시고, 그들의 흉계에 맞서는 선제적 조치를 취하셨거나, 경계의 끈이라도 좀 더 바짝 조이셨을 거 아닌가. 그랬다면 이런 참화를 입지 않으셨을 터인데, 나라는 놈은 바보 천치구나. 왜 진즉 그 생각을 못한 거야?…'
 최윤후가 양손으로 자신의 머리통을 퍽, 퍽 소리가 나게 여러 번 갈기며 자책했다.
 "왜, 왜 그러세요?"

두 젊은이가 놀라 묻는 소리를 듣고 나서야 최윤후는 막막한 현실로 되돌아왔다. 두 사람을 지긋이 바라보며 최윤후가 무겁게 입을 열었다.

"우리가 했으면 하는, 아니 꼭 해야 할 일이 있네…."

"예에?… 그게 뭔데요?"

"자네들, 계주님께서 역란을 주도하셨거나 모의에 동참하셨을 수도 있을 거라 생각하는가?"

두 사람이 동시에 도리머리를 쳤다.

"그럴 리가요, 절대로 그럴 리가 없습니다."

"어떤 놈들이 음해했겠지요. 분명합니다."

"그렇지? 자네들도 이 역모 사건은 조작된 거라 보는 거지?"

"그럼요, 그럼요…."

권승빈과 문창근이 거의 동시에 같은 말로 입을 모았다.

"그렇다면 우리가 나서 계주님께서 정말 역란을 모의하신 건지, 아니라면 누가 무엇 때문에 계주님께 덤터기를 씌워 이 지경에 이르게 했는지 등등을 알아보고, 우리 나름의 대책을 세워봐야 하지 않겠나?"

하지만 돌아온 대답은 없었다. 두 사람 다 가량없는 표정이었다. 도대체 무슨 말을 하는지 모르겠다는 것인지, 엄두가 안 난다는 것인지는 분명치 않았다.

최윤후는 두 사람을 번갈아 찬찬히 바라보고 난 뒤 다시 입을 열었다.

"지금껏 자네들에게 털어놓지 못한 게 있네.… 실은 나, 서인

도당의 밀명을 받고 대동계에 잠입했었네."

"예에? 아니, 그럼, 계주님을 해치시려고 오셨단 말입니까?…"

두 사람이 놀라 자지러졌다.

"그건 아니고, 그 반대야. 누구든 계주님을 해치지 못하게 하라는 명을 받았어. 하지만 그건 계주님을 위해서가 아니라 자기네들이 무슨 일인가를 꾸밀 때까지 살려두었다가 나중에 요긴하게 써먹기 위한 술책이었어."

"그게 무슨 말씀이세요?"

"그들이 평소 원수처럼 여겨오던 계주님을 해코지하려는 자들로부터 보호하라는 명을 받고 뭔가 좀 이상하다, 그렇게만 생각했었는데 지금 생각해보니, 계주님을 역모의 수괴로 몰아붙이는 것으로 동인들을 태워버릴 불쏘시개로 쓰기 위해 그때까지는 어떻게든 계주님을 살려두자, 그랬던 거야. 나도 지금 깨달았지만, 틀림없어…."

"아니 어떻게 그런 짓을…."

최윤후는 그들과 어떻게 만났고, 어떤 일들을 겪어왔는지, 두 젊은이에게 조곤조곤 얘기해주었다. 그 얘기를 하는 동안에도 그는 어떻게 하면 아득한 막막함에서 벗어날 수 있을지 머리를 팽이 돌리듯 굴려 보았다. 하지만 끝내 묘안은 찾아내지 못했다.

뭔가를 잠시 생각하는 것 같던 권승빈이 다그치듯 말했다.

"그럼 당장 우리가 뭘 어떻게 해야 하는지, 말해주세요."

"솔직히 지금은 아무 생각도 나지 않아. 그래도 내가 자네들보다는 세상을 더 살았으니, 신통찮은 궁리라도 내가 짜낼 것이니,

좀 기다려 주게."

그렇게 솔직히 털어놓고, 그들에게서 다짐도 받아두었다.

"어쩔 텐가, 내가 하자는 대로, 가자는 대로 함께 하겠는가?"

두 사람은 말없이 고개만 끄덕였다. 선뜻 내키진 않았더라도 다른 선택지가 없으니 마지못해 고개를 끄덕였을지도 모른다. 당연히 '과연 저 사람을 믿어도 되는 걸까' 해서 불안하기도 했을 것이다.

세 사람은 깊은 침묵에 빠져들었다. 한 다경 가량이나 숨소리도 크게 내지 못했다.

그 무거운 침묵을 권승빈이 휘젓고 나섰다. 서른세 해 만에 꿈 이야기하듯.

"그러니까 무사님께서 생각하기엔 송가라는 자가 계주님을 불쏘시개로 삼아 역란의 불을 지폈다, 그런 말씀이시지요?"

"그래. 하지만 그건 어디까지나 내 생각이고 짐작일 뿐, 아직 확인된 건 아니야."

두 사람이 잇달아 물었다. '그걸 어떻게 확인할 건데요? 확인이 되면 뭘 어쩌실 건데요?' '사실 여부를 확인하는 것부터가 말처럼 쉬운 일도 아닐 것 같은데, 어쩌시려고요?' 하고.

그들의 눈길에도, 말길에도 걱정 걱정하는 게 느껴졌다.

"나도 알아. 결코 쉬운 일이 아니라는 거,… 하지만 그게 우리와는 상관없는 생판 남의 일은 아니잖은가? 계주님 일이니, 죽을 힘을 다해 알아봐서 조작된 것으로 판단되면 어떻게든 세상에 알려야지."

"그렇게 할 수 있으면 얼마나 좋겠습니까만 워낙 엄두가 나지 않는 일이라… "

"그렇다고 '우린 화를 피했으니까 다행이다. 모른척하며 살자', 그럴 수는 없잖은가?"

"그렇긴 하지만…."

권승빈은 여전히 망설였다. 문창근도 다르지 않았다. 그들이 망설이는 건 당연한 것이다. 그런 걸 다 알면서도 최윤후는 일부러 목소리를 깐 채 투덜거렸다.

"자네들이 다른 사람도 아닌 계주님 일에 미적거리다니, 좀 실망스럽구먼.…"

권승빈이 화들짝 놀라 손사래까지 치며 말했다.

"미, 미적거리다니요. 그건 절대 아닙니다.… 너무 막막해서 그러는 겁니다. 거처도 마련하고 이것저것 알아보려면 손에 쥔 것도 좀 있어야 하는데…."

"나, 이래봬도 무슨 일이든 대충대충 하는 사람 아니야. 시간을 갖고 여러 가지를 꼼꼼히 살피고 전략을 세운 뒤 다가갈 거야. 이 길로 당장 도성으로 가자는 것도 아냐. 쉬엄쉬엄 산길을 따라가며, 산짐승을 잡아 판다든가 해서 돈도 좀 마련하고, 어떻게 할 것인지 생각도 해볼 거야.… 아무리 애써도 안 되는 거라면 어쩔 수 없지만, 시작도 안 해보고 걱정만 한다고 되는 일도 없어."

그 말을 듣고 굳어있던 권승빈과 문창근의 얼굴이 조금씩 풀어지는가 싶더니 이내 '한번 해보자'고 입을 모았다.

그렇게 세 사람은 쟁북을 맞추었다. '정여립 역변' 어쩌고 하는 옥사의 진실을 밝히는데 목숨을 내놓기로.

2. 기축옥사 己丑獄事

황해도 안악 군수 이축李軸은 누군가가 보내온 서찰을 두 번이나 찬찬히 읽고 난 뒤 수하를 불러, 그가 믿고 쓰는 자들 여섯을 속히 데려오라 했다.

이축은 양녕대군讓寧大君의 현손*이지만, 그래서 군수가 된 건 아니다. 병자년(1576년, 선조 9년) 식년시에 을과乙科로 합격해, 호조 좌랑, 형조 정랑 등을 역임했었다.

을과는 대과 급제자 33명을 대상으로 등급을 결정키 위해 시행되던 재시험 성격의 전시殿試 성적을 기준, 4위에서 10위까지에 주어지는 등급이다. 그러니까 꽤 우수한 성적으로 대과에

---

* 玄孫 : 손자의 손자. 증손자의 아들.

급제한 것이다.

 당연히 집안 내력으로 보나 대과 성적으로 보나 종4품 시골 군수로 만족할 사람은 아니다. 하루라도 빨리 내직으로 돌아가 대감을 향해 큰 걸음을 내딛고 싶을 것이다.

 수족이나 다름없는 측근 여섯이 모두 당도하자, 이축은 나직이, 그러나 여러 번 강조해 지시하고 당부했다.

 다음 날부터 안악의 저잣거리와 주막 등지에 이상한 말들이 퍼져나갔다. '이씨가 망하고 정씨가 흥한다더라.' '정씨鄭氏 진인眞人이 곧 왕이 된다더라.' 등등.

 사람들은 고개를 갸웃거렸다. 그 정감록 참설은 수십 년 전부터 나돌던 얘긴데, 그게 왜 새바람을 타는 것일까? 그래도 그렇지, 죽고 싶어 환장했다면 모를까, 이씨의 나라 백성들 입에서 이씨가 망한다느니, 정씨 진인이 왕이 된다느니 하는 말들이 나온 것도 문제가 될 터인데, 저렇듯 함부로 나불거려도 되는 것일까?

 그날 해거름에 한 군관이 허름한 차림새의 사오십 대 사내 셋을 묶어 군수 앞에 무릎을 꿇렸다.

 "무슨 일이냐?"

 "예, 사또! 이 자들이 감히 '이씨가 망하고 정씨가 흥할 것이라느니 어쩌느니 하는 불측한 말을 떠벌리고 다녔습니다."

 군수는 그 말을 듣고도 전혀 놀라지 않았다. 더욱 놀라운 건 곧바로 군수의 입에서 튀어나온 천만뜻밖의 말이었다.

 "무지렁이들이 지껄이는 말을 일일이 탓해 뭐 하느냐. 어서 풀어주거라!"

군관이 고개를 갸웃거리며 세 사람을 풀어주고 나자, 군수는 군관을 가까이 불러, 나직이 말했다.

"역심을 품은 자들이 있다기에 그놈들 잡으려고 내가 일부러 흘린 말이다. 하지만 이 얘긴 네 귓속에만 박아두고 입 밖으로 흘려선 안 된다. 정감록 참설을 입에 올렸다고 일일이 다 잡아들이진 말고, 그 말에 다른 말을 덧붙이거나 특이한 반응을 보이는 자가 있는지, 그런 걸 잘 살펴, 내게 보고부터 하고 명을 기다리라!"

"예, 그리하겠습니다."

며칠이 지났다. 또 다른 군관이 군수에게 고했다.

"술에 취하면 '내가 바로 정씨 진인의 수제자'라고 떠벌리고 다니는 자가 있습니다. 이씨가 망하고 정씨가 흥한다는 참설이 공연한 헛소리가 아니라느니, 연전에 황해도엘 다녀가신 정여립이라는 분을 뵙고 나서, 그분이 곧 정씨 진인이라는 걸 알았다느니, 어쩐다느니…"

"또?…"

"예에?… 아, 그리고… '정여립, 그분은 도인이시다, 그분이 하고자 하신다면 못 이룰 게 없으실 거다. 아마 천지개벽도 가능할 것이다' 그런 말도 했답니다."

"그자는 어떤 자인가?"

"안악향교 생도이고, 이름은 조구趙球라 합니다. 황해도에도 대동계를 일으켜야 한다며 수시로 전라도를 오가곤 하던 변숭복

邊崇福이라는 자의 처족이랍니다. 평소에도 술에 취하면 말이 많아져 경망스럽게 이런저런 말을 떠벌리고 다니던 자라, 대다수 사람은 정씨 진인의 수제자 어쩌고 하는 말도 그가 또 헛소리를 지껄이나 보다 하고 귓등으로 흘렸답니다."

군수가 회심의 미소를 짓는가 싶더니 곧 웃음을 거두고 나서 명했다.

"당장 그자를 잡아들이라!"

그가 실없는 자이고, 술김에 지껄인 말이라 해도 상관없다. 중요한 건 그자가 '이씨가 망하고 정씨가 흥한다는 참설이 괜한 헛말이 아니며, 앞으로 흥할 정씨는 바로 정여립'이라고 말했다는 것이다.

조구가 잡혀 오자 군수 이축은 위엄을 갖춰 '엄히 다스리라' 명한 뒤, 형방을 가까이 불러 귀엣말로 뭔가를 지시했다. 섬돌을 내려온 형방도 형리 둘을 불러 소곤거렸다.

마침내 형틀에 묶인 채 바들바들 떨고 있던 조구에게 매질이 가해졌다. 한데 그 매질이 좀 이상했다. 바지도 벗기지 않고 처음 몇 대만 세게 치고 나머지는 살살 내리쳤다. 그래도 꽤 아프긴 하겠지만 피가 솟고 살점이 묻어 나오는 여느 매질과는 사뭇 달랐다.

그런 살살 매질에도 겁이 많아선지, 아니면 엄살을 떠는 건지, 형장이 엉덩이에 닿기만 해도 조구는 '아이고, 나 죽네~' 하고 비명을 내질렀다.

그 수상한 매질은 시간적으로도 야릇했다. 대게는 반 시진은 넘기던 다른 매질들과는 달리 겨우 한 식경 만에 그친 것이다. 그러고 나서 그는 곧 옥에 갇혔다.

다음 날 저녁 무렵, 옥사 문이 열리더니 형방이 들어와 조구를 데리고 나갔다. 조구는 또 매타작을 당하나 싶었던지, 금방 숨이 넘어갈 듯 괴덕스럽게 굴었다.

지레 겁을 먹고 사색이 된 조구가 당도한 곳은 군수 가족이 사는 내아內衙 별실이었다.

방문을 열자 잘 차려진 저녁상이 먼저 눈에 들어왔다. 이게 뭔가 싶어 어리둥절해하고 있는데 군수가 들어오더니 싱긋 웃으며, 편히 앉으라 했다.

조구는 이날 밤 군수와 겸상해 맛난 저녁을 먹었다. 그러고 난 다음 날, 조구는 죄인이 아닌 고변자告變者로 바뀌었다.

관아 마당에 놓인 형틀에 느슨하게 묶여있던 조구는 '정여립이 구월산에 왔을 때, 그의 언행이 참으로 괴이하더라'고 했다.

군수가 물으면 기다렸다는 듯 거침없이 대답했다. 그때마다 군수는 남몰래 히죽 웃었다. 술에 취하면 사부랑거리는 주책바가지라 했지만, 눈치 하난 도갓집 강아지처럼 빠른 조구가 썩 마음에 들었다.

이축은 중참 직전 색리* 승삼을 불러 서찰 한통을 누군가에게 보냈다. 승삼이 답서를 들고 돌아온 건 그날 어스름이었으니, 승삼이 오간 거리는 그리 멀지 않은 것이다.

---

* 色吏 : 감영이나 군아에서 곡물을 출납하고 간수하는 일을 맡아보던 구실아치.

승삼이 건넨 답서를 읽고 난 이축은 히죽 웃더니, 곧 행장을 차린 뒤 말 등 위에 올라 어디론가 말을 달렸다.
얼마나 지났을까. 그가 당도한 곳은 재령군載寧郡 관아였다. 재령 군수 박충간朴忠侃이 깜짝 놀라며 그를 맞았다.
"아니, 이 밤중에 어쩐 일이시오?"
이축의 엉덩이가 방바닥에 채 닿기도 전에 박충간이 물었다.
"구봉 선생께서 서찰을 보내셨소. 드디어 때가 왔다고."
"아, 그렇습니까?…"
"쏘시개로 정여립을 택하셨답니다. 내가 쓸 만한 녀석 하날 잡아놨거든요."
그 말이 채 다 끝나기도 전에 박충간이 반색하며 말했다.
"오호~ 이건 마침 가락이올시다."
영문을 몰라 하는 이축에게 눈길을 주며 벙글거리던 박충간이 말을 이었다.
"실은, 나도 한 시진 전, 한 중놈으로부터 '같은 절에 있는 몇몇 중들이, 정감록 망이흥정설의 정씨는 바로 정여립이 아닌가 싶다'고 수군거렸다기에 날이 밝는 대로 그 중놈들을 잡아들일 참이었습니다."
"아, 그래요?… 일이 잘 풀리려나 봅니다."
"그러게요. 그 중놈들까지 잡아 엮으면 모양새가 제법 그럴듯해질 것 같습니다."
"그렇습니다. 여러 어른께서 아주 기뻐하실 것 같습니다."
두 사람이 소곤거리며 입을 맞춘 뒤 이축과 박충간은 헤어졌다.

다음 날, 이번엔 박충간이 이축을 찾아왔다. 한참 동안 밀담을 나눈 뒤 돌아가려는 박충간을 배웅하러 나온 이축이 느닷없이 말에 오르려던 박충간의 옷깃을 잡아끌었다.

두 사람은 수하들에게서 몇 걸음 떨어져 귀엣말을 나누었다. 이축의 말을 듣고 난 박충간이 반색하며 입을 열었다.

"대단하십니다. 어떻게 그런 것까지…. 그럼, 언제 갈까요?"
"미적거릴 이유가 없지요. 감사 영감께도 아뢰어야 하니."

다음 날 중참이 지나 두 사람은 다시 만났다. 그들이 말을 타고 함께 간 곳은 신천군信川郡이었다. 신천 군수 한응인韓應寅 역시 깜짝 놀라며 두 사람을 맞았다.

급히 준비한 술상에 세 사람이 둘러앉았다. 이축과 박충간이 번갈아 여러 얘기를 풀어놓았다. 셋은 모두 다 종4품 군수지만 나이 차는 꽤 난다. 한응인의 나이, 박충간보다는 열 살, 이축보다는 열여섯 살이나 아래였다.

그래서였을까. 한응인은 두 사람의 얘기를 조용히 듣기만 했다. 이야기가 이어지면서 한응인은 한때 자못 심각한 표정을 짓기도 했지만, 나중엔 점차 밝아졌다.

얘기를 다 듣고 나선 활짝 웃으며 말했다.

"역적을 잡아들여 종묘사직을 보존하는 중차대한 일에 저를 끼워주시겠다고 일부러 예까지 찾아주시다니, 뭐라고 감사의 인사를 올려야 할지 모르겠습니다. 다 된 농사에 낫만 들고 나선 것 같아서, 좀 부끄럽기는 합니다다만."

이축과 박충간이 눈을 마주치며 활짝 웃었다. 기뻐할 만한 일이었다. 그럴 리는 없을 거라면서도, 만에 하나 한응인이 '난 거기 끼어들 생각이 없다고 하면 어쩌느냐는 걱정을 나누었기 때문이다.

그렇게 모의謀議는 마루 넘은 수레 내달리듯 일사천리로 진행되었다.

세 군수가 연명한 고변장이 황해 감사 한준韓準에게 전달됐다.

감사도 깜짝 놀라며 '연루자들을 감영으로 압송하라' 지시했고, 이축과 박충간은 미리 물색했거나 잡아둔 다섯 사람을 묶어 보냈다.

황해 감사도 기민하게 움직였다. 이틀 동안 두 군수가 잡아 보낸 죄인들을 심문하고 난 그는 곧 밀계密啓를 작성, 전령 중에서도 가장 믿음직하고 빠른 자를 불러 '한시라도 빨리 말을 달려 도성으로 가라' 명했다.

저뭇해진다 싶더니 잠시 후 어둠은 세상을 꿀꺽 삼켜버렸다. 만인지상萬人之上이라는 임금이 거처하는 대궐도 어둠을 거스르진 못했다. 곳곳에 횃불과 화톳불이 타올라 밤을 밝혔지만, 당연히 대낮 같진 않았다. 계절 탓일까. 한밤중도 아닌 초저녁인데 벌써 을씨년스럽기만 했다.

"내관은 들라."

왕의 옥음玉音이 침전의 창호를 뚫고 나왔다. 내관 고일준이 냉큼 문을 열고 침전 안으로 들어섰다.

고일준은 왕의 안색부터 눈에 담았다. 이를 앙다문 왕의 수염 끝이 파르르 떨렸다. '참새보다 먼저 방앗간을 찾을 것'이라는 우스갯소리를 들을 정도로 눈치가 빠른 고일준은 직감했다. 뭔가 큰일이 터질 것 같다고.

몸을 한껏 낮춘 채 몇 걸음 다가갔다. 왕이 무언가를 움켜쥐고 있었다. 수라상을 물린 직후 입직 승지가 올린 밀계가 아닐까, 싶었다.

"승지를 들라 하라!"

"예, 전하!"

역시 몸을 낮춘 채 뒷걸음질해 침전을 나선 고일준은 승정원을 향해 빠르게 발걸음을 옮겼다. 승지 문환이 마치 기다리고 있었다는 듯 승정원을 나서며 고일준에게 물었다.

"아까 올린 밀계를 보신 것인가?"

"그러신 것 같습니다."

"용안이 어두웠나?"

"그렇게 보였습니다."

밀계엔 보통 좋지 않은 내용이 담긴 경우가 많다. 그게 뭘까 궁금했다.

"전하! 찾아계시옵니까?"

문환이 방안으로 들어서며 입을 열자, 임금이 대뜸 말했다.

"패초를 발령한다!"

오늘따라 임금의 목소리가 유독 거칠게 느껴졌다.

패초牌招는 임금이 승정원에 명해 신하들을 부르는 일이다. '命' 자를 쓴 나무패에다 부르고자 하는 신하의 이름을 써서 승정원 소속 하인들을 시켜 보낸다.

패초를 받은 신하는 그 즉시 달려와야 한다. 오지 않거나 늦으면 중벌을 받을 수도 있다.

"누구를 부르오리까?"

"정승과 판서들, 승지들, 삼사*의 수장과 도총관**이다."

문환은 보통 일이 아니라는 걸 금방 알아차렸다. 이 밤중에 패초를 발령하는 것도 그리 흔한 일은 아니지만, 중신重臣들을 모두 불러들이는 경우는 더욱 드문 일이기 때문이다.

하인 여섯이 패초 목패 두어 개씩을 품에 안은 채 말을 달렸다. 어지러운 말발굽 소리가 밤의 정적을 갈기갈기 찢었다. 기축년(1589년) 10월 초이틀 초저녁이었다.

두어 식경 뒤, 이번엔 승정원 서리가 사관 입직소 문을 두드리며 말했다.

"전하께서 패초를 발령하셨습니다. 대전으로 가십시오."

서리가 문을 닫고 나가자 두 사관은 약속이나 한 듯 눈을 마주쳤다. 그리곤 눈으로 아까 얼핏 들었던 황해 감사의 밀계 때문이

---

* 三司 : 언론을 담당하던 홍문관, 사헌부, 사간원을 일컫는다.
** 都摠管 : 오위도총부(五衛都摠府)의 군무(軍務)를 총괄하던 최고 관직. 정2품이었다.

아닐까 싶다는 뜻을 주고받았다.

지방에서 올라오는 장계狀啓나 왕이 내리는 교서는 사관이 먼저 보고, 주요 내용을 따로 적어둔 뒤 육조와 대간 등에 넘기지만, 밀계는 예외다. 임금 외엔 그 누구도 미리 볼 수 없다. 그래서 밀계인 것이다.

사관 전대식과 이진길李震吉은 지필묵을 챙겨들고 대전으로 향했다.

곧 영상 유전柳㙉을 비롯 좌상 이산해, 우상 정언신鄭彦信 등 세 정승과 도승지 조인후趙仁後를 비롯한 승지들, 홍문관 영사, 대사헌, 대사간 그리고 도총관 등이 앞을 다투듯 잇달아 대전으로 들어왔다.

"이 밤중에 무슨 일로 패초를 발령하셨는지, 아는 사람 있소?"

영상이 물었으나 대답하는 사람은 없었다. 다른 중신들도 옆 사람에게 소곤거려 물었으나 돌아온 건 하나같이 고갯짓이었다.

"주상 전하 납시오."

내관의 경호警號가 들려오자, 대신들은 서둘러 제 자리를 찾아선 채 머리와 허리를 숙여 몸을 낮추었다.

왕이 용상에 앉더니 한동안 말없이 단하의 신료들을 지그시 내려다보았다. 표정이 사나운 것으로 미루어 뭔가 마땅치 않은 일이 생긴 게 분명해 보였다.

잠시 후 사관 석을 내려다보고 난 왕의 입에서 뜻밖의 말이 튀어나왔다.

"이진길을 내보내고 다른 사관을 들이라!"

입시入侍한 두 사관 중 이진길을 콕 짚어 내보내라는 것이다. 왕이 특정 사관을 지목해 그를 내보내고 다른 사관을 들이라니, 듣도 보도 못한 일이다. 중신들의 눈길이 또 한 차례 더 마주치고 얽혔다. '도대체 뭣 때문에 저러는 거야?'하고.

얼이 빠져 어찌할 바를 모르고 주춤거리던 이진길이 다가온 내관의 독촉을 받고 나서야 오리걸음으로 대전을 빠져 나갔다.

영상이 입을 열었다.

"전하! 무슨 일이 있으시옵니까? 옥음을 내리소서."

그 말을 받아 왕이 모두에게 곱지 않은 눈길을 주다가 대뜸 물었다.

"정여립이란 자는 어떤 자인가?"

이건 또 무슨 말인가? 한동안 경연에도 참여했던 정여립을 몰라서 묻는 건 아닐 것이다. 그렇다면 이 밤중에 대신들을 불러들인 일과 관련이 있을 것 같은데 '그 일'이라는 게 도대체 뭘까?… 패초를 발령해 중신들을 불러놓고, 특정 사관을 내보내라 더니, 이번엔 또 특정인을 지칭하며 '그가 어떤 자냐?'고 묻고 있다. 도대체 무슨 일이기에 이 밤중에 콩 튀듯 하는 걸까….

왕이 툭 내던진 말에 신하들은 이번에도 부지런히 좌우로 눈알만 굴렸다.

영상과 좌상이 잇달아 '그에 대해선 잘 모른다'고 했다. 그 뒤를 이어 우상 정언신이 마치 자기 차례를 기다리고 있었다는 듯 입을 뗐다.

큰 키에 하얀 피부, 반짝반짝 빛나는 눈과 신선의 것을 닮은 수염 등으로 어디에 있어도 눈에 띄게 마련인 그가 말했다.
"정여립이 고향인 전주에서 서책을 읽으며 지낸다는 말을 얼 핏 들었사옵니다."
우상의 말이 떨어지기 무섭게 왕이 무엇인가를 정승들 쪽으로 획 하고 내던졌다. 우당탕하는 소리와 함께 정승들 앞으로 굴러 온 건 두루마리 족자였.
그러더니 왕이 버럭 소리를 질렀다. 족자의 가름대가 바닥에 나뒹굴며 냈던 소리보다 더 컸다.
"서책을 읽고 지낸다는 자가 역모를 꾀했다는 말인가?"
'역모'라는 말이 비수처럼 날아와 신료들의 가슴에 박혔다.
'역모? 역모라고?… 그것도 역모를 꾀한 자가 오산 정여립이라는 거야?…'
군신 간의 대화를 기록하던 사관 전대식이 살며시 고개를 갸웃했다.
'오산 공이 모반을 획책했다고?… 그럴 리가…'
전대식이 그렇게 생각하는 까닭이 있다. 정여립이 낙향하기 전까지 그와 자주 만났고, 많은 이야기를 나눠 그가 어떤 사람인지 잘 안다. 그가 아는 정여립은 절대로 역모 같은 불순하고 무모한 짓을 저지를 사람이 아니었다.
그렇게 여기는 건 전대식 뿐이 아닌 모양이다. 몇몇 중신들도 한편으론 놀라고, 다른 한편으론 의아해하는 표정을 감추지 못하는 걸 보면.
"도승지 저 밀계를 낭독하라!"

어명이 떨어지자 도승지가 허리를 꺾은 채 종종걸음으로 왕이 내팽개친 밀계를 집어 들고 자기 자리로 돌아갔다.

밀계를 펼쳐 든 도승지의 손이 가늘게 떨렸다. 도승지가 조심스럽게 헛기침을 한번 하고 나서 밀계를 읽기 시작했다.

'황해감사 한준이 돈수백배하고 아뢰옵니다. 도내 몇몇 고을수령들이 신에게 말하기를 '못된 무리들이 역모를 꾀한다는 얘기가 나돈다' 기에 그들을 잡아 문초한 결과 그 말에 신빙성이 있음을 확인하였나이다. 죄인들이 자복하기를 그들의 수괴는 전주에 사는 정여립이며, 그들은 강이 얼면 전라도와 황해도에 은거 중인 역당들을 휘몰아 일제히 진격, 도성을 장악한 뒤, 무기고를 불태우고 세곡 창고를 점거한 다음 도성 안에 심어둔 자객을 보내 병조판서와 신립 대장부터 제거하기로 하였다 하옵니다.…'

우상 등 몇 사람이 도승지가 낭독한 밀계를 들으면서도 고개를 갸웃했다. 정여립이 역모의 수괴라니, 아무리 생각해봐도 믿기지 않은 모양이었다.

하지만 그들의 입과 머리는 따로 놀았다. 머리로는 '정여립이 그런 짓을 했을 리 없다'고 여기면서도, 입으로는 '관련자들을 잡아들여 엄히 문초하시라' 했다.

임금이 착 가라앉은 목소리로 명했다.

"선전관과 의금부 도사를 황해도와 전라도로 보내 역모 관련자들을 빠짐없이 모두 잡아들이도록 하라!… 그리고 위관*은

---

* 委官 : 죄인을 신문할 때, 의정 대신 가운데서 임시로 뽑아 임명한

우상이 맡아 엄히 조사토록 하오."

"예, 전하! 신, 정언신, 명을 받들겠나이다."

정언신은 동래東萊 정씨로 정여립과는 9촌간이다. 왕은 정언신이 정여립의 삼종숙임을 모르는 것일까, 아니면 알면서도 맡긴 것일까. 물론 그 속을 아는 사람은 없었다.

사관史官은 역사의 초고草稿를 작성하는 관원이다. 그 소임이 막중하기 이를 데 없지만, 품계는 그리 높지 않다. 사관 중 맨 윗자리인 봉교奉敎는 정7품, 대교待敎는 정8품, 그 아래 검열檢閱은 정9품에 불과하다.

관품이 낮긴 해도 같은 품계의 벼슬아치들과는 비교조차 되지 않는다. 사헌부 사간원 홍문관 등 삼사와 함께 '속된 데 없이 맑고 화려한 직책'을 뜻하는 청화직淸華職으로 꼽히기 때문이다.

사관은 왕명을 출납하는 승지들과 함께 궁중에서 번갈아 숙직하며, 모든 벼슬아치가 정전正殿에 모여 임금에게 문안을 드리고 정사를 아뢸 때, 임금이 학문을 닦는 경연經筵, 신하들과 국정을 협의할 때 등 임금이 자리하는 모든 궁중 행사에 참석한다. 심지어 특정 신료가 개별적으로 임금을 만나 자문하거나 중요 사안에 대해 아뢰는 자리에도 차고앉는다.

당연한 얘기지만 아무리 군왕이라도 '오늘은 아무개 사관을

재판장.

들이라', '아무개는 들이지 말라'고 명할 수도 없고, 그래서도 안 된다. 더더구나 이미 자리를 잡고 앉은 사관을 내보내고 다른 사람을 들이게 한 건 본 적도, 들어본 적도 없다.

한데 그런 해괴망측한 일이 대전에서 여러 중신 앞에서 벌어졌고, 당직 사관이었던 전대식 대교는 그 장면을 직접 목격하기까지 했었다. 그날 밤 내내 전대식이 얄망궂은 느낌에서 빠져나오지 못했던 것도 그 때문이었다.

어전회의가 끝난 뒤, 전대식은 대전을 나와 입직 방으로 향했다. 저만치 보이는 입직 방 앞에서 서성이는 이진길 검열이 눈에 들어왔다. 서른 걸음 남짓 떨어진 거리라서 그의 세세한 표정까지 다 살피긴 어려웠지만, 반쯤 정신이 나간 것 같았다. 왜 아니겠는가. 자신을 지목해 '이진길을 내보내라'는 어명이 내려져 영문도 모르고 쫓겨나다시피 했으니, '도대체 무슨 일인가' 싶어 마음을 졸였을 것이다.

가까이 다가가자 이진길이 입을 감쳐물고 배트작거리며 다급하게 물었다.

"저, 전하께서 왜 저, 저를 나가라 하신 겁니까?"

"들어가서 얘기하세."

전대식은 그의 등을 감싸 안듯 하고 입직 방으로 들어갔다. 방 안으로 들어가 자리를 잡고 앉은 뒤에도 전대식은 잠시 망설였다. 뭐라고 말해주는 게 좋을까 해서.

그러나 숨긴다고 해서 아무 일도 없었던 것처럼 넘길 수 있는 일은 아니라는데 생각이 미쳐, 결국 곧이곧대로 말해주었다.

"황해 감사가 역모를 고변하는 밀계를 보내왔는데, 그 수괴가 자네 외숙이라네."

머뭇거리다간 말을 다 끝낼 수 없을 것 같아, 뭔가에 쫓기듯 서둘러 빠르게 말했다.

"예에?"

이진길이 자지러지듯 놀라는가 싶더니 곧 하얗게 질렸다. 핏기 없는 입술이 이따금 떨렸다. 놀란 토끼 벼랑바위 쳐다보듯 한참 동안 그냥 눈만 껌벅였다.

"충격이 크겠지만 고정하시게. 이런 때일수록 차분해져야 하네."

"그, 그럴 리가 없습니다. 역모라니요? 외숙님께선 절대로 그런 황당무계한 짓을 저지르실 분이 아니십니다. 그래야 할 까닭도 없지 않습니까?"

"나도 알아. 나도 그리 생각해. 뭔가 오해가 있을 것이야."

말은 그리했지만 말 몇 마디로 풀릴 수 있는 오해 같은 게 아니라는 건 두 사람 다 알았다. 사소한 잘못 때문에 간관들의 탄핵을 당한 것과는 비교 자체가 안 되는 일이다. 역모라지 않은가. 그것도 그냥 연루된 게 아니라 수괴라 한다. 그다음에 벌어질 사태는 상상해보는 것만으로도 오싹해졌다.

이진길은 밤새 입을 닫은 채 한마디도 하지 않았다. 눈도 붙여보지 못했을 것이다. 자는 둥 마는 둥 한 건 전대식도 마찬가지였다.

다음 날 아침, 평소보다 일찍 입궐한 이희영 봉교가 전대식을 보자마자 대뜸 물었다.
"궐 안 분위기가 좀 이상하던데, 밤새 무슨 일 있었는가?"
"예. 황해 감사가 역모를 고변하는 밀계를 보내왔고, 전하께서 패초를 발령, 중신들을 불러들이시는 등 긴박하고 어수선했었습니다."
"역모? 어디서, 누가?"
"그게… 오산 공이라 했습니다."
"뭐어? 오산?… 정여립 공 말인가?"
"예. 그뿐 아니라… 전하께서 이 검열이 오산 공의 생질임을 어찌 아셨는지 그를 대전에서 내보내라고…."
"그건 또 무슨 소리야?…. 그래, 이 검열은 지금 어디 있는가?"
"조금 전에, 그럴 리 없다면서도, 외숙이 역모의 수괴라 하니 가만있을 수 없다며 자진해서 의금부로 갔습니다."
"오산 공이 역모라니?… 그럴 리 없어, 누군가 함정을 판 거야.…"
"저 역시 그리 생각합니다."
두 사람 다 오산 정여립과는 각별한 인연이 있다. 정여립에 대해 좀 아는 척하는 것도 그 때문이다.
전대식이 정여립을 처음 만난 건 성균관 유생 시절이었다. 평균적으로 남들보다 5년 이상 빠른 24살 때 문과에 급제하고 성균관 학유學諭로 있던 정여립은 언제 무엇을 물어도 척척 다 대답해주었을 뿐 아니라 언변까지 뛰어났다. 그런 그가 너무 좋아 전대식은 일부러 정여립 주변을 맴돌며 이것저것 묻고,

그리고 많이 배웠었다.

성균관 학유 역시 종9품으로 품계는 낮지만, 아무나 가고 싶다고 갈 수 있는 자리가 아니다. 성균관 입학 심사에 관여하는 등 맡은 일이 중하기 때문이다. 세종대왕 시절엔 '성균관 학유는 모든 면에서 유생들의 모범이 돼야 한다'며, 학덕이 뛰어난 자를 신중히 고르고 고른 뒤, 대간의 동의까지 얻고 나서 벼슬을 내렸을 정도였다.

정여립과 좀 멀기는 해도 인척이기도 한 이희영 역시 그가 홍문관 수찬修撰(정6품)으로 있을 때 같은 곳에서 정자正字(정9품)로 봉직하며 여러 달 지근에서 지켜보았었다.

이희영은 평소 주위 사람들에게 '오산 공은 총명한데다 많은 서책을 읽어 제자백가의 학문에 두루 능통해 어떤 주제로 이야기를 나누어도 막힘이 없었고, 특히 시경의 자구 해석 등에 해박하며, 무슨 일을 맡겨도 빈틈없이 잘 해내시더라'고 얘기해왔었다.

자기주장이 좀 강한 편이고, 아닌 것은 아니라고 분명하게 말하는 똑 부러진 성정 탓에 오산 공을 거북해하는 사람들이 더러 있긴 했지만 그게 흉이 될 일은 아니다. '바른말 하는 사람, 귀염 못 받는다'는 속담도 있긴 하지만, 상대가 듣기 좋은 말만 입에 올리며 속과 겉이 다르게 살기보다는, 분명하고 솔직하게 말해주는 게 훨씬 더 낫다는 게 그의 지론이기도 했다.

"내가 확실하게 장담할 수 있는 건, 그분은 역모 같은 거칠고 경솔한 짓을 하실 분은 결코 아니라는 거네. 누가 뭐라던 나는 그렇게 믿네."

 이희영이 거침없이 자기 생각을 털어놓자, 전대식은 누가 듣기라도 하면 어쩌나 싶은 건지, 자주 주위를 두리번거렸다.

 "하지만 사형師兄! 그런 말씀은 다시 입에 올리지 마십시오. 잘못했다간 큰일 나십니다. 서인들 귀에 들어가면 무슨 해코지를 할지 모릅니다. 더구나 사형께선 오산 공의 인척 아니십니까. 각별하게 언동에 유의하셔야 합니다."

 "그, 그럼세.… 한데 서인들 귀에 들어가면 해코지를 할지 모른다니, 그러니까 자넨 이 변란을 서인들이 꾸민 것 같다, 그리 생각하시는가?"

 "아직 확인된 건 아니지만, 저는 그럴 가능성이 높다고 생각합니다."

 다음 날, 전대식이 막 등청한 이희영을 흘금거렸다. 선뜻 입 밖으로 꺼내놓기가 어려운 얘기를 시작하기 전이면 그는 늘 그랬다. 한참 뒤, 전대식이 입을 열었다.

 "저어, 병조 참지 백유양白惟讓 공이 오산 공과 가까이 지낸 사람 명단에 자신이 포함됐다니 사직하고자 한다는 상소를 올렸다 합니다.… 사형을 두고도 오산의 인척이니 연결고리를 찾아볼 필요가 있다고 수군거리는 자들이 있다던데, 혹 들어보셨습니까?"

 "어, 그래. 나도 들었네. 그래서 어찌할까 생각 중일세."

 그날 밤, 이희영은 간곡한 상소문을 써 올리고 대기했다. '정여립과는 인척이며, 3년여 전 조부상을 당해 고향에 내려갔을 때 정여립이 문상을 와 만나기도 했지만, 그 뒤론 만난 적도, 서찰 한 통 주고받은 적도 없습니다. 하오나 신에 대해 이러쿵저러쿵하는 자들이 있다고 하니, 소신의 연루 여부를 명명백백 밝혀주소서'라고.

다행히 왕은 '그대를 믿는다. 괘념치 말라'는 비답批答을 내려주었다.

그다음 날, 사헌부와 사간원이 합사, '역도와 가까운 친척으로 추국을 받고 있는 이진길의 이름 석 자 앞에 단 하루라도 사관이라는 명칭을 붙여둘 수 없으니 그의 관직을 즉각 삭탈하시라'고 아뢰자, 왕은 곧 '그렇게 하라' 했다.

그날 이후 이희영과 전대식은 이진길을 보지 못했다. 혹독한 형문에도 '나는 전혀 아는 바도 없지만, 외숙님께서 역모를 획책했을 리 만무하다'고 버티고 있다는 얘기만 들었다.

4년여 전, 왕은 경연에서 홍문관 수찬이던 정여립을 자주 보았다. 대개는 신료 10여 명과 함께였지만, 두세 번인가는 그와 단둘이 얘기를 나눈 적도 있다.

그는 어떤 질문을 해도 막힘이 없을 정도로 아는 게 많고, 기백도 넘쳐 보였으며 말솜씨도 뛰어났다. 굳이 흠을 들춰내자면 자기주장이 좀 강한 편이고 고집도 있어 보인다는 것이었다. 그래도 처음엔 '그 정도 흠 없는 사람이 어디 있으랴' 했었다.

하지만, 그와 대화를 주고받는 일이 잦아지면서 차츰 불편해지기 시작했다. 너무 똑똑한 그가 좀 부담스럽게 여겨진 것이다.

그는 유독 정관정요*를 자주 인용했다. '위대한 군주였던 당 태종이 나라를 다스린 23년 치세를 한시도 잊지 마시라'는 말을 여러 번 되뇌곤 했었다.

'충직한 간언으로 당 태종을 보필한 위징魏徵은 백성을 하늘처럼 떠받들어야 비로소 어진 군주라 할 수 있다'고 거듭 간했사옵고, '군주는 배요, 백성은 물이라. 그 물은 배를 띄울 수도 있지만 뒤엎어버릴 수도 있다'고 했던 공자의 말씀을 들먹일 땐 유독 '뒤엎어버릴 수도 있다'는 대목을 또박또박 힘주어 말했었다. 오죽하면 '지금 이 자가 나를 겁박하는 것인가'해서 몹시 언짢기도 했었다.

그렇다고, 그 때문에 그를 곱지 않게 본 건 아니다. 뭔가를 주청하는 걸 못 들은 척했더니 며칠 후 또 아뢰었다. 좀 짜증을 내며 '그 일은 재론치 말라 하지 않았느냐'고 꾸짖었더니, 그가 마치 공박하듯 말했다.

"당 태종께선 수십, 수백 번이나 같은 말을 지겹도록 줄기차게 아뢰는 위징을 내치지 않고 그의 간언을 받아들여 당신의 잘못을 바로잡으셨다는 사실을 잊으셨습니까?"

당 태종과 비교해 감히 군왕을 깔보는 것 같은 언사라는 생각이 든 데다, 말투조차 심히 건방졌다. 바로 그날이었다. 문득 군주인 자신보다 신하인 그자의 식견이 더 높은 것 같다는 느낌

---

* 貞觀政要 : 당 태종 이세민과 신하의 정치 문답을 정리한 책으로 그의 정치철학이 담겨있다.

이 얼핏 스쳐 가듯 했다. 마땅찮고 기분이 좋지 않았다. 군주가 신하에게 순간적으로나마 열등감을 느끼다니, 말도 안 되고, 있을 수도 없는 일이다. 하지만 잠시 잠깐이긴 했어도, 다른 누구도 아닌 자신이 직접 느꼈던 걸, 그건 아니라고 부인할 수는 없었다. 그게 그자의 탓이 아니라는 걸 잘 알면서도 그날 이후 괜히 그가 밉살스럽고 노엽게 여겨졌었다.

그 참에 그를 헐뜯는 소리들이 들려왔다. '정여립이 율곡으로부터 적잖은 보살핌을 받았으면서 율곡이 세상을 떠난 뒤 율곡에 대해 험담을 하고 다닌다'는 것이었다.

왕은 생전에 율곡을 중용했고, 많이 의지하기도 했지만, 율곡을 좋아하기까지 한 건 아니다. 워낙 직언을 많이 해 편치 않았고, 그래서 더러는 껄끄럽게 여겨지기도 했었다. 하지만, 학자나 대신으로썬 율곡만 한 사람을 찾아보기는 쉽지 않을 것이라는 생각엔 변함이 없고, 그래서 이전에도 지금도 율곡을 높이 평가하고 있다.

정여립이 율곡을 헐뜯고 다닌다는 얘기를 듣는 순간 왕은 '스승처럼 받들었던 율곡이 죽은 뒤에 배신한 것으로도 모자라 험담까지 하고 다니다니, 참으로 못된 자 로구나' 싶어, 그를 괘씸하게 여겼었다.

게다가 율곡의 조카 이경진李景震이 올린 정여립을 맹비난하는 상소를 읽고는 더더욱 정여립을 마땅치 않게 여겼었다.

'신은 서인도 동인도 아닌 신민일 뿐'이라 강조해온 정여립의 말도 믿지 않았고, '정여립은 오늘의 형서邢恕'라며 호되게 비판

한 것도 다 그 때문이었다.

중국 송나라 때 사람인 형서는 정주학程朱學의 창시자인 정이천程伊川의 제자로 출세욕이 강해 스승도 배신하고, 권력의 향배에 따라 간에 붙었다 쓸개에 붙기를 예사로 했던 사람이다. '지조가 없는 소인' '스승을 저버린 패륜아' 등 못된 인간의 표본으로 통용되고 있다.

임금이 '정여립은 오늘의 형서'라고 했다는 말은 정여립의 귀에도 들어갔을 것이다. 그 얘기를 들었을 때 그는 아마도 심한 모욕감으로 온몸을 부르르 떨었으리라.

얼마 후 정여립은 구구하게 사직의 변을 담은 상소를 올렸지만, 건성으로 대충 훑어본 뒤 비답은 내리지 않았다.

그가 낙향했다는 얘기를 들은 건 사직 상소를 받고 난지 한 달쯤 됐을 때였다. 감히 어명을 기다리지 않고 제멋대로 낙향해 버리다니, 죄를 물을까 하다가, 가까스로 참았었다.

그래도 괘씸한 마음은 쉽게 가시지 않았었다. 그가 낙향한 지 2년이 넘어가면서 전라도 금구 군수와 황해도 도사 자리가 비었을 때, '정여립은 찾아보기 쉽지 않은 인재이니 불러다 곁에 두고 쓰시라'고 말한 대신도 있었고, 삼망*에도 올라왔으나 쓰다 달다 아무 말도 하지 않고 무시해버린 것도 다 그 때문이었다.

---

* 三望 : 벼슬아치를 발탁할 때 공정한 인사를 위해 세 사람의 후보자를 임금에게 추천하던 일.

다음 날 아침, 역모를 꾀한 자들이 있었고, 그 수괴가 정여립이라더라는 소문이 바람에 묻어 궐 담을 넘었다.

참으로 이상한 건, 그 소문을 듣고도 정여립을 아는 사람 중 상당수가 선뜻 믿으려 하지 않았다는 것이다. 심지어 그를 증오하다시피 해온 일부 서인들까지 그랬다.

이산해, 정언신, 류성룡柳成龍, 이발 등 동인 중진이 한자리에 모였다. 이발이 먼저 입을 열었다.

"오산은 되통스러운 사람도 아니었을 뿐더러 그 누구보다 물때썰때를 확실히 아는 준재였습니다. 그런 사람이 어떻게 그런 허무맹랑한 짓을 저질렀다는 것입니까? 말도 안 됩니다."

이발은 '정여립 역란이라는 거, 서인 3인방이 작당해 꾸민 일이 분명하다'고 까지 했다.

'서인 3인방'이란 정철과 송익필, 성혼을 일컫는 말이다. 원래는 율곡을 포함, 한나절에 오갈 수 있는 거리인 고양 등지에 살면서 결집해 '서인 4인방'으로 일컬어지다 4년 전 율곡이 타계한 뒤 3인방으로 바뀌었다.

"우리 중에 오산이 무고하다는 걸 모르는 사람이 어디 있겠습니까. 문제는 아무리 사방을 두리번거려도 당장은 탈출구가 보이지 않는다는 게 문제지요."

"재령군수 박충간은 따로 더 자세한 역모 정황이 담긴 밀계를 보냈다면서요?"

"그자, 사간원의 탄핵을 당했었죠?"

사간원은 지난해 박충간이 고을 사람들을 보살피기는커녕 가혹한 처사로 뿔뿔이 흩어져 떠도는 백성이 많고, 빈집을 취해 절을 짓게 하는 등 반유교적 행태를 보여 왔다며 파직해야 한다고 탄핵했었다. 하지만 임금이 '사실관계를 조사해보라' 해놓곤 조사 결과는 챙기지 않아 흐지부지됐었다.

"그 허물을 만회해보고자 이번 일을 꾸몄을 수도 있겠구먼."

말없이 좌중의 말에 귀를 기울이면서도 연신 고개를 갸웃거리던 정언신이 입을 뗐다.

"말씀들 하신 대로, 고변자 4인 중 3인의 면모가 예사롭지 않습니다. 박충간과 이축은 세평이 좋지 않은 자들이지만 둘 다 송익필 측근이고, 한준은 전라도 감사 시절 정해왜변丁亥倭變 때 군사를 이끌고 순천까지 갔다가 왜구들의 서슬에 놀라 우왕좌왕한 사실이 드러나 황해 감사로 좌천된 자 아닙니까."

"그러니까 역변을 꾸며 자신들에게 덧씌워진 부정적인 평가를 만회해보려 작당했을 수도 있다고 여겨집니다. 한응인은 공신이라서 만약을 대비해 끼워 넣었을 것이고."

그에 반해 정여립은 정해왜변 때, 남해안을 들쑤시던 왜구들을 섬멸하는 데 적지 않은 공도 세웠었다.

정해왜변이란 2년여 전, 왜구 수백 명이 18척의 배에 나눠 타고 남쪽 해안가 손죽도와 선산도 등지에 난입, 민가에 불을 지르고 백성 수백 인을 잡아갔고, 녹도만호鹿島萬戶 이대원李大源이 겨우 100여 명의 군사를 이끌고 적장을 사로잡는 등 분전했으나 아차 하는 순간 왜구들에게 잡혀 목숨을 잃었던 바로 그 난리다.

그때 정여립은 전주부윤 남언경南彥經의 요청을 받고 난 다음 날, 수백 대동계원을 거느리고 손죽도로 향했었다. 대동계가 도착했을 땐 대다수 왜구는 이미 퇴각한 뒤였지만, 손죽도 인근에서 미처 달아나지 못한 왜구의 배를 발견, 기습 공격을 감행해 일당 모두를 죽였었다. 그 일이 있고 난 뒤, 왜구들은 '정여립이 온다더라' '대동계가 오고 있다'는 얘기만 들려도 달아나기 바빴다고 한다.

이산해가 눈을 감은 채 여러 사람이 두런대는 소리를 듣고만 있자, 이발이 물었다.

"대감께선 오산이 정말 역모를 획책했다고 생각하십니까?"

"그럴 리가요… 터무니없는 음햅니다. 그가 왜 그런 무모한 짓을 했겠습니까?"

"얼음이 얼면 황해도와 전라도에서 동시에 병사를 일으켜 강을 건너 무기고를 불사르고 군량 창고를 약탈하고, 신립 장군 등을 살해하고… 그게 가당키나 한 일입니까?"

"어림없는 말이지요. 밀계를 보낸 한준이나 박충간, 이축, 한응인 등 넷이 모두 서인들이니, 더 생각할 것도 없이 이건 서인 놈들이 판 함정인 게 분명합니다."

"문제는, 아무리 그렇다곤 해도 역모로 몰렸으니, '정여립은 그럴 사람 아니다' '이건 어떤 세력이 동인을 음해하기 위해 쳐놓은 덫'이라고 말할 수가 없다는 것이지요."

"그렇습니다. 지금 역모 자체를 부정하고 나섰다간 연루자로까지 몰릴 수 있습니다."

둘러앉은 열두 사람 모두 하나같이 얼굴에, 어깨에 무거운 걱정을 주렁주렁 매단 채 한숨만 내쉬었다.

"오산이 제 발로 궐로 들어와 꼬인 매듭을 풀어주었으면 좋겠는데…."

"더 바랄 나위 없는 상수지요. 조선 천지엔 그의 말재주를 당해낼 사람은 없을 것이니 그가 와서 일장 변설辯說을 늘어놓으면 다 해결될 것입니다."

"문제는 저들이 그런 것까지도 예상하고 대비를 해놓았을 수도 있다는 것입니다. 그들도 오산이 어떤 사람이라는 건 잘 알고 있으니, 그가 도성에 발을 붙이지 못하게 손을 써두었을 수도 있다, 그 말입니다."

"만약 정여립이 저들에게 붙잡히기라도 해서 의금부에 나오지 못하면 그건 낭팬데…."

"우리 쪽 사람들을 보내 저들과 주먹다짐이라도 해서 오산을 빼내오면 어떨까요?"

"그건 안 됩니다. 만약 지금 우리 쪽에서 잘못 움직였다간 공연히 책만 잡혀요. 동인 전체가 위험에 빠질 수 있다, 그 말입니다."

또 여기저기서 한숨 소리가 연이어 새어 나왔다. 그 한숨들로 분위기는 더욱 무겁게 가라앉았다.

왕이 국청鞠廳으로 들어서자, 대소 신료들은 일제히 왕을 향해 허리를 굽혔다.

자리에 앉은 왕이 형틀에 묶여있는 죄인들을 내려다보고 눈살부터 찌푸렸다.

"저들이 황해도 감사가 잡아 보낸 역도들인가?"

"그러하옵니다, 전하!"

위관 정언신이 대답하자, 왕은 다시 죄인들을 찬찬히 훑어보며 말했다.

"행색이 하나같이 초라한데… 저들의 수괴가 정여립이든, 다른 누구든 간에 어찌 저런 자들과 대역을 도모했다는 말인가?"

혼잣말이었다. 그러더니 죄인들을 향해 직접 물었다.

"너희가 반란을 모의했다는 게 사실이냐?"

그중 하나가 잠시의 망설임도 없이 곧장 대답했다.

"저흰 반란이니 뭐니 그런 건 모릅니다. 저흰 그냥 배곯지 않고 살 수 있는 길을 찾아보자고 했을 뿐입니다."

왕이 떠름한 표정으로 좌우의 대신들을 흘깃거리고 나서 죄인들에게 다시 물었다.

"어떻게 하기로 한 것이냐?"

"다른 지역은 모르겠고, 황해도 군사들은 도성 인근 홍제원까지 내려와 진을 치고 있다가 바다와 강을 통해 들어오는 군량을 포함한 양식들을 빼앗기로 했습니다."

"양식을 빼앗기로 했다?… 설마 맨손으로 빼앗으려 했다는 건 아닐 것이고, 무기는 어디서 구한 것이냐?"

"무기는 없지만, 우리에겐 낫과 곡괭이 같은 게 있습니다."

내내 미간을 좁히고 있던 왕이 '이건 또 무슨 소린가?' 싶은지 잠시 죄인들을 내려다보다가 벌떡 일어나 국청을 나가버렸다. 신료들에겐 눈길 한번 주지 않았다.

대신들이 영문도 모른 채 당황하며 왕을 배웅하고 난 뒤 다시 각자의 자리에 앉았다.

옆에 좌상이 있긴 하지만, 이제부터 옥사를 주관할 사람은 위관인 우상 정언신이다.

"홍제원까지 내려와 진을 치고 기다리다, 강과 바다를 통해 들어온 식량을 탈취하자고 말한 사람, 그러니까 너희 대장은 누구냐?"

"정여립이오."

정언신이 어이가 없다는 듯 헛웃음을 웃었다. 정언신이 무심한 표정으로 옆자리에 앉아 죄인들을 내려다보고 있는 좌상 이산해에게 눈길을 주며 말했다.

"저자들, 뭔가 좀 이상하지 않습니까?…"

"무슨 말씀이오?"

"자기들 대장이라는 정여립 이름 뒤에 대장이나 장군, 어른 등 경칭을 붙이지 않고 달랑 이름 석 자만 대다니…."

"흐음… 듣고 보니 그렇군요. 불한당들이라 그런가?"

"불한당들일수록 그들끼리는 위계가 더 분명하다고 들었습니다.… 혹 누군가 저들에게 잘 먹고 살게 해주겠다고 속여 이러저러하게 대답하라, 그렇게 시킨 건 아닐까요?"

좌상이 무슨 말인가를 꺼내려고 입을 달싹거리다 곁에 있는 한성판윤 홍성민洪聖民을 흘깃하더니, 말은 삼키고 입은 닫았다.
 우상 정언신이 말을 이었다.
"어떤 경로로 진격하고 어디에 진을 칠 것인가 등등 군사 운용 계획은 지휘부나 알 수 있는 주요 기밀입니다. 황해 감사 등이 전하께 올린 밀계엔 그런 걸 누구에게서 어떻게 입수했는지, 그런 게 없었습니다."
 정언신은 우의정이 되기 전 4년여 병조판서를 역임했다. 그 덕분이었는 군무軍務에도 무척 밝고, 많은 장졸들의 신망도 두터웠다.
"그래서 말인데요, 먼저 수령들을 불러 고변의 출처가 어딘지, 누구인지, 믿을 만한지, 그것부터 파악해야 하지 않을까요?"
 위관 정언신이 좌상에게 건넨 말이었다. 근처에 있던 이조참판 임국로任國老도 고개를 끄덕이며 '그게 순서일 것 같다'고 말을 보탰다.
 그때 홍성민이 툭 튀어나와 반박하고 나섰다. 말본새도 거칠었다.
"우상 대감, 그 무슨 말씀이십니까? 역모의 진상을 살피는 게 무엇보다 시급한데 그건 미뤄두고 고변한 공을 세운 관원부터 추궁하자는 것입니까? 그런 법은 없습니다."
 홍성민은 서인이다. 만약 동인 쪽에서 짐작하는 대로 이번 옥사가 서인들이 판 함정이라면, 그는 고변한 사람들부터 조사해보자는 의견을 한사코 막아야 했을 것이다.
 정언신이 홍성민의 말을 반박하려고 막 입을 떼려는데 이번엔 좌상 이산해가 나섰다.

"자, 자… 고변의 출처 조사는 차후 일이고, 우선 눈앞에 있는 저자들부터 엄히 신문해 자복을 받아내도록 합시다."

그 말이 떨어지기 무섭게 차고 시린 바람이 국청을 덮치듯 한바탕 휘감고는 곧 사라졌다.

마땅찮은 표정으로 잠시 이산해를 바라보고 난 정언신이 형리들에게 명했다.

"저들에게서 바른말이 나올 때까지 형신*을 가하라!"

뒤이어 단말마의 비명소리가 국청에 울려 퍼졌다. 죄인들의 뼈는 으스러지고 살은 탔다.

10월 초이레 날, 어명을 받고 전주로 갔던 의금부 도사 유담이 '정여립의 행방이 묘연하다, 낌새를 채고 도주한 것 같다'는 서장을 보내왔다.

"정여립이 도주했다?… 그렇담 그가 역란을 모의한 게 사실이다, 그 말인가?"

왕이 나직이 중얼거렸다. 혼잣말이었다. 그 혼잣말로 미루어 보면, 그동안 왕은 황해 감사의 밀계를 받고 난 이후 지금까지도 '설마, 정여립이 역란을 도모했을까? 그렇게 생각해온 게 아닌가 싶다.

---

* 刑訊 : 죄인의 정강이를 때리며 죄를 추궁하던 일.

대전 안이 쥐 죽은 듯 조용했다. 모두가 숨소리조차 삼가는 것 같았다. 그때 왕이 버럭 소리를 질렀다. 근래 왕은 툭하면 버럭 한다.

"왜들 말이 없는가? 정여립은 그대들과 같은 편 아닌가? 그래서 감싸고 싶은 것인가?"

자기가 혼잣말을 해놓고 왜 대꾸가 없느냐고 화를 내다니, 어이가 없었다.

20여 년 전, 나이 열여섯에 후궁의 아들도 아닌 손자는 감히 꿈도 꾸어볼 수 없었던 보위를 물려받았을 때, 그는 어쩔 줄 몰라 쩔쩔매던 어정뱅이였다.

물론 지금은 아니다. 20년 넘게 보위에 앉아 신하들을 호령해 온 터라 언제 어디서나 바짝 위엄을 세운다.

"전하! 어찌 그런 민망한 옥음을 내리시나이까. 사직과 나라를 위태롭게 하는 대역을 논하는 자리에서 누가 내 편, 네 편을 가르겠나이까."

"그렇습니다. 어서 사헌부 의금부 포도청 등을 총동원해 역도들을 추포하라 명하소서."

왕의 눈길을 받으면 아무 말이든 해야 했다. 가만있다간 무슨 날벼락을 맞을지 모르니.

그제야 찌푸렸던 미간을 풀고 난 왕이 말했다.

"윤자신尹自新을 전주 부윤으로 삼고, 그에게 군사들을 보내 하루속히 역도들을 추포케 하라!"

왕은 얼마 전, 윤자신의 벼슬을 정3품 호조참의에서 종2품 호조 참판으로 올려주었다. 그러자 양사가 '명을 거두시라' 거듭 청하고 나섰다. '윤자신은 판서에 버금가는 참판 자리를 감당할 그릇이 못 된다'는 게 그 이유였다. 양사는 자그마치 10여 차례나 윤자신을 서임하신 뜻을 거두시라 읍소했었다.

하지만 끝내 못 들은 척하던 왕이 이번엔 역변을 핑계로 서경*도 생략한 채 그를 전주 부윤으로 삼은 것이다.

양사의 탄핵이 이어지면서 바늘방석에 앉아있는 같던 윤자신은 '전주부윤으로 삼는다'는 어명이 떨어지자 안도하며 기쁨을 숨기지 못하고 벙글거렸다.

서둘러 임지로 내려간 그는 곧바로 기민하게 움직였다. 난처한 처지에서 구해주신 성은에 보답하려면 서둘러야 한다, 그 마음뿐이었을 것이다.

맨 먼저 관내 선비들을 한 자리에 불러 모았다.

"정여립과 가까이 지냈는데도 지금껏 버젓이 살아있는 자는 물론 저지른 죄에 비해 가벼운 처벌을 받은 사람까지 낱낱이 모두 고하라. 역적과 가까이 지낸 사람을 알면서도 고하지 않은 게 드러나면, 죽음을 면치 못할 것이다."

윤자신의 으름장은 잘도 먹혀들었다. 선비입네 하고 거들먹거려 온 자들 대개는 상천들에겐 큰소리치지만, 권력 앞에선 한없이 졸아드는 나약하기 짝이 없는 자들 아닌가. 믿음이나 의리 같은 것들은 살아있을 때나 입에 올리는 것이지, 죽음 앞에선

---

* 署經 : 왕이 새 관원을 임명한 뒤 그의 이력 등을 적은 문서를 사헌부와 사간원에 보내 가부를 묻던 일.

아무짝에도 쓸모없다는 걸 그들은 너무나 잘 알았다. 제 목숨 내놓으면서까지 지켜야 할 신의信義 같은 건 없다는 것도.

그들은 살아남기 위해 닥치는 대로 이 사람 저 사람을 끌어다 댔다. 열흘도 안 돼 전주와 금구에서 정여립과 가까이 지냈다는 이유로 붙잡혀 도성으로 끌려간 사람이 일흔도 넘었다. 그중엔 대동계원 스무 명 남짓도 포함돼 있었다.

대동계원들은 처음엔 서슬 퍼런 국청에서도 당당했었다.

'네 놈들이 반역을 획책했다는 게 사실이냐?'는 추관의 호통에도, '우리는 차별과 착취가 없는 대동 세상을 꿈꿔보기는 했어도 반역 같은 건 생각조차 해본 적이 없다'고 받았다.

"대동이 뭐냐?"

"유가의 경전인 예기에 나오는 그 대동입니다. 신분적인 평등과 재물의 공평한 배분을 통해 안정된 생활을 영위하고 악의적인 음모나 모략을 배제해…"

"조선의 모든 권력과 재화는 군왕의 것이고, 신분의 구별은 법으로 공인된 제도다. 한데 그것을 거부하겠다면, 그게 바로 대역이라는 걸 모르는 것이냐?"

"군왕을 부정하자는 게 아닙니다. 전하께서 어진 자를 등용하시고 재주 있는 자를 정치에 참여시켜 부정부패를 근절하고 서로 돕고 사는 참다운 세상을 이루시게 하자는…"

"그래서 그런 세상을 이루었느냐?"

"대동 세상이 그리 쉽게 이루어지는 건 아닙니다. 하지만 언젠가는 이루어질 것이라고, 저희는 믿습니다."

"그대들의 수괴가 정여립이라 하던데, 맞는가?"

"어찌 그분을 못된 짓을 하는 수괴로 칭하십니까. 그분은 우리에게 사람의 도리, 백성의 도리를 가르쳐 주셨고, 각자 지금의 자리에서 최선을 다해 헐벗고 배곯는 사람 없이 모두가 함께 잘 살 수 있는 세상을 만들어 가자고 다독여주셨습니다. 그래서 한때나마 희망과 기대를 안고 살 수 있게 해주신 고마운 분이십니다."

하지만 매에는 장사가 없다지 않던가. 처음엔 대동사상을 입에 올리며 자신들에겐 아무 잘못이 없다고 우기던 그들도 매질이 계속되자, 어차피 죽을 것이니 끔찍한 고신拷訊 만은 피하는 게 낫겠다 싶었을 것이다. 결국엔 대다수가 추관들이 시키는 대로 자복하고 죽었다.

위관 정언신은 과도한 형문刑問 만은 피해 보려 무진 애를 써봤으나, 서인들의 성화와 등쌀은 이겨내지 못했다. 결국 위관을 맡고 있으면서도, '정여립 역란'에 연루된 죄인들에게 가해지는 가혹한 고신을 멀거니 지켜보기만 하는 처지가 되고 말았다.

국청은 말 그대로 아비규환이었다. 참나무나 박달나무 같은 재질이 단단한 나무로 만든 형장 몇 대를 맞고 나면 금방 피가 솟고 살점들이 산지사방으로 튀었다. 숯불에 벌겋게 달군 인두로 발바닥을 지지는가 하면, 콧구멍에 식초와 고춧가루 등을 들이붓기도 했다. 그런 모진 고신에도 끝끝내 자복하지 않고 버티는 사람은 드물었다. 대개는 반 시진, 아니 그 반도 버티지 못하고, 시키는 대로 없는 죄까지 술술 부는 자가 대다수였다.

모진 고신은 전주부에서도 자행되었다. 하루가 멀다고 매질하는 소리, 그 매를 맞고 내지르는 비명이 낭자했다.

윤자신은 그때마다 선비들을 교대로 불러 고신 장면을 지켜보게 했다. 그 흉악한 계략은 나약한 선비들에게 잘 먹혀들었다.

윤자신은 과거 정여립과 퍽 가까이 지냈었다. 그 때문에 사람들은 '어떻게 저렇게까지 할 수 있지?'하고 놀랐다. 그러나 윤자신의 생각은 달랐다. '이번 역변을 누구보다 매섭게 다뤄야 지난날 정여립과 나누었던 교분의 흔적을 싹 지울 수 있을 것'이라 판단한 것이다.

10월 열하루, 판돈녕부사* 정철이 임금을 찾아와 숙배한 뒤 '남은 역적들을 체포하시고 필요한 곳에 군사를 보내 엄히 경계하시라'는 비밀 차자를 올렸다.

왕은 '충절이 가상하다. 마땅히 여러 신료들과 의논해 처리하겠다'고 답했다.

10월 보름날, 황해도 죄인 이기와 이광수 등 다섯을 당고개에서 처형했다. 배운 것도 없고 헐벗고 굶주림에 허덕이면서도 죽지 못해 살아 온 그들은 '시키는 대로만 하면 잘 살 수 있게 해주겠다'는 군수들의 꾐에 속아, 정여립과 함께 반역을 모의했다고 거짓 자백을 한 뒤 생목숨을 내주고 만 것이다.

---

* 判敦寧府事 : 종친부에 속하지 않은 종친과 외척을 위해 설치되었던 돈녕부의 종1품 관직.

2. 기축옥사 己丑獄事 **125**

황해도내 여러 군수들이 잡아 보낸 김세겸, 박문장, 황언륜과 방의신 등도 정여립의 전주 집을 오가며 반역을 공모했다고 자복한 뒤 역시 밧줄에 목이 매달린 채 이승을 떠났다.

이틀 뒤인 10월 열이레, 선전관 이용준李用濬이 장계를 보내왔다. '정여립이 그 아들 옥남玉男, 수하 둘과 진안 죽도에 숨어 있다는 말을 듣고 달려가 포위한 뒤 체포하려 하자, 정여립이 칼을 빼들어 수하들을 죽이고 아들도 찔렀으나 죽지 않자, 그 칼로 자신의 목을 그어 자살했다'는 내용이었다. 정여립 아들은 상처가 깊지만 숨은 붙어있어 생포했다며, '곧 압송하겠다'고 덧붙였다.

"도주했다더니, 스스로 목숨까지 끊었다면, 결국 반역을 자인한 거 아닌가?"

왕이 대신들에게 눈길을 주며 묻자, 입을 모아 '그런 것 같다' 했다. 그렇게 대답할 수밖에 없었다.

궐 밖에선 파당별로 반응이 엇갈렸다. 서인들은 쾌재를 불렀고 동인들은 당황했다.

동인들은 정여립이 제 발로 걸어 나와 주면 더없이 좋고, 잡혀 오더라도 국청에서 정연한 논리로 '역모는 조작됐다'는 걸 명쾌하게 밝혀주면 사태가 진정되리라 여겨왔었다.

한데 그가 스스로 목숨을 끊었다는 소식이 전해지자 눈앞이 캄캄해졌다. '그럼 이제 우린 꼼짝없이 역모 세력으로 몰리게 된 거 아니냐'며 어찌할 바를 몰랐다.

며칠 뒤, 어명을 받고 정여립을 잡으러 갔던 선전관 이용준이 정여립의 아들 옥남을 압송해왔다. 근동에선 명민하다고 소문이 자자했었다는 그는 제정신이 아니었다. 왜 아니겠는가. 다 큰 사내자식이 아버지를 지키지 못했다는 죄책감에, 자신도 곧 죽게 될지 모른다는 두려움까지 겹쳤으니.

그날 늦은 밤, 한 형리가 다가와 비몽사몽이던 그에게 속삭였다. '내일모레 친국을 받게 될 거다. 살고 싶으면 내가 시키는 대로 하라'고.

정옥남은 처음엔 그 형리를 비웃었다. '네 놈이 누구 사주를 받고 이러는지 모르겠지만 나를 어찌 보고 그런 얕은수를 쓰는 것이냐? 나 살겠다고 작고하신 내 아버님의 명성에 먹칠을 하라는 것이냐?'며.

그런데 하찮게 여겼던 형리의 뒷말들이 달콤쌉쌀하게 귓전에 닿았다.

"어차피 다 드러났어. 역모를 주도한 건 길삼봉吉三峯이지 네 아버지가 아니잖아. 그러니 사실대로 말하고, 이 종이에 적힌 사람들 이름만 대. 그럼 넌 살 수 있어."

나이 열일곱의 헌헌장부에 명석했던 정옥남. 그러나 '역모의 주모자가 아버지가 아닌 길삼봉이라 고하라'는 얘기에 솔깃했다.

이틀 후, 정옥남은 박연령 등과 함께 국청으로 끌려 나갔다.

잠시 후 왕이 들어오고, 곧 친국이 시작됐다. 왕이 먼저 형틀에 묶인 옥남에게 물었다.

"네 아비가 역모를 주도했다는 걸, 너도 알고 있었느냐?"

"아닙니다. 역모를 주도한 사람은 길삼봉이라는 사람입니다."

"길삼봉?… 그가 누구냐?"

"신출귀몰하다는 얘기만 들었을 뿐 저도 직접 본 적은 없습니다."

"직접 본 적은 없다?… 그럼 네 집에 자주 드나들던 자들은 누구냐?"

정옥남은 그제 밤 형리가 일러준 사람들의 이름을 댔다. 그 중엔 이미 처형된 황해도 사람 이기와 이광수 등도 포함돼 있었다.

그것으로 판세는 엉뚱하게 기울어지고 말았다. 세상을 떠난 아버지에게 덧씌워진 역도 누명만은 벗겨드리고 싶다는 맹목적인 효심이 판단을 그르쳐 모든 걸 망쳐버린 것이다.

옥남이 입에 올린 인물 중 살아있는 사람은 곧 체포돼 국청으로 끌려왔다. 그들 중 몇 사람은 끝내 불복하다 죽었고, 나머지는 매에 못 이겨 거짓 자복한 뒤 죽었다.

박연령도 매질을 견디다 못해 '정여립과 반역을 공모했다'고 자백한 뒤 군기시 앞에서 처형당했다. 승려 의연 역시 김제의 한 대숲 속에 여러 날 숨어 있다가 붙잡혀 죽었다.

정옥남도 예외는 아니었다. 그는 형장으로 끌려가서야 자신이 어리석고 사리 분별에 깜깜한 뒤틈바리였다는 걸 깨달았다. 제 딴엔 부친의 함자에 뒤따를 '역모 수괴'라는 오명이라도 벗겨드려야겠다는 어리석은 생각으로 지껄였던 말들이 되레 아버지를 욕보인 꼴이 돼 버렸다는 사실을 알고는 통한의 눈물을 흘렸다.

그런다고 달라지는 건 없었지만.

 아까부터 골똘히 생각에 잠긴 채 자주 한숨을 토하곤 하던 이희영이 불쑥 입을 열었다.
 "북쪽엔 여진족, 남녘 해안엔 왜구들이 수시로 준동해 마음 편히 살 수가 없다는데, 끼니도 제대로 잇지 못하는 불쌍한 백성들 등쳐먹고 세곡을 가로채는 탐관오리들까지 득실거린다니, 이보다 더 기막힌 일이 어디 있겠는가. 그 사모紗帽 쓴 도둑들부터 솎아내 민생을 안정시켜야 하는데, 나라와 백성은 아랑곳하지 않고 파당 싸움에만 몰두하다 급기야 옥사까지 일으키다니…, 한동안은 또 허송세월하게 생겼군. 나라 꼴이 정말 말이 아니네…."
 다시 땅이 꺼질 듯 깊은 한숨을 몰아쉬고 난 이희영이 곧 둥을 달았다.
 "내 고향에 금산사金山寺라는 절이 있어. 대표적인 미륵 도량으로 꼽히면서 전국 각지에서 몰려든 백성들로 늘 북적인대. 평온하고 풍요로운 세상을 열어줄 수 있는 이는 사랑과 자비의 부처 미륵불뿐이라며."
 "왕실과 조정을 믿을 수 없다는 얘기이기도 하겠지요."
 그 말끝에 또 두 사람의 깊은 한숨이 이어졌다.
 "왜적들 동태가 심상치 않다던데…."
 한참 뒤 이희영이 혼잣말하듯 중얼거렸다.

"그게 무슨 말씀이십니까?"

"약 100년이나 전국 곳곳에서 무사집단 간 다툼이 계속돼 어수선했던 일본이 2년 전 풍신수길豊臣秀吉이라는 자에 의해 비로소 가닥이 잡혀가고 있다네. 그 후, 이전엔 살아남기 위해 칼도 휘두르곤 했던 농민들의 무기를 몰수한 뒤 농사에만 집중케 하는 한편, 지역 통치는 무사들에게 맡기는 병농兵農분리를 통해 지배력을 확보했고, 동시에 농업의 생산성 향상에도 힘써 곡물 수확량도 부쩍 늘어나는 성과를 얻어냈다더군.… 다만 복속을 거부하는 무사 집단이 아직 남아 있어 골치를 앓기는 한다지만…."

"지배력이 강화됐다면서, 왜요?"

"일부 유력 무사들이 미천한 반농 출신 하급 무사 아들인 풍신수길에게 복종하는 건 수치스러운 일이라며 복속을 거부하고 있대. 그래서 풍신수길은 자신의 위세를 만방에 떨칠 새로운 계책을 마련하고 있다네…. 그가 자신의 위세를 온 세상에 과시해 보이려면 뭘 어찌해야 할 것 같은가?"

"그야, 복종을 거부하는 자들을 쳐야겠죠."

이 봉교는 고개부터 젓고 나서 대답했다.

"그건 보통 사람들이 생각해 낼 수 있는 하수야."

"그럼 풍신수길은 뭘 어떻게 하겠답니까?"

"그자는, 안에서 피를 흘리며 싸울 게 아니라 밖을 치는 것으로 누구도 함부로 자신을 넘볼 수 없게 하겠다, 그렇게 작정했다네. 그 얘길 듣고, 나는 그자가 범상치 않은 자라는 걸 알았네…

문제는 그자가 자신의 힘을 과시해 보이기 위해 '치려고 하는 밖'이 우리 조선일 가능성이 크다는 것이야."

"예에? 아니, 그럼 우린 어쩝니까?"

"지금부터라도 서둘러 왜적을 막을 대비를 해야겠지.… 무엇보다 먼저 간자를 보내든, 통신사를 보내든 간에 왜적들의 동태부터 살피는 등 대책을 서둘러야 하는데, 임금은 왕권 강화에, 신료들은 권력투쟁에만 매달리고 있으니, 걱정이야."

전대식은 이웃 나라 정세까지 꿰뚫고 있는 이희영의 해박함에 내심 경탄하면서도, '칼도 잘 쓰고 용맹스러우며 잔인하다는 왜구들이 짓쳐들어오면 우린 어떡하지?'하고 걱정하다 보니 등골이 서늘해졌다.

잠시 후 이희영이 어설픈 웃음을 머금은 채 말했다.

"누군가 그러더군…. '혹 오산 공께서 정말 반역을 도모했던 건 아닐까요'라고… 하지만 난 절대로 그런 일은 없었을 거라, 생각하네. 다만 개혁을 시도해보려다 발걸음도 떼보기 전에 실패했을 수는 있었겠지."

"사형의 가정이 맞다 치고, 그렇다면 오산 공께선 왜 무엇 때문에 실패한 것 같다, 생각하십니까?"

"개혁엔 언제나 반대와 저항이 뒤따르기 마련이지. 그래서 개혁은 늘 조심스럽게, 점진적으로 추진해야 하는 건데, 오산 공은 좀… 너무 좀 서둘렀던 게 아닌가 싶어."

"뭘 그리 서둘렀다는 것인지 저는 잘…."

"천하공물설이니, 하사비군론 같은 건 경전에 있거나 선현들의 말씀이긴 해도 조선에선 입에 담기 매우 조심스러운 얘기지… 오산 사형께서도 그 점을 염두에 두신 것인지, 자주 '내가 하는 말이 아니라 성현들의 말씀'이라고 밝히셨다지만, 입 밖으로 꺼내선 안 되는 거였어."

그러고 나서 덧붙였다.

"제세구민濟世救民이라는 큰 뜻을 품고 여러 나라를 돌며 자기주장을 설파해 온 공자에게 노자께서 그러셨대. '그대는 총명하고 통찰력이 풍부하지만 늘 남을 자주 비판해 죽음의 위험도 안고 있다, 박식하고 말도 잘하지만 남의 잘못을 들춰내는 건 자신을 위태롭게 하는 것이니, 백번 옳더라도 자기주장을 삼갈 줄도 알아야 한다, 진정한 군자는 높은 덕을 쌓았더라도 남에겐 어리석게 비치도록 해야 한다, 교만한 태도, 방자한 마음을 버리지 못하면 그 모든 게 다 신상에 이롭지 못하다'고."

"하지만 지혜와 덕을 갖춘 군자들이 저마다 어리석은 척하며 세상 속에 숨어 살면 불의不義가 가득한 이 어지러운 세상을 누가 구하겠습니까. 그렇게 사는 건 자기 한 몸 편히 사는 길이 될지는 몰라도 배운 사람의 태도는 아니라고 생각합니다만."

전대식의 반론에 이희영은 '그래서 중용中庸이 필요한 것'이라며 말끝을 흐렸다.

11월 초하루 군기시 앞. 무척 춥고 바람도 거셌다.

이미 죽은 정여립에 대한 추형追刑이 집행됐다. 백관이 차례로 서 지켜보는 가운데, 무릎을 꿇고 있는 형태로 고정돼 있는 시신이 정여립이 맞는지, 성균관 전적典籍 이정란李廷鸞과 형조좌랑 김빙金憑에게 확인토록 했다. 이정란은 전주 사람으로 정여립과 사이가 무척 좋지 않았던 것으로 알려져 있었다.

찬바람 한 줄기가 형장을 한바탕 훑고 지나갔다. 그때 김빙의 눈에서 눈물이 흘러내렸다. 사람들은 괴이하게 여겼다. 서인이며 추관推官이기도 한 그가 정여립의 시신을 보며 눈물을 흘리다니, 참 이상하다고.

하지만 그건 오해였다. 김빙은 고질인 눈병 때문에 찬바람만 쏘이면 저절로 눈물이 나왔다. 그와 가까이 지내는 사람들은 모두가 다 아는 사실이었다.

왕이 자리를 잡고 나자 위관 정언신이 명했다.

"역도의 괴수 정여립에 대한 추형을 시행하라!"

그 명이 떨어지자, 칼춤을 추고 난 망나니가 시신이 된 정여립의 목을 단칼에 베었다.

그 순간에 왕은 아무렇지도 않게 또 다른 명을 내렸다.

"저 역도의 집터를 송두리째 파내고, 그 흙들은 시뻘겋게 달아오른 숯불로 지져 그 땅에선 풀 한 포기도 자랄 수 없게 하라!"

시신을 가져다 또 목을 베어 머리가 맨땅 위에 떨어진 것을 보고도 아직 분이 다 풀리지 않은 것일까. 비정하기 이를 데 없는 명을 내리고 난 왕이 벌떡 일어나자, 대신들이 그 뒤를 따랐다.

대전으로 돌아온 왕이 용상에 앉더니, 문득 고개를 갸웃하며 물었다.

"역모를 입증할 만한 문서도 찾아내지 못했고, 저들의 소굴에서 수거한 무기도 많지 않았다면…, 그럼 맨주먹으로 역란을 도모하려 했다는 말인가?"

참으로 종잡을 수 없는 사람이다. 조금 전엔 '정여립의 집터를 파내고 그곳에서 풀 한 포기도 자랄 수 없게 시뻘건 숯불로 지지라'며 이글거리는 증오심을 드러내더니, 이번엔 역란의 진위 여부에 의문을 제기하고 있지 않은가.

서인 중신들은 당황했다. 도대체 무엇 때문에 이 순간에 저런 말을 입에 담나 싶어 그 속뜻도 궁금했지만 당장은 이런 땐 뭐라고 대답해야 하는지, 갈피가 잡히지 않아서였다.

그나마 다행스러운 건, 지금 동인들은 왕의 의중에 공감한다해도 잘못 말했다간 나중에 무슨 덤터기를 쓸지도 몰라 맞장구를 칠 계제가 아니라는 것이었다.

몇몇 서인들의 머리가 기민하게 움직였다. 금방 그럴듯하게 대꾸할 말을 찾아낸 한 서인 신료가 대답했다.

"처음엔 농기구나 죽창 같은 것으로 무장하고 도성으로 올라오면서 병기고들을 급습, 거기서 병기를 조달하려 했다고 들었나이다."

왕은 말없이 고개를 몇 번 끄덕였다. 전적으로 수긍하는 것 같진 않았지만, 그럴싸하게 들리긴 한 것 같았다.

왕이 시름없이 단하의 신료들을 내려다보고 있을 때 그의 기억 속으로 정여립이 후다닥 뛰어 들어왔다. 처음엔 또랑또랑한 정여립이 보았다. 그때까진 괜찮았는데 잠시 후, 감히 군왕의 용안 앞에 고개를 뻣뻣이 쳐들고 제 하고 싶은 말들을 또박또박 다 하는 방자한 정여립이 불쑥 나타났다.

왕은 두어 번 고개를 흔들었다. 좋지 않은 기억을 머릿속에서 쫓아버리려는 듯.

정여립의 목은 철물교* 들머리에 걸렸다.

얼마 후 그곳을 지나가던 남이공南以恭은 '어르신의 머리가 있는데 말을 타고 지나갈 수는 없다'며 말에서 내려 지나갔고, 선비 한백겸韓百謙과 심경沈憬은 곡을 했다가 나중에 그 사실이 드러나 귀양을 갔다.

---

* 鐵物橋 : 지금의 종로2가 30번지 동남쪽, 종로2가를 건너는 다리. 원명은 통운교(通雲橋)였는데 주변에 철물점이 많아 철물전교(鐵物廛橋), 철물교, 철교(鐵橋)로도 불리었다.

3. 셋에서 넷으로

 최윤후와 권성빈 문창근 등 세 사람은 도성 쪽으로 길을 잡았다. 큰 길도 지름길도 아닌 산길을 따라가기로 했다.
 "우리가 맨 먼저 해야 할 일은 무기를 확보하는 일이야. 혹시 모를 위협으로부터 우리 몸도 보호하고 산짐승을 잡을 때도 필요하니까"
 최윤후의 말에 따라 세 사람은 맨 먼저 저자에서 낫과 톱, 무기로 쓸만한 쇠붙이 등을 구하고, 대숲을 찾아 대나무도 몇 그루 잘라 들고 인근 산에 들어가 몇 날 며칠 낑낑거리며 활과 화살, 창 등을 만들었다. 그것으로 산짐승도 잡고, 밤이면 동굴이나 움막 같은 곳을 찾아 들어가 눈을 붙였다. 불을 피워도 외풍이 심해 춥게 마련인 허술한 움막보다는 동굴 안이 더 좋았다. 화톳불을 피우면 따뜻했고 둘러앉아 이런저런 이야기도 나누었다.

산토끼와 꿩 몇 마리를 잡아 저자에 내다 판 뒤, 주막에 들렀다. 사흘 만에 따끈한 국밥으로 속도 달래고, 길가면서 먹을 주먹밥도 마련했다.

그로부터 며칠이 지난 어느 날, 운 좋게 4백 근도 넘을 것 같은 멧돼지 한 마리를 잡았다. 어찌나 무거운지 셋이 낑낑대며 가다 쉬기를 여러 번 반복한 끝에 천안 삼거리 장에 도착했다.

한 식경도 안돼 멧돼지가 팔려, 목돈도 만들고 주막도 찾았다. 오랜만에 배 두들기며 따끈한 고기 국밥을 주문하고, 주먹밥도 넉넉하게 싸달라고 했다.

천안은 한양과 충청, 전라, 경상도 등 삼남三南을 잇는 길목이라 오가는 사람이 많고, 음식 맛도 좋은 곳으로 소문난 고장이다. '장국밥은 한양에서도 알아주고, 떡 맛 또한 삼남에서 최고라니 떡도 좀 사 가자' 했었다.

국밥이 나오기를 기다리고 있는데 목탁 소리가 들렸다. 최윤후가 고개를 들자, 탁발하는 비구니가 눈에 들어왔다. 그런가 보다 하고, 국밥을 뜨려고 고개를 숙이는 순간, 설핏 그녀를 어디서 본 것 같다는 느낌이 들었다. 다시 고개를 들어 비구니를 유심히 살펴보았다. 분명 어디선가 본 얼굴이었다.

'어디서 봤더라?'하고 생각한 지 얼마 안 돼 그 비구니가 누구인지를 알아냈다. 한 번도 말을 섞어 본 적도 없고 이름도 모르지만 진안현 관기官妓가 분명했다.

최윤후가 그미를 금방 알아본 건 그녀에게 눈독을 들였거나 해서가 아니다. 죽도 선생과 다른 여러 사람이 어울린 술자리에 그미가 한 번도 아니고 두 번이나 동석한 때문이었다. 첫 만남부터 관장도 없는 기방에 어떻게 관기가 나와 있지? 그렇게 생각했었다. 그보다 더 예사롭지 않은 건, 은근슬쩍 자주 오산 공을 바라보던 그미의 눈빛이었다. 그 눈빛에서 계주를 애타게 연모하고 있다는 게 느껴졌었다.

그렇더라도 여느 사람은 알아보지 못했을 것이다. 그 술자리에 내내 함께 있었던 것도 아니고 겨우 두 번, 그것도 머리를 틀어 올려 비녀를 꽂고 있을 때 보았었는데, 지금은 까까머리 비구니가 된 여인을 무슨 수로 알아보겠는가. 하지만 그는 다른 건 몰라도 눈썰미 하난 뛰어났다. 두 번 아니라 한 번 본 사람도 기억하는 경우도 적지 않았다. 더구나 그는 예쁜 여인이고, 은근슬쩍 계주에게 보내곤 하던 뜨거운 눈빛 때문에 더욱 또렷하게 기억에 남아 있었던 것이리라.

주모가 보리쌀 두어줌을 가져다주자 그미는 살포시 고개를 숙여 보인 뒤 주막을 나갔다. 최윤후는 권승빈과 문창근을 주막에 남겨둔 채 부리나케 그미의 뒤를 따라갔다.

여인은 수원 쪽으로 향했다. 어느 순간, 누군가 자신을 따라오는 낌새를 느낀 건지, 발걸음을 빨리했다.

"이보시오, 스님!"

제법 큰 소리로 불러보았으나 그미는 못 들은 척 발걸음만 더 빨리했다.
　"스님! 저 좀 보세요."
　다시 한 번 더 크게 외쳐보았지만 마찬가지였다. 혹 그사이 귀에 이상이라도 생긴 건가 해서 그미를 붙잡아 세우려고 잰걸음으로 다가가 몇 걸음을 앞두었을 때였다. 돌연 여인의 두 팔이 뒤로 꺾이며 바랑 쪽으로 향하는가 싶더니 어느 틈에 두 자가량 되는 봉棒 두 개를 꺼내 양손에 쥐었다. 짤막하고 단단한 봉들을 꺼내는 움직임이 매우 민첩했다. 제대로 봉술을 배운 솜씨였다.
　최윤후가 자신도 모르게 피식 웃으며 여인에게 말을 걸었다.
　"나, 모르시겠소?"
　여인이 순간 생게망게한 표정을 지으며 조금 경계 태세를 풀었다.
　"뉘… 신지요?"
　"낭자는 날 모르시는 모양이지만 나는 낭자를 잘 압니다. 진안현, 정여립 선생…."
　정여립의 이름이 나오자 여인은 너무 놀라 초지장이 되며 주위를 살폈다. 혹 근처에 듣는 귀라도 있으면 어쩌나 해서였을 것이다.
　"이젠 날 믿으시겠소?"
　그미가 가만가만 고개를 끄덕였다. 그래도 몸은 여전히 굳어 있었다. 아직 의심을 다 거두지 못해서였을 것이다.
　"죽도 선생이 여러 사람과 함께 어울리던 자리에 낭자께서 시중드는 모습을 두 번 보았습니다. 죽도 선생을 바라보는 낭자의 예사롭지 않던 눈빛도 함께…"

그 말이 떨어지자마자 여자의 두 눈에 금방 눈물이 차오르더니 곧 뺨을 타고 흘러내렸다. 그게 애도의 눈물인지 통원의 눈물인지는 알 수 없었지만, 거짓 없는 참된 마음에서 솟구친 건 분명했다. 그미의 눈시울은 하염없는 눈물로 대번에 벌게졌.

그미가 왜 눈물을 흘린 건지 뻔히 알면서도 그는 어색한 순간을 모면해 볼 생각으로 '내가 혹 뭘 잘못한 것이냐?' 묻자 여인은 눈물을 훔치며 가만가만 고개를 저었다.

"아닙니다. 죽도 어른의 함자만 들어도, 그분의 얼굴만 떠올려도 자꾸만 눈물이 납니다."

돌아서 다시 한번 눈물을 훔치고 난 여인이 말을 이었다.

"알고 계신다니 다 말씀 올리겠습니다. 관기 주제에 가당치 않은 일이었지만 저 혼자 그분을 흠모했던 건 사실입니다. 그래서 애써 가끔이라도 그분을 뵙기 위해 그분 술자리에 끼어들곤 했었지요.… 하지만, 어른께서 놈들의 흉계에 빠져 이승을 떠나셨으니, 저는 아직 목숨 줄은 끊어지지 않았어도 죽은 것이나 다름없습니다."

최윤후는 무심코 고개를 끄덕이다가 이내 자신도 모르게 푸르르 온몸을 떨었다. 그의 입에서 흘러나온 말속에서 천근의 무게로 다가온 말 한마디 때문이었다. '놈들의 흉계에 빠져…' 운운하던 바로 그 대목.

"방금 놈들의 흉계에 빠져 이승을 떠나셨다 하셨는데… 그,

그게 무슨 말입니까?"

여인이 잠시 의아히 눈을 치뜬 채 우물우물했다. 최윤후가 어떤 뜻으로 묻는 건지 금방 알아차리지 못한 것 같았다.

"흉계에 빠져 이승을 떠나셨다니,… 그럼, 자결하신 게 아니라는 말씀인가요?"

그제야 여자는 얼추 앞뒤를 분간해냈는지, 곧바로 받았다.

"죽도 어른께선 자결하신 게 아닙니다."

"예에?… 그, 그럼?"

"현감 민인백 등이 어른을 기습 살해해 놓고 자결하신 걸로 꾸민 겁니다."

그 말을 듣고 최윤후는 너무 놀라 하마터면 그 자리에 주저앉을 뻔했다.

"그게 사실입니까? 아니… 그, 그걸 어찌 아셨습니까?"

"민인백 현감, 그자가 도성에서 온 선전관과 함께 어른을 살해한 그날 밤 술을 마시며 그런 말을 하더랍니다."

"하더랍니다?… 그럼 직접 들으신 건 아니군요."

그미는 또다시 눈물을 찔끔거리고 나서 말을 이었다.

"저는 그날 비보를 듣고 너무 많이 울어 눈이 붓는 바람에 손님 방에 들어가지 못하고 제 방에 누워있었습니다. 그 얘긴, 그 방에 들어갔던 두 동무가 말해준 것입니다. 그들이 그런 거짓말을 지어낼 까닭이 없으니, 틀림없을 것입니다."

"조금 더 자세히 들었으면 합니다만.…"

"놈들은 '정여립이 자결한 것으로 처리하라 하신 어른들의 명을 제대로 받들어 천만다행이라느니, 서로가 상대에게 이젠 앞길이 훤히 열리게 됐으니 감축한다.' 어쩌고 하면서 시시덕거리더랍니다."

최윤후는 그동안 '계주님이 자결했을 리 없다, 다른 뭔가가 있을 것이다', 그런 생각을 안 해본 건 아니다. 하지만, 막상 그 말을 듣고 나자 너무 놀라 한동안 말을 잇지 못했다.

잠시 드리워졌던 침묵을 걷어내며 여인이 입을 뗐다.

"쇤네는 유선이라고 하옵니다.… 저는 뭐라고 불러야 하는지요?"

"죽도 선생께선 최 무사라고 부르셨습니다만."

"아, 무사님이시군요.… 그럼, 제가 최 무사님께 지금 어디로 가시는 길인지, 여쭤봐도 되겠습니까?"

"아, 예. 그러니까… 그 역모라는 게 조작됐을 거라는 생각이 들어, 쉽진 않겠지만 이것저것 뭐든 한두 가지라도 찾아내 보자고 도성으로…"

말을 채 끝내기도 전에 유선이 성마르게 파고들었다.

"예에?… 그, 그게 정말이십니까? 그, 그렇다면…. 제가 동행해도 되겠습니까?"

"그러시지요.… 저 말고 대동계원 두 사람이 더 있습니다. 함께 가시지요."

그는 흔쾌히 그러자 했다. 일행 중에 비구니가 있다면 사람들의 의심을 더는 데도 도움이 될 것이다.

"여기서 잠시 기다려주십시오. 일행을 데려오겠습니다."

최윤후는 주막으로 가 권승빈과 문창근 두 사람에게 유선을 만난 일, 계주께선 자결하신 게 아니라 살해되셨다 한다 등등의 얘기를 들려주었다. 두 젊은이도 너무 놀라 한동안 벌린 입을 다물지 못했다.

곧바로 주막을 나서 기다리고 있던 유선을 다시 만났다. 두 사람에게 유선을 소개하면서 그가 관기였다는 얘긴 하지 않았다.

하지만 유선이 제 입으로 털어놓았다. 자신은 관기였으며 죽도 선생을 연모했고, 어려서 이웃에 사는 한 무인으로부터 봉술을 배워 적당한 몽치만 있으면 웬만한 남자 두셋 정도는 충분히 상대할 수 있다고.

셋에서 넷으로 늘어난 일행은 다시 걸음을 재촉했다. 천안에서 한양까진 이백리 길이라지만 산길을 타고 가야 하는 그들에게 남은 길은 삼백 리 이상일 것이다.

권승빈, 문창근 두 사람은 유선과는 초면이었지만, 뜻도 목표도 같다는 데서 생겨난 동지의식 같은 것 때문인지 금방 친해졌다.

물론 그가 여자라서 더러 불편한 점도 없진 않았다. 밤을 보낼 동굴 같은 걸 찾아 불을 피워 몸을 녹인 뒤 잠을 청할 때도 유선의 잠자리를 따로 마련해주어야 하는 등등.

유선은 안차면서도 슬금했다. 좀 걸리는 게 있다면 비구니

차림에도 불구, 가량가량한 얼굴에 땟물이 좋고, 조개볼까지 패여 남자들 눈에 잘 띈다는 것이었다. 자신도 그걸 아는지, 일부러 구질구질하게 꾸미려 애쓰는 것 같았지만 타고난 바탕까지 지우진 못했다.

유선이 합류하면서 그들은 이전보다 훨씬 더 많은 얘기를 나누었다. 한 사람이, 세 사람이 미처 몰랐던 얘기들을 공유할 필요가 있기도 했지만, 부쩍 말이 많아진 두 젊은이의 수다가 더 큰 몫을 했다.

그래도 주요 화두는 늘 '계주님'이나 이른바 '역란'이라는 것에 관한 얘기였다.

민인백 등이 계주님을 기습 살해해 놓고 자결한 것으로 거짓 보고했다면, '정여립 역변'이라는 건 조작된 것이라고 단정해도 무방할 것이다.

'계주님께서 돌아가셨다는 게 중요하지, 자결하셨던 피살되셨던 그걸 왜 알아내야 하는 것인지 잘 모르겠다'며 고개를 갸웃거리는 문창근에게 권승빈이 조곤조곤 설명해주었다.

"들어보나 마나, 서인들은 계주님이 자결하셨다, 그건 역모를 자인한 것이라고 몰아붙였을 거야. 그래도 동인들은 달리 변명조차 할 수가 없었겠지. 하지만 놈들이 계주님을 살해했다는 게 밝혀지면 서인들이 역모를 조작해놓고 그 사실을 덮으려고 계주님의 입을 막은 것이라고 역공을 펼 수 있을 거야. 그뿐 아니라 조정에 거짓 보고한 책임까지 물을 수도 있겠지… 그러니 계주님이 어떻게 돌아가셨는지, 반드시 알아내야 해."

"아하…. 그거였어?"

문창근이 머리를 긁적이며 멋쩍어했다. 최윤후는 두 사람의 대화가 끝난 뒤 동을 달았다.

"계주님이 역란을 모의했을 리 없다는 여러 반증 중엔 우리 셋도 포함돼 있어. 우리끼리만 공감하는 한계가 있긴 하지만."

"그게 무슨 말씀이신지?…"

"생각해봐. 그럴 리는 만무하지만, 혹여 계주님께서 역란을 도모하셨다면 다른 일에 신경 쓸 겨를이 어디 있겠어? 수하들에게 '내가 반역을 하려 하니, 내가 시키는 대로 하라'고 털어놓진 못하더라도, 그와 관련된 세부적인 방책도 짜내고, 특별히 시킬 일이 없더라도 모두를 대기시켰어야 마땅해. 한데 계주님께선, 불쌍한 백성들 등쳐먹는 사교를 근절해보시겠다며, 열댓밖에 안 되는 측근 수하 중 우리 셋을 계룡산으로 보내시지 않았는가. 그 얘긴 역란 같은 건 생각조차 해보지 않았다는 반증이 된다, 그 말이야."

유선이 반색하며 거들었다.

"맞습니다. 역모라는 게 보통 일입니까? 동조자가 아무리 많아도, 목숨을 걸어야 하고, 빈틈없이 준비해도 될까 말까 한 일인데, 사리 분별이 안 되는 어리석은 자라면 모를까 그런 큰일을 앞두고 한가하게 세 분을 계룡산에 보냈을 리가 없지요. 죽도 어른이 얼마나 신중하신 분인데…."

권승빈과 문창근이 '유선 낭자 말이 맞다'고 맞장구쳤다. 호들갑 수준이었다.

근래 들어 두 사람은 자주 그랬다. 젊고 아리따운 유선이 합류한 뒤 그들은 부쩍 말이 많아졌고, 자주 유선을 흘깃거리곤 했다.

그들 뿐만도 아니었다. 최윤후도 한동안은 밤마다 환하면서도 담백하게 웃는 유선의 얼굴과 조개볼 등을 떠올리곤 했었다. 그때마다 스스로 꾸짖으며 그 환상을 뭉개버리려 애써보았지만 그럴수록 그녀는 점점 더 또렷하고 집요하게 그의 머릿속, 몸속을 파고들었었다.

'이거 보통 일이 아니구나' 싶었지만 처음 며칠은 어쩌지 못했다. 그러다가 '최윤후! 너란 놈, 이 정도밖에 안 되는 자였냐? 벌써 계주님을 잊은 거야?'하고 스스로 수십, 수백 번 다그친 끝에 열흘 남짓 지나 제정신을 찾았었다.

그보다 더 큰 문제는 자신보다 더 혈기 왕성한 권승빈과 문창근의 싱숭생숭한 마음을 어떻게 다잡아주느냐 하는 것이었다. 그럴 것 같진 않고, 그래서도 안 되는 일이지만 만약 유선이 둘 중 누군가와 정분이라도 나면 권승빈과 문창근 사이에 틈이 생기고, 그러다 보면 홧김에 엉뚱한 짓을 저지를 수도 있을 것이다.

하루 반나절 넘게 그 일로 골치를 앓던 끝에 최윤후는 권승빈과 문창근만 따로 불러 말했다. '노파심에서 하는 말인데, 유선 낭자를 동지가 아닌 여자로 보는 건 삼가라'고.

두 사람은 얼굴을 붉히며 '그런 일은 없을 것'이라고 대답했지만 그래도 안심이 되지 않아 무척 야멸치고 모진 말로 못을 박았다.

"자네들을 믿지만, 그래도 유선 낭자에 대한 집착을 거두기 어렵겠다 싶으면 차라리 지금 이곳을 떠나주었으면 하네."

나중에 들은 얘기지만 두 사람은 '그 말을 할 때의 표정과 말소리가 어찌나 섬뜩하게 느껴지던지 오만 정이 다 떨어지더라' 했다. 어쨌든 그 겁박이 먹혀든 것인지, 두 사람이 유선을 대하는 태도가 확연히 달라졌고, 그래서 마음을 놓았었다.

걷고 또 걷고 걷기 시작한 지 얼마나 지났을까. 하루하루 날짜를 헤아려 온 건 아니라 정확하진 않아도 한 달 이쪽저쪽은 되지 않을까 싶다.

어느 날, 유선이 뜬금없는 질문을 던졌다. '도대체 동인이니 서인이니 하는 붕당은 언제, 어쩌다가 생긴 것이냐?'고.

다행히 계주에게서 들었던 터라, 그 내용 그대로 고스란히 다 들려주었다.

1575년, 이조의 정랑(정5품) 자리를 놓고 서울 동쪽 낙산 아래 살던 김효원金孝元과 서쪽 정동에 살던 명종 왕후의 아우 심의겸沈義謙을 추천했던 사림士林 간의 대립이 동인과 서인의 붕당 싸움으로 비화한 것으로 안다고.

"아니, 배웠다는 사람들이 그깟 일로 서로 싸우다가 파당이 생겼다고요?"

"아니, 단순히 그때 그일 때문만은 아니고… 4년여 전부터 벼슬아치들이 붕당을 만들기 시작했답니다. 그걸 보고 당시 영의정으로 계시던 이준경李浚慶 대감께선 '벼슬아치들이 끼리끼리 모여 붕당을 만들다니 개탄스럽다, 붕당의 폐해는 조선의 환난患

難이 될 수 있을 것'이라고 우려하신 바도 있답니다."

그 말이 끝나기를 기다렸던 듯 이번엔 권승빈이 물었다.

"어르신의 스승이었다는 구봉 송익필이라는 이는 어떤 분이었습니까?"

"그 양반은 태생부터가 기이한 분이라고 할 수 있지… 사노비의 손자로 태어났지만 지독하게 좋은 운도 함께 타고난 건지, 많이 배우고 유복하게, 남부럽지 않게 살았대. 몇 년 전 일장풍파一場風波를 만나 지금은 고초를 겪는 중이지만."

송익필, 한필翰弼 형제는 재능이 비상하고 일찍부터 문명을 떨쳤으며, 명문가 자제들과도 폭넓게 교유했다고 들었다 했다. 과거를 보진 않았지만 그 누구와 겨뤄도 뒤지지 않을 정도의 학문도 성취했다고 자부하고, 남들도 그렇게 인정해주었다. 심지어 토정土亭 이지함李之菡 선생께서도 당신보다 17년이나 연하인 송익필을 이이, 성혼과 함께 '시대의 스승'으로 치켜 주셨다더라, 이산해李山海 대감 등과 함께 당대의 8대 문장가로 꼽힐 정도로 문장력도 뛰어났지만, 정치 감각까지 탁월해 서인의 막후실력자로 군림해온 것으로 알고 있다고 했다.

멀리 거대한 물길이 보이자 문창근이 '바다다!'하고 소리쳤다. 권승빈도, 유선도 그런가 하는 표정이었다. 하긴 일행 넷 중 바닷가에 가본 사람은 최윤후 뿐이니 그럴 만도 했다.

"저건 바다가 아니고, 강이야. 열수라고도 하고 한수라고도 하는 큰 강…"

그 말을 듣고 셋 다 놀랐다. '강이 저렇게 크냐?'고도 했다.

일행은 노들나루에서 삯배를 타고 열수를 건넜다. 그들이 강 건너편에 내린 건 사공 둘이 한 식경도 넘게 노를 저은 뒤였다.

사방을 두리번거리다 보니 저 멀리 불쑥 솟은 산 하나가 눈에 들어왔다. 누구에게 물어보진 않았지만 목멱산木覓山으로 여겨졌다.

마뫼 등 여러 이름으로도 불리는 목멱산은 북쪽의 백악白岳(북악산), 서쪽의 인왕仁王, 동쪽의 낙산駱山과 함께 한성의 내사산內四山으로 꼽힌다고 들었다. 풍수적으론 주산인 백악을 등지고 지대가 낮은 곳을 내려다보는 형국이어서 앞쪽은 주인이 손님과 마주 앉은 책상 같은 안산案山, 그 뒤쪽은 남방을 지키는 신령인 주작朱雀으로 여겨진다는 것도.

어쨌든 일행이 목적지로 삼았던 도성이 그리 멀지 않다는 얘기다. 당연히 큰 탈 없이 목적지에 당도하게 됐으니 몸도 마음도 홀가분해져야 마땅했지만, 실상은 그 반대였다. 두려움, 답답함, 막막함, 아득함 같은 것이 최윤후를 짓눌렀다. 이제부턴 뭘 어찌해야 하는지, 전혀 갈피가 잡히지 않아서였다.

계룡산에서 내려오자마자 기막힌 소식을 듣고, '계주님께서 역모를 획책하셨을 리 만무하니, 누가 왜 어떻게 계주님께 덤터기를 씌운 것인지 우리가 밝혀내자'고 다짐했었지만, 입 밖에 내놓진 않았어도 그게 말처럼 쉬운 일이 아니라는 건 모두가 그때 이미 알고 있었다.

그런 일을 해내려면 무엇보다 먼저 언제 어디서 무엇을 어떻게 해야 할 것인지 부터 정해야 하는데, 그런 건 고사하고 어디에 거처를 정하고 어떻게 끼니를 이어갈지, 그것부터가 막막했다.

도성까지 오는 길에 틈틈이 산짐승을 잡아 팔아 모은 돈이 조금 있긴 하지만, 그걸로는 어림 반 푼도 없는 일일 것이다. 그렇다고 다른 방법이 있는 것도 아니다. 그야말로 코털이 셀 지경이었다.

남자들이 두런거리며 걱정하는 소리를 들은 것인지, 유선이 뜻밖의 말을 했다.

"저에게 집도 사고 몇 달은 끼니 걱정 같은 건 않고 살아갈 돈이 있으니 너무 걱정하지 마세요."

세 남자가 거의 동시에 화들짝 놀랐다. 최윤후가 '그게 정말이냐? 아니 어떻게 그런 큰돈을 마련한 것이냐?'고 묻자, 유선이 천연덕스럽게 대답했다.

"어른께서 민인백 일당에게 참살당하셨다는 얘기를 듣고 나니, 눈에 뵈는 것도, 귀에 들리는 것도 없더라고요. 어른의 통한을 풀어드리기 위해 뭐라도 해보려면 수중에 쥔 게 있어야 할 것 같아 평소 저에게 눈독을 들이던 아전 둘에게서 꽤 큰 돈을 빌렸습니다."

말은 '빌렸다' 했지만, 그 돈을 챙겨 도망친 셈이라는 건 유선도, 세 남자도 다 알았다. 그럼에도 유선은 부끄러워하지 않았다. 그 돈으로 자신이 하기로 작정하고, 하게 될 일이 결코 부끄러운 일이 아니라고 믿었기 때문일 것이다.

"이건 제 생각입니다만… 적당한 곳에 암자를 꾸려 우리 모두 스님 등 절집 사람들로 위장하는 건 어떨까요?"

그동안 비구니 행세를 해온 유선의 입에선 나올만한 제안이었다. 비구니 흉내를 내왔으니 그 일엔 자신이 있다는 말이기도 했다.

문창근이 황당하다는 낯빛으로 최윤후와 권승빈을 흘깃거렸다. '그건 아닌 것 같다'는 대답을 기대했을 것이다.

하지만 최윤후는 싱긋 웃기까지 하며 뜻밖의 대답을 내놓았다.

"좋은 생각입니다. 그렇게 합시다.… 사실은, 나, 무술을 연마하기 전에 2년 정도 불도를 닦은 적이 있어요. 지금도 스님 흉내는 낼 수 있습니다."

그러자 이번엔 권승빈이 헤벌쭉 웃으며 그 말끝을 거들고 나섰다.

"거기에 저를 빼놓으면 서운하지요. 저도 산사에서 4년 넘게 지냈다는 거, 그새 잊으신 건 아니죠?"

그러고 보니 일행 넷 중 문창근을 뺀 셋이 스님 흉내를 낼 수 있는 사람들이었다. 생각해볼수록 신기했다. 처음엔 노골적으로 마땅치 않은 기색을 드러내던 문창근도 권승빈의 대답까지 듣고 나선, 그렇다면 어쩔 수 없겠다 싶은 표정이었다.

"저 목멱산 남쪽 기슭 어딘가에 자리를 잡는 게 어떨까 싶습니다."

유선은 도성과 가까운 곳은 북쪽 기슭이겠지만 혹시 모를 감시의 눈길을 피하는 덴 남쪽 기슭이 더 나을 것이라고 덧붙였다.
 그러곤 잠시 뜸을 들이더니, 최윤후에게 말했다.
 "집부터 구해야 하는데… 그걸 해주실 분은 무사님밖엔…."
 "아, 그런가요?… 그럼 내가 알아보겠습니다."
 대답이 떨어지기 무섭게 유선이 바랑에서 은자 한 꿰미를 최윤후에게 건네며 말했다.
 "우리 셋은 불상과 승복 같은 걸 준비해보겠습니다."
 당연히 돈 좀 있다고 낯선 곳에서, 그것도 암자를 꾸밀만한 집을 마련한다는 건 쉬운 일이 아니다. 하지만 운이 좋았던지 어찌어찌 나흘 만에 꽤 쓸 만한 집 한 채를 살 수 있었다. 아쉬운 대로 법당으로 쓸 만한 널찍한 마루도 있고 방도 세 개나 달린 초가집이었다.
 사흘 넘게 집을 손질한 끝에 간신히 암자 꼴을 갖추었다.
 최윤후와 권승빈은 머리카락을 밀고 승복을 입었다. 문창근은 사노寺奴가 되었다. 스님 둘에 비구니 하나, 사노까지 있으니 누가 봐도 영락없는 절집 식구들이었다.
 사원 형태의 절집은 불상을 비롯 갖가지 제구도 갖추고, 모여든 신도들에게 주지住持가 불법佛法도 펴야 하지만 암자는 다르다. 출가한 승려나 세속을 떠난 은둔자가 머무는 주거 공간 성격이라, 현판조차 없는 곳도 더러 있다.
 그렇긴 해도 스님 차림이 셋이나 되고 그 중엔 비구니까지 있는데, '여긴 불자 네 사람의 주거 공간이지, 절은 아니다'고 우길 수만은 없는 일이다.

의논 끝에 길이 두 자 남짓에 폭은 반자 가량의 널판때기를 구해 깨끗하게 닦고, 먹 붓으로 '마뫼庵'이라 써 붙인 뒤 마루 안쪽 벽의 맨 위쪽에 걸었다. 그 밑엔 그림 솜씨가 좋은 유선이 이틀 동안 정성들여 그린 뒤, 사방을 비단으로 두른 부처님 화상도 세워놓았다.

우연히 눈에 띈 작은 절집을 보고 찾아온 신도들이 기도를 올릴 때 무릎 밑에 깔 수 있게 방석도 몇 개 준비하고, 한쪽엔 불전함도 마련하는 등 그런대로 구색을 갖추었다.

그렇게 보름 남짓 만에 목멱산 남쪽 기슭에 그럴듯한 암자가 들어섰다.

백성들에게 '정여립 역모'라는 건 터무니없고, 조작된 것이라는 걸 알리는 일은 시간을 두고 천천히 생각해가며 추진하기로 했다. 서두른다고 될 일도 아니거니와 괜히 성급하게 굴었다간 오히려 일만 그르칠 수 있다는데 뜻을 모은 끝에 그리 결정한 것이다.

4. 위관委官 정철鄭澈

　정철은 1561년(명종 16) 26세에 진사시 1등, 이듬해 별시 문과에서도 장원 급제한 재사다. 사헌부에서 벼슬살이를 시작, 사헌부 지평持平(종5품), 함경도 암행어사를 지낸 뒤 서른두 살이 되던 해엔 율곡과 함께 사가독서*도 했었다.
　그러다 서른다섯이던 1570년엔 부친을 여의고 3년상, 서른여덟이던 1573년에는 모친상을 당해 또 3년 상을 치르느라 마흔이 될 때까진 정계에서 떠나다시피 했었다. 그러다 마흔이던 1575

---

* 賜暇讀書 : 조선시대에 인재를 양성하기 위해 젊고 재주가 있는 자를 골라 관청의 공무에 종사하는 대신 집에서 학문연구에 학문에 전념하게 한 제도.

년(선조 8)에 벼슬을 버리고 고향으로 돌아갔다. 그러다 마흔세 살 때 정3품 장악원정掌樂院正으로 조정에 복귀, 그 후 직제학을 거쳐 승지가 됐었다. 하지만 진도군수 이수李銖 뇌물사건에 연루되며 동인의 논척*을 받은 끝에 다시 시골로 내려가야 했다.

미옥사건米獄事件으로도 일컬어지는 '이수 뇌물 사건'이란 1578년 진도군수로 있던 그가 이른바 삼윤**에게 쌀을 뇌물로 바쳤다는 정보를 입수한 김성일金誠一이 당시 같은 전랑銓郎이면서 사이가 좋지 않은 윤현尹晛의 발목을 잡으려고 그 사실을 폭로하면서, 이수가 파직됐던 사건이다.

동인과 서인으로 갈라졌을 때 정철은 서인 편에 섰고, 1580년 강원도 관찰사가 되면서 그해 1월부터 이듬해 3월까지 강원지역의 아름다운 풍광을 노래한 '관동별곡關東別曲'과 백성들의 교화를 위한 연시조*** 훈민가訓民歌 16수를 지어 가사 문학의 대가로 일컬어져 왔다. 그 뒤 전라 관찰사, 도승지, 예조참판 등을 거쳐 48세때 예조판서, 이듬해 대사헌이 되었으나 특유의 강경발언을 쏟아내다 동인의 탄핵을 받아 창평으로 내려갔다. 그곳에서 4년 은거 중에도 '사미인곡' '속미인곡' '성산별곡' 등 가사와 시조를 많이 지었다.

---

* 論斥 : 옳고 그름을 따져 물리침
** 三尹 : 붕당(朋黨) 간 대립이 시작되면서, 서인이던 당시 도승지 윤두수(尹斗壽), 경기도 감사 윤근수(尹根壽), 이조전랑 윤현 등을 합쳐 일컫던 말. 동인 김성일의 탄핵을 받았었다.
*** 聯時調 : 하나의 제목에 평시조 형식의 단가 여러 편을 엮은 시조.

'벼락 맞은 소 뜯어먹듯 한다'는 말이 있다. 여럿이 달려들어 제각기 욕심을 채우려 하는 모양을 비유적으로 이르는 말이다. 근래 서인 패거리가 하는 짓거리가 딱 그런 모양새다. 그들은 '아무개가 역당에 연루된 것 같다', '언젠가 정여립이 이러저러한 수상쩍은 말을 했었다', '아무개는 정여립과 매우 친하게 지냈으니 죄를 물어야 한다.' 등등 희고 곰팡 슨 소리, 벙거지 시울 만지는 소리를 늘어놓았다.

10월 스무여드레, 상소上疏 한 장이 탑전에 놓였다. 전라도에 산다는 생원 양천회梁千會라는 자가 올린 거라 했다. 이름 한번 들어본 적 없는 시골 선비의 상소가 뜻밖에도 엄청난 돌개바람을 일으켰다.

나라에 큰 변이 일어났는데도 역도들을 토벌했다는 소식이 들려오지 않아 분하고 한탄스러웠습니다. 그래도 전하의 곁엔 어진 신하들이 적지 않으니 곧 좋은 소식이 들려오리라 여겨 달포나 기다렸지만, 감감무소식이라 감히 미천한 신이 나서 몇 말씀 올리옵니다. 신은 호남 출신으로 역적의 정상을 자세히 알고 있습니다. 그 자는 흉악하기 짝이 없고 탐욕이 많은 데다 포악해 사림의 배척을 받아온 지 이미 오래되었습니다. 다만 그가 당초 글 읽는 사류士流에 붙어 세상을 속이고 명예를 차지하려는 계획을 세웠을 때, 이발 형제도 남도南道에 왕래하며 서로 결합하였습니다.…

그러면서 '흉악한 여우 정여립은 낙향한 뒤에도 조정의 몇몇 권력자들의 옷자락을 붙잡은 채 여러 해 꺼드럭거렸으며, 그러했던 놈의 행태로 미루어 짐작해보면 능히 역심도 품었을 것으로 짐작되건만 혹자들은 율곡의 제자들이 무고한 것이라 하는가 하면, 심지어 젊은 선비라는 자 중엔 정여립을 구출키 위해 상소까지 올리려던 자도 있었다는 얘기까지 들려 와 경악을 금치 못했었다' 했다.

그는 또 우상 정언신鄭彦信을 거명하며, '위관의 소임을 맡았으니, 옥사를 엄정하게 다뤘어야 마땅한데도 대충대충 느슨하게 처리하고 있다는 얘기가 들린다, 그가 그렇게 하는 까닭은, 역도의 족친이기도 하거니와 결정적인 단서가 드러나면 동패들에게 화가 미칠까 두려워 그러는 게 아닐까 싶다'고 덧붙였다.

이어 '전에 조헌趙憲이 소장을 올려 근신들을 논박한 것은 충군애국忠君愛國에서 나온 것인데, 그가 먼 곳에 유배流配되자 역적들이 기뻐했다니 통탄할 일'이라며, '지금이라도 속히 조헌을 불러들여 상을 내리시라'는 말로 끝을 맺었다.

하지만 이 소장은 누가 봐도 이상했다. 먼 시골의 이름 없는 선비가 어떻게 머나먼 조정에서 벌어진 일들을 어찌 그리 속속들이 알게 됐을까? 또 그가 싸잡아 욕한 대상은 모두 동인이고, 충신이라며 추켜올린 조헌은 골수 서인이라는 것도 이상하다. 당연히 서인 쪽 누군가의 사주를 받고 쓴 게 아닐까 하는 의심은 누구나 해볼 수 있다.

쓰다 달다 말없이 눈을 감은 채 깊은 생각에 잠겨 있던 왕이 잠시 후 입을 열었다. '귀양 가 있는 조헌을 석방하라'고.

골수 서인인 조헌은 공주 주학 제독관*이던 병술년(1586년) 10월 붕당의 폐단을 논하면서 여러 시사時事와 관련된 상소문을 올렸었다. 그 상소문의 글자 수가 자그마치 1만 자가 넘는 이른바 만언소萬言疏였다.

그러나 붕당의 폐단을 논한 이 상소문에서도 박순을 비롯 이이, 정철, 성혼 등 서인들은 두둔하고 동인들은 비난했었다. 그가 비난한 동인 중엔 정여립도 포함돼 있었다. '정여립이 명예를 노리고 재산을 불리며 세 곳에 서원을 창건, 호남 선비들을 유인하고 스승이던 율곡 이이를 배반했다'고 주장했었다.

그 상소에 대해 왕이 이렇다 할 비답을 내리지 않자, 조헌은 다시 '이산해가 나라를 그르치고 있다'고 논박하는 소를 올린 뒤, 스스로 관직에서 물러나 충청도 옥천으로 낙향했었다.

그리고 말았으면 좋으련만, 그는 작년 4월 또다시 동인 측 대신들을 닥치는 대로 헐뜯고, 반대로 서인인 박순, 정철, 성혼, 송익필, 심의겸 등은 현명한 사람이라는 편파적인 상소를 올렸다가 왕의 노여움을 산 끝에 함경도 길주로 유배됐었다.

왕은 조헌의 석방을 명하면서 그 까닭도 덧붙였다.

"일방적으로 동인을 매도하고 서인을 격찬한 그의 언사는 당리당략에서 비롯된 잘못된 것이라는 과인의 생각엔 지금도 변함이 없지만, 전에 올린 만언소 중 정여립을 비난했던 대목이 떠올

---

* 州學 提督官 : 주학은 지방 학교의 하나이고, 제독관은 향교(鄕校)의 육성과 교육을 감독 장려하기 위해 8도 감사 밑에 두었던 종6품 관직.

라, 그가 앞날을 내다볼 줄 아는 사람이라 여겨졌기 때문이다."

이어 11월 초나흘엔 예조 정랑 백유함白惟咸이 '김우옹, 이발, 이길 등이 역적과 친밀하게 지냈다니 처벌해야 한다'는 소를 올렸다.

나쁜 풀은 빨리 자라는 법이다. 이 상소 이후 서인들의 공세는 더욱 집요해졌다. '역적과 9촌간인 이조참판 정언지鄭彦智도 그대로 두면 안 된다'고 했다.

정언지는 우상 정언신의 형이다. 서인들이 정언지를 공박한 건 정언신을 탄핵하기 위한 사전 포석이 아닌가 싶다는 말들이 오갔다.

그 예상은 빗나가지 않았다. 정철이 곧 정언신을 탄핵하고 나섰다.

'지금껏 옥사 처리가 지지부진했던 건 옥사 초기부터 이해하기 어려운 행보를 보여 온 위관 정언신 때문'이라 했다.

"그때 신은 초야에 있어 자세한 정황을 알지 못했지만, 나중에 들어보니 당시 정언신은 '역도의 수뇌부인 길삼봉은 곧 최영경崔永慶'이라는 말을 듣고도 못 들은 척하며 죄인들에게 치도곤만 안겼고, 오히려 '고변자 10여 명은 베어야 할 자들'이라 했다고 하옵니다."

동인들은 긴장했다. 이산해가 여전히 좌상 자리에 버티곤 있지만, 그 외 대다수 요직은 서인들로 채워진데다, 조헌을 석방하라고 명하는 등 왕의 행보가 예사롭지 않아서였다.

이 무렵 정철은 맏아들이 세상을 떠나 상중喪中이었다.

그러나 옥사獄事가 시작되자, '군사들을 풀어 도성 안팎을 엄히 경계토록 하시라'는 상소를 올렸고, 왕이 '충절이 가상하다' 어쩌고 하는 비답을 내리자, 다시 '정여립의 삼종숙인 우의정 정언신에게 위관의 소임을 맡기는 것은 적절치 않으니, 위관을 바꾸시라'고 주청했다.

사람들은 수군거렸다. '아들 상중에 어떻게 저럴 수 있지…?' '동인들을 때려잡을 절호의 기회를 잡았는데, 그걸 보고만 있을 사람이 아니지' 등등.

결국 11월 초이레 날, 왕은 어쩔 수 없다는 듯, 두 정씨 형제를 파직하고는, 다음 날 정철을 우의정, 성혼을 이조참판, 최황崔滉을 대사헌, 백유함을 헌납으로 삼았다.

동인들을 물린 자리에 모두 서인들을 앉힌 것이다. 이어 열이틀엔 정언지와 홍종록洪宗祿, 이발, 백유양은 멀리 귀양보내게 하고, 정언신은 중도부처*하라 명했다.

사태를 지켜보던 최윤후는 모든 게 구봉의 계획대로 돼가고 있다는 걸 깨닫고 부르르 몸서리를 쳤다. 구봉 사부와 송강 등 서인 도당이 계주님을 불쏘시개 삼아 동인들을 불태우기 위한 옥사를 일으킨 게 점점 더 명확해지고 있지 않은가.

어느 날 문득 구봉과 송강이 주고받던 대화가 떠올랐다. 구봉이 송강에게 말했다.

"나는 일을 꾸밀 수는 있어도 전면에 나서기는 어려울 것이니

---

* 中途付處 : 벼슬아치에게 어느 곳을 지정하여 머물러 있게 하던 형벌.

나머지는 송강께서 맡아주셔야 합니다."

"제가 그 일을 주관하게 되면 일사천리로 해낼 자신이 있지만, 과연 제가 그 일을 맡을 수 있을지, 그게 문제지요."

"때가 되면, 송강께서 무엇을 어찌해야 하시는지 일러드리지요.… 전하께선 송강의 충심을 잘 알고 계시니 그럴듯한 계기만 마련해드리면 송강을 불러 중히 쓰실 것입니다."

그 대화를 떠올리고 보니, '송강이 아들 상중임에도 불구, 두 차례에 걸쳐 상소를 올린 것부터가 모두 구봉 스승의 권고였겠구나, 내가 참으로 무서운 사람 곁에 있었구나' 그런 생각이 들었다.

그보다 더 걱정스러운 건, 정철이 우상이 됐으니 옥사를 주관하는 위관도 맡게 될 거라는 사실이다. 그가 위관으로 있는 동안 옥사의 불길이 언제까지, 어디까지 번질지는 짐작하기조차 어렵지만, 더 세차게 치솟을 것은 분명하다.

약 10년 전 강원도 관찰사로 있을 때 도내 절경 등을 아름답게 읊은 관동별곡으로 문명도 떨친 정철은 유난히 당색黨色이 짙은 데다 강성強性이다. 동인들로부터 여러 차례 탄핵을 당해 낙향한 설움도 겪었으니, 그 원한도 만만치 않을 것이다.

정철 뒤에 몸을 숨기고 있는 송익필과 성혼 등에도 신경이 쓰였다. 그들이 여간내기가 아니라는 건 세상이 다 안다. 그러니 옥사의 규모나 강도가 지난 한 달여와는 비교도 안 되게 커지고 혹독해질 건 뻔했다.

동인들이 난감해하는 건, 서인들의 거친 공격을 막아낼 방패

막이 같은 게 없다는 것이다. 서인들은 칼자루를, 동인들은 칼날을 쥔 형국인데, 무슨 수로 화를 피할 수 있겠는가.

정철이 왕의 신임을 받고 있다는 것도 크나큰 부담이었다. 동인 이산해가 자그마치 10년이나 이조판서 자리를 지키는 동안 서인들은 대부분 한직에 맴돌고 있을 때도 왕은 유독 정철만은 챙겼었다.

그걸 두고 일각에선 정철이 4년 전 당쟁에 휘말려 관직에서 물러나 낙향해 있을 때, 한 여인이 지아비를 사모하는 마음에 비유, 임금에 대한 충정을 간절하게 읊은 가사* 사미인곡思美人曲과 속미인곡續美人曲 덕분일 것이라고 입을 모았었다. '말이나 글로야 못할 게 어디 있겠느냐?'고 비아냥거리는 사람도 적진 않았지만, 왕의 입장에선 이유야 어찌 됐든 간에 내침을 당하고도 왕을 원망하기는커녕 여전히 그리워하는 마음을 가사에 담은 정철이 기특하게 여겨졌을 것이다.

곁들여 10년 전 임신중독증으로 세상을 떠났지만, 아직도 왕의 머릿속에 애틋하게 남아 있는 후궁 귀인 정씨가 정철의 조카라는 것과도 무관치 않을 것이라 했다.

정철을 강직하고 솔직한 사람으로 보는 사람도 적지 않지만, 곧고 반듯하기만 한 건 아니라는 시각도 있다. 나랏일을 보살피면서 사사로운 감정에 치우치는 경우도 적지 않다는 것이다.

---

* 歌辭 : 조선 초기에 나타난, 시가와 산문 중간 형태의 문학. 형식은 주로 4음보의 율문(律文)으로, 3·4조 또는 4·4조를 기조로 하며, 행수(行數)에는 제한이 없다.

동인들의 배척으로 낙향했다가 이조판서가 되자 자신을 탄핵했던 동인 박근원과 홍여순, 허봉 등 3인을 '귀양 보내야 한다'고 거듭 주청하기도 했었다.

그때 김우옹 등 동인들은 '정철이 개인적인 원한 때문에 다른 신료들을 내치려 한다'고 탄핵하는 등 한동안 조정이 시끄러웠었다. 게다가, 한번 틀어지면 화해도 용서도 할 줄 모르는, 이른바 '꽉 막힌 사람'으로 분류될 정도라 적도 많은 편이다.

언사도 과격하다. 율곡이 타계하기 전 서인의 영수 격이던 정철과 동인의 영수 이발을 불러 중재를 시도한 적이 있었다. 그런데 바로 그 자리에서 정철은 화를 참지 못하고 이발의 얼굴에 침까지 뱉었다 한다. 술에 취한 상태였다곤 하지만 있을 수 없는 일이었다.

그는 술을 무척 좋아한다. 아무리 중요하고 화급한 일이 있어도 술을 거르는 법이 없을 정도라 한다.

8년 전, 송강이 함경도 관찰사로 있을 때였다. 대낮에 술에 취해 기생을 끼고 잠들어 있다가 도순찰사都巡察使로 함경도에 들른 정언신에게 발각되었다.

격분한 정언신은 안 그래도 창피해서 어찌할 줄 모르고 있던 송강을 수하들이 보는 앞에서 큰 소리로 꾸짖었다. '다른 지역도 아닌 함경도 관찰사라는 자가 변방의 두려움은 걱정하지 않고 대낮에 술에 취해 계집을 끼고 잠을 자고 있다니, 부끄럽지 않느냐?'고.

일각에선 정철이 그때 당한 망신을 정여립 옥사를 통해 갚으려 할 것이라고 수군거렸다.

지나치게 술을 좋아하는 그를 걱정하는 이들도 적지 않다. 심지어 왕도, 율곡도 그에게 자주 '술 좀 줄이라'고 강권하다시피 했을 정도였다.

그가 얼마나 술을 좋아했는지는 그가 지은 '장진주사將進酒辭'만 들어봐도 짐작할 수 있다.

> 한 잔 먹세 그려, 또 한 잔 먹세 그려.
> 꽃을 꺾어 술잔 수 세가며, 한없이 먹세 그려.
> 이 몸이 죽은 후에는 지게 위에 거적을 덮어 꽁꽁 묶여 실려 가거나,
> 곱게 꾸민 상여를 타고 수많은 사람이 울며 따라오거나.
> 억새풀, 속새풀, 떡갈나무, 버드나무가 우거진 숲에 한번 가기만 하면
> 누런 해와 흰 달이 뜨고, 가랑비와 함박눈이 내리며,
> 회오리바람이 불 때 그 누가 한잔 먹자고 하겠는가?
> 하물며 무덤 위에 원숭이가 놀러 와 휘파람을 불 때
> 지난날을 뉘우친들 무슨 소용이 있겠는가?

정철의 부친 정유침鄭惟沈은 대궐에 술을 공급하는 사온서司醞署 수장인 사온서령署令이었다. 그래서 정철이 술을 좋아하게 됐다는 건 아니다.

사온서는 권력과는 거리가 먼 관아라서 사온서령 정유침의 품계는 정5품에 불과했다. 그래도 그 녹봉으로 밥걱정은 않고

살아왔다.

그저 그랬던 그의 집안이 벌떡 일어선 건 정철의 누나들 덕분이었다. 큰누나가 동궁의 종2품 양제가 되고, 둘째 누나가 정3품 부제학 최홍도崔弘渡, 셋째 누나가 성종대왕의 셋째아들 계성군桂城君의 양자인 계림군桂林君 이류李瑠에게 출가하는 등 세 누나가 모두 왕실, 명문가 자제, 종친에게 시집을 가면서 형편이 확 핀 것이다.

그 바람에 정철은 어렸을 때부터 궐에 드나들며 자형인 세자(훗날 인종), 자형의 이복아우인 경원대군慶原大君(훗날 명종)과도 허물없이 지냈다. 나이 차가 많이 나는 자형보다는 두 살 위인 경원대군과 더 가깝게 지냈었다.

그러나 을사년(1545년) 7월, 인종이 죽고 열두 살밖에 안 된 명종이 즉위하면서 그의 집안은 한순간에 나동그라졌다. 명종의 생모이자 소윤小尹 윤원형의 누이인 문정文定대비가 수렴청정을 하면서 정적인 대윤大尹 윤임尹任 일파를 제거하기 위해 일으킨 을사사화乙巳士禍 때였다.

'윤임이 인종 사망 직후 계림군을 추대, 보위에 앉히려 했다'는 소윤의 모함으로 정철의 셋째 자형인 계림군은 참수되고, 계림군의 장인인 정철의 아버지는 함경도 정평定平으로, 큰형 정지鄭滋는 전라도 광양光陽으로 유배됐다.

그때 열 살이던 정철은 아버지를 따라 처음엔 정평, 2년 뒤엔 유배지가 경상도 영일迎日로 바뀌면서 그곳에서 4년을 보냈다.

그들이 귀양살이에서 풀려난 건 정철이 열여섯일 때, 명종이 아들을 낳으면서 내려진 사면령 덕분이었다.

　유배에서 풀려난 정유침은 할아버지 산소가 있던 전라도 창평昌平 지실마을*에 허름한 집을 짓고 그곳에 눌러앉았다. 당시 정철은 그 나이가 되도록 귀양살이하는 아버지를 따라다니며 사느라 제대로 글공부도 하지 못했었다.

　어느 여름날, 아버지 심부름을 다녀오던 정철은 땀범벅이 된 몸도 씻고 더위도 식히려 냇물에 뛰어들었다. 그때 근처 바위에 걸터앉아 물속에 발을 담그고 있던 전 나주 목사 김윤제金允悌와 눈이 마주치자, 정철은 꾸벅 고개를 숙여 인사했다.

　정철이 멱을 감고 나서 주섬주섬 옷을 챙겨 입자 김윤제가 정철을 손짓해 불렀다.

　김윤제는 그때 매제인 양산보梁山甫가 조성한 소쇄원** 인근에 정자를 짓고, 자신을 찾아준 벗들과 담소도 나누고 제자들을 가르치며 살고 있었다.

　김윤제는 가까이 다가온 정철에게 예사롭지 않은 재기가 숨겨져 있는 걸 금방 짚어냈다. 이런저런 얘기를 나눈 끝에 정철을 제자로 삼았고, 1년 후엔 외손녀와 혼인까지 시켰다.

　그 인연으로 정철은 김씨와 양씨梁氏 가문의 인척이 됐고, 그 덕분에 김인후金麟厚, 기대승奇大升 등 이름난 유학자들로부터

---

* 지금의 전남 담양군 남면 지곡리.
** 瀟灑園 : 전남 담양군 지곡리에 있는 전통 정원. 양산보梁山甫가 자신의 스승이던 조광조趙光祖가 사약을 받고 숨지자 벼슬을 버리고 낙향, 여러 해에 걸쳐 조성한 크고 멋진 정원이다. 1983년엔 사적지로, 2008년 명승 제40호로 지정되었다.

배우고, 여러 문인과 사귀는 기회도 얻었다.

정철이 신유년(1561년)에 진사, 이듬해 별시 문과에 잇따라 장원 급제하고 나서 한성 옛집으로 돌아온 건 스물일곱 살 때였다. 그러니까 전라도에서 산 기간이 10년도 넘는다.

장원 급제한 덕에 대뜸 정6품인 성균관 전적으로 벼슬살이를 시작한 정철은 처음엔 원칙과 신념을 중시하는 관료라는 평을 받았다. 사헌부 지평, 형조와 예조, 병조의 정랑 등 두루 요직을 거친 것으로 알 수 있듯 벼슬길도 순탄했다.

그가 사간원 헌납(정5품)으로 있을 때, 정국을 뒤흔든 사건 하나가 일어났다. 명종의 사촌 형 경양군景陽君이 처가 재산을 빼앗으려고 드잡이를 하다 처남을 살해한 것이다.

사헌부가 '아무리 종친이라도 살인을 했으니 엄히 다스려야 한다'고 주장하자, 명종은 어린 시절 친구처럼 지낸 정철에게 '경양군의 구명을 위해 앞장서 달라'고 부탁했다.

그러나 정철은 '종친이라도 예외를 두어선 안 된다'는 소신을 지켰다. 결국 경양군은 사약을 받았고, 그 일로 명종의 눈 밖에 난 정철은 3년여 한직을 떠돌며 전라도 광주 등지에서 지냈다.

그러다 선조가 즉위한 해 11월에 홍문관 수찬으로 다시 발돋움했고, 이조 좌랑이 됐을 땐 공신과 친척들이 정사政事를 좌지우지하는 훈척 정치를 청산하고 새로운 사림士林 시대를 여는 데도 큰 몫을 했다.

그는 자신이 옳다고 여기면 끝까지 물고 늘어졌다. '동인들이 가장 미워하고 경계하는 서인'이 된 것도 그런 성정性情 때문이었을 것이다.

12월 여드레, 왕이 희한한 전교傳敎를 내렸다.

"고인이 된 집의執義 이경중은 이조 좌랑으로 있을 때, 역적의 명성이 한창 자자했을 때도 역적이 함부로 행동하며 버릇이 없다는 걸 알고 그를 배격, 요직인 이조정랑에 오르는 것을 막았다가 논박을 받았었다. 하지만 당시 정황을 떠올려 보니 그의 선견지충先見之忠이 뛰어났다는 걸 알게 됐다. 그에게 판서를 추증하고 좋은 시호를 내려 표창토록 하라."

정6품 이조 좌랑이던 사람을 이조의 수장인 정2품 판서로 추증하라는 명이었다. 일각에서 '좀 과하다'는 의견이 나오자, 대신들의 의논을 거쳐 결국 종2품 이조참판을 추증했다.

정철이 옥사를 떠맡은 이후 국청의 분위기부터가 달라졌다. 무시무시 살벌해진 것이다.

유난히 고신이 혹독해 국청엔 피가 낭자하고 살점들이 여기저기 튀어 밟힐 정도라고 했다. 혹독한 고신을 견디지 못하고 승복하면 역당이라 죽이고, 부인하면 역당을 두호한다고 고신의 강도를 높여 더 모질게 죽인다고 했다.

국청은 아비규환의 생지옥이나 다름없었다. 고통에 못 이겨 내지르는 그들의 비명은 담 너머 사람들까지 전율케 했다.

정철의 앞잡이 노릇을 하고 있는 자들 중에서도 사간원 헌납 백유함이 가장 그악스럽게 군다고 한다.

백유함은 아버지 백인걸白仁傑과 각별했던 율곡이 이조판서를 하고 있을 땐 이조정랑으로 공정한 인사 구현에 앞장서는 등 공도 적지 않았지만 자주 당쟁에 끼어들어 빈축을 샀다. 물론 백유함만 그런 건 아니다. 서인 벼슬아치 대다수는 달콤한 권력을 누리기 위해 기를 쓰고 옥사에 매달리고 있다.

　왕은 옥사를 통해 군왕의 위엄을 더 빳빳하게 세우려 하고, 서인들은 동인 한 사람이라도 더 잡아 죽이거나 귀양 보내는 데 혈안이 돼 있다. 그들에게 민생民生 같은 건 내 알 바 아닌 남의 일이었다.

　고자쟁이들이 여전히 곳곳에서 날뛰고 있는 것도 그 때문일 것이다.

　이언길李彦吉은 김제 군수 시절 대동계에 쌀 10섬을 보내준 적이 있다. 그게 '환곡 100여 섬을 빼돌려 보내준 것'으로 부풀려지고, '정여립의 집도 지어 주었다'는 허위사실까지 보태져 목숨을 잃었다.

　선산善山 부사 유덕수柳德粹 등 벼슬아치 수십 명은 정여립과 주고받은 서찰 한 통 때문에 곤장을 맞다 죽거나 관직을 빼앗기고 귀양을 갔다.

　더욱 어이없는 일은, 재주도 있고 명망도 높던 성균관과 4학당 유생 중 수십 명이 '정여립을 추종해 왔다'는 이유만으로 금고* 됐다는 것이었다.

---

* 禁錮 : 죄를 짓는 등 허물이 있는 사람을 벼슬에 쓰지 않던 일. 과거에도 응시할 수 없었다.

정철이 위관을 맡은 지 겨우 20여 일 만에 '치죄가 너무 과한 것 같다'는 이야기가 나돌기 시작했다. 역모로 모는데 무슨 확증이나 단서가 필요할까만 그래도 그 정도가 지나치다는 것이다. 사람들은 '전하의 귀가 막혀있다면 모를까, 그렇지 않다면 무성한 소문 중 일부라도 들어갔을 터인데 왜 모르는 척하는지 모르겠다'고 수군거렸다.

실상 왕도 깜깜 절벽은 아니었다. 정철에게 위관을 맡기고 난지 열흘도 채 안 됐을 때 얼핏 그런 얘기를 들었었다. 그런데도 모르는 척 방관해 온 까닭은, 그의 무자비한 단죄 과정을 통해 왕권의 지엄함과 역린逆鱗의 대가가 얼마나 혹독한 것인지 등을 모두가 다시 한 번 똑똑히 깨닫게 해주고 싶어서였다.

정승을 지낸 정언신의 처벌 수위를 놓고 여러 얘기가 나오고 있을 때, 승문원 정자正字로 있던 정언신의 차남 율慄이 옥사로 아버지를 찾아갔다. 그는 주위를 살펴 가며 조심스럽게 아버지에게 귀엣말을 건넸다.

"아버님. 오산 공의 집을 수색한 이응표 선전관이 수백 통에 달하는 서찰 가운데 아버님이 보내신 건 모두 찾아내 불태워 없앴다 합니다."

그건 사실이었다. 이응표는 평소 존경해온 정언신 대감이 정여립과 서찰을 주고받을 정도로 가까이 지냈다는 게 드러나면 화가 미칠 수도 있을 것이라 여겨, 서찰 말미에 '정언신'으로 돼 있는 서찰들은 모두 다 추려내 없앴다.

며칠 뒤 한밤중에 왕이 국청에 나와 친국하자, 정언신은 '정여립이 족친이긴 하지만 가까이 지낸 적도, 서찰을 주고받은 적도 없다'고 대답했다.

사달이 난 건 정언신이 유배 길에 오른 뒤였다. 이응표가 수거해온 서찰들을 차근차근 살펴보던 추관들이 자그마치 열일곱 통이나 되는 정언신의 서찰을 찾아냈다. 서찰 내용도 시국이나 민생에 관한 것이 많았고, 금상의 잘못을 지적하거나 비웃는 것도 적지 않았다.

정철로부터 그 사실을 보고받은 왕은 격노했다.

"뭐어? 그자가 나에게는 눈이 없다고 여긴 것이야? 정언신, 그자를 다시 끌고 오라!"

그때 가족과 함께 도성을 벗어나 정처 없이 남쪽으로 가고 있던 정언신 앞에 의금부 도사 등이 들이닥쳤다.

왕은 다시 국청으로 끌려온 정언신을 흘깃 내려다보고 나서 형리들에게 명했다.

"저 자에게 곤장을 쳐라! 정승을 지낸 자라고 살살 때렸다간 너희가 죽을 줄 알라!"

왕의 엄포를 듣고 난 형리들은 곤장을 한껏 높이 쳐들어 정언신의 볼기를 힘껏 내리쳤다. 자그마치 예순 대의 곤장이 떨어지면서 피와 살점들이 여기저기 어지럽게 튀었다.

다음 날 새벽, 간신히 숨만 붙어 있던 정언신은 함경도 갑산으로 유배됐다. 큰아들 정협鄭協이 그 뒤를 따라갔다.

정율은 '어리석고 못난 아들놈 때문에 아버님이 피투성이가 되도록 매를 맞으신 것'이라며 곡기를 끊은 채 여러 날을 지내다

피를 토하고 죽었다.

도대체 뭐가 어떻게 잘못됐기에 이런 일이 벌어진 것일까?

보낸 사람이 정언신으로 돼 있는 서찰들은 분명 이응표가 모두 없앴다고 했었다. 그렇다면 열일곱 통이나 된다는 서찰들은 어디서 나온 것일까.

하늘에서 떨어진 것도, 땅에서 솟은 것도 아니고, 누군가 조작한 것도 아니었다.

정언신은 정여립에게 서찰을 보낼 땐 '종친 혹은 족친 늙은이 정언신'이라는 뜻으로 종로신宗老信 혹은 족노신族老信이라고도 써 보냈다. 한데 무관인 이응표는 '문신들은 그렇게도 한다'는 걸 까맣게 몰라 다른 사람의 것이려니 여겨 그것들을 모두 다 국청에 넘겼던 것이다.

정언신 외에도 정언지, 김우옹, 홍종록, 홍가신洪可臣, 송언신宋彦愼 등 정여립과 친분이 있었거나 안부를 묻는 서신 한 장만 주고받았어도 예외 없이 혹독한 고신을 받다 죽었다.

모진 고문에도 굴하지 않고 버티다 당당하게 칼을 받고 죽은 사람도 더러 있었다.

시문에도 능했으며 늘 도인 차림을 하고 다녔던 해주사람 지함두池涵斗는 평소 정여립을 '정감록에 나오는 정씨 진인'이라고 일컫는 등 역란의 핵심 역할을 했다는 이유로 여러 날 모진 고문을 받았다.

하지만 그는 끝내 자복하지 않고 버티다가 칼을 받기 직전 온 힘을 다해 큰소리로 호통을 친 뒤 숨을 거두었다. '패공沛公이 죽었다고 또 다른 패공이 나오지 않을 줄 아느냐?'고.

패공은 패沛라는 곳에서 군사를 일으켰던 한漢 고조高祖 유방劉邦의 별칭이다. 그러니까 지함두는 '역모를 조작해 무고한 사람을 죽이는 터무니없는 정치를 계속했다간 훗날 또 다른 누군가가 일어날 것'이라는 뜻으로 한 말이었다.

정철 등은 '그 말이 곧 역모를 자인하는 것'이라며 옥사의 고삐를 더욱 단단히 조였다.

며칠 뒤, 좀 희한한 일이 벌어졌다. 백유함이 자신이 소속된 사간원과 사헌부를 탄핵하고 나선 것이다. 그의 느닷없는 양사兩司 탄핵은 여전히 양사의 주축을 이루고 있는 동인들을 몰아내고 서인들로 물갈이하기 위한 정철의 밀령密令이었다는 소문이 뒤따랐다.

물론 동인들도 그 사실을 다 알고 있었지만, 그들이 할 수 있는 건 속으로 부글부글 끓는 것 말고는 없었.

결국 양사는 그들의 계획대로 야금야금 서인들의 손아귀로 들어갔다.

좌의정 이산해와 예조판서 류성룡은 동인이지만, 여전히 왕의 신임이 두터워 아직 조정에 남아있다. 그래봤자 주어진 직임에 합당한 권한을 행사하기는 쉽지 않을 것이라는 건 웬만한 사람은 다 알았다.

여전히 기린은 잠자고 스라소니들은 춤을 추고 있다. 간악한 소인배들은 곳곳에서 날뛰고 있다.

12월 열나흘, 진사 정암수丁巖壽를 비롯한 전라도 유생 10명이

4. 위관位官 정철鄭澈   *173*

이산해 정언신 정인홍 유성룡 등을 규탄하는 상소를 올렸다.

'이산해는 성상聖上을 속여온 지 오래됐고, 정언신 등은 나라 걱정보다 사당私黨에 화가 미치지 않게 하는 데만 신경을 곤두세워왔습니다.'

'정인홍은 정여립과 한 몸 같은 사이였고, 정개청과 송언신은 역적과 마음을 나누었으며, 윤기신尹起莘은 역적에게 아첨하였습니다.'

'이언길은 목재를 구해다 정여립의 집을 지어주었고, 이홍로李弘老는 정여립의 적삼을 자랑스럽게 입고 다녔다고 합니다' 등등.

그들은 또 '충군애국忠君愛國의 마음으로 여러 차례 소장을 올려 귀근貴近을 논박한 조헌을 먼 곳에 유배한 건, 역적들을 기쁘게 만든 것이나 다름없으니 하루 속히 조헌을 불러 상을 내리셔야 한다'고도 했다.

그들이 처벌 대상으로 지목한 대다수는 동인이었지만, 너무 티가 날 것 같아선지 서인 한 사람을 슬그머니 끼워 넣었다. 전주 부윤을 지낸 남언경이었다.

"남언경이 전주 부윤으로 있을 때, 남해안에 출몰했던 왜구들을 몰아내는 데 쥐꼬리만 한 공을 세운 정여립에게 아부하고, 대장장이를 보내 무기까지 만들어주었다고 합니다."

왕이 그 소장을 보고 크게 노했다. 상소에 거론된 이산해와 류성룡 등에 노한 게 아니었다. 상소를 올린 정암수 등 열 명을 잡아다 당장 옥에 가두라고 명했다.

"그렇듯 자세하게 알고 있었으면서 진즉 고변하지 않은 것도 잘못이지만 역변을 이용해 근거 없는 말을 날조하고 죄를 얽어서 어진 정승 등을 배척하는 글을 써 올린 속셈이 고약하다. 그들의 배후엔 반드시 간특한 자가 있을 것이니 그자들을 속히 색출해 국문하라!"

정암수 등은 '일부 무관들이 정여립의 집을 수색하면서 일부 대신들의 서찰을 찾아 불사르고, 일부러 늑장을 부려 역적이 도망갈 시간을 주었다는 얘기가 있어 상소를 올린 것일 뿐'이라고 변명했으나, 왕은 '그런 헛말은 귀에 담아두지 말고 엄히 다그치라' 했다.

그뿐이 아니었다. 이산해와 유성룡을 불러 '과인은 두 분의 충정을 의심해본 적이 없다'며 위로하기도 했다.

서인들이 장악한 사헌부와 사간원이 가만있을 리 만무했다. 그들은 '많은 대신들을 비난한 건 적절치 못했지만 그렇다 해서 선비들을 죄다 잡아들여 치죄하면 해괴한 소문이 돌고 성덕에 누가 되지 않을까 걱정되오니, 정암수 등을 국문하라는 명을 거두시라' 청했다.

왕은 '그들이 허황하고 거짓된 말로 여러 명현名賢까지 헐뜯었으니 죄를 물어야 한다'고 버텼으나, 서인들의 부추김에 놀아난 성균관과 4부 학당 유생들까지 읍소하고 나서자 마지못해 명을 거두었다.

얼마 후, 정암수, 양천경, 양천회 형제 등 일부 전라도 유생들의 행태와 관련된 괴이한 소문들이 뒤를 이었다.

'힘껏 말을 달려도 사나흘은 족히 걸리는 머나먼 시골에 사는 자들이 어떻게 도성과 조정의 사정을 그토록 자세하고 빠르게 알 수 있었겠느냐?'

'동인들 탓만 하는 걸 보면 분명 서인들 짓이니, 배후에 송익필, 정철 등이 있을 것이다'

'그들과 언관들이 서로 짜고 한쪽에선 고자질하고, 한쪽에선 그게 문제가 되면 감싸고 무마해주는 것 같다' 등등.

그 소문과는 상반된 또 다른 소문도 바람을 타고 나돌았다. 첫 번째 상소문은 정철이 써 보낸 취지趣旨에 살을 붙여 양천회가 써 올렸고, 이산해와 류성룡 등 수많은 동인을 탄핵한 두 번째 상소 또한 정철의 지시를 받고 담양, 화순, 나주, 광주 등지의 선비들이 모여 숙의 끝에 작성됐다는 것이다.

그건 사실이었다. 정철의 지령을 받은 양천경 형제는 먼저 지역 선비들에게 '광주향교로 집결하라'는 통문을 돌렸다. 오지 않으면 역적을 두둔하는 것으로 알겠다고 겁까지 주자, 50여 명이 모였고, 그 자리에서 정철의 지령을 토대로 상소문이 작성된 것이다.

누구를 소두*로 할 것인가를 놓고 여러 말이 오갔다. 내켜 하는 사람이 없자, 몇몇이 연장자인 정암수를 지목했다. 정암수는 '나는 그럴 주제가 못 된다'고 사양했지만 '나이로 보나 경륜으로 보나 정공이 소두를 맡아주어야 한다'는 다수의견에 떠밀려

---

* 疏頭 : 연명(連名)하여 올린 상소문에서 맨 먼저 이름을 적은 사람.

소두가 됐다는 것이다.

 살다 보면 종잡기 어려운 사람을 만나기도 한다. 금상도 바로 그런 부류가 아닐까 싶다.
 무엇보다 왕의 속내를 어림짐작해보기가 무척 어려웠다. 이쪽인가 하면 저쪽이고, 시시때때로 엉뚱한 말을 늘어놓곤 한다.
 12월 초하루, 임금이 비망기를 내렸다. '역적의 문도 중에 적당의 진술에 관련되지 않은 자는 중죄로 다스리지 말고, 여러 가지를 참작해 가며 신중히 잘 처리토록 하라'고.
 한 달여 전엔 구언* 교서를 내려 아직 붙잡히지 않은 역도들을 고변하라 독려하고, 20여 일 전엔 정철에게 역당의 뿌리를 뽑으라고 하더니, 이번엔 형벌을 신중히 쓰라 한다. 한 달여 사이 그냥 심경에 변화가 온 건지, 말을 바꾸게 된 연유가 따로 있는 건지, 그걸 알 도리는 없었다.
 어쨌든 동인들은 '다행이다' 싶어 한숨을 돌렸다.
 백성들은 장터에서, 주막에서 그 비망기를 놓고 이런저런 얘기를 주고받았다. 하급 관리 몇 사람도 궐 밖에서 만나 쑥덕거렸다.
 "전하께서 옥사를 신중하게 처리하라 했으니, 다행이긴 한

---

* 求言 : 나라에 재앙이 있을 때, 혹은 국정에 필요할 경우 임금의 정치의 잘잘못에 대하여 널리 신하로부터 비판의 말을 구하던 일. 이를 정책에 반영하기도 했다.

데…"

"하지만, 워낙 종잡을 수 없는 분이라…."

"맞아! 전하의 속을 누가 알겠어? 지난번에도 옥사를 마무리하려나 보다 했는데 느닷없이 옥사의 고삐를 조여 또다시 피바람이 불지 않았는가?"

"그건 그렇지만 이번엔…."

"아냐. 아직은 몰라. 좀 더 두고 봐야 해."

"그건 그렇고…. 자네, 그 얘기 들었나?"

"그 얘기라니?"

"정암수 등이 이산해 대감 등 30여명의 동인 신료들을 마구 무함한 소장, 그거 정철 대감이 써 보냈대."

"나도 들었어. 정 대감 댁 문객이었던 심희수라는 자가, 정 대감이 문제의 소장을 작성하는 걸 자기 눈으로 똑똑히 봤다고 떠벌리고 다닌다며?"

"그 댁 문객이었다는 자가 왜?…"

"글쎄… 근래 전하의 마음이 정철 대감에게서 멀어지고 있다는 얘기가 들려오자 만약에 대비, 자신은 정철 사람이 아니라는 걸 보여주기 위해 그러는 거 아닐까?…"

정철에 대한 왕의 신임이 전 같지 않은 건 사실이었다. 위관인 그가 옥사를 너무 혹독하게 몰고 간다는 불평이 만만치 않다는 걸 알게 된데다, 백유양을 감쌌던 것도 한몫했을 것이다.

정여립의 집에서 발견된 서찰 중에 백유양의 것이 적지 않았고, 고약한 내용도 많았다. 심지어 왕을 일컬어 '임금다운 도량이 없다.' '이 사람은 시기심이 많고 모질며 고집이 세다'고도 했었다.

그걸 본 왕이 격분, '백유양을 또 다른 역도로 처단하라'고 명했다.

그때 정철이 왕을 말렸다.

"전하! 경연에 참여했던 신하 중 정여립이 역란을 도모한 것도 큰 변고인데, 백유양까지 역도로 단죄하는 건 적절치 않은 것 같사옵니다."

그 말이 끝나자마자 왕이 버럭 화를 냈다. 당장 잡아먹기라도 할 듯 표정도 험악했다.

"뭐라?… 권력을 잡았다고, 이젠 모든 걸 그대 마음대로 하고 싶은가? 이젠 임금도 눈에 뵈지 않는 거야?"

날벼락을 맞은 정철이 화들짝 놀라, 변명도 못 하고 움츠렸다.

그 일로 백유양은 물론 그의 맏아들인 진사 백진민白振民을 비롯한 세 아들이 모두 고신을 받다 죽었다. 네 형제 중 여립의 형인 정여흥의 딸과 혼인했던 막내 백수민白壽民은 역변 직후 처숙부인 정여립과 공모했다는 혐의를 받고 맨 먼저 처형됐으니 5부자가 같은 연유로 목숨을 잃은 것이다.

부제학을 지낸 백유양은 어질고 자애로우면서도 공무를 수행할 땐 강직해 따르는 사람이 많았다.

그의 맏아들 진민 역시 명망이 높았다. 역변 초기엔 성균관 유생 몇 사람과 함께 '정여립이 역변을 모의했다는 확증이 있는 건 아니니 그의 말을 들어보신 뒤에 치죄하시라'는 상소를 올리

4. 위관位官 정철鄭澈   *179*

기도 했었다.

　백진민은 국청에서도 당당했다.

　"아버님도 모르는 것을 아들이 어떻게 알겠소. 죄가 있는지 없는지는 저 푸른 하늘이 알 것이오.… 어쨌든 둥우리가 뒤엎어졌는데 알[卵]이 어찌 홀로 온전하리오. 더 심문할 것도 없소. 어서 그냥 죽이시오!"

　선비들은 하나같이 그의 죽음을 애통망극하게 여겼다.

　정철이 백유양을 감싸려 했던 까닭을 두고 설왕설래가 이어졌다. 그가 한 말 그대로일 것이라는 사람도 있었고, '옥사가 지나치게 가혹하다'는 세평이 왕의 귀에도 들어갔다는 걸 알고, 그걸 어물어물 덮어보려다 빚어진 일'이라고도 했다.

　전라도 낙안향교 교생 선홍복宣弘福은 영특하다고까지 말하긴 어려워도 뭐든 열심히 잘 따라 하는 축에 속했다. 몸가짐도 마음가짐도 반듯한 편이어서, 엉뚱한 짓 같은 건 하지도, 해볼 생각도 하지 않았다.

　그랬던 그가 열흘도 넘게 의금부 옥에 갇혀있다. 영문도 모른 채 포졸들에게 붙잡혀 도성까지 압송돼왔다. 누군가 자신을 역도와 한 패거리라고 고자질했다는데, 정작 본인은 자신에게 왜 이런 일이 일어난 것인지조차 알지 못했다.

　그냥 옥에 갇혀있기만 한 것도 아니다. 하루가 멀다고 잔혹한 고신이 이어졌다. 정말 아는 게 없어서 모른다고 한 건데, '왜 알면서 모른다고 하느냐며 때리고 지졌다. 아마도 온몸에 성한 데라곤 없을 것이다.

호의호식하며 살아 온 건 아니지만 그래도 죽기는 싫었다. 엊그제까진 그랬다. 그러나 지금은 다르다. 어서 죽었으면 싶다. 그럴 힘이 남아 있었다면 혀라도 깨물었을 것이다.

뜻밖의 환난을 겪으면서 알게 된 게 있다. 가장 무서운 것은 죽음도, 악귀도 아니고 온몸으로 느껴지는 통증이라는 걸.

그 지독한 통증 속에서도 잠이 쏟아졌다. '이 마당에 어떻게 잠이 오지' 싶어 야속하기까지 했지만, 온몸을 헤집으며 파고드는 수마를 이겨낼 재주도, 기운도 없었다.

잠 속에 빠져들면서 그는 생각했다. 차라리 이대로 죽었으면 좋겠다, 이대로 눈을 뜨지 않았으면 좋겠다고.

얼마나 지났을까. 누군가 구시렁거리는 소리가 들렸다. 처음엔 그게 무슨 소린지 몰랐다. 쯧쯧쯧 하고 혀를 차는 것 같기도 하고, 한숨을 쉬는 것 같기도 했다. 그뿐이 아니었다. 상처들을 살펴 가며 뭔가로 어딘가를 닦고 또 뭔가를 발랐는데 그때마다 쓰라렸다.

힘겹게 눈을 뜬 그는 소리가 난 쪽으로 고개를 돌렸다. 그 누군가는 바로 앞에 있었다. 갖가지 형장에 시퍼렇게 멍이 들거나 살점이 떨어져 나가 엉망이 된 그의 허벅지를 살펴보는 것 같았다.

"몇 사람 이름만 대면 살 수 있는데 왜 그렇게 미련하게 굴어?"

이게 무슨 소린가 싶었지만, 그 얘긴 똑똑하고 분명하게 그의 귀에 박혔다.

그자가 뭔가를 바를 땐 몹시 쓰라렸지만, 시간이 지나면서 통증이 좀 누그러지는 것 같기도 했다.

'누구시냐?'고 묻자 그는 월령의*라고 짧게 대답했다. 말없이 이곳저곳을 닦아내고 바르기를 계속하던 그가 어느 순간 몸을 구부려 선홍복의 귀에 대고 속삭였다.

"고신을 더 받다 간 당신은 죽어!⋯ 미련하게 버티긴 왜 버텨?"

"버, 버티는 게 아니라⋯ 저, 정말 아는 게 없어서⋯."

"내가 시키는 대로 할 테야? 그럼 살 수 있는데⋯"

정신이 번쩍 들었다. 어서 죽고 싶다는 생각을 한 게 두어 식경도 안 된 것 같은데, 그 말을 듣자마자 '살 수만 있다면 어떻게 해서든 살고 싶다'로 금방 바뀌었다.

그가 또 속삭였다.

"돈 좀 내놓으면 돼. 많지도 않아. 쉰 냥 정도⋯ 목숨을 구해준 은인이니, 더 주겠다면 마다하지 않겠지만.⋯"

쉰 냥? 살 수만 있다면 쉰 냥이 문제겠는가. 전 재산을 다 내줄 수도 있을 것 같았다.

"어쩔래? 내 말대로 해볼 테야?"

그의 말이 채 다 끝나기도 전에 선홍복은 고개를 끄덕였다.

그날 밤, 선홍복은 보방保放됐다. 치료를 위해 일시 풀려난

---

* 月令醫 : 전의감이나 혜민서에서 파견된 의원. 수습 의원이나 하급 의원으로서 가난한 백성, 성균관의 학생, 의금부 죄수 등의 병 치료를 맡았다.

것이다.

보방이 된 죄수는 옥사 밖에서 일정 기간 치료를 받은 뒤 어느 정도 회복이 되면 다시 옥으로 돌아가야 한다.

선홍복은 그 월령의와 함께 옥사 근처에 있는 한 허름한 민가로 거처를 옮겼다. 귓가에 신음소리도 들려오지 않고, 비릿한 피 냄새가 콧속으로 스며들지 않은 것만으로도 살 것 같았다. 악귀가 들끓고 피비린내가 진동하던 지옥을 벗어나 밝고 따사로운 햇살이 쏟아지는 천국에 와 있는 것 같았다.

전의감 소속이라는 월령의 이름은 조영선趙永善이라 했다. 한 추관과 형님 아우 하는 사이라서 역모와 직접 관련 없는 선홍복 정도를 빼주는 건 일도 아니라고 큰소리쳤다.

"아무리 형님 아우 하는 사이라도 그렇지, 역도와 한패였다는 혐의를 받고 있는데, 어떻게 그 올가미에서 빠져나올 수 있다는 거요?"

"당연히 수를 모르면 불가능하지. 그렇지만 내가 시키는 대로 하면 살아날 수 있어. 나만 믿어!"

사흘이 지나 어지간히 몸을 추스를 만하게 됐을 때, 조영선이 몇 사람의 이름이 적힌 종이쪽지를 내밀었다.

"추관이 동패 이름을 대라고 하면 이 종이에 적힌 사람들 이름을 대고, 그들과 주고받은 서찰이 어디 있느냐 묻거든 당신 집 이불장 맨 밑바닥에 감춰두었다고 해."

종이쪽지엔 이발, 이길, 백유양 등의 이름이 적혀 있었다. 모두 다 이름은 들어본 사람들이었다.

선홍복은 분개했다. '내가 이발 같은 어른과 동패였다고 거짓 자백을 하라, 그 말이지?… 내 목숨 구하자고 애꿎은 인재들을 죽음의 구렁텅이로 밀어 넣으라는 거야? 이 자가 나를 어찌 보고 이런 짓을…'

하지만 그 의분義憤은 잠시 잠깐 그를 스쳐 지나갔을 뿐이다. 무슨 짓을 해서든 살고 싶었다. 다시는 그 지긋지긋한 고신을 받고 싶지 않았다.

그는 결국 애써 생각을 바꾸었다. '이분들은 내가 입에 올리지 않더라도 어차피 죽게 돼 있을 것'이라고.

다음 날 선홍복은 의금부로 다시 끌려 나갔다. 위관 정철이 높직하게 앉아 지켜보는 가운데, 낯이 익은 추관이 물었다. 조영선과 형님 아우 하는 사이라는 그자가 아닐까 싶었다.

"다 드러났으니 바른대로 말하라. 괜히 사서 매 맞을 건 없잖아?"

조영선이 일러준 대로 하리라 다짐하고 나왔지만, 막상 '나 살자고 이름만 알 뿐 일면식도 없는 애먼 사람들을 끌어대야만 할까'하는데 생각이 미쳐 대답을 못 하고 머뭇거렸다.

그때 우연히 눈길이 마주친 조영선이 눈을 깜박이며 입을 달싹였다. '어서 대답해!'라고.

그래도 망설이고 있는데, 추관이 형리들에게 명했다.

"안 되겠구나. 이자에게 다시 고신을 가하라!"

그 말이 떨어지기 무섭게 선홍복은 대답했다.

"마, 말씀드리겠습니다. 저와 교결한 사람은 이발, 이길, 백유양 등입니다."

"그래?… 그럼 그들과 교결했다는 증거는 무엇이냐, 어디에 있느냐?"

"그들로부터 받은 서찰이 제집 이불장 맨 밑바닥에 있나이다."

그 말이 끝나자마자 정철이 씩 웃더니 형리들에게 명했다.

"그자는 옥에 가두고 역적들이 저 자에게 보냈다는 서찰을 가져오라!"

12월 열이틀, 선홍복의 집에서 역적 정여립과 상통相通한 문서가 발견됐다며, 귀양지로 가고 있던 이발, 이길 형제, 백유양 등을 국청으로 다시 끌고 왔다.

정철은 명했다. 그들의 볼기를 큰 형장으로 마구 치라고.

결국 세 사람은 형장에서 장사杖死 당하거나, 목숨은 아직 끊어지는 사람은 장독杖毒 때문에 얼마 버티지 못하고 숨을 거두었다.

며칠 뒤엔 이발과 이길의 형인 이급李汲도 끌려와 매를 맞다 죽었다. 말을 섞어보기는커녕 얼굴도 모르고, 이름도 들어본 적 없는 선홍복의 거짓 진술 때문에 여러 인재들이 이승을 등진 것이다.

선홍복은 정여립과 주고받은 서찰 자체도 없었지만, 그걸 찾아서 가져오겠다 한들 아무리 빠른 말을 타고 오가도 6, 7일은 걸릴 거라 짐작했었다.

하지만 그건 순진한 그의 짐작일 뿐이었다. 이발의 글씨체를 감쪽같이 흉내 내 써놓은 서찰은 이미 그들의 손안에 있었다.

선홍복은 이틀 뒤 형장으로 끌려갔다. 처음엔 무슨 영문인지 몰라 어리벙벙하다, 망나니가 칼춤을 추기 시작하는 걸 보곤 자신이 조영선 등에게 속은 걸 알았다.

조영선이 돈 얘기만 꺼내지 않았다면 그리 쉽게 믿지 않았을 것이다. 한데 조영선이 대뜸 돈을 요구하자 '이 자들은 돈을 받고 죄를 덮어주기도 하는 모양이구나.' 그렇게 생각해버린 게 잘못이었다.

선홍복이 큰 소리로 울부짖었다.

"내가 바보 멍청이 짓을 했구나. 조영선, 그놈에게 속은 이 팔푼이는 죽어도 싸지만 애꿎은 충신들까지 죽게 했으니 이 죄를 무엇으로 씻으랴! 그분들을 지하에서 만나 뵙고 용서를 빌고 받을 때까지 나는 편히 눈도 감지 못할 것이다."

그의 말이 떨어지기 무섭게 시퍼런 칼날이 그의 목에 떨어졌다.*

이발 등의 시신은 새남터에 버려졌다. 그들과 생전에 친하게 지냈던 벼슬아치들이 그들의 시신을 몰래 수습해 묻어주었다가 나중에 발각돼 관작官爵을 잃기도 했다.

이발은 8대조부터 이발에 이르기까지 9대가 연속해 대과 급제

---

* 기축년 12월12일자 조선왕조실록에도 관련 사실이 기록돼 있고, 마지막엔 '정철 등이 사주하여 살육한 것이 이토록 심하였다'고 적혀 있다.

자를 낸 호남의 명문가로 꼽혀 온 광산 이씨 집안 출신이다. 문신의 인사를 담당하는 이조 전랑銓郎과 사간원 대사간을 지낸 그는 최영경과도 무척 가까웠지만 두 살 아래인 정여립과 더 친밀하게 지냈다. 대사간에 이어 성균관 대사성大司成을 끝으로 정해년(1587년) 3월 벼슬을 그만두고, 아우와 함께 낙향, 학문에만 정진해 왔었다.

나중에 알려진 얘기지만, 꼼짝없이 멸문지화를 당할 수밖에 없었던 이발 집안이 이길의 집 여종 귀덕貴德 덕분에 가문의 명맥은 이어갈 수 있었다고 한다. 평소 가노家奴들도 따뜻하게 대해 주었던 주인의 은혜를 저버릴 수 없었던 귀덕이 온 가족이 모두 잡혀가기 직전, 자기 아들과 주인집 아들의 옷을 바꿔 입혀 주인의 대를 이을 수 있게 해준 것이다.

승정원에서 올라온 상소들을 뒤적이던 왕이 갑자기 눈살을 찌푸렸다. 귀양에서 풀려난 조헌이 집으로 돌아가던 길에 올린 상소였다.

그걸 다 읽고 난 왕이 소장을 서안 위에 내팽개치듯 내려놓으며 버럭 화를 냈다.

"이런 발칙한 자를 보았나.… 지난번에도 동인들은 배척하고 박순, 정철, 성혼, 송익필 등 서인만 감싸더니, 이번에도 그렇구나. 가소롭도다. 과인에겐 사람 보는 눈이 없는 것으로 여기는가? 교활하고 간사한 자가 아직도 세상 무서운 줄 모르고 조정을 경멸하다니….”

그러면서 '조헌, 이 자를 다시 배소配所로 돌려 보내라'고 명했다.

왕은 그것만으론 분이 풀리지 않았는지, 며칠 전 조헌에게 벼슬을 주자고 했던 이조판서 홍성민의 관직까지 삭탈해버렸다.

그뿐 아니라 며칠 뒤엔 조헌 등이 이 난을 퍼부었던 류성룡을 이조판서, 권극례權克禮를 예조판서로 삼는 것으로 한 번 더 어깃장을 놓았다.

그 사이 역모를 발고했던 전 재령 군수 박충간은 형조참판, 전 안악 군수 이축은 공조참판, 전 신천 군수 한응인은 호조참의가 되었다.

종4품의 시골 군수였던 세 사람 중 박충간과 이축이 종2품의 품계를 받은 것도 파격이었지만, 30대 중반인 한응인이 당상관에 오른 것도 놀라운 일이었다.

그뿐이 아니다. 종6품이던 진안 현감 민인백도 당상관인 예조참의가 되고, 역변을 조작하는데 기여한 조구 등에게도 당상의 벼슬이 내려졌다.

섣달 열엿새 날, 왕이 전교했다.

'사노私奴 송익필 한필 형제가 조정을 원망하고 있고, 간귀奸宄 조헌의 상소가 모두 이들의 사주로 이루어졌다고 하니, 통분할 일이다. 형조는 하루속히 그들을 잡아들여 엄히 치죄토록 하라!'

느닷없고, 갑작스러웠지만 그럴만한 까닭이 있었다.

불현듯 근래 서인들의 동태가 좀 이상한 것 같다는 느낌이 들어, 자신은 당파와 무관하다고 주장해온 몇 사람을 차례로 불러 이것저것 물어봤다. 그 결과 동인들을 탄핵해온 자들의 배후에 송익필 형제가 있는 것 같다고 했다. 가만둘 수 없는 일이었다.

그 전교로 송익필 형제의 처지는 더욱 각다분해졌다. 서인의 막후 실세이자 조정자였던 송익필이 하루아침에 천출로 떨어진 뒤 3년 넘게 도망자로 살게 된 사연도 새삼 사람들의 입줄에 나 올랐다.

전 좌의정 안당安瑭의 부친인 안돈후安敦厚는 젊은 시절 중금이라는 곱상한 여종을 취해 첩으로 삼았다. 그녀에겐 아비를 모르는 감정甘丁이라는 딸이 하나 있었는데, 그녀가 송린이라는 자와 혼인해 낳은 아들이 송사련宋祀連이고, 송익필 등 5형제는 송사련의 자식이었다.

그러니까 송사련이고 송익필 형제고 간에 그들은 안씨 집안과는 피 한 방울 섞이지 않았지만, 어려서부터 안씨 집안에 자주 드나들었고, 안당은 그들을 잘 보살펴 주었다. 음양과를 거치긴 했지만 송사련이 종5품 관상감 판관判官에 오를 수 있었던 것도 안당 덕분이었다.

한데 송사련은 은혜를 원수로 갚았다. 안당이 기묘사화*로

---

* 己卯士禍 : 1519년(중종 14) 훈구파(勳舊派)에 의해 조광조(趙光祖) 등 신진사류(新進士類)가 숙청된 사건.

파직된 뒤 부인상을 당했을 때, 그의 아들 안처겸安處謙이 문상을 온 지인들과 얘기를 나누다 불평을 늘어놓았다. '기묘사화를 주도한 남곤南袞과 심정沈貞 같은 자가 없어져야 나라가 바로 설 것'이라고.

이 말을 엿들은 송사련은 심정에게 '안처겸이 감히 대신을 모해했다'고 고자질했다.

아무리 흉악한 사람이라도 그렇지, 어떻게 은혜를 베푼 안씨 집안을 해코지할 생각을 한 걸까? 그 나름으론 그럴만한 곡절이 있었다.

음양과 출신이라 사주를 볼 줄 알았던 그는 그해 연초 사주를 보았더니, 자기 운세는 대길大吉인데, 안당의 집 사람들은 모두가 죽거나 망하는 것으로 나왔다. 운 좋게 관상감 판관 자리를 꿰찼지만 미천한 출신 때문에 더는 올라갈 수 없어 앙앙불락하던 참에, 뭐 좋은 방법이 없을까 궁리하다, 안당 일가를 고발하는 공을 세우는 것으로 입신양명의 길을 닦기로 작정한 것이다.

결국 그의 발고로 안당과 안처겸, 처근 형제 등 세 부자를 포함 안씨 문중의 여러 사람이 목숨을 잃었다. 안처겸 모친 장례식에 다녀간 사람 대다수가 안당 일파의 역모 가담자로 몰리면서 벌어진 신사무옥辛巳誣獄이 그것이다.

이후 송사련은 네 임금을 섬기면서 절충장군, 시위대장 등 당상관으로 30여 년간 떵떵거리며 살았다. 또 아들 5형제도 모두 명문가와 혼인했고, 그중에서도 송익필은 쟁쟁한 학자로 명성을 날리는 등 집안이 크게 번창했었다.

그 형세가 꼬이기 시작한 발단은 송한필의 사돈 곽사원郭嗣源이 벌인 송사訟事였다.

교하현* 토호였던 곽사원은 공릉恭陵 근처를 흐르는 냇물을 막는 둑을 쌓아 보를 만들어 논물을 댔다. 그때 외거노비** 우거인이라는 자가 보의 가장자리 습지에 둑을 쌓아 논을 일구자, 그 논의 소유권을 두고 곽사원과 우거인이 송사를 벌였다.

한 감바리가 우거인에게 접근, 윤두수尹斗壽 대사헌 쪽을 움직여 송사를 유리하게 처결해주겠다고 나섰다.

우거인 쪽에선 윤두수 이름이 나오고, 곽사원은 송한필의 사돈이라 난감해하던 교하 현감은 사건을 형조로 떠넘겼다. 사건을 넘겨받은 형조도 머뭇거리다 임금에게 아뢰었고, 왕은 한성부로 넘겼다. 도성으로부터 10리 이내인 성저십리城底十里 인근 가옥이나 전답, 산림, 묘지에 관한 다툼은 한성부가 최종 판단하게 돼 있기 때문이었다.

한성부는 형조에서 넘어온 문건 중 곽사원 측 문서 중에 위조된 게 있음을 발견, 형조로 되돌려 보냈다. 형조는 이번에도 이렇게 하기도, 저렇게 하기도 어려운 처지가 되자, 또 그냥 궤 안에 처박아둔 채 몇 년을 보냈다.

갑신년(1584년) 4월, 봄부터 비가 내리지 않자 임금은 '하늘의 노여움에서 벗어날 수 있는 길을 찾아 달라'고 구언했다. 이런

---

* 지금의 경기도 파주시 금촌, 교하, 운정동 일대.
** 外居奴婢 : 주인집에 살지 않고 따로 가정을 꾸려 살던 노비. 자기 명의 재산도 가질 수 있었다.

구언에는 벼슬아치는 물론 백성들도 참여할 수 있다.

우거인은 때를 놓치지 않고, 곽사원이 토지문서를 위조한 정황을 알고도 형조가 그의 죄를 덮어주었다고 공박했다.

임금이 다시 엄명을 내렸다. '우거인과 곽사원 간의 송사가 시작된 지 오래고, 여러 사대부가 관여돼있다기에 진상을 면밀하게 조사해 아뢰라 했는데도 여러 해가 지나도록 방치돼왔다니 괘씸한 일이다. 당장 속히 진상을 살펴 아뢰도록 하라'고.

어명이 떨어지자 당시 대사헌이던 정철은 곧 피혐*했다. 사헌부 수장으로 있으면서 그동안 송한필 형제와의 인연 때문에 곽사원 쪽을 두둔해왔다는 의혹을 받아왔기 때문이다.

곽사원 쪽엔 정철 외에도 율곡 이이 등도 가세했던 것으로 드러났다.

조사 결과를 받아 본 왕은 시비의 당사자인 우거인과 곽사원 가족들을 변방으로 내쫓고, 상전으로서 이를 제지하지 못한 우거인의 주인 황유경黃有慶과 곽사원의 편을 들어 송사를 혼란에 빠뜨린 송한필은 장형에 처했다.

그것으로 모든 게 잠잠해지나 했었는데 병술년(1586년) 봄에, 이번엔 안당의 종손인 안로安璐의 처 윤씨가 안처겸의 무죄를 주장하는 상소를 올렸다. 송씨네도 가만있을 수 없어 그에 맞서면서 다시 시끄러워졌다.

---

* 避嫌 : 헌사(憲司)에서 잘잘못을 가리는 사건에 관련된 벼슬아치가 직책 수행을 회피하던 일. 혐의가 풀릴 때까지 그 직임에 나가지 않는 것이 관례였다.

쟁송 결과 안처겸이 무죄가 확정되면서 송씨 집안사람들은 모두 관직을 삭탈 당했다.

그것으로 그친 것도 아니다. 안당의 손자 안윤安玧이 '송사련의 어머니는 증조부(안돈후)의 딸이 아니라 사노비와 그의 전남편 사이에서 태어났으니, 그 자손 70여 명도 모두 노비로 되돌려 놓아야 한다'고 주장하고 나섰다.

이때 이발 등 동인들은 안씨 측 주장에 적극 가세했고, 여러 논란 끝에 송익필 형제는 결국 천민으로 떨어지고 말았다. 유림의 대표 격이었으며 조선 팔문장 중 한 사람으로 꼽히던 송익필이 하루아침에 노비 신세가 된 것이다.

서인들도 가만히 앉아 구경만 했던 건 아니다.

"경국대전엔 '노비라도 2대 이상 16세~60세 사이의 양인 장정에게 부과되던 군역과 노역에 종사한 자손은 노비 신분에서 벗어날 수 있다고 돼 있습니다. 그렇다면 조부와 아비가 2대에 걸쳐 관상감 실직을 맡아 녹봉을 받았으니 그 후손들은 면천돼야 마땅합니다."

하지만 그 주장 또한 동인들의 격렬한 반대로 받아들여지지 않았다. 당시 공사노비의 문서 관리 및 노비소송 등을 관장하는 장예원掌隸院의 판결사判決事(정3품)는 동인인 정윤희丁胤禧였다.

송익필과 동인 간의 질긴 악연은 그렇게 시작되었다. 아버지 대에 있었던 일로 천출이던 할머니의 자손 70여 명이 다시 노비로 추락했으니, 동인들에 대한 그들의 원한이 뼈에 사무친 건 당연했다.

그 후 송익필은 이리저리 피해 다니면서 동인들에 대한 복수와 재기를 위해 와신상담, 절치부심의 나날을 보내왔다.

그는 측근들에게 '동인들을 조정에서 몰아내는 정도로는 성이 차지 않을 것 같다. 동인 핵심들의 삼족을 멸해야 반분이라도 풀릴 것 같다'고 말해왔다 한다.

삼족을 멸하려면 뭘 어찌해야 하는가. 그건 생각하고 자시고 할 것도 없다. 역모로 엮는 것뿐이다. 동인 측이 '이번 옥사가 송익필의 치밀한 계획과 지휘 아래 자행됐을 것'으로 짐작하게 된 것도 그 때문이었다. 동인들은 송익필이 직접 나설 수 없는 형편이라 정철을 앞장세웠고, 서인의 또 다른 핵심인 성혼도 적극 가담한 것으로 보고 있다.

그렇다면 송익필이 하필이면 정여립을 표적으로 삼은 까닭은 무엇일까.

서인들 사이에선 '정여립은 우리와 동패였으나 동인 세력이 강해지자 그쪽으로 붙은 배신자'였다. 도저히 가만두고만 볼 수 없는 그자를 어찌할까 궁리하다 묘수를 찾아냈다.

정여립은 임금에게도 미운털이 박혀 낙향한 뒤 여러 사람이 군수, 도사 등으로 천거했음에도 기용되지 않았으니, 임금의 처사가 서운하게 여겨졌을 것이고, 그래서 체제에 대한 불만을 토로해 온 것으로 떠벌이기 시작했다.

그러면서 또 뭐가 더 없을까, 눈에 불을 켰다. 역도로 몰아붙이기 좋은 한 가지가 더 있었다. 대동계였다. 정여립 측은 한사코

'대동계는 군사조직이 아니다'고 강변해왔지만, '매달 한 번이라도 활을 쏘고 창칼을 휘두르는 군사훈련을 해왔으니 유사 군사력으로 봐야 한다'고 물고 늘어졌다.

그와 동시에 마지막 한 수를 더 했다. 송익필 형제 등이 동패 서인들과 수하들을 총동원해 만들어낸 소문, '이씨 왕조가 망하고 정씨가 왕이 된다'는 정감록 참설에다, '그 참설에 나오는 정씨 진인이 바로 정여립이라더라'고 덧붙인 것이다.

피의 기축년이 저물고 경인년(1590년)이 밝았다.

새해 첫날, 임금이 전교했다. '만약 박충간 등의 발고로 역적을 소탕하지 않았다면 종묘사직이 어떻게 되었겠는가? 그것이 신하된 자의 직분이기는 하지만 평범하게 포상할 수는 없다. 그들의 공을 기리는 식전式典도 거행하라' 명했다. 박충간, 이축, 한응인, 민인백, 이수李綏, 강응기姜應棋를 공신으로 삼아 포상하라'는 것이었다.

이에 따라 안악군수에서 공조참판으로 파격 승진했던 이축은 한 단계 더 뛰어올라 형조판서, 일약 대감이 되고, 호조참의였던 전 신천군수 한응인은 도승지가 됐다.

그 인사가 심히 부당하다는 수군거림이 이어지더니, 마침내 간원들이 들고 일어났다.

"육조판서는 재상 다음이라 그 직임이 무겁고, 힘써 정사를 살펴도 신민의 기대를 충족시키기가 쉽지 않은 법인데, 그런 일들을 수행할 만한 학덕과 능력이 있는지, 그런 것과는 상관없이 공훈만으로 갑작스럽게 큰 벼슬을 내리는 것은 부당하옵니다."

도승지가 된 한응인보다 형조판서가 된 이축을 더욱 거칠게 물고 늘어졌다.

"이축은 위인이 몽매하고 용렬하며 재기가 모자라 공조참판으로 있을 때도 문제가 적지 않았는데 형조판서라니요. 형조판서 자리가 얼마나 중요한데 아둔한 자를 그런 자리에 앉힌다는 말입니까. 부디 명을 거두소서."

나중엔 사헌부도 합세해 '이축의 벼슬을 바꾸시라'고 나흘 동안 계속 주청했다. 하지만 왕은 '그만한 공이 있어 벼슬을 내린 것이니 더는 논하지 말라'며 양사의 입을 막았다.

5. 대동별초 大同別抄

 밤하늘은 평온하다 못해 적요했다. 이제 막 생겨난 것 같은 초승달은 오늘따라 빛도 더 강하고 선명한 별빛에 맥을 추지 못했다.
 먹물 같은 어둠이 내려앉은 운종가에 뭔가가 빠르게 움직였다. 사람이었다. 하나도 둘도 아닌 넷이다. 그들은 두 사람씩 짝을 지어 한 사람은 망을 보고 또 한 사람은 종이에 풀을 칠해 벽에다 뭔가를 붙였다. 장소를 옮겨가며 한 차례씩 더 계속했다.
 다음 날 아침 운종가로 들어선 상인들은 네 군데에 붙은 벽서를 보고 화들짝 놀랐다.

우리는 대동세상을 이룩해보고자 노심초사하셨던 정여립 계주님을 역도로 몰아 살해한 무도한 임금과 간신배들에 대항해 최후의 1인까지 싸우자며 똘똘 뭉친 대동별초다. 우리는 세 곳에 나뉘어 몸을 단련하고, 관군에겐 없는 새로운 병기도 만드는 등 대대적인 항쟁을 준비 중이다. 준비가 끝나면 본보기 삼아 그동안 상천들을 홀대해온 몇몇 권문세가와 토호 등을 처단하고, 그들의 재물을 빼앗아 헐벗고 굶주린 백성들에게 나눠줄 것이다. 가렴주구를 일삼아 온 지방 수령이나 조정의 간신배들도 하나하나 제거해 나가려 한다. 우리와 합류를 원하는 사람은 잠시 기다리라. 우리가 그대들을 찾아갈 것이다. - 대동별초 -

"뭐어? 대동별초?… 그러니까, 그 못된 대동계 잔당이 뭉쳤다는 것인가?"

신료들이 묵묵부답하자 왕이 버럭 화를 냈다.

"아, 왜 말들이 없어? 그대들은 '통촉하시옵소서.' '성은이 망극하옵니다.' 외에는 말을 할 줄 모르는가?"

"지금 백방으로 알아보는 중이옵니다. 며칠 말미를 주소서,"

숙환으로 타계한 유전의 뒤를 이어 영상에 오른 이산해였다.

"말미를 달라? 그것도 며칠씩이나?… 그사이 무고한 양반들이 역도들에게 변을 당하면 어쩌려고… 새로운 병기도 만들고 있지 않은가?"

누군가 '그건 몇 명의 대동계 잔당이 부리는 허세일 수도 있다' 하자, 몇 사람이 '그럴 것'이라며 맞장구를 쳐주었다.

"허세일 수도 있다?"

"그러하옵니다."

왕은 그제야 남몰래 안도의 한숨을 슬그머니 내리쉰 뒤 위엄을 갖춰 말했다.

"이판과 병판은 팔도 관찰사와 순찰사에게 명해 대동계 잔당의 움직임을 소상히 파악해 보고, 특히 대동별초란 자들이 새 병기를 만들자면 대장장이들이 있어야 할 것이니 근래 행방을 감춘 대장장이가 얼마나 되는지, 면밀하게 조사토록 하라!"

아울러 불순한 무리가 적발되면 따로 명을 기다리지 말고 즉각 궤멸하라고 덧붙였다.

조참은 그렇게 파했다. 어명대로 최근 행방을 감춘 대장장이들이 얼마나 되는지 파악이 되면 고얀 벽서를 써 붙인 자들이 허세를 부린 것인지, 아닌지를 알 수 있을 것이다. 대동별초가 실존하는 반군 집단인가의 여부도.

그 얘기가 바람을 타고 여기저기 번지면서 권문세가나 토호들이 술렁였다. 그들은 '언제 어디서 어떤 봉변을 당할지 모르게 생겼는데 한가하게 사태의 추이를 지켜보란 말이냐?'며 안절부절 어찌할 바를 모르고 둥갰다. 사병을 늘려서 집 안팎 경계를 강화하거나, 친척 집 등으로 피신하는 자들도 있었다.

그들은 겨우 수십 대동계 잔당이 대동별초 운운하고 나선 게 아니라 수백, 아니 어쩌면 수천 규모일지도 모른다고 걱정했다. 평소 군사훈련을 받아왔다는 대동계원 입장에서 생각해 봐도, 자신들의 대장이던 정여립이 역도로 몰려 죽었는데 남의 집 불구경하듯 하고 있진 않을 것이다. 더구나 평소 '나는 대동계원'이라고 떠벌리고 다녔던 자들은 죄다 잡아다 물고를 냈으니, 살아남은 대동계원들은 '그렇게 죽을 바에야 용이라도 한번 써보고 죽자'며 결연히 나설 수도 있을 것이다.

 역변 이후 감쪽같이 행방을 감춘 대장장이는 모두 열한 명으로 드러났다. 아직 대장장이는 아니지만, 대장간에서 일을 배워온 자 셋이 포함된 수였다. 전라도가 여섯 명으로 가장 많고 충청도 셋, 황해도와 경기도 각 한 명이었다.
 조사 결과를 놓고 갑론을박이 이어졌다. 대동별초는 관군에겐 없는 새로운 병기도 갖게 될 것이라 했으나 그들과 합류한 대장장이는 보조를 포함 불과 열한 명이고, 그들 중 조총 같은 신병기를 만들줄 아는 자는 한 명도 없다니 별거 아닌 듯하다는 주장이 그 하나였다.
 그들은 '대동별촌가 뭔가 하는 자들이 신병기를 보유한 것처럼 떠벌린 건 거짓이고, 그들의 병력 또한 많아야 오륙십 명에 불과할 것'이라 했다. 결론적으로 '놈들은 권문세가 등에 겁을 주려고 허세를 부렸다'는 것이다.
 그러나 그보다 더 많은 신료들은 '열한 명의 대장장이가 갑자기 행방을 감춘 것은 곧 대동별초의 실체가 있다는 반증이 아니겠느냐'며 걱정했다. 대동계의 근거지였던 전라도에서 가장 많은 여섯 명의 대장장이가 사라진 것도 예사로운 일이 아니며, 그들의 수로 미루어 대동별초의 병력도 이미 수백 명에 달하지 않을까 싶다'는 얘기도 흘러나왔다.

사흘 뒤, 더 놀라운 소식이 날아들었다. 십여 명의 괴한이 공주 토호 윤수명의 집을 급습, 집안 식구들을 묶어 놓고 천 냥이 넘는 돈꿰미와 양곡 3백여 가마를 소가 끄는 수레 석대에 싣고 갔다는 것이다. 그뿐 아니라, 서른두 명이나 되던 윤수명의 집 종복 중 나이가 많거나 딸린 식구가 있는 열세 명을 제외한 열아홉 명이 그들을 따라갔다고 했다.

그들이 탈취해간 양곡 중 절반가량은 백 가구가 넘는 빈민들에게 나눠주었다는 얘기도 매달려왔다.

"대동별초의 실체가 있는 것으로 봐야겠지요?"

"그래야겠지요.… 열아홉이나 되는 종복들이 그들을 따라갔다는 게 더 놀랍습니다."

"보통 일이 아닌 것 같습니다. 지금은 그들의 수가 일백 안팎에 불과하다 해도 그런 식으로 늘어나다 보면 금방 수백, 수천 명으로 늘어날 것입니다. 대동계원 출신은 아니라도 '이렇게는 못 살겠다'는 사람이 적지 않으니…."

도대체 그들을 지휘하는 자가 누구일까, 어떤 사람일까에 대한 관심도 높았다.

민초들은 '대동별초를 이끄는 이가 날쌔고 용감무쌍하면서도 부하들을 포근히 감싸주는 덕장이었으면 좋겠다'고 소곤거렸다.

섣달 스무엿새 날, 뜬금없이 왕이 명했다.

"어향御鄕인 전주에 역도의 조상 무덤들을 그대로 둘 수 없으니 그 묘들을 모두 파내 다른 곳으로 이장토록 하고, 역적의 족친들은 모두 전주 밖으로 나가 살게 하라!"

이 왕명으로 전주에선 한겨울에 큰 소동이 벌어졌다. 동래東萊 정씨들은 어쩔 수 없어 꽁꽁 얼어붙어 있는 조상의 묘를 파헤치기 시작했다. 관을 수습하는 것도 고역이었지만, 시신을 옮기는 건 더더욱 어려웠다. 뼈만 남아 있다면 그 뼈들을 추려 괴나리봇짐에 넣고 가면 그만이지만, 시신이 다 썩지 않은 경우, 새로 관을 마련해 옮겨야 했으니. 그 번거로움과 노고를 어찌 말로 다 할 수 있겠는가.

혈혈단신에 병까지 달고 살던 정언규라는 사람은 죽을힘을 다해 선친의 무덤을 파보았다. 시신이 아직 다 썩지 않아 살점들이 많이 붙어 있었다. 새 관을 사서 모셨으면 좋겠지만 하루 한두 끼니도 챙기지 못할 정도로 가난했던 터라 새 관을 살 수도, 그 관을 수레 등에 싣고 갈 형편도 안 됐다. 궁리 끝에 시신을 광목에 둘둘 말아 지게에 지고 이웃 금구로 향했다. 병중인데다 허기까지 겹쳤으니 몸 가누기가 어려웠을 것이다. 결국 비틀거리다 발을 헛디뎌 낭떠러지에서 굴러 떨어졌다.

며칠 뒤 시신으로 발견된 그의 몰골은 눈을 뜨고 볼 수 없을 지경이었다. 발견 당시엔 온몸이 꽁꽁 얼어붙어 있었지만, 숨을 거두기 전 피를 철철 많이도 흘렸던 것 같고, 여기저기 뼈가 부러지면서 일부 뼈는 살을 뚫고 나와 있었다.

시신과 현장의 지형지물 등을 면밀하게 살핀 사람들은, 그가 처음 벼랑에서 떨어졌을 때 이미 옆구리를 다쳐 피를 흘리기 시작했지만 어디론가 뒹군 아버지의 시신을 수습하느라 사방을 두리번거리다 또다시 미끄러지며 바위에 머리를 부딪쳐 숨진 것 같다고 추정했다.

전주에서 내몰린 대다수 동래 정씨 중 상당수는 옹색한 대로 전주 인근에 흙집이라도 마련해 살거나, 멀리 충청도 보은이나 청양, 제천, 심지어 경상도 의령에 사는 일가친척을 찾아 고향을 떠났다.

파루가 울리기 직전, 오경삼점五更三點(새벽 4시)이었다. 다급한 말발굽 소리가 희뿌연 새벽을 흔들며 궐문으로 들이닥쳤다.
"경상도 관찰사의 급보요!"
경상도 관찰사가 보낸 장계를 읽어보던 입직 승지가 깜짝 놀라 쩍 벌린 입을 한동안 다물지 못했다. 장계 내용이 기가 막혀서였다.

산음山陰 현청에 쉰 명 안팎의 도둑 떼가 들었다 했다. 그들은 해거름에 지게를 지거나 곡괭이 같은 농기구를 들고 현청 주변으로 하나둘 모여들었다. 그들은 끼리끼리 딴청을 피워 군사들은 같은 무리인 줄 모르고, '오늘따라 현청 근처에서 얼쩡대는 자가 많네', 그러고 말았다.

잠시 뒤, 어디선가 불쑥 활과 칼, 창으로 무장한 십여 명이 나타났고, 순식간에 현청 앞을 어슬렁거리던 자들이 합세해 일

5. 대동별초大同別抄

제히 현청 안으로 쳐들어왔다.

　기습당한 군사들은 '도둑이야'하고 소리 모아 외치기만 했을 뿐 우왕좌왕 어찌할 줄 모르다가 모두 잡혀 옥에 갇혔다. 그 사이 몇 사람은 장롱 안 이불 더미 뒤에 숨어 있던 현령 박주표를 찾아내 목을 베어 현청 입구에 내건 뒤 격문까지 써 붙였다.

　　백성들의 피를 빨아먹고 살던 거머리 박주표를 대동별초가 처단했다. 대동세상을 일구고자 하셨던 정여립 어른의 뜻을 따르고 싶은 사람은 천왕봉 쪽으로 오라. 우리가 그대들을 기다릴 것이다.

　　　　　　　　　　　　　　　　　　　　　- 대동별초 -

　박주표의 목과 격문은 다음 날 저녁 무렵 옥에서 풀려난 군사들이 수습했다고 한다.

　경상 관찰사는 '조사 결과 현령 박주표는 처음에 부농들에게 갖가지 죄목을 씌워 옥에 가둔 뒤 그 죄를 묻지 않는 조건으로 은괴나 땅을 빼앗아 수천 냥을 챙겼을 뿐 아니라 끼니 잇기조차 어려운 백성들까지 못살게 구는 등 행패가 자심해 야반도주한 가구가 벌써 칠십에 달하는 것으로 드러났다'고 했다.

　도둑들은 각종 무기 외에 현청 안에 있던 모든 쇠붙이와 곳간에 쌓여있던 곡물과 약재 등을 털어 지게에 나눠지고 현청을 빠져나갔으며, 그들 역시 훔쳐 간 곡물 절반 이상을 제대로 끼니를 잇지 못하는 인근 백성들에게 나눠주었음을 확인했다고 돼있었다.
 그보다 더 놀라운 건, 산음에서도 공주 토호 윤수명의 집이 털렸을 때와 마찬가지로 대동별초라는 자들을 따라간 장정이 열 명도 넘는다는 것이었다.
 도승지로부터 장계를 받아 든 왕의 얼굴이 붉으락푸르락 해지더니, 잠시 후엔 낯빛을 고치고 입을 열었다. 비아냥거리는 말투였다.
 "대동별초 명의의 괴벽서가 처음 나붙었을 때 '별거 아닌 허세일 것'이라고 나불거린 자들이 있었지?"
 그때 그런 말을 입에 올렸던 신료들은 금방 자라목이 되었다. '그렇게 말하고 맞장구를 쳤던 자들은 앞으로 나오라' 하면 어쩌나 해서 가슴을 졸였다. 다행히 그런 말은 나오지 않았다.
 "왜들 말이 없는가? 나라꼴이 어쩌다 이 모양이 된 것인가?"
 왕이 불뚝성을 내며 대신들을 다그쳤지만, 대신들이라고 무슨 뾰족한 수가 있겠는가. 가리산지리산하며 둘러대기에만 바빴다.
 거푸 화를 내던 왕이 돌연 용상을 박차듯 벌떡 일어나 대전을 나가버렸다.
 난감해진 세 정승과 육조판서들이 머리를 맞댔다. 한나절이나 콩팔칠팔한 한 끝에 그들은 '역도들이 쇠붙이를 휩쓸어간 것은 무기를 만들기 위한 것이고, 천왕봉 쪽으로 오라는 격문을 보면 최소한 대장장이 여섯을 포함한 전라도 출신 대동계 잔당들이 지리산에 은거 중인 것 같다', '얼마 전 공주 토호의 집을 급습해 재물을 약탈해간 자들은 계룡산에 둥지를 틀고 있을 가능성이 높고, 그밖에 또 어딘가에 다른 패거리가 있을 가능성도 있다'는 데 의견을 모았다.

왕은 당장 군사들을 지리산으로 보내 도둑 떼를 잡아들이라 했다.

하지만 지리산은 그리 만만한 곳이 아니다. 산세가 깊고 험한 데다 대동별초라는 자들이 그곳을 본거지로 삼아왔다면 지리산을 앞마당처럼 여기고 있을 터인데, 그런 자들과 무슨 수로 어떻게 대적할 수 있겠는가. 그런 곳에 군사들을 보내봤자 죽어 나가는 자가 태반일 것이고, 그리되면 저들의 기만 살려주는 꼴이 될 게 뻔하다.

설왕설래 끝에 대신들은 '대동별초에 합류하려는 것처럼 위장한 간자間者 두어 명을 그곳에 박아두고 그들의 동태부터 살펴보도록 하라'는 어명을 경상 관찰사에게 보내기로 했다.

운종가에 또 벽서가 나붙었다. 대동별초가 써 붙인 것들과는 달리 이번 벽서엔 작성자가 적혀 있지 않았다.

> 정여립 사건은 송익필과 정철 등 서인들이 날조한 것이다. 어리석은 임금은 정철 같은 자에게 놀아나 정여립뿐 아니라 여러 인재를 다 죽이려 하고 있다. 덕망도 높고 유능한 재사들을 다 없애고 나면 조정엔 똥 덩어리들만 남을 것이다. 참으로 한심한

일 아닌가.

피딱지에 쓴 언문 벽서였다. 날이 밝은 뒤 한 시각도 지나지 않아 그 벽서는 군사들이 떼어갔지만, 소문은 바람에 실려 여기 저기로 퍼져나갔다.

궁궐 안도, 궐 밖도 술렁였다. 무엇보다 벽서 내용이 고약했다. 아직 끝나지 않은 정여립 사건을 들춰낸 것도 그렇고, 감히 임금을 어리석다고 욕하고, 조정엔 똥 덩어리들만 남게 된다며 사대부들을 모욕했으니….

서인 쪽 사대부들은 '대명천지에 일어나서는 안 되는 일이다.' '하루빨리 범인을 잡아들여야 한다'고 입을 모았다.

일부는 '대놓고 서인들이 날조 운운하며 우리를 지칭한 것으로 미루어 그들의 배후엔 동인들이 있을 것'이라며 예민하게 반응했다.

특히 송익필은 '이 소동의 배후가 나라는 걸 어떻게 알았을까, 그냥 그러려니 짐작만 한 거겠지…', 그러면서도 바짝 긴장했다.

정철도 마찬가지였다. 정철은 재빨리 '소신의 불찰로 이런 일이 벌어졌으니, 신을 파직하시라' 청했다. 정말 사직할 뜻이 있어서가 아니라 자신이 처해있는 위기를 모면해보려는 술책이라는 걸 모르는 사람은 없었다.

'사직을 윤허해 달라' 주청하던 자리에서 정철은 또다시 동인을 겨냥했다.

"전하! 정여립이 역모를 획책했을 리가 없다는 등 아직도 고개를 갸웃거리는 불순세력이 적지 않으며, 지난번 대동별초 운운하던 자들도 그렇고, 이번 벽서를 붙인 자들도 그 잔당들이 분명하옵니다. 그렇다면 그 두 건의 벽서야말로 정여립이 역모를 획책했다는 증거가 아니겠습니까. 입에 담기도 민망한 일이오나 그들의 배후엔 동인들이 있다는 얘기까지 떠돌고 있다고 합니다. 괴벽서를 붙인 자들을 일망타진하라는 명을 내려주시옵소서. 소신이 역당의 뿌리를 남김없이 뽑아버리겠나이다."

'고얀~'을 연발하던 왕은 '아뢴 대로 하라'고 윤허했다.

정월 열이틀, 난데없는 왜바람이 휘몰아쳤다. 이리저리 제멋대로 방향을 틀며 거세게 휘몰아친 그 바람 때문에 초가지붕들이 벗겨지고 흙먼지들이 하늘을 뒤덮었다가 가라앉았다.

반 시진 넘게 계속된 그 왜바람을 타고 수백 장의 글쪽지가 성벽을 넘어 도성 안 곳곳에 뿌려졌다. 심지어 궐 안에도 여러 장이 날아들었다.

> 정여립 계주님은 자결하신 게 아니라 살해당하셨다. 서인 졸개들이 계주님을 기습 살해, 입을 막은 뒤 자살했다는 거짓말을 퍼뜨려 역모를 자인한 것처럼 꾸민 것이다. 그렇게 한 자들이 누구겠는가? 근래 벼락출세해 거들먹거리는 전 진안 현감 민인백, 선전관 이용준 등이다. 그들을 잡아다 문초해보면 알 수 있을 것이다.
>
> — 대동별초 —

당연히 큰 소동이 일었다. 정여립이 자살한 게 아니라 피살됐다니, 도대체 이게 어찌 된 것이냐고.
 서너 군데 붙은 벽보 같은 것이라면 냉큼 떼어낸 뒤 주변 입단속을 시키고, 시치미를 떼면 그만이겠지만, 워낙 많은 글쪽지가 도성 안팎 곳곳에 뿌려진 터라 그럴 수도 없었다.
 양쪽 다 소리를 내진 않았지만, 서인들은 당황하고, 동인들은 쾌재를 불렀다.
 상참常參에 들어온 대신들의 눈길이 사정전 말석에 앉은 민인백에게 쏠렸다. 자신에게 쏟아지는 의혹의 눈길에 주눅이 든 민인백의 눈동자가 불안하게 흔들렸다.
 임금이 들어와 용상에 좌정하면서 대뜸 물었다.
 "어젯밤 도성 안팎에 뿌려졌다는 글쪽지는 어찌 된 것인가?"
 영상이 '그게…'하고 나서려 하자, 왕이 손을 들어 영상을 제지한 뒤 말을 이었다.
 "호조참의가 말해 보라! 정여립이 자결하는 걸 직접 보았다고 하지 않았는가?"
 순간 민인백의 몸이 뻣뻣하게 굳었다. 그러다 이내 마음을 다잡았지만, 워낙 긴장한 탓에 목소리의 떨림까진 제어하지 못한 채 떠듬거리며 대답했다.
 "전하! 신도 그 글쪽지를 보, 보았사온데… 자, 자살이 아니라 피살됐다니, 실로 터무니없는 어, 억지이옵니다."
 "그래?… 그런데 역도를 죽여 입을 막아놓고 자살한 것으로 꾸몄다는 얘긴 왜 나오지?"

"그, 그건 신, 신도 잘….”
"당시 상황을 다시 한 번 말해 보라!”
"예, 전하!…”
민인백이 여전히 떠듬거리며 말을 이어갔다. 선전관 이용준 등과 함께 정여립을 잡으러 현청을 떠날 때, 낫과 곡괭이 등 농기구를 들고 따라나선 백성이 백오십 명이나 돼 관민을 합친 수는 이백여 명에 달했고, 현장에 도착했을 땐 해가 서산 끄트머리에 걸려 있었는데, 정여립이 아들과 수하 몇을 데리고 풀숲에 숨어 있는 걸 발견해, '정여립은 어서 나와 오라를 받으라'고 외치자, 잠시 후 정여립이 칼을 빼들어 함께 있던 자들을 죽이고 자신도 그 칼로 자살해버렸다. 살려서 국청에 세우는 게 옳을 것 같아 황급히 다가가 정여립의 상태를 확인했더니 이미 숨이 끊어진 상태였다고.

"그렇다면 왜 이렇듯 엉뚱한 말이 나오고 있다고 생각하는가?”
"그, 그것은… 정여립의 잔당들이 정여립에게 따라붙게 된 역도라는 오명만이라도 벗겨주려고 용을 쓰고 있는 게 아닐까, 그리 생각되옵니다.”

그렇게 싱겁게 끝나버린 상참 후 대전을 나선 동인 벼슬아치 넷이 소곤거렸다.

"민인백 저놈, 눈 한번 깜박거리지도 않고 터무니없는 거짓말들을 줄줄이 늘어놓는 걸 들으면서, 참으로 흉악한 자라는 걸 다시 확인하였소.”
"하도 거짓말을 잘해 '번갯불에 솜 구워 먹었다는 자'라지 않습니까."

"나는 그 보다, 그자가 '정여립을 잡겠다고 따라나선 백성이 백오십 명이나 되는 걸 보고, 민심이 천심이라더니 과연 백성들이 정여립을 무척 증오하고 있다는 걸 알았다' 했을 때 너무 어이가 없어 하마터면 뛰쳐나가 녀석의 주둥이를 짓뭉갤 뻔했습니다."

"저 역시 침이라도 뱉어주고 싶었는데, 그러지 못한 게 한이 됩니다. 인근 백성들이 하나같이 사람차별 하지 않고 상천들과 스스럼없이 어울렸던 정여립 공은 '하늘이 내리신 군자'라며 따랐다던데, 그런 망발을 입에 담다니…."

네 사람은 약속이나 한 듯 그 말을 끝으로 깊은 한숨을 내쉬곤 발걸음을 옮겼다.

경상도 감사가 또 장계를 보내왔다. 지난번 조정의 명에 따라 지리산으로 보낸 두 군졸이 시신이 되어 돌아왔다고.

관찰사는 휘하 군사 중 눈치도 빠르고 잽싼 두 사람을 고르고 골라 '대동별초에 섞여 그들의 일상을 살피다가 적당한 때 하산해 적정을 보고하라'며 지리산으로 보냈다 했다.

매우 명민한 자들이니 잘 해내리라 여겼었는데, 나흘 전 감영 문루에 화살 하나가 날아와 박혔다. 그 화살엔 '거림골 입구에 감영 군사 두 사람의 시신을 놓아두었으니 가져가 장사라도 지내주라'는 서지書字가 매달려 있어, 급히 군사들을 보내 운구運柩

해왔고, 그러고 나서 살펴보니, 그중 한 사람의 옷 안에 서찰이 들어 있었다 했다.

　　대동별초를 어찌 보고 감히 이런 짓을 하느냐. 우리는 마음만 먹으면 지금 당장이라도 경상도 감영쯤은 숯덩이로 만들 수 있지만 무고하게 사람들이 죽어 나가는 건 원치 않아 참고 있다. 또다시 이런 짓을 했다간 가만두지 않을 것이다. 명심하라!

　경상 감사는 덧붙였다. 간자로 보낸 두 사람은 모든 면에서 비상한 자들이었기에, 그들이 시신이 되어 돌아오리라곤 꿈에도 생각해 보지 못했다고.
　도승지가 장계를 다 읽고 나자 왕이 또 불같이 화를 냈다.
　"그러기에 저들이 산음현에서 못된 짓을 했을 때 군사들을 보내 적도들을 일망타진하라 하지 않았는가. 당장 동원 가능한 군사들을 모두 경상도로 내려보내리! 갑사*들까지 투입해 반드시 놈들의 씨를 말리도록 하라!"
　지엄한 어명이었다. 그러나 영상 이산해가 즉각 단호한 어조로 제동을 걸고 나섰다.
　"전하! 아니 되옵니다. 갑사들을 지리산에 투입한다 해도 산이 깊고 험해 승산이 크지 않을뿐더러 그로 인해 도성의 방비가 허술해지면 다른 곳에 있는 정여립 잔당이 그 틈을 노려 무슨 짓을 할지 모르옵니다. 어쩌면 그건 저들이 바라는 것일지도

＊ 甲士 : 서울과 중부 지방의 수비를 맡던 군사. 양반 자제 중 용모가 준수하고 무예에 뛰어난 자들로 선발했다.

모릅니다."

 듣고 보니, 옳은 말이었다. 대동별초라는 자들은 세 곳에 나뉘어 있다고 했었다. 만약 그들 중 한 무리가 도성 근처에 숨어 틈을 노리다가 군사들이 대거 경상도로 내려간 다음에 쳐들어오면 꼼짝없이 당할 수밖에 없을 것이다.

 머쓱해진 왕은 '그렇다면 다른 묘책을 서둘러 마련하라'고 명한 뒤 대전을 나갔다.

 대신들이 다시 머리를 맞대봤지만, 묘책이 나올 리 만무했다. 그냥 '대동별초들의 세력이 점점 더 강해지는 것 같다', '괜히 간자를 보냈다가 저들의 기만 살려준 꼴이 돼 버렸다', '관찰사를 바꿔야 하는 것 아니냐?' 등등 객쩍은 소리만 늘어놓다 헤어졌다.

 시절이 하 수상한 탓인가. 별일이 다 일어난다. 경인년 정월 스무사흘 날 3경(밤11시~1시)에 역대 임금과 왕비의 위패를 모신 종묘의 정전正殿인 태묘에 불이 나 휘장 등이 불에 탔다. 저절로 혹은 실수로 불이 난 것도 아니었다. 누군가 일부러 불을 지른 것으로 짐작됐다.

 아무것도 몰랐을 땐 '대동별촌지 뭔지 하는 자들의 짓 아닐까?' 했으나, 조사 결과는 그게 아니었다. 토목 등을 관장하는 선공감繕工監 소속 관원과 금, 은 등 보석류를 다듬는 세공사, 그리고 종묘 청소 등을 하는 구실아치들이 서로 짜고 꾸민 짓으로 밝혀진 것이다.

그들은 종묘 안에 있는 금과 은들을 훔쳐 구슬 모양으로 가공해 팔아 나눠 갖기로 모의한 끝에 며칠 전 금과 은을 훔쳤다. 그리고는 봉심*이 하루 앞으로 다가오자 그 흔적을 없애기 위해 모두가 잠든 한밤중에 불을 지른 것이다.

그 불이 제대로 번졌다면 불나는 걸 막지 못한 책임을 지는 선에서 마무리됐을 것이다. 한데 종묘를 지키던 말단 병졸 유성회柳成會가 그날따라 잠을 이루지 못하고 뒤척이다, 불길을 발견하고 '불이야!'하고 소리를 지르는 바람에 불길도 잡히고 범인들도 붙잡혔다.

범인들은 곧 모두 처형되고, 맨 처음 불을 발견하고 소리를 질렀던 병졸 유성회는 단박에 정3품 절충장군으로 뛰어올랐다. 진화에 나섰던 군사 3인에게도 5품의 군직이 주어졌다.

그 옥사로 또 많은 사람이 체포돼 주리를 틀리거나 모진 매를 맞고 죽어 나갔다. 주범 이산李山은 능지처참하고 다른 공범 수십 명은 목을 베어 죽였다.

이산 등이 훔친 금과 은을 사들인 자들도 모두 잡아들여 신문하느라 이 옥사 또한 여러 달 계속되었다.

일부 식자들은 입을 모았다. '대신들은 파당을 지어 상대편을 헐뜯는 데 혈안이 돼 있고, 도적들이 종묘까지 어지럽힌 걸 보니, 장차 나라에 크나큰 환란이 일어날 조짐이 아닐까 싶다'고.

---

* 奉審 : 왕명을 받들어 왕실의 묘우(廟宇)나 능침을 살피고 점검하는 일

왕이 홍여순洪汝諄을 전라도 순찰사로 삼았다. 3월 초하룻날이었다.

신료들과 선비들이 걱정, 걱정하며 구두덜거렸다.

'작년엔 윤자신을 전주 부윤으로 보내 전라도를 난도질하더니 이번엔 홍여순이야?'

'정여립 역모 운운한 것도 미덥지 않지만 설사 그랬다 하더라도 대다수 전라도 사람들이 무슨 죄가 있다고 씨를 말리려 하는지 모르겠다' 등등.

홍여순도 오산 공과 생전에 가까이 지냈었다. 그렇다면 윤자신이 한 것처럼 그걸 감추고 덮느라, 역변 관련자들을 더 혹독하게 다룰 가능성도 없지 않다.

여기저기서 '전라도 사람들, 이제 어쩌냐?'며 걱정했다.

홍여순은 세평世評도 좋지 않았다. 지난해 11월 이후 헌부와 유생들이 그를 탄핵한 게 모두 여섯 차례나 된다. '음험하고 교활한데다 방자하고, 남을 모함하는 게 습성이며, 가는 곳마다 형벌을 남용해 인명을 해치는 등 포학한 위인이니 삭탈관직해야 마땅하다'는 상소까지 올라왔었다.

그러나 왕은 꿈쩍도 하지 않았다.

사람들은 '임금이 총애하는 후궁 홍씨 집안 어른이라 각별히 챙기는 것 같다'고 수군댔다.

홍여순의 최근 행보도 사람들의 입줄에 오르내리고 있다. 홍여순은 동인들의 배척으로 낙향했던 정철이 이조판서로 돌아온 뒤, 자신을 탄핵했던 3인을 귀양 보내야 한다고 주청했을 때,

그 3인 중에 포함돼 있었다. 그러니까 한때는 정철의 반대편에서 있었다는 얘기다.

하지만 지금은 아니다. 근래엔 정철이 뭘 시키던, 어떤 말을 하든, 고분고분하기 이를 데 없다 한다. 심지어 그를 정철의 새 측근으로 분류하는 사람들도 적지 않단다.

이런 홍여순의 행태를 두고 사람들은 '한때는 정철을 탄핵했다가 지금은 그에게 찰싹 붙어 있지만, 만약 정철이 실각할 경우, 누구보다 먼저 그의 등에 칼을 꽂을 위인'이라 소곤거렸다.

세상은 여전히 혼탁, 어수선하다. 그래도 봄기운은 어김없이 남쪽에서 북쪽으로, 낮은 곳에서 높은 곳으로 나풀나풀 빠르게 스며들고 있다. 높낮이 등에 따라 다소의 차이는 있어도 산에도, 강에도, 들에도 이미 봄은 만개했다. 볕도, 풍광도 더없이 좋았다. '봄기운이 내려와 앉으면 3년 묵은 말가죽도 오롱조롱 소리를 낸다'고 하지 않던가.

하지만 끼니 잇기가 어려운 가난한 백성들은 봄이 따사롭고 감미롭기는커녕 오히려 두렵다. 해가 길어지니 허기에 시달리게 되는 시간도 더 길어질 뿐 아니라, 태산보다 더 높고 험하다는 보릿고개가 눈앞에 버티고 있기 때문이다.

문어는 먹잇감을 구하지 못할 경우, 제 다리 두어 개를 뜯어먹고 버틴다지만, 사람 다리는 뜯어먹을 수도 없고, 문어 다리처럼 다시 생겨나는 것도 아니니 이를 어쩌랴.

그래도 참 놀랍고 신기한 건 보릿고개를 넘긴 뒤에 헤아려 보면 죽은 사람보다는 살아남는 사람들이 훨씬 더 많다는 것이다. 배를 다 채우진 못하더라도 숨 쉴 기력만은 잃지 않으려 뭐든 챙겨 입 안에 넣는 악착같은 생존본능 덕분일 것이다. 그 '뭐든' 중엔 겨우 알갱이가 차오르기 시작하는 풋보리도 포함된다. 그걸 베어다 쪄서 절구에 빻은 뒤 죽을 쑤어 먹으면 다소의 허기는 달랠 수 있다 했다.

백성들이야 곯든 말든 정국은 여전히 어수선 산란했다. 그 와중에 숭례문과 흥인문, 돈의문 밖에 또 괴벽서 여러 장이 나붙었다.

역도는 정여립이 아니라 악귀 정철을 비롯한 서인 도당들이다. 어리석은 임금은 정철의 간사한 혀에 놀아나고 있다. 조작된 역모로 애꿎은 사람을 잡아다 죽이고 귀양 보내는 미친 짓이 잠잠해지려던 참에 구언 교서를 내려 또 몇 백 명을 죽였으니 그 죄업罪業을 어찌 다 씻으려 그러는 걸까. 그게 사람의 탈을 쓰고 할 수 있는 짓인가. 가만히 생각해 보니 그런 게 바로 방계의 한계가 아닐까 싶다.

모두가 경악했다. 어떻게 감히 군주를 지목해 '어리석은 임금' '그 죄업을 어찌 다 씻으려는가?' '사람의 탈을 쓰고' 운운하며 비웃는단 말인가.

그들이라고 지금은 '방계'라는 단어가 절대적인 금기어라는 걸 몰랐을 리 만무한데, '방계의 한계'라고 몰아붙이다니 기가

찰 노릇이다.

중신들은 주상의 얼굴을 어찌 보느냐며, 난감 막막해 어찌할 바를 몰랐다.

임금 역시 엄청난 충격을 받았을 것이다. 불같이 화라도 내고 나면 반분이라도 풀리겠지만, 벽서가 자신을 직접 겨냥하고 있는 터라 채신머리없이 선 불 맞은 노루 뛰듯 할 수도 없다. 더구나 신료들 앞에서 어찌 그 말들을 입에 담을 수 있겠는가.

그렇다고 아무 일도 없었다는 듯이 모른 척하고 버틸 수도 없는 일이라, 임금은 이를 사리물고 하루 밤낮을 보내며 고심을 거듭한 끝에 짤막하게 전교했다.

"속히 범인을 잡아들여 민심을 안정시키라!"

왕은 그 말을 끝으로 더는 벽서 얘긴 입에 담지 않았다. 그러고 싶지도 않았고, 그럴 수도 없었다.

그래도 군사들과 포졸들은 부산하게 움직였다. 그래야 마땅한 일이었다. 하지만 부리나케 뛰어다니긴 했어도 건져낸 건 하나 없이 허탕만 치고 다녔다. 겨우 그 벽서와 관련해 이러쿵저러쿵 수군거리던 백성들을 잡아다 잔채질을 한 게 고작이었다.

사람들은 곳곳에서 맹꽁징꽁 떠벌렸다. '임금님 속이 말이 아닐 거야' '무엇보다 방계의 한계 운운한 대목이 결정적이었을 거야' 등등.

한 장사치는 주막에서 동료와 '정여립의 원귀가 한 짓이 아닐까?' 했다가 백성들의 동태를 살피던 평복 차림의 군관에게 끌려가 곤장을 맞고 널브러졌다.

문제의 벽서를 누가 붙였을까를 놓고 여러 얘기가 오갔다. 그 중엔 '정여립 사건은 송익필, 정철 등 서인들이 날조했다는 벽서를 붙였던 자들이거나 동패일 것'으로 보는 사람들이 가장 많았다.

그래도 그들이 누구든 예사 무리는 아닐 것이라는 건 분명했다. 날이 갈수록 경계망이 삼엄해지고 있는데도 잇달아 감쪽같이 벽서들을 붙이거나 글쪽지를 뿌리는 걸 보면.

나쁜 예상일수록 잘 들어맞는다고 한다. 이번에도 그랬다.

전라도 순찰사 홍여순은 부임하자마자 잰걸음을 치기 시작했다. 그는 맨 먼저 '정여립 역변 관련자를 고변하면 그에 상응하는 포상을 하겠다'고 널리 알렸다.

신료 중엔 '정여립 옥사도 이젠 막바지'라고 여기는 사람이 적지 않지만, 홍여순의 생각은 달랐다. 그 옥사는 아직 진행 중이고, 그걸 활용할 수 있는 여지 또한 넘칠 정도로 충분하다고 판단하고 있다. 사위어가는 정여립 역란에 부채질을 해 불길을 키우면 자신이 정여립과 가까이 교유해온 사실도 덮어지고, 공도 세울 수 있을 것이다. 어디 그뿐이겠는가. 잘만 하면 생각보다 빨리 내직으로 돌아갈 수 있는 발판도 마련될 것이다.

홍여순은 부임한 지 며칠 안 돼 '역도의 잔당을 소탕하는 데 소홀했다'는 이유로 몇몇 변장*을 잡아들여 매를 때렸다. 나중엔 일부 고을 수령들까지 잡아들였다.

향리들은 물론 백성들도 화들짝 놀랐다. 당연히 지역 민심도 술렁거리기 시작했다.

그가 남발한 무리수로 어이없는 일도 잇달고 있었다. 전 전라감영의 도사都事 조대중曺大中이 매를 맞고 죽은 것도 그중 하나다.

조대중은 황해감사 한준이 '정여립 역변'이라는 걸 고변했을 즈음, 도내道內를 순시하다 부안에선 마음에 든 관기를 만나, 그녀를 데리고 다른 지역을 돌아보고 있었다.

그가 정여립 역변 소식을 들은 건 보성寶城에 도착했을 때였다. 한준의 고변이 있은 지, 이레가 지난 뒤였다.

조대중은 '나라가 뒤숭숭한데 녹을 먹는 자가 관기를 데리고 다니는 건 적절치 않다' 싶어 관기에게 '이젠 그만 돌아가라' 했다. 그 말을 듣고 관기가 조대중을 부둥켜안고 울었다. 그동안 흠뻑 정이 들었는데 갑자기 돌아가라니 아쉽고 서운했던 모양이다. 조대중은 울며 매달리는 관기를 끌어안은 채 토닥여주다 자신도 모르게 눈물을 흘렸다.

조대중을 따라다니는 종자從者가 그 모습을 보고 나오다, 누군가 '언제 떠나신대?'하고 묻자, 무심코 '지금 둘이 서로 끌어안고 울고 있어 언제 가실지 모르겠다'고 했다.

말이 말을 만든다더니, 그 말이 여기저기 건네지면서 '조대중

---

* 邊將 : 군사적 요지에 둔 독진(獨鎭)을 지휘하던 종3품 무관직 첨사(僉使)와 만호(萬戶 종4품), 각 진(鎭)에 두었던 종9품 권관(權管) 등을 통틀어 이르는 말.

이 정여립의 죽음을 애통해하며 방에 들어가 울었다더라'고 부풀려졌다. 그 소문을 들은 정암수 등은 동인 중신들을 규탄하는 상소를 올릴 때, '조대중이 역적의 죽음을 안타까워하다 눈물까지 흘렸다는 얘기가 돌고 있다'고 적어 넣었지만 그땐 그럭저럭 넘어갔었다.

홍여순은 그걸 기억해냈다. 그땐 유야무야 넘어갔지만, 대과 출신 종5품 벼슬아치를 역도로 몰아 처벌하면 자신에게 돌아올 공이 작지 않을 거라 판단했다.

곧 보성군의 향리들을 불러 어찌 된 영문인지 묻자 '스무날 남짓 함께 지낸 관기와 헤어지게 돼 서운했던지 그 관기와 이별하며 눈물을 흘렸다더라' 했다.

정여립 때문에 눈물을 흘린 게 아니라는 얘기였지만, 홍여순은 즉각 조대중을 잡아들여 문초하기 시작했다. 조대중이 펄쩍 뛰었다.

"정여립과는 전라도 도사로 부임한 뒤 처음 인사를 나눴고, 그가 역모를 획책했다는 얘긴 보성에서 들었지만, 그가 죽었다는 사실은 화순 내 집에 가서야 들었는데, 어찌 보성에서 그의 죽음을 애통해하며 울었겠소. 그뿐 아니라 정여립이 죽었다는 얘기를 막 들었을 때 담양부사 김여물金汝岉이 내 집에 찾아왔기에 '역적이 죽었다니 천만다행'이라며 술잔을 나누기도 했었는데, 그런 제가 어찌 정여립의 죽음을 슬퍼하며 울었단 말입니까?"

그러나 홍여순은 조대중의 말잡이를 겁박, 거짓 자백을 받아내고, 그 공술서와 함께 조대중을 묶어 의금부로 보냈다.

조대중은 추관에게 '내 말이 사실인지는 김여물에게 물어보면 알 것'이라 했다. 김여물도 조대중이 누명을 쓰고 도성으로 끌려갔다는 말을 듣고 국청의 부름을 기다렸으나 그를 부르는 사람도, 물어보는 사람도 없었다.

결국 조대중은 국청에서 모진 매질을 당한 끝에 절명하고 말았다.

조대중은 아무리 변명해도 들어줄 것 같지 않자, 옥사에서 제 옷을 찢어 그 옷자락에 온 몸에 낭자한 핏물을 손으로 찍어 시 한 수를 남겼다.

그 핏물로 쓴 시는 다음날 추관에게 건네졌다.

> 나의 일편단심은 귀신도 알 것이네. 깊은 원한 내뱉지 못한 채 죽음이 더디니, 지하에서 비간比干을 따라간다 해도 외로운 혼백 웃음 머금고 슬퍼하지 않으리.

비간은 중국 상商나라 대신으로, 주왕紂王의 폭정을 간언하다 처형된 충신이다.

추관들은 조대중이 자신을 비간으로 비유한 것은 주상 전하를 폭군으로 매도한 것이니, 사지를 찢는 추형을 가해야 마땅하다고 쏘삭였다.

다행히 그때 위관은 좌의정으로 승차한 정철의 뒤를 이어 우의정이 된 심수경沈守慶이 맡고 있었다. 그는 조대중이 핏물로 쓴 시를 읽어보고 나서 '죽음을 앞둔 자가 무슨 말인들 못 하겠느냐'며 더는 추궁하지 않았다.

병오년(1546년) 식년문과에 장원급제한 재사인 심수경은 어느 당파에도 속해 있지 않은데다 신망도 매우 높았다. 수많은 벼슬아치가 '그분이 아니라고 하면 아닌 거다. 그분은 믿어도 되는 어른'이라고 입을 모을 정도였다.

하지만 정철의 수족들이 가만두고 볼 리 만무했다. 판의금부사 최황도 그중 하나였다. 그는 역변 초기에 홍성민과 함께 '역도들을 서둘러 일망타진, 일벌백계해야 마땅한데도 옥사가 너무 느슨하다'며 당시 위관이던 정언신 등을 탄핵하는 데도 앞장섰었다.

최황이 조대중의 절명시絶命詩를 물고 늘어졌다. '아무리 죽음을 앞둔 자의 막말이라 해도 감히 주상 전하를 모욕하는 언사를 나불거렸으니 못 들은 척 덮고 갈 수는 없다'고.

왕이 위관 심수경을 불러 추궁하자 그는 '죄인들을 추국할 때 그들이 지껄인 막되고 난삽한 말은 받아들이지 않고 무시하는 게 통례'라고 대답했다.

그 말을 듣고도 왕은 조대중에게 추형을 가하라 명하고, 그의 아들 사위 조카들까지 잡아와 치도곤을 놓았다.

조대중의 절명시를 소홀히 다룬 일로 심수경 우상은 위관에서 물러나고, 통상적으로 우상이 맡던 위관의 소임이 다시 좌상 정철에게 넘어갔다.

소식을 들은 전라도 사람들은 '정철이 다시 위관을 맡았다면 옥사가 계속 확대될 것이고, 그 화는 보나 마나 주로 전라도 사람들에게 미칠 것 같은데 어쩌면 좋으냐고 한숨지었다.
 그 참에 '조대중을 사지로 내몬 것도 정철이라더라'는 소문이 나돌았다. 평소 권세가들에겐 얼씬도 하지 않을 정도로 성품이 맑고 고결했던 조대중은 정철의 집 앞을 번번이 그냥 지나쳐 갔다고 한다. 그 집이 정철의 집이라는 걸 빤히 알면서.
 그 때문에 조대중을 괘씸하게 여겨 온 정철이 홍여순에게 명해 그를 역도의 무리로 엮어 넣었다는 소문도 돌았다.

 마魔가 낀 걸까. 그렇지 않고서야 이렇듯 횡액이 그치지 않고 잇달 리 있겠는가.
 3월 초사흘 날, 금상의 생부인 덕흥대원군德興大院君 묘*에 불이 났다. 이번에도 누군가 불을 지른 게 분명해 보였다.
 연전에 왕은 부친의 무덤을 임금이나 왕비의 무덤을 일컫는 능陵으로 추서하려 했으나 '그런 법은 없다'는 신하들의 반대로 뜻을 이루지 못했었다. 그 일만 생각하면 지금도 속이 부글부글 끓는데 어떤 고약한 놈이 불까지 질렀단 말인가.
 왕은 대뜸 역적의 잔당들이 한 짓이 분명하다며, 묘를 지키던 군사들을 붙잡아 물고를 내고 당장 범인을 잡아들이라고 호통쳤다. 하지만 감쪽같이 숨어들어 불을 지르고 재빨리 도망쳐 달아

---

* 경기도 남양주시 별내면 덕송리에 있다.

난 자들을 무슨 수로 그리 쉽게 잡아들일 수 있겠는가.

민심도 흉흉했다. 연초엔 태묘에 도둑이 들어 불을 지르더니, 이번엔 왕의 생부 묘에 누군가 불을 질렀다니, 나라에 또 다른 큰 흉변이 일어날 조짐이 아닐까 싶다 했다.

다음 날 아침, 대원군 묘에 불을 질렀다는 자들이 쓴 여러 장의 글쪽지가 발견됐다. 불을 질렀다는 자들이 당당하게 '우리가 불을 질렀다'고 나선 것도 기막혔지만 그 쪽지들이 모두 궐 밖이 아닌 궐 안에서 발견돼 충격이 더 컸다.

> 우리가 덕흥의 무덤에 불을 질렀다. 굴러들어 온 보위를 지키기 위해 죄 없는 정여립 어른을 역도로 몰아 수많은 신료와 선비들을 죽인 암군暗君은 당장 처단해야 마땅하지만 아직은 우리가 힘을 기르는 중이라 다음으로 미루고, 그 대신 그 아비의 무덤에 불을 지른 것이다. 분한 마음으로는 묘를 파헤쳐 부관참시라도 하고 싶었으나 이번엔 경고하는 의미에서 불만 질렀다. 하지만 계속 서인들을 부추겨 옥사를 확대한다면 부관참시 후 그 목을 거리에 매달 것이다. 명심하라! - 대동별초 -

내금위가 궐 안을 샅샅이 뒤져 찾아낸 글쪽지는 여섯 장이었다. 글씨체가 다른 것도 있었지만 내용은 똑같았다.

감히 군주를 비웃고 처단해야 한다고 주장하고 나서다니, 그것만으로도 눈알이 튀어나올 만한 일인데, 왕의 아비 시신을 관에서 꺼내 목을 쳐 거리에 내 걸겠다고 겁박하다니, 이보다 더 흉악망측한 일이 또 있을까 싶었다.

대소신료들은 글쪽지나 벽서로 민심을 들쑤시는 무리가 하나가 아니라 적어도 셋은 되는 것 같다는 데 의견을 같이했다. 대동별초라고 자칭하는 자들이 하나요, 자신들이 누구인지 밝히진 않고 있으나 역시 대동계 잔당으로 추정되는 또 다른 두 번째, 그들과는 또 다른 세 번째 무리의 형적形跡도 분명하게 느껴지기 때문이었다.

그간 나붙은 벽서나 뿌려진 글쪽지가 적지 않았지만, 그중에서도 지난번 것과 이번 것이 가장 고약했다. 내용뿐 아니라, 이번엔 버젓이 궐 안에 남겼다는 것도 예사롭지 않게 여겨졌다. 처음엔 궐 밖에서 바람을 타고 날아온 게 아닐까 싶었지만, 외진 곳이긴 해도 금방 사람의 눈에 띄는 곳에, 그것도 바람에 날아가지 못하게 돌로 눌러놓기까지 한 것도 있었다.

그렇다면 궐 안 사람이나 궐을 무상 출입하는 자가 직접 궐 안 여기저기를 돌아다니며 놓아두었거나 궐 안의 또 다른 조력자와 함께 벌인 것으로 의심해볼 만하다.

내금위를 비롯 겸사복, 우림위*를 동원, 눈을 부릅뜨고 글쪽지를 궐 안에 남긴 자를 찾아 나섰으나 닷새가 지나도록 알아낸 건 아무것도 없었다.

조정이 한 일이 있긴 했다. 정말로 부관참시를 시도하는 무리가 나타날지도 몰라 '밤낮가리지 않고 교대로 지켜 개미 새끼 한 마리도 드나들지 못하게 하라'는 엄명과 함께 왕의 부친 무덤

---

* 羽林衛 : 서얼들의 벼슬길을 열어주기 위해 성종때 만든 왕의 친위부대.

에 군사들을 스무 명 넘게 더 배치한 게 그것이다.

　무덤에 불이 났을 때만 해도 팔짝팔짝 뛰던 왕은 글쪽지를 보고 나선 입을 닫았다. 감히 임금을 암군이라 지칭하며 '처단해야 한다'느니, 부친을 '부관참시하겠다'는 으름장에 억장이 막혔을 것이다. 어쩌면 '정말 부관참시라도 하면 어쩌지?' 해서 두려움에 떨고 있는지도 모른다.

　왕은 이 모든 게 대동별초든 다른 패거리든 정여립의 잔당이 벌인 짓이리라 여기고 있다. 그간 놈들이 해온 짓으로 미루어 보면, 그 잔당의 규모도 만만치 않을 것 같은데 어찌해야 좋을지, 아직 묘안을 찾아내지 못하고 있다. 시도 때도 없이 크기도, 무게도 가늠조차 어려운 분노가 치밀어 오를 때면 숨이 막혀오기까지 했다.

　왕은 근래, 역란의 수괴를 비롯 가담자와 연루자들까지 모두 합쳐 천명 넘게 처단, 형률刑律의 지엄함을 보여주었으니, 이쯤에서 옥사를 접을까 하는 생각도 했었다. 하지만 아직은 아닌 것 같다. 아직 그 무리가 남아 괴이한 벽서를 잇달아 붙이고, 궐 안에까지 고약한 글쪽지를 남기기까지 했으니.

　그 뒤로도 해괴한 일은 계속됐다. 3월 스무여드레, 문정전文政殿에 도둑이 들어 일월경日月鏡과 휘장 등을 훔쳐 간 것이다. 을해년(1575년, 선조 8년)에 명종비 인순왕후仁順王后의 혼전으로 바뀌면서 자주 사용하지 않던 전각이라 다른 곳보다는 경비가 좀 허술했겠지만, 그래도 그렇지 어떻게 도둑이 대궐 안까지 들어왔단 말인가. 왕은 도둑을 잡아들이라는 엄명을 내렸지만 끝내 잡히지 않았다.

 돌이켜 보면 조선의 제14대 왕인 금상은 유독 자신의 왕권 강화에 몰두해왔던 것 같다. 물어보나 마나 방계출신이라는 열등감 때문이었을 것이다.
 금상이 감히 꿈도 꾸어보지 못한 보위에 오른 건 열여섯 살 때였다.
 그런데 왕이 된 게 좋기만 한 건 아니었다. 오히려 너무나 외롭고 막막하기만 했었다. 정통성에 문제가 있는 데다 자신을 받쳐줄 세력이 없다는 것도 또 다른 걱정거리였다.
 11대 왕 중종에겐 박원종朴元宗, 성희안成希顔 같은 근신들과 조광조 같은 출중한 신하들이 있었고, 재위 9개월 만에 세상 떠난 12대 왕 인종에겐 외숙 윤임이 이끄는 무리가 있었다.
 13대인 선왕 명종도 22년의 재위 기간 중 20년을 고약하기 이를 데 없던 어머니 문정 대비와 외숙 윤원형에게 시달리긴 했지만, 누군가 자신의 보위를 넘볼지도 모른다는 두려움 같은 건 모르고 지냈을 것이다.
 하지만 자신에겐 훈신勳臣이나 척신戚臣이 단 한 사람도 없다. 심지어 마음을 터놓고 얘기라도 나눌 수 있는 아내도 없으니, 그야말로 의지할 데 없는 사고무친四顧無親이었다.
 그나마 다행스러운 건 선왕의 따뜻한 배려로 당대의 고명한 학자들로부터 가르침을 받느라 자주 드나들었던 대궐이 낯설지는 않아 그런대로 견뎌 낼 수 있었다.

물론 등극 후 1년간 수렴청정을 해준 양모 인순 대비의 보살핌과 배려도 큰 도움이 되긴 했었다. 1년 뒤, 수렴청정을 거두던 날, 대비는 발 뒤에 앉아 대신들에게 말했었다.

"주상은 명민하셔서 1년 만에 이젠 누구의 도움 없이도 친히 국정을 살필 수 있게 되셨소. 그래서 나는 편전을 주상에게 넘겨주고 물러나려 하오."

대비의 그 말 한마디가 얼마나 기쁘고 큰 힘이 되었는지 모른다. 마침내 편전을 차지해서가 아니다. 왕실의 어른인 대비가 공개적으로 나름 능력을 인정해주었기 때문이었다.

그는 생각했다. 그동안 혹 마음속으론 자신을 하찮게 여겨온 자들도, 대비의 그 말 한마디로 자신을 대하는 마음가짐들이 크게 달라질 것이라고.

그렇다고 외로움, 두려움까지 모두 다 사원 건 아니었다. 방계 승통이라는 열등감이 고개를 내밀 때면 마음이 어수선 산란해져 평정심을 유지하기가 어려웠다.

밤이면 도란도란 얘기라도 나눌 아내라도 있었으면 좋으련만 그땐 그마저 어림없는 일이었다. '양부이신 선왕의 3년 상이 끝난 뒤에 혼인하라!'는 대비의 명이 있었기 때문이다. 언감생심 대비의 뜻을 어찌 거스를 수 있었겠는가.

그래도 끓어오르는 혈기를 참을 수 없어 용상에 앉은 지 2년가량 됐을 때 소주방 나인 김씨를 취했고, 그 후 허허롭고 적적할 땐 어김없이 그미를 찾았었다.

의인懿仁왕후 박씨와 결혼한 건 그로부터 1년쯤 지난 뒤다. 15살이던 왕비는 어여쁜데다 천성이 너그럽고 유순했다. 남편인 임금을 받드는데도, 선왕의 비인 인순仁順왕후 심씨, 인종의 비인 인성仁聖왕후 박씨 등 두 대비를 모시는데도 한 치의 소홀함도 없었다. 후궁들도 시앗이 아닌 혈육처럼 대했다. 조급하게 서두르거나 언짢아하는 기색을 밖으로 드러낸 적도, 궁인들을 꾸짖는 일도 없었다. 속 보이는 짓을 한다거나 입에 발린 말도 할 줄 몰랐다.

대비도 그처럼 천성이 맑고 유순한 며느리를 극진히 아꼈다. 왕비의 아버지 박응순朴應順도 성품이 온화하고 겸손했으며 검소하기까지 했다. 덕행만 따지자면 아버지도 딸 이상으로 나무랄 데가 없었다. 당연히 평판도 아주 좋았다.

하지만 잠깐 의금부 도사, 사복시 주부, 사헌부 감찰을 지낸 뒤론 안음 현감, 용인 현령 등 외직만 맡았던 터라 조정 내에 그의 세력이 아예 없다시피 했다.

정비正妃가 들어앉으면 그 처가 사람들이 큰 힘이 돼주곤 했었다는데, 그에겐 처가조차 자신의 울타리가 돼주지 못한 것이다.

그렇더라도 왕비가 아들이라도 하나 턱 낳아주었다면 후사 걱정 같은 거 하지 않고 순탄하게 왕업을 이어갔겠지만, 그 또한 여의치 못했다. 수년이 지나도록 태기가 없자, '중전은 석녀인가 보'다'고 수군거리는 자들이 적지 않았다. 하지만 그건 터무니없는 소문일 가능성이 높다. 왕비가 다른 건 나무랄 데가 없었으나 잠자리가 나인 김씨만 못 했다. 이른바 속궁합이 맞지 않았던 모양이다. 그러다 보니 왕비의 침소를 찾는 게 그야말로 가물에 콩 나듯 드물었다. 그런데도 남편에게 '내 침전에 들러 달라'고 보채지도 않았다.

당연히, 하늘을 못 보니 별을 딸 수도 없었을 것이다.

대비는 왕비를 무척 아껴, 그가 아이를 낳을 때까지 후궁을 들이지 못하게 막아왔지만 여러 해가 지나도록 왕비가 아이를 낳지 못하자 어쩔 수 없이 나인 김씨에게 종2품 숙의 첩지를 내렸다. 그미가 바로 공빈恭嬪 김씨다.

공빈은 잇달아 임해군臨海君과 광해군光海君을 낳았지만, 광해군을 낳은 지 약 2년 만에 산후병으로 세상을 떠났다.

얼마 후 왕의 사랑은 인순 대비 처소에 있던 다른 어린 나인에게 옮아갔다. 의안군義安君, 신성군信城君, 정원군定遠君을 낳은 귀인 김씨가 바로 그미다.

7명의 정궁 후궁 사이에서 자식이라곤 달랑 요절한 순회세자 하나만을 낳고 세상을 떠난 선왕에 비하면 아들을 많이 둔 셈이긴 했다.

그러나 아들이 많으면 뭘 하는가. 정실 소생이 없는데….

이러다가 또 후궁 소생으로 후사를 삼아야 하는 건 아닐까, 그 생각을 하게 되면 마음이 또 복잡 산란해졌다. 조선이 개국한 이래 최초로 후궁 소생으로 이른바 방계 승통을 한 자신이 겪었던 지난날이 떠올라서였다.

금상은 즉위 이래 꾸준히 조정을 개편해왔다. 특별히 챙겨야 할 훈신이나 척신이 없었던 터라 선대왕들을 오래 모셔 온 대다수 옛 신하들은 순차적으로 거의 다 내보내고, 그 자리에 자신과 뜻이 맞는 사람들을 앉혀온 것이다.

점진적으로 시행돼온 조정 개편 이후 한동안은 그런대로 괜찮았다. 한데 그들이 언제부턴가 동인과 서인으로 파당을 지어 싸우기 시작했다.

을해년(1575년, 선조 8년)에 이조의 실무를 관장하는 정5품 정랑 자리를 놓고, 도성의 동쪽인 낙산 밑에 살던 신진 사류 김효원金孝元과 서쪽인 정동에 살던 인순왕후의 아우 심의겸沈義謙을 추천한 사람들이 티격태격하기 시작하더니, 나중엔 동인과 서인으로 패를 갈라 싸우기 시작한 것이다.

처음엔 그들의 싸움질을 보고 듣는 것만으로도 짜증이 났었다. 그러나 당쟁을 몇 차례 겪으면서 곰곰 생각해보니 그게 나쁘기만 한 건 아니라는 걸 깨달았다. 붕당 간에 싸움을 붙이면 왕의 신임을 얻기 위해 앞다퉈 다가오고, 그걸 잘만 이용하면 왕권 강화에 도움이 되면 됐지, 손해 볼 건 없다고 판단한 것이다. 실제로 그런 일도 몇 번 있었다.

왕은 율곡이 살아있을 땐 서인들을 많이 기용했었다. 그러다 율곡 사후엔 서인들보다 때가 덜 묻고 개혁적인 동인들을 더 많이 발탁해 썼다. 그리고 나니 이번엔 동인 세력이 비대해져 다시 균형을 잡아줘야 할 필요성을 느끼던 참이다.

파당 간 균형을 잡는 건 그리 어렵지 않다. 동인들을 효과적으로 견제하려면 서인들을 앞에 내세우면 되고, 그 반대의 경우도 마찬가지다. 그렇게 해온 덕분에 재위 22년 차를 맞은 지금은 나름 강력한 왕권을 틀어쥐고 있다고 믿고 있다.

'정여립 역변'이 불거진 건 동인 서인 세력 간 균형을 고심하고 있을 때였고, 그로 인해 자연스럽게 세력 교체도 이뤄졌다. 그렇다고 그걸로 만족하고만 있을 순 없다. 모처럼 기회가 주어졌을 때 서릿발 같은 위엄으로 왕권을 더 확실하게 다져 놓아야 한다.

그렇게 하려면 어찌해야 하는가. 생각해보고 말 것도 없다. 근래 소강상태에 빠져있는 옥사를 다잡는 것으로 군왕의 위엄을 다시 한 번 떨쳐 보이면 되는 것이다.

술김에 부린 호기들로 와자지껄 떠들썩했던 개천 변 주막 가의 밤도 깊어갔다. 인정이 울리기 시작하자 술꾼들은 서둘러 자리를 털고 일어나 뿔뿔이 흩어졌다. 마지막 스물여덟 번째 타종 소리가 끝났을 땐 괴괴한 정적이 세상의 풍진風塵을 감싸 안았다.

그때였다. 인적이 끊긴 개천 변의 한 골목길에 뭔가가 나타나 빠르게 내달렸다. 짐승이 아니라 사람이었고, 하나가 아니라 둘이었다.

두 사람은 어느 집 앞에서 잠시 귀엣말을 나눈 뒤 몸을 솟구쳐 훌쩍 담장을 뛰어넘었다. 집 안에 들어가선 한 사람은 밖을 지키고, 한 사람은 어느 방문을 열었다.

반 토막이 된 하현 달빛에 드러난 방안 풍경은 가관이었다. 여자는 젖가슴도 가리지 않은 채 입을 헤벌린 채, 사내도 아랫도리까지 다 벗은 채 드르렁드르렁 코를 골며 자고 있었다.

침입자가 여자의 명치를 누르자, 캑~ 하는 소리와 함께 널브러졌다. 이불을 끌어 올려 여자의 나신을 가려주고 난 침입자는 왼손은 남자의 입가에 두고, 오른손으론 남자의 뺨을 가볍게 툭툭 쳤다. 그래도 몸을 잠시 뒤틀기만 할 뿐 깨어나지 않자 조금 세게 뺨을 철썩 갈겼다. 그제야 번쩍 눈을 뜬 남자가 흠칫 놀랐다. 침입자의 왼손이 재빨리 남자의 입을 막았다. 입이 막힌 남자는 눈알만 좌우로 굴렸다. 잔뜩 겁을 먹고 있는 게 분명했다.

침입자가 오른손에 쥔 칼을 그의 목에 갖다 대며 나지막이 싸늘하게 말했다.

"조금이라도 큰 소리를 내면 곧바로 네 놈 목을 긋겠다. 알았느냐?"

남자가 누운 채 고개를 끄덕이자 침입자는 그의 입가를 막고 있던 왼손을 거둬들였다.

사내가 부스스 일어나 제 아내에게 눈길을 주고 나서 여전히 겁에 질린 눈으로 물었다. '죽인 거냐?'고.

"아직은 죽이지 않았다. 네가 고분고분 우리말을 잘 들으면 두어 식경 후 깨어나겠지만, 그렇지 않으면 너희 자식들은 오늘 밤 고아가 될 것이다."

"왜, 이, 이러시는지…."

"우린 조영선, 네 놈이 선홍복에게 저지른 못된 짓을 다 알고 있다."

선홍복 이름을 듣는 순간 조영선이 화들짝 놀라며 제 얼굴을 감싼 채 부들부들 떨었다.

"두 번 묻지 않겠다. 누가 시킨 것이냐?"

"저, 저에게 명을 내린 건 금부도사지만, 나중에 그 도사는 정철 대감 명을 받은 것이라 하더이다."

"그래서… 설마, 난 윗사람들 명을 따랐을 뿐 내가 잘못한 건 없다, 그런 건가?"

"아, 아닙니다. 그 일이 있은 뒤론 하루도 마음 편히 산 적이 없습니다. 형리로부터 선홍복이 참형을 당하기 직전 '내가 죽어 혼백이 되어서라도 조영선 등 간교한 무리는 가만두지 않겠다'는 단말마의 비명을 내뱉더라는 말을 전해들은 뒤론 한동안 무서워서 밤잠도 이루지 못했습니다."

"그렇다면 이제라도 '정철이 시켜 어쩔 수 없이 그리했다. 지금은 잘못을 뉘우치고 있다'는 반성문을 써라."

"그, 그랬다가는… "

"살아남지 못할 것이다? 정철에게 죽을 것 같다?"

조영선이 가만가만 고개를 끄덕였다.

"이런 미련퉁이를 보았나. 내 말대로 하지 않으면 넌 이 자리에서 당장 죽게 된다는 건 왜 모르는 것이냐?… 또한 네놈의 농간으로 선홍복 뿐 아니라 이발 이길 어른 등 출중한 조선의 인재들이 세상을 떠나셨는데, 그런 짓을 해놓고도 너는 살고 싶다는 것이냐? 너 때문에 죽은 사람들에 대한 미안풀이로라도

네 목숨 내놓을 생각은 없는 것이냐?"

조영선은 아무 말도 하지 못했다. 하긴 그 상황에서 누군들 '그래도 나는 살고 싶다'고 말할 수 있겠는가.

"왜 그런 걸 써주었느냐고 다그치면, '안 쓰면 당장 죽게 생겼는데 무슨 수로 뻗대겠느냐고 하면 될 것이다. 어서 너의 죄상을 털어놓고 속죄한다는 글을 쓰도록 하라!"

그는 잠시 망설이다 부시를 쳐 불을 밝히고는 서안에 종이 한 장을 펼쳤다. 사방 한자 반 남짓한 크기였다. 연적을 기울여 벼루에 물 몇 방울을 떨어뜨린 뒤 먹을 갈면서 그는 여전히 혼절한 아내를 흘깃거렸다.

반 식경이 지나 그는 글자가 빽빽하게 들어찬 종이를 침입자에게 건넸다. 그걸 받아 읽느라 불빛에 드러난 건 골지 모자로 귀와 눈썹까지 덮어쓴 최윤후였다.

"죽을 때까지 마음으로나마 고인들에게 속죄하며 살아야 한다는 걸 잊지 말라!"

그 말을 남기고 방을 나선 최윤후는 마당 한쪽 구석에서 망을 보며 기다리던 만복과 함께 다시 담을 넘었다.

서인 핵심들이 정철의 방에 모여들었다. 금부도사도 보였다. 하나같이 긴장된 표정이었다.

정철만이 애써 태연한 척, 아무렇지도 않은 척했으나 그라고 마음이 편하겠는가. 속에선 애가 타고 있을 것이다.

"조영선이란 놈이 돌연 행방을 감췄다?…"

"예, 대감!"

"조영선, 그자가 죽지 못해 환장했다면 모를까 스스로 입을 놀렸을 리는 만무하고, 그렇다면 누군가 그자를 겁박한 걸까?…"

"이제 어쩝니까?"

정철이 10여 명의 수하들 얼굴을 일별하고 나서 말했다.

"어쩌긴… 전하께서 아시게 되더라도 정여립 필체를 감쪽같이 흉내 낸 서찰이 우리에게 있고, 놈은 이미 죽었는데, 어쩔 거야?"

그러더니 금부도사에게 명했다.

"경계를 더욱 철저히 하고, 조영선의 소재나 그와 접촉한 자의 신상 등을 서둘러 소상하게 파악하라!"

혹시나 해서 마음을 졸이는 서인들과는 달리 동인들은 반색했다. '우리뿐 아니라 백성들 사이에서도 역모가 조작됐다고 믿는 사람들이 점차 늘어가고 있다니, 천만다행한 일'이라며.

근래 서인 패거리의 강경한 의논을 주도하는 자들은 정철의 최측근 수하들로 꼽히는 장운익, 백유함, 황혁 등이다. 그들은 집요하게 동인들을 물고 뜯었다. 사람들은 '사나운 그들의 입이 모든 걸 다 거꾸로 돌려놓고 있다'고 개탄했다.

이번엔 찬 바람을 쐬면 저절로 눈물이 나오는 고질에 시달려 온 형조좌랑 김빙이 그들의 올가미에 걸려들었다. 정여립의 시신에 추형을 가하던 날, 형장에 실려 온 정여립의 시신을 확인하는 절차에 따라 시신 앞으로 간 그가 때마침 불어온 찬바람에 눈물을 흘린 걸 두고 '백유함이 정여립의 시신을 보고 슬퍼서 눈물을 흘렸다'고 탄핵하고 나선 것이다.

김빙도 서인이었지만 그때 눈물을 흘린 게 그와 적대관계였던 사간원 헌납 백유함의 눈에 띄었고, 결국 그가 한참 뒤 그 사실을 들춰낸 것이다.

김빙이 펄쩍 뛰었다. '오래된 눈병 때문에 바람만 불면 저절로 눈물을 흘리게 된다는 건 주변 사람 모두가 잘 아는 일인데 백유함이 사사로운 감정으로 모함하는 것'이라고.

하지만 최근 다시 위관을 맡은 정철은 냉혹했다.

"역적의 시신을 어루만지며 울었다는데 왜 눈병 탓을 하는가. 저자가 바른말을 할 때까지 고신을 계속하라!"

결국 김빙도 혹독한 고신을 받다 죽고 말았다.

기생과 얼싸안고 울었다는 이유로 조대중이 참살되더니, 이번엔 눈병 때문에 흘린 눈물이 김빙의 목숨을 앗아간 것이다. 어떤 연유로든 눈물을 잘못 보이면 죽어 나가는 시절이었다.

그 일로 백유함이 제 사촌 집안을 풍비박산 낸 일이 사람들의 입줄에 다시 오르내렸다.

백유함의 아버지 백인걸은 수십 년 전 종친 이윤조李胤祖를 사위로 맞으려고 조카인 백유양에게 '어떻게 생각하느냐'고 물었다. 백유양은 '종친이라곤 하지만 그의 어머니는 미천한 여인'이라며 반대했다. 하지만 백인걸은 결국 이윤조를 사위로 맞아들였고, 훗날 그 같은 사실을 알게 된 이윤조는 물론 그 아들인

이춘영李春英까지도 백유양을 원수처럼 여겼다. 그러던 중, 정여립 역모 사건이 터지자 이춘영이 외삼촌 백유함과 함께 없는 사실까지 날조해 피의 보복을 한 것이다.

그뿐이 아니다. 백유양이 죽은 뒤, 백유함은 그래도 면치레는 해야겠다 싶었던지 그의 빈소를 찾았다. 정여립 옥사와 관련돼 죽은 이들을 잘못 문상 갔다간 무슨 덤터기를 쓸지 몰라 모두 몸조심을 하던 때라, 상가는 빈집처럼 쓸쓸했다.

한데 웬 허름한 차림의 젊은이가 오가는 걸 보고 '누구냐?'고 묻자, 잠시 머뭇거리던 젊은이는 '고인의 얼자*'라고 대답했다.

상가를 나온 백유함은 '역적과 친했던 백유양의 얼자도 벌해야 한다'고 주장, 결국 생전에 백유양을 아버지라고 불러본 적도 없는 애꿎은 그 얼자도 매를 맞고 죽었다. 결국 백유함이 사촌 형과 얼자 포함 조카 넷까지 모두 다섯을 죽음의 구렁으로 밀어 넣은 것이다.

이조정랑 때 이이가 죽고 정권이 동인 손에 들어가자 벼슬자리에서 물러나 용인에서 칩거해왔다는 백유함은 요즘 그 누구보다 그악스럽게 동인 척결에 앞장서고 있다. 정철의 천거로 사간원 헌납이 된 이후 대사간 최황과 함께 사헌부와 사간원을 서인들로 물갈이한 뒤 닥치는 대로 동인들을 탄핵하고 있는 것이다.

---

* 孼子 : 양반과 천출(賤出) 첩 사이에서 낳은 아들. 양인 첩에게서 얻은 아들은 서자(庶子)라 했다.

홍여순은 여전히 '정여립 잔당 색출'에 몰두하고 있다. 선비의 탈을 쓴 얍삽한 자들이 곁에서, 앞에서, 뒤에서 그를 열심히 도왔다.

그 저열한 자들이 쳐놓은 그물에 또 한 사람이 걸려들었다. 함평 제동마을에서 수백 명의 제자를 모아 가르치던 정개청鄭介淸이었다. 그는 어린 시절, 어느 절에 들어가 10여 년간 성리학은 물론 천문, 지리, 의약 등 잡학까지 두루 섭렵한 저명한 학자였다.

하지만 그는 오래전부터 서인들에게 미운털이 박혀있었다. 어렸을 때 자신을 거둬 10년 동안이나 자식처럼 키우고 가르쳐 준 서인의 거두이자 영의정도 지낸 박순朴淳이 파직된 뒤 서인을 등지고 정여립 이발 등 동인들과 한통속이 됐다는 게 그 이유였다. 서인들이 정여립을 미워하는 연유와 비슷한데, 그 소문의 사실 여부나, 왜 그런 얘기가 나온 건지 아는 사람은 없었다.

지난 섣달 열나흘, 정암수 등이 이산해 정언신 등을 지척指斥했던 상소에도 정개청이 포함돼 있었으나, 왕이 '정암수 등이 근거 없는 말들을 날조한 속셈이 고약하다'며 그들을 추국하라고 명해 별문제 없이 넘어갔었다.

하지만 홍여순은 어떻게든 정개청을 옭아 넣으려고 꼬투리를 찾다가, 그가 정여립의 집터와 묏자리를 봐주었다는 풍문을 듣고 그를 잡아들여 옥에 가두었다. 여러 번 불러내 엄히 추궁했으나 사실이 아닌 것으로 밝혀지자 일단 풀어주었다. 그러나 포기하지 않고 또 다른 것을 찾기 시작했다.

얼마 후 홍여순이 조정에 장계를 보냈다. '정개청이 역적과 산에서 놀았다는 이야기가 파다해 수소문한 결과 사실로 드러났다'고.

정철은 즉각 '정개청을 묶어 도성으로 보내라' 지시했다.

정개청은 정철의 눈 밖에 난 지 오래였다. 그럴 만한 이유가 있었다. 정개청은 '문장이 좋으면 뭘 하겠는가, 후진들을 바르게 이끌기는커녕 함께 주색질을 일삼는 자인데…'라며 정철을 비난해왔었다.

정개청은 왜 정철을 비난하고 나섰을까. 옥사가 일어나기 1년여 전, 정철이 전라도 광주에서 지내고 있을 때, 곡성 현감이던 정개청은 부모님을 찾아뵈러 광주에 자주 드나들면서도 정철을 찾아보지 않았다. 심지어 정철의 집인 걸 알면서도 그 집 대문 앞을 그냥 지나쳐 갔다. 그걸 괘씸하게 여긴 정철이 여러 사람에게 정개청에 대한 험담을 늘어놓자, 정개청도 맞받아치는 과정에서 그런 말이 나왔고, 그 후 두 사람은 앙숙처럼 지내왔었다.

정개청이 압송돼 오자 위관 정철이 직접 추국에 나섰다. 그는 정개청이 정여립에게 보낸 서찰에 '도道를 높고 밝게 보는 이는 오직 존형뿐'이라 했던 대목을 물고 늘어졌다.

"의례적인 말이라는 걸 대감께서도 잘 아실 거 아닙니까? 그런 서찰을 보냈다고 해서 그에게 동조한 건 아닙니다."

힘껏 혐의를 부인했으나 소용없었다. 정철의 명에 따라 모진 형신이 이어졌다. 그래도 정개청은 끝내 승복하지 않고 버텼다.

혹독한 고문 끝에 만신창이가 됐지만 간신히 목숨은 건진 그는 압록강 중류 험지로 유배됐다.

그러나 고부* 군수 정염丁焰의 발고가 또 그의 발목을 잡았다. 정염은 '보성 사람 김용남金用男 등이 나주羅州 사람 임지林地와 중 성희性熙가 역적 길삼봉과 더불어 송광사松廣寺 삼일암三日庵에 머물면서 역란을 일으키기로 모의했고, 임지는 순천에서 전마戰馬를 사들이는 중'이라고 고했다.

곧 임지의 일가붙이들과 성희 등 30여 인, 송광사 주변 주민 20여 인이 하옥됐다.

성희의 처소에서 수상한 글이 발견돼, '이게 뭐냐?'고 추궁하자 성희는 '어느 핸가 정여립의 집에 갔다가 베낀 것'이라며, '그때 그 자리엔 정개청도 있었다'고 털어놓았다.

그 일로 정개청은 다시 도성으로 끌려와 혹독한 고신을 받은 뒤 함경도로 유배됐으나, 약 한 달 뒤 장독杖毒으로 죽고 말았다.

억울하게 당한 건 정개청 뿐이 아니었다. 그에게서 글을 배웠다는 이유만으로 제자 50여 명도 끌려가 매타작을 당한 끝에 거짓 자복한 30여 명은 죽고, 20명은 귀양을 갔다. 나머지 4백여 명은 과거 응시 자격을 박탈당했다. 어이도 없고 황당무계한 처사였다.

그와 연루됐던 임지도 터무니없는 협기를 부리고 멋대로 행동하는 자라는 둥 세평은 좋지 않았으나, 그의 아버지는 이름이 알려진 명사였다. 기생 한우寒雨와 화답한 시조 '한우가寒雨歌'등

---

* 古阜 : 지금의 전북 정읍지역.

으로 문명도 높았고, 풍류객으로도 이름을 떨쳤던 임제林悌가 바로 그의 아버지다.

  임제 하면 빼놓을 수 없는 건, 평안도 평사* 부임 도중 개성開城의 명기名妓 황진이黃眞伊 무덤에 들러 술잔을 부으면서 인생의 덧없음을 한탄하며 불렀다는 노래다. 그 일로 임지에 부임도 하기 전에 파직당한 것으로 전해 오지만.

> 풀숲 우거진 산골짜기 무덤 속에 자느냐, 누웠느냐?
> 젊고 아름다운 얼굴은 어디 두고 백골만 묻혔느냐?
> 술잔 잡고 권해 줄 사람 없으니 그것을 슬퍼하노라.

  일부 추관이 '송광사에서 보성까진 60리, 순천까진 80리고, 고부까진 사흘이 걸린다던데, 조정이 현상금을 내걸고 길삼봉을 잡으려 할 때 성희가 길삼봉을 만났다면, 가까운 보성이나 순천으로 가지 않고 왜 고부까지 가서 발고했을까?'하고 의문을 제기하자, 정엄이 대답했다.

  "그들에게 뇌물을 주고 성희에게 자수하면 용서해주겠다고 꼬드겨달라 청하자, 그 말을 믿은 성희가 '나는 정여립의 무리였지만, 그가 도모하는 일이 부당해 생각을 바꿨다'고 말했다. 그뿐 아니라 사이가 좋지 않았던 중들을 마구 끌어들여 명승名僧 휴정休靜도 국문을 당했다. 다행히 그가 쓴 책자의 문장이 단아하고 임금을 축복하는 내용도 들어있었다는 게 알려지면서, 왕은

---

* 評事 : 병영의 사무와 그에 속한 군사를 감독하던 정6품 무관 벼슬. 세조 12년에 병마도사(兵馬都事)를 고친 것이다.

즉시 그를 석방케 하고, 자신이 그린 묵죽墨竹 한 장 등을 하사하며 위로했다고 한다.

 정국은 여전히 뒤숭숭하다. 시도 때도 없이 붙고 뿌려지는 괴벽서와 고약한 글쪽지들로 인해 파장이 그치지 않고 계속되기 때문이다.
 서인들은 분통을 터뜨렸다. 그렇다고 동인들이 쾌재를 불렀느냐 하면 그것도 아니다. 오히려 불편해하는 동인들이 적지 않았다. 그들은 대동별초 어쩌고 하는 자들, 왜 그리 쓸데없는 짓을 그치지 않는지 모르겠다고 웅얼거렸다. 지긋지긋했던 옥사가 진정 국면에 접어들려던 참인데, 왜 덕흥대원군 무덤에 불을 지르고, 부관참시 운운하는 막말로 왕의 심기를 자극해 옥사를 더 길게, 혹독하게 끌고 가면 어쩌려고 그러는 걸까?
 "만약 그렇게 되면 어쩝니까? 살아남을 동인들이 있겠어요?"
 "그러게요. 지금은 전하나 서인 대신들을 자극해봤자 얻는 것보다 잃는 게 더 많은데, 왜 그런 생각은 못 하고 함부로 나대는지…."
 백성들도 끼리끼리 모여 두런거렸다. 일행 넷 중 연장자로 보이는 50대가 한참 뜸을 들이다 뜻밖의 말을 입 밖에 내놓았다.
 "대동별초 중에 눈치가 둔치인 자가 있을 수도 있겠지만… 누군가 정여립을 편들어 감싸는 듯 위장해 장난질하고 있을 수도 있겠다 싶은데…"

"예에?… 그러니까 서인 쪽의 소행일 수도 있다, 그런 말씀이십니까?"

"그래. 최근 전하께서, 머잖아 옥사를 접을 수도 있을 것 같다고 판단한 서인들이 '아직 정권을 완전하게 장악한 것도 아닌데 여기서 옥사를 끝내면 안 된다고 여겨 전하를 자극하느라 꾸민 짓일 수도 있다는 것이오."

일리가 있다 싶은지 모두가 고개를 끄덕였다.

대동계 계원이던, 단순한 추종자든 간에, 지금 이 시점에서 임금을 자극해봤자 득이 될 게 없다는 건, 누구나 알 수 있는 일이다. 그렇다면 덕흥대원군 묘에 불을 지른 것도, 글쪽지를 뿌린 것도 서인 측이 치밀하게 계획하고 저지른 꼼수일 가능성도 없지 않다는 얘기 아닌가. 물을 흐려놓고 고기를 잡는 혼수모어混水摸魚 전략이거나, 풀을 쳐서 뱀들을 놀라게 하거나 화가 나게 하는 타초경사打草驚蛇 전략인지는 몰라도 그 비스름한 것이라 할 수 있을 것이다.

간원들이 또 들고 일어났다. '정여립을 김제 군수, 행해도 도사로 추천했던 이산해와 당시 이조판서 이양원李陽元을 비롯 관련자 모두를 처벌해야 한다'고.

왕은 괜한 일로 시끄럽게 하지 말라 했다. 그런데도 꿍얼거림이 이어지자 '윤허하지 않는다'고 분명하게 못을 박는 것으로 그들의 입을 막았다.

며칠 뒤, 도성 안 수십 곳에 또 벽서가 나붙었다. 이젠 벽서라면 지긋지긋하게 느껴질 정도다. 한데 이번 벽서 내용은 이전 것들과는 확연하게 달랐다.

  그동안 일부 불순분자들이 차마 입에 담지 못할 불충한 언사로 주상 전하와 대신들을 능멸해왔다. 그들은 역적 정여립을 두호하고, 서인 대신들만 겨냥해왔다. 그렇다면 그 배후가 누구인지는 자명하다, 어렸을 때부터 흉포했고 오만방자했다는 정여립을 앞세워 반역을 꾀한 자들은 송두리째 도려내야 마땅하다. 혹여 그 못된 자들이 내다 붙인 벽서에 담겼던 허무맹랑한 말을 믿으려는 자들이 있다면 참으로 개탄스러운 일이다.…

이날 붙은 벽서들은 이전 것들과는 달리 금방 찢기거나 떼어지지 않았다. 일부 포졸들이 그중 일부를 떼어내는 척했지만, 상당수는 사흘 동안이나 계속 같은 자리에 멀쩡히 붙어 있었다.

사람들은 수군거렸다. '이번 벽서는 서인들이 붙인 것 같다'고.

그들의 짐작은 맞았다. 문제의 벽서가 나붙기 하루 전, 정철, 성혼, 송익필 등 서인 중진들이 한자리에 모였다. 좌우 포청의 대장과 종사관도 함께 했다.

"그동안 삼엄한 경비망을 뚫고 여기저기 붙여진 벽서와 곳곳에 뿌려진 글쪽지가 적지 않았고, 내용도 고약하기 이를 데 없었습니다. 그것도 불쾌한데, 더욱 걱정스러운 건 부원군을 부관참시하겠다고 엄포를 놓는 등 그 정도가 날로 심해지고 있다는 것이오."

성혼의 말을 날름 받아, 가는 눈이 쭉 찢어진 우 포도대장이 상석에 눈길을 주며 말했다.
 "저희가 무엇보다 민망하게 여기는 건 어른들께서 역모를 날조하셨다 운운한…"
 그때였다. 정철이 우 포도대장의 말을 자르고 성마르게 다그쳤다.
 "야, 이놈아! 이게 다 네놈들이 변변찮아 벌어진 일이라는 걸 모르는 것이냐? 혀를 뽑아버리기 전에 그 입 닫지 못할까!"
 정철은 금방 자라목이 된 우 포도대장과 좌 포도대장, 그리고 종사관들을 번갈아 쏘아보며 거듭 닦달했다.
 "괴벽서가 나붙고 글쪽지가 나돈 게 한두 번이야? 역당들이 괴벽서 등으로 전하와 대신들을 희롱하기까지 했는데도, 수백이나 되는 포졸 놈들은 그동안 단 한 명인도 잡아내지 못했어. 이게 말이 된다 생각하느냐? 포청엔 밥버러지들만 있는 것이냐?"
 정철이 목덜미에 힘줄까지 세우며 호통을 치자, 포청 사람들은 어쩔 줄 몰라 했다. 필시 등줄기에 진땀이 난 자도 있었을 것이다.
 성혼이 은근한 목소리로 정철을 달랬다.
 "송강! 고정하세요. 대책을 세우자고 모인 자리 아닙니까."
 그러더니 눈길을 송익필에게 돌리며 말을 이었다.
 "구봉! 이런 때 우린 어떻게 해야 하겠습니까?"
 팔짱을 낀 채 눈을 감고 있던 송익필이 눈을 뜨며 천천히 입을 뗐다.

"손자께서 그러셨지요. 깃털 몇 개 들어 올리는 데 힘이 좋아야 하는 것도, 해와 달을 보는데 눈이 밝아야 하는 것도, 뇌성벽력을 듣는데 귀가 밝아야 하는 것은 아니라고."

목이 마른 지 앞에 있는 찻잔을 들어 목을 축이고 난 송익필이 말을 이었다.

"냉철하게 정세를 살펴야 할 때 흥분하거나 급히 서두르면 일을 그르칠 수 있습니다. 이런 때일수록 더 차분해져야 합니다. 승기를 잡은 건 우리지, 동인들이 아닙니다."

"하지만 벽서와 글쪽지 내용이 너무 거슬리고, 범인들을 잡기는커녕 지금껏 이렇다 할 단서 하나도 찾아내지 못했으니, 그게 걱정입니다."

"벽서엔 맞불을 놓고, 국청에선 더 거세게 밀어붙이면 됩니다."

"맞불을 놓자고요?"

"그렇습니다. 우리도 벽서를 붙이자는 것이오. 정여립의 흉포함을 세상에 널리 알리고 그에 동조한 자들의 씨를 말리자고 합시다. 우리가 벽서를 붙이는 건 일도 아니지 않습니까."

대다수가 고개를 끄덕였다. 하지만 왜 그러는지, 정철과 성혼 두 사람만 시뻐하는 것 같았다.

운종가의 한 지전방紙廛房에 스물 안팎의 젊은이가 들어섰다. 보통 절에서 입는 회색 무명옷 차림이긴 했지만 좀 꼬질꼬질해 보이는 데다, 머리를 빡빡 밀지 않은 것으로 미루어 중은 아니고, 수행자나 사노가 아닐까 싶었다.

특유의 시큰둥한 표정으로 말없이 그를 맞은 주인 박씨가 '시축지詩軸紙 다섯 권을 달라'는 말을 듣고, 한쪽에 쌓아둔 시축지를 꺼내려고 몸을 돌렸다. 그 순간, 젊은이가 뭔가를 가게 주인이 깔고 앉았던 방석 밑에 재빨리 집어넣었다.

박씨가 시축지를 꺼내오자, 그는 서둘러 셈을 치르곤 가게를 빠져나갔다.

박씨가 방석 밑에서 낯선 것을 발견한 건 그 청년이 가게에서 나간 지 두 식경도 더 지나서였다. 또 다른 손님이 들어와 그를 맞이하려고 일어났을 때 조금 움직인 방석 밑에 삐죽 나온 종이 모서리가 보였다. 그 손님이 나간 뒤 박씨는 '이게 뭐지? 혼자 말하며 그 종이를 방석 밑에서 꺼내 펼쳐보았다. 150자가 넘는 언문 글자가 빼곡한 쪽지가 눈에 들어왔다.

> 정여립 역변이라는 건 정철과 그 수하들에 의해 조작된 것이다. 무고한 전라도 유생 선홍복을 잡아다 모진 형신을 가해 겁을 주어 이발 이길 형제 등과 공모했다는 거짓 자백을 받아낸 뒤, 정여립 공의 필체를 흉내 낸 가짜 서찰을 만들어 그것을 근거로 이발 형제 등을 살해했다. 소름 끼치게 야비하고 잔혹한 자들 아닌가. 날조된 역변의 자초지종을 다시 조사해 정여립 공의 한 이라도 풀어주어야 한다.

글쪽지를 읽고 난 박씨는 주변을 흘깃거린 뒤 재빨리 그 쪽지들을 다시 방석 밑에 깔고 앉았다. 한동안 생각에 잠겨있던 그는 얼마 후 가게를 나서 포도청으로 향했다.

박씨의 신고를 받은 포도청이 즉시 포졸들을 풀어 운종가의 모든 가게를 대상으로 샅샅이 조사했다. 어스름까지 두 시진 넘게 조사한 결과 포전 윤씨, 미전 김씨, 잡곡전 이씨, 어물전 최씨 가게 등 아홉 곳에서 주인들도 모르게 숨겨져 있던 똑같은 내용의 언문 쪽지들이 나왔다. 모두 합쳐 예순 장이었.

가게 주인들로부터 쪽지를 숨겨놓고 간 것으로 짐작되는 자들의 인상착의를 들어본 결과 최소 세 명, 어쩌면 네 명이 나눠서 한 짓으로 추정됐다.

소문은 금방 운종가를 돌아 도성 안과 밖으로까지 널리 퍼져 나갔다. '운종가의 여러 시전에서 정여립 역변이라는 건 정철과 그 수하들에 의해 조작된 것이라는 글쪽지들이 나왔'더라, 운종가 일부 점포에 글쪽지를 슬쩍 남겨두고 사라진 사람들은 대동별초 등과는 다른 모꼬지 같다'더라고. 그동안 나붙었던 벽서는 한문이었지만, 이번 글쪽지는 언문인데다가 그 내용도 매우 구체적이었기 때문이다.

서인 소굴이나 다름없는 사간원의 행태가 실로 가관이다. 5월 초이틀, 그들이 이번엔 명망 높은 성리학자 최영경을 탄핵하고 나섰다.

'전 사축司畜 최영경이 역적과 매우 친밀하게 지냈다니, 그를

잡아다 엄히 추국한 뒤 삭탈관직하소서'

왕은 처음엔 '나는 최영경이 어떤 사람인지 모른다. 역적과 서로 사귀었다는 뚜렷한 증거가 아직 드러난 것도 아니니, 삭탈관직할 것까진 없다'고 했다. 그러더니 다음날엔 '윤허한다'고 했다.

최영경은 남명南冥 조식曺植의 문인이다. 스승의 가르침을 제대로 익히고 따라 남명 선생의 굄을 받았다 한다. 그는 원칙에 충실하고 불의와는 타협하지 않았다. 학문과 덕행도 뛰어나 경주 참봉, 주부, 고을 수령, 도사 등에 발탁되기도 했지만, 벼슬길엔 나가진 않고, 선대로부터 물려받은 농토가 있는 진주晉州 도동에 은거하며 학문에만 정진해왔다.

스승의 가르침 영향인지, 그의 학문관은 좀 독특했다. '학문은 구설口舌과 문장文章으로만 그쳐서는 안 되며, 실생활에 적용하고 실천할 수 있어야 한다'는 것이었다. 그가 벼슬을 사양하다, 가축에 대한 일을 맡아보던 사축서*의 종6품 사축을 잠시 맡았던 것도 그 때문이었을 것이다. 그마저 벼슬엔 뜻이 없어선지 얼마 후 그 벼슬마저 내려놓았지만.

그 후 병자년(1576년)에 덕천서원德川書院을 창건해 스승의 신주神主를 모셔왔다.

그가 서인들의 미움을 사게 된 건 신사년(1581년)에 종5품 사헌부 지평이라는 벼슬을 내렸을 때, 그 벼슬을 사양하며 올린

---

* 司畜署 : 가축에 관한 일을 맡아보던 관서.

사직 상소에 붕당의 폐단을 논하는 관정에서 서인 세력을 공격했기 때문이었다.

그 일로 최영경을 벼르고 별러 온 서인들은, 역변 초기에 이미 '최영경도 역당과 연루된 흔적이 있다 한다'며 그에게 벌주기를 청했었다. 그땐 다행히 정언正言 황신黃愼이 '최영경의 명성은 도성에까지 널리 알려져, 일면식도 없는 사람들까지 그를 우러를 정도이며, 특히 전라도와 경상도에서 명망이 높은데, 허망한 소문만 듣고 그런 사람에게 죄를 씌워 벌을 준다면 두 지역의 민심을 잃게 될 수 있다'며 반대하고 나선데다, 사간司諫 유근柳根 등이 동조해줘 유야무야 넘어갔었다.

한데 그때 꺼진 줄로만 알았던 '최영경 불씨'가 다시 살아난 것이다. 민생 같은 건 나 몰라라 하고 오로지 정여립 역변 관련자 색출에만 몰두해온 홍여순이 '최영경이 바로 정여립 역모의 수괴로 알려진 길삼봉'이라는 헛소리를 핑계 삼아 체포한 것이다.

하지만, 그 주장은 터무니없었다. 길삼봉에 대해 무성했던 소문만 헤아려 봐도 모든 게 허황한 거라는 걸 알 수 있었다.

'길삼봉의 나이는 60세쯤이고, 낯빛은 검고 몸은 비대하다.'
'아니다. 나이는 30세쯤이고 키가 크며 얼굴빛이 파리하다.'
'그렇지 않다. 나이는 50세쯤이고 수염이 무척 길다.'
'길삼봉은 걸음이 빨라 하루에 3백 리를 간다더라.'
'길삼봉이라는 자는 길씨가 아니라 최씨이며 사노라더라'
'길삼봉은 60세에 수염이 희고 수척한 노인이다' 등등.

이때 최영경의 나이는 예순이었다. 수염이 하얗고 수척했다.

길삼봉을 두고 떠돈 여러 풍문 중 '길씨가 아니라 최씨, 60세에 수염이 희고 수척한 노인'이라는 소문과는 합치했다. 어쩌면 그 때문에 걸려든 것인지도 모른다.

최영경이 함거檻車에 묶인 채 도성으로 압송된 건 한여름이었다. 유난히 심했던 그 무더위 속에, 그 먼 길을 제자 수십 명이 뒤따라왔다.

국문을 받는 동안에도 최영경은 태연하고 당당했다. 추관의 추궁에도 흐트러짐이 없었으며, 그 대답들이 간결하면서도 준열했다.

그때 문사낭청*으로 국청에 있었던 이항복李恒福은 나중에 주위 사람들에게 '최영경 어른을 국청에서 처음 뵈었는데 나도 모르게 공경하는 마음이 일어났다. 국청에서라도 그분을 뵙게 돼 다행이라 여겨지더라' 했다 한다.

왕이 국청에 나와 물었다.

"네가 길삼봉이냐?"

"신은 최영경이라 하옵니다. 길삼봉이라는 자와는 일면식도 없나이다."

"정여립과 무척 가까웠다지?"

"한때 정여립을 알고 지낸 건 사실이지만, 그가 낙향한 뒤 신은 병이 나서 동네 나들이도 하지 못했습니다. 그런 제가 어떻게 수백 리 밖에 있는 정여립을 찾아가 만날 수 있었겠습니까. 여러

---

* 問事郎廳 : 죄인을 문초한 조서를 작성해 읽어주기도 하던 임시 관직. 문랑(問郎)이라고도 했다.

해 전부터 그와 마주친 적도, 서찰 한 장 주고받은 일이 없는데도 간신배들이 신을 죽이려고 죄를 조작하고 모함하는 소를 올려 이 지경에 이르렀사옵니다."

최영경이 구금됐다는 소문이 돌자, 전국에서 천여 명의 유생이 도성으로 몰려왔다. 그들은 아는 벼슬아치들을 찾아가 읍소하고, 의금부 밖에선 '최영경 어른을 방면하시라' 입을 모아 소리쳐 아뢰기도 했다. 그만큼 최영경의 명성은 대단했다.

정철은 유생들의 움직임에도 신경이 쓰이고, 직접 추국하기도 껄끄러워서였는지 문초問招는 금부도사에게 맡기고, 자신은 높다란 위관 자리에 앉아 뭐라 묻고 답하는지 내려다보고 듣기만 했다.

금부도사도 전에 없이 최영경을 조심스럽게 대했다. 의금부 밖에 진을 치고 있는 유생들을 의식해서였을 것이다.

"여러 사람이, 당신이 바로 역당의 수괴인 길삼봉이라 하는데, 왜 아니라고 하는 것이오? 공연히 진 빼지 말고 자복하시오!"

그 말을 받아 호탕하게 웃고 난 최영경이 금부도사에게 말했다.

"내가 길삼봉이라고?… 내가 듣기엔, 길삼봉은 갖가지 도술도 하고 비바람을 부릴 줄도 안다던데, 내가 정말 길삼봉이었다면 진작 저 간악한 무리에게 불벼락을 내렸지, 지금껏 가만있었겠는가?"

"저 간악한 무리라니? 무슨 말이오? 누굴 지칭하는 것이오?"

금부도사가 별생각 없이 묻자 최영경이 형틀에 묶인 오른손

검지를 펴 위관 석을 가리키며 말했다.

"저기 앉아있는 정철과 그 무리를 말하는 것이다."

금부도사가 황급히 그의 입을 막았으나 말은 이미 입 밖으로 튀어나온 뒤였다.

정철은 얼굴이 벌게져 잠시 최영경을 노려보다 국청을 나가버렸다.

"하, 저놈이 그래도 양심 한 조각은 남아있는지, 부끄러운 줄은 아네. 하하하…."

"이보시오. 말조심하시오. 어찌 대신을…."

"대신? 하하하…"

그러더니 운율을 살려 정철이 썼다는 사미인곡 몇 구절을 읊었다.

> 이 몸 태어날 때 님 따라 태어나니 한평생의 연분임을 하늘이 모를 손가. 나 하나 젊어 있고, 님 하나 날 사랑하시니 이 마음조차 이 사랑 견줄 데가 전혀 없다. 평생에 원하되 함께 지내자 하였더니 늙어서야 무슨 일로 외따로 두고 그리워하는가?…

가만히 듣고 있던 금부도사를 힐끗 바라보며 픽 웃고 난 최영경이 말을 이었다.

"아, 그렇게 임금에게 아첨해 대신 자리를 꿰찼으면 민생이나 잘 살필 일이지, 엉뚱하게 역모를 조작해 인재들을 마구 죽였으니, 그 죄를 어찌 씻으려는지…"

"이 양반이, 이거…. 명망이 좀 있다기에 나름 예를 갖춰주었건만 그렇게 막 나오겠다? 그렇다면 나도 막 나갈 수밖에…. 여봐라! 이 자가 바른말을 할 때까지 엄히 고신하라!"

곧 최영경의 허벅지에 주릿대가 들어가고 그의 입에선 이를 악문 신음이 새 나왔다.

혹독한 고신을 받은 뒤 최영경은 오래도록 옥에 갇혀있다가 죽었다. 애꿎은 그의 아우도 형 때문에 끌려가 역시 매를 맞고 죽었다

임금이 경인년 6월 초하루, '역적의 무리를 많이 잡아들인 공이 적지 않다'며, 전라도 순찰사 홍여순에게 종2품 상계上階*인 가의대부嘉義大夫를 상가**했다. 그 소문은 곧바로 전라도에 널리 퍼졌다.

그로부터 사흘 뒤, 전라감영 내삼문 앞에, 그것도 벌건 대낮에 어디선가 화살 하나가 날아와 떨어졌다. 그 화살 중간 부분에 쪽지가 묶여있었다.

수하들이 가져온 그 쪽지를 펼쳐 든 홍여순의 손끝이 부르르 떨렸다.

---

* 조선시대 관원의 품계는 1품에서 9품, 정(正)과 종(從)으로 나누어 모두 18등급으로 하고, 종6품 이상 품관은 다시 上 下 2계(階)로 나누었다.
** 賞加 : 근무 성적 우수, 또는 공을 세운 관원에게 상으로 내리는 자급, 그 자급을 내린 인사 관행.

홍여순은 들어라! 우리 대동별초는 대동사상 구현에 진력해오신 우리 계주님을 역도로 몰아 살해하고 많은 인재를 도륙해온 서인 패거리의 개 노릇을 해온 네 놈을 더는 두고만 볼 수 없어 곧 처단하려 한다. 가까운 시일 안에 우리가 한밤중에 네 놈 목을 치러갈 것이다. 살고 싶다면 속히 전라도를 떠나라!

 기가 막혔다. 대낮에 감영 안에 순찰사를 겁박하는 화살 쪽지가 날아들다니, 어떻게 이런 일이 있을 수 있다는 말인가.
 하지만 같잖은 수작으로만 치부해버릴 일은 아닌 듯했다. 군사들이 철통같이 방비해주겠지만, '대동별초인지 뭔지 하는 무리 중엔 꾀도 많고 담대한 자들도 제법 있다'는 소문이 사실이라면, 한밤중에 들어와 목을 치러가겠다는 엄포가 허세만은 아닐 것이다.
 온몸이 오싹해지며 간이 쪼그라드는 것 같은 무섬증이 왈칵 밀려들었지만, 그보다 먼저 해야 할 일이 있다. 가의대부 체통을 생각해서라도 그냥 넘길 일도 아니었다.
 곧바로, 대낮에 감영 인근까지 숨어든 역도들을 낚아채지 못한 수문장과 군졸 등 열다섯을 형틀에 묶고 치도곤을 안겼다.
 이날 밤 홍여순은 엄습한 두려움 때문에 잠을 이루지 못하고 뜬눈으로 밤을 보내다시피 했다. 금방이라도 야차夜叉 같은 대동별초 놈들이 방문을 열고 들이닥칠 것 같아 눈을 붙일 수가 없었다.
 며칠 뒤, 어디선가 나타난 두 검은 그림자가 내아 뒤쪽 지붕

위에 어른거렸다.

　잠시 후 가뿐하게 마당으로 뛰어내린 두 사람은 두어 걸음 간격을 두고 한 사람과 그의 그림자처럼 일사불란하게 움직였다.

　어느 방 앞에서 걸음을 멈추더니, 짧게 귀엣말을 나눈 뒤 한 사람은 밖에 남고 한 사람은 방 안으로 들어갔다.

　한 사내가 드르렁드르렁 코를 골며 자고 있었다. 어두워서 얼굴은 잘 보이지 않지만 보나 마나 관찰사 홍여순일 것이다. 한여름인 데도 얇은 비단 이불을 턱 밑에서 발끝까지 덮은 채 무척 곤하게 자고 있었다.

　침입자는 잠시도 주저하지 않고 그의 명치에 깊숙이 칼을 박았다. 급소를 찔린 자는 으윽~ 하는 짧고 나지막한 비명을 끝으로 축 늘어졌다. 사내는 그의 숨이 끊어진 걸 확인한 뒤 품속에서 쪽지 한 장을 꺼내 이불 위에 던져놓고 방을 나왔다.

　다음 날 아침, 순찰사 침소를 청소하러 들어간 관비가 외마디 비명을 내지르며 그 자리에 벌렁 넘어졌다.

　웬 사내가 피투성이가 된 채 죽어 있었다. 순찰사 홍여순은 아니었다. 방바닥은 죽은 사내가 흘린 피로 흥건했다.

　사람들이 모여들어 웅성대고 있을 때 형방과 그 수하들이 오더니 방안 여기저기를 조사했다. 한 군졸이 이불 위에 떨어져 있던 쪽지를 집어 형방에게 건네주자 형방은 그걸 들고 내아로 가 아침을 먹고 있던 홍여순에게 전했다.

홍여순의 악행을 더 이상 두고만 볼 수 없어 대동별초의 이름으로 처단한다. 우리는 조작된 역모 혐의를 덧씌워 무고한 사람들을 닥치는 대로 죽인 악인들을 차근차근 처단해 나가려 한다.
- 대동별초 -

겉으론 태연한 척했으나 속으론 덜덜 떨며 쪽지를 읽고 난 홍여순이 형방에게 말했다.

"죽은 사내를 후히 장사 지내주고, 그의 집엔 쌀 두 섬을 가져다주라!"

그러면서, '잡인이 감영 안에 무단으로 들어와 살인까지 저지르고 달아났는데도 그런 사실조차 몰랐던 당직 군관과 군졸들을 모두 잡아 옥에 가두라'고 했다.

어이없게 죽은 사내는 통인 곽수만이었다.

사흘 전 홍여순은 피투성이가 된 채 죽은 자신의 시신을 목격한 흉몽을 꾸었었다. 그다음 날부터 그는 내아의 외딴방이나 객사 등에서 자고, 순찰사 침소엔 당직 통인들에게 자신의 잠옷을 입고 자도록 했었다.

처음 그런 명을 받았을 때 통인들은 '그렇게 나쁜 짓을 많이 하더니 제 목 달아날까 봐 겁을 먹은 모양'이라며 킥킥거렸었다. 그러면서 '설마 누가 감영 안까지 들어와 순찰사 목을 치겠느냐? 덕분에 비단 잠옷에 비단 이불을 덮고 자는 호강 한번 누려 보자'고 했다.

곽수만이 피살된 직후 홍여순은 요로要路에 여러 장의 서찰을 보냈다. '하루라도 빨리 내직으로 돌아갈 수 있게 도와 달라'고.

 왕과 서인들의 악업은 이미 차고 넘치는데도 멈출 생각은 하지 않고 있는 것 같다. 그들은 도대체 어디까지 가려는 걸까.
 이발 형제를 처단한 것만으로는 분이 다 풀리지 않았는지 어떻게 하면 그 가족들에게까지 죄를 물을까 궁리하다 이발 형제를 '역적과 동조한 자'에서 '또 다른 역도'로 바꿔 그의 가산을 몰수하고 식솔들의 목숨까지 거두었다. 그냥 곱게 죽인 것도 아니다.
 임금이 9살 난 이발의 아들 명철에게 물었다.
 "너는 네 아비에게서 무엇을 배웠느냐?"
 잠시 머뭇거리던 명철이 대답했다.
 "충과 효이옵니다."
 "또?…"
 "더 배울 게 많이 남았는데, 아버님께서 그만…"
 그 말에 왕은 버럭 화를 냈다. 아무리 생각해봐도 왜 화를 내는지 알 수가 없었다.
 "아직 어린놈이 아비를 닮아 고얀 놈이로구나"
 왕이 형리들에게 오른손 엄지를 치켜들었다가 손을 아래로 뒤집으며 턱짓으로 명했다.
 그 명을 받아 형리들은 어린 명철을 사금파리 더미 위에 무릎 꿇린 뒤 무거운 돌덩이를 무릎에 올려놓았다. 명철이 '아프다'고 비명을 질렀다.

　잠시 후 임금이 또 턱짓을 하자 이번엔 여러 형리들이 돌아가며 명철의 무릎 위에 올라 서 마구 짓밟았다. 인두로 지지는 낙형과 함께 가장 지독한 형벌로 꼽히는 압슬형이라는 것이었다.

　그뿐이 아니다. 나이가 여든둘이나 되는 이발의 노모 윤씨에겐 장형이 가해졌다.

　평소 엄정嚴淨하기 이를 데 없었다는 윤씨는 서른 차례 이상 가해진 곤장질에도 이를 악문 채 통증을 참아내더니, '네놈들은 참으로 모질고 잔인하기 짝이 없구나.'라고 꾸짖은 뒤 숨을 거두었다.

　70세 이상의 노약자나 15세 이하의 어린아이에겐 고신을 하지 못하게 돼 있는 경국대전 같은 건 있으나 마나였다.

5. 대동별초大同別抄　*261*

6. 마뫼암

 전대식은 퇴궐 후 연적과 붓 몇 자루를 사려고 운종가로 발걸음을 놓았다.
 아무 생각 없이 휘적휘적 발걸음을 옮기는데, 문득 뒷덜미가 싸했다. 불현듯 어디선가 누군가 자신을 내려다보거나, 뒤를 밟는 것 같은 느낌이 들었다.
 그럴만한 낌새가 있었던 건 아니지만, 그냥 퍼뜩, 어느 순간 그런 망막한 느낌이 그를 덮치기라도 한 것일까.
 이게 뭐지?… 누가, 왜, 나를?…
 몸서리가 등골을 타고 허리 쪽으로 내려가며 오싹 온몸에 소름이 돋았다.

순간 어떤 기억 하나가 그를 며칠 전으로 데려갔다.

이희영 봉교와 단둘이서, 역란의 수괴로 몰린 오산 정여립 공 얘기를 나누던 중이었다.

"수십, 수백 년 후라도 사람들이 진실을 알 수 있게 이런저런 자료들을 모아 정리해두면 좋으련만 손발이 없으니…."

무심코 중얼거린 전대식의 혼잣말을 가장 먼저 받은 건 이 봉교의 입이 아니라 휘둥그레진 두 눈이었다. 눈이 크지 않은 편인데도 그의 눈이 화등잔만 해졌다가 차츰 제 모습을 찾아갈 즈음, 그가 입을 열었다.

"아니, 자네도 그런 생각을 했다고?… 나도 그랬는데… 모든 걸 다 알아내는 건 어렵겠지만, 알아낼 수 있는 일부라도 기록으로 남겨두었으면 좋겠다, 지금은 모든 것이 어둠에 가려져 있지만, 훗날 이 어둠이 걷히고 나면 모든 진실이 명명백백 드러나게 될 것이니, 그때 후학들이 역사 앞에 진실을 밝히는 데 조금이라도 보탬이 되도록 할 수 있으면 좋겠다, 그런 생각을 했었네."

"와아~ 놀랍습니다. 사형과 저는 확실히 통하는 게 있는 것 같습니다."

"맞아, 그런 것 같애."

"하지만 우리 둘만으로 뭘 얼마나 할 수 있겠습니까. 그게 문제지요…."

두 사람은 거의 동시에 한숨을 내쉬었다. 한숨은 대개 자포자기를 동반한다. 하지만 그날은 아니었다.

"아무리 뛰어난 기억도, 화살보다 더 빠르다는 소문도 기록엔 미치지 못한다고 하지 않던가. 기록은 기억의 완성이라는 말도 있고…"

"그렇습니다. 조롱 안의 새를 잡거나, 그물 안 물고기를 잡듯 그리 쉬운 일도 아니고, 위험도 감수해야 할 것 같습니다만, 그래도 지레 포기하진 말고, 너무 서두르지도 말고, 조심조심 방법부터 찾아보는 게 어떨까 싶긴 한데…."

그런 말을 나눈 게 이틀 전이다. 그런데, 지금 그의 뒤를 밟는 자가 있다?… 누굴까? 혹 이희영 사형과의 약조가 서인 패거리 누군가에게 새 나간 건 아닐까?… 아냐, 그럴 리는 없어. 단둘이 은밀하게 나눈 얘기가 어떻게?… 그렇다면 이건 뭐지?…

그보다 먼저 확인해야 할 게 있다. 누군가 정말 자신을 지켜보거나 뒤를 밟고 있는 것 같은, 미심쩍고 오싹한 느낌의 실체가 있는 것인지, 그것부터 알아내야 한다.

전대식은 마주 오는 사람과 아슬아슬하게 비켜서는 척하며 재빨리 두 가게 사이 틈새에 몸을 숨겼다. 그러고 나서 잠시 후 고개를 들어 위도 살펴보고, 틈새 밖으로 고개를 삐죽 내밀어 뒤쪽도 살폈다. 하지만 수상한 사람은커녕 그 그림자도 보이지 않았다.

그때였다. 웬 허름한 행색의 젊은이가 후딱 지나가며 사방을 두리번거렸다. 방금 뭔가를, 누군가를 순식간에 놓쳐 당황해 찾는 게 분명해 보이는 몸짓이었다.

누군가 내 뒤를 밟았다면 저자 같은데… 그런데 저 잔 누구지? 나는 모르는 잔데… 누구야?… 저자가 나를 왜?…

그나마 다행이다 싶은 건, 그자의 눈빛이 사납지도 않고, 차림새가 군졸이나 포졸, 혹은 살수로 고용된 무뢰배 같진 않다는 것이었다.

운종가는 오늘도 사람들로 북적였다. 전대식은 골목에서 나와 아무 일도 없었다는 듯 천천히 필방 쪽으로 걸어갔다. 온 신경을 등 뒤에 모아둔 채.

필방 안으로 막 한 발짝을 들여놓았을 때였다.

"나리! 쇤네, 만복이옵니다."

소리는 바로 등 뒤쪽에서 들려왔다. 고개를 돌려보니 조금 전 자신의 뒤를 밟는 것 같다고 건너짚었던 바로 그자였다. 얼핏 눈에 담았을 때보다 차림새는 더 볼품없지만, 몸집은 실하고 단단해 보였다.

어디선가 한번 본 듯하기도 하고 처음인 것 같기도 했다. 한번 본 듯하다는 것도 그가 알은 채를 했기 때문이지, 정말 언제 어디서 봤는지는 전혀 기억이 나지 않았다.

"오산 어른댁에 있던 만복이옵니다."

그가 한 걸음 다가서며 목소리를 한껏 낮춰 속삭였다. 그제야 어렴풋이 그의 이름을 들어본 기억이 났다. '힘이 장사고 날래며, 특히 걸음이 빠르다'고 오산 공이 자랑하듯 말하던 그 종복 같았다.

당시 오산 공은, 그답지 않게 벙싯거리며 말했었다.

"저 아이, 이름이 만복인데, 걸음이 무척 빨라. 보통 사람 걸음으론 이틀 걸리는 먼 길도 하루면 족해. 작정하고 빨리 걸을 땐 아마도 바짓가랑이에서 비파 소리가 날 거야."

그런데 이 자는 왜 도성에 있는 걸까?

"밖에서 기다리겠습니다."

나직한 만복의 말에 고개를 끄덕이고 난 전대식은 서둘러 붓과 연적을 산 뒤 필방을 나섰다. 멀찌감치 떨어져 기다리고 있던 만복이 눈을 마주치고 나선 휘적휘적 앞장서 걸어갔다. 자길 따라와 달라는 몸짓이었다.

그가 사람의 왕래가 뜸한 길모퉁이 한갓진 곳에 이르자 걸음을 멈추더니, 천천히 몸을 돌리며 말했다.

"나리! 우선 이놈이 절부터 올리겠습니다."

그가 울먹이며 말한 뒤 맨땅에 엎드려 절을 했다. 절을 한 뒤 일어나 허리를 펴면서 주먹으로 눈물을 훔치더니, 마치 무엇엔가 쫓기듯 서둘러 입을 뗐다.

"나리! 어떻게 해야 제가 주인어른의 원한을 조금이라도 갚을 수 있겠습니까? 부디 가르쳐주십시오."

머리끝이 주뼛 섰다. 혹시 누가 들었으면 어쩌나 해서. 야단을 칠까 하다가, 그의 눈물 속에 어른거린 적심*과 비통함을 읽고는 그만두었다. 그 대신 재빨리 주위를 살피며 검지를 입에 대고 가만가만 고개를 젓는 것으로 조심시켰다. 그제야 자신이 좀 경솔했다는 걸 깨달은 듯, 그는 '죄송하다'며 고개를 숙였다.

'용케 도망친 것이냐?'고 묻자 그가 고갯짓을 하며 대답했다.

---

* 赤心 : 거짓 없는 참된 마음.

"쇤네는 주인어른이 낙향하실 때 따라가지 않았습니다. 어른께서 '장사나 배워 살라'시며 노비 문적과 돈까지 넉넉하게 주고 가셔서….”

하지만 면천免賤이 되면 군사로 징발될 게 뻔해 당분간은 그냥 천인으로 살기로 했단다.

"이놈은 지금껏 단 한시도 주인어른을 잊어본 적이 없습니다. 찾아가 뵙고도 싶었지만 '전주 근처엔 얼씬도 하지 말라'고 하셔서… 어쨌든 그 후론 단 한 번도 뵙지 못한 게 하, 한이 됩니다.”

더는 말을 잇지 못하고 또 눈물을 쏟았다. 그는 비명횡사하신 주인어른을 생각하면 지금도 온몸이 떨린다 했다. 밤잠을 이루지 못할 때도 많다 했다. 어떻게 해야 이 통한을 풀 수 있을지 몰라 답답해 죽을 지경이라며, 제발 가르쳐 달라고 거듭 보챘다.

"그렇게 서둔다고 될 일이 아니야. 이미 모든 게 돌이킬 수 없는 지경에 이르렀어. 그런 건 차근차근 생각해봐도 늦지 않아.… 그 보다 지금 어디서 뭘 하며 지내나?”

"여기 운종가에서 여러 곳 심부름을 해주며 장사를 배우고 있습니다. 이젠 제 장사를 해봐야지 하던 참이었는데….”

"그랬구먼.… 자네가 오산 공 댁에 있었다는 것을 아는 사람이 몇이나 되는가?”

"없습니다. 아무리 주인어른의 은혜가 뼈에 사무쳐도 종노릇하고 산 게 자랑하고 다닐 일은 아니잖습니까.…”

"그거 다행이군. 어쩌면 자네가 해줄 일이 있을 것도 같네.”

"그게 무엇입니까? 저 말고도 몇 사람이 더 있습니다.”

6. 마뇌암 267

"아니, 뭐라? 몇 사람 더 있다고?… 그들이 누군데?, 어떻게 만난 건데?…"

"저와 함께 주인 나리를 모셨고, 저와 똑같은 은혜를 입은 철만이라는 벗, 그리고 최윤후라는 무사 한분을 포함한 대동계원 세 사람, 자기 혼자 주인어른을 흠모했다는 진안현의 관기 출신 여인까지 모두 여섯입니다."

세 대동계원과 아낙 등 네 사람은 변란 이후 '어떻게 해서든 어른의 한을 조금이라도 풀어드리자'는 한결같은 마음으로 산길을 따라 북상해, 목멱산 기슭에 암자를 차려놓고 모여 살고 있다 했다. 그들과는 지난여름 한 사람이 오산 공 심부름으로 도성에 왔다가 자신을 만나고 갔었는데, 얼마 전 그가 다시 찾아와, 철만과 함께 합류하게 된 것이라고 했다.

그와 이야기를 나누는 동안 전대식은 '이 자의 말을 믿어도 되는 걸까?' '내가 지금 혹 함정에 빠져든 건 아닐까'하는 생각을 여러 번 했다. 그럴 수밖에 없는 하 수상한 시절이었다.

집을 나서면서 무심코 바라본 하늘이 눈이 시리도록 푸르렀다. 이희영은 잠시 고개를 쳐들어 찬찬히 하늘을 올려다보았다. 솜뭉치를 널어놓은 듯 여기저기 펼쳐진 하얀 구름이 정겨웠다. 인기척이 들려 고개를 내린 순간 불쑥 전대식이 눈 안으로 들어왔다. 이희영의 눈이 휘둥그레지며 물었다.

"날 기다린 거야?… 왜 들어오지 않고…, 무슨 일 있는 거야?"

"가면서 말씀드리지요."

두 사람은 어깨를 나란히 하고 걷기 시작했다. 전대식이 사방을 흘금거리며 조심스럽게 말을 꺼냈다. 처음엔 깜짝 놀라던 이희영과 전대식은 꽤 긴 이야기를 나직이 주고받았다. 전대식은 이희영 쪽으로 약간 몸을 돌려 가만가만 얘기를 털어놓았고, 잘 들리지 않는지 이희영은 이따금 전대식의 입 쪽으로 귀를 디밀었다. 두 사람은 서로 말하고 들으면서 앞뒤 좌우를 슬금슬금 살폈다.

"그러니까 그들을 우리 손발로 써보자, 그런 말씀이신가?"

"예, 그가 자청했습니다. 주인 어른의 원한을 조금이라도 갚을 수 있다면 어떤 일이든 가리지 않고 힘껏 하겠다, 죽는 것도 마다하지 않겠다, 했습니다."

바짝 귀를 세워 듣기는 했지만, 어쩐지 이희영의 표정도, 반응도 미적지근했다.

처음엔 이희영의 시쁜 표정이 실망스럽게 여겨지기도 했지만, 곰곰 다시 생각해 보니 신중하기 이를 데 없는 이 봉교라면 그럴 만하다고 여겨졌다. 그로서는 아무리 가까운 후학의 말이라도 한 다리 건너들은 것이라서 곧바로 판단하기가 쉽지 않았을 것이다.

궐 근처에서 그렇게 끊겼던 두 사람의 대화는 퇴궐 후 한갓진 개천 변에서 이어졌다.

"제가 만나 본 만복이라는 자는 몸이 날래고 걸음이 빠르며 팔매질도 잘한답니다. 또 농사를 짓고 살았다는 철만이라는 자

6. 마뇌암   **269**

도 체구는 작지만 날래고 주먹과 발을 다 잘 쓴다고 하더이다. 다른 대동계원 출신들의 무공 또한 상당하고요."

"그래?…. 그럼 혹 그들도 무도한 임금과 간신배들에 대항해 최후의 1인까지 싸우겠다고 나섰던 대동별초 사람들인가?"

"그건 저도 아직 모릅니다. 물어볼 겨를도 없었습니다."

이희영은 선뜻 마음을 열지 않았다. 심지어 드문드문 탐탁지 않다는 표정까지 드러내 보였다.

"사람이 많다고 좋은 건 아니야. 그들 중 한 사람이라도 중간에 변심하면 모두가 화를 입을 수 있으니까…"

"그야 그렇겠지요. 그래서 당장 뭘 어떻게 해보자는 건 아닙니다. 그들과 손을 잡더라도 몇 번 만나보고 확신이 선 다음에 움직여야지요."

이희영은 말없이 고개를 끄덕였지만, 떠름한 표정은 여전했다.

전대식은 무슨 수를 쓰든 이희영을 설득하고야 말겠다는 듯이 부연 설명을 계속했다.

'암자의 주지로 행세하며 무리를 지휘하고 있는 사람은 무사라는데, 활과 창검, 수박희 등에 능하고, 또 한 친구는 걸음이 빠르고 날렵하며 발차기가 일품이라 하고, 지금은 노비 신분이지만 근본은 양반이었다는 젊은이는 머리가 비상하면서 몸도 쓸 줄 알고, 비구니 행세를 하는 여인도 물푸레나무 막대기 두 개로 제 한 몸은 너끈히 지켜낼 수 있다고 하더라'고.

장황하고 구구한 설명이 이어진 뒤에야 이희영은 비로소 가만

가만 고개를 끄덕였다.

"그들의 뜻만 확고하다면, 도움을 받을 수도 있을 것 같다는 생각이 드는군."

전대식은 회심의 미소를 지으며 지금껏 아껴두었던 결정적인 한 마디를 입에 올렸다.

"진안현 관기였다는 아낙은, 오산 사형께서 세상을 떠나신 그 날 밤, 현감 민인백 등이 술자리에서 나눈 사형의 최후에 관한 비밀스러운 얘기도 들어 알고 있답니다."

"뭐어?… 오산 사형의 최후에 관한 비밀스러운 얘기?… 그게 뭔데?…"

"그자들이 말하길, '정여립이 자결한 것으로 꾸미라 하신 어른들의 명을 차질 없이 수행해 천만다행'이라고 했답니다."

"뭐라?…. 그러니까 그 말은, 오산 공이 자결한 게 아니라 민인백 등에게 살해당하셨다, 그 말이야?"

전대식이 고개를 끄덕이며, '그렇다'고 대답했다.

"놀랍군. 나도 사형께서 자결하셨을 리 없다고 생각은 했었지만… 내가 왜 그렇게 생각했는지, 아시는가?"

"글쎄요. 저는 잘…"

"언젠가 사형께서 그러시더군. '따르는 사람이 많을 땐 죽어선 안 되는 것'이라고.… 그렇게 말씀하셨던 분이 자결하셨을 리는 없다, 그렇게 생각한 거지. 그분은 말과 행동이 다른 분이 아니셨으니까."

전대식은 말없이 고개를 끄덕였다. 그 끄덕임이, 왜 따르는 사람이 많을 땐 죽어선 안 되는 것이라고 한 건지 알겠다는 건지, 아니면 '오산 사형은 말과 행동이 다른 분이 아니다'는 이희영의 말에 공감한다는 뜻인지, 분간해 낼 수는 없었지만.
"가까운 시일 안에 마뢰암을 찾아가 그들을 만나보고, 얘기도 나눠보시게."
전대식은 '안 그래도 그럴 생각'이라고 대답했다.

비가 내리고 있다. 가랑비보다 더 가느스름하니 이슬비라고 해야 할 것이다. 처마에 고였다가 떨어지는 방울진 물이 제법 되니, 이런 비라도 오지 않는 것보단 나을 것이다.
전대식은 아까부터 문을 열어젖혀 둔 채 망연히 바깥쪽을 바라보고 있다. 비 구경을 하는 건 아닐 것이다. 무슨 생각엔가 깊이 빠져 있는 건 분명했다. 이희영이 방안으로 들어선 걸 알지 못한 것도 그 때문이었다.
"무슨 생각을 하느라 사람 들어오는 것도 몰라?"
등 뒤에서 들려 온 이희영의 말소리를 듣고 나서야 흠칫 놀라며 자리에서 일어났다.
"어서 오십시오, 사형!"
"생각의 바다가 넓었나, 깊었나?"
전대식은 히죽 웃고 나서 대답했다.
"넓고 깊고, 그런 게 아니라, 송익필 등의 지시를 받고 처음 '반역의 징후를 탐지했다'고 나선 건 안악군수 이축과 재령군수 박충간이었다고 들었습니다. 한데 감사 한준에게 역모 징후를 보고했을 땐 그 자리에 신천군수 한응인이 끼어 있었습니다. 어찌된 영문일까요?"

"그야 뻔하지. 조구라는 자 등의 고변만 있었을 뿐 역모가 확실하다는 증좌가 없고, 그래서 혹 잘못되면 벌을 받을 수도 있을 것 같아 한응인을 끌어들인 거겠지."

"예, 바로 그겁니다. 한응인은 공신이라 죄를 짓더라도 용서해 주는 유죄*혜택이 주어지니 고변이 조작된 것으로 드러나도 일당인 자신들도 함께 벌을 피할 수 있을 것으로 여겨 그를 합류시켰을 것입니다."

한응인은 아직 공신으로 녹훈까지 되진 않았지만 황정욱黃廷彧을 정사로 하는 종계변무宗系辨誣 주청 사행단의 서장관으로 따라갔다 왔으니, 당연히 공신에 오를 것이다.

종계변무란 조선 개국 초부터 선조 때까지 약 200년간 명나라 법전인 대명회전大明會典에 조선 개창開創과 관련해 잘못된 기록들을 바로 잡아 다시 써줄 것을 명나라 황제에게 아뢰어 청하던 일이다.

그동안 대명회전엔 '태조 이성계李成桂는 고려의 권신 이인임李仁任의 아들이고, 고려 말 공민왕, 우왕, 창왕, 공양왕 등 네 명의 왕을 차례로 시해한 뒤 왕이 되었다고 적혀 있었다. 터무니없고 황당한 얘기들이었다.

---

* 宥罪 : 죄를 너그러이 용서함.

조선은 이미 태조 생전에 그 사실을 알고 즉각 '잘못된 기록을 바로 잡아 달라'고 여러 차례 요청했으나, 무슨 까닭인지 차일피일 미루며 100년을 훌쩍 넘어 200년이 다 돼가도록 그 잘못된 기록을 방치해왔다. 그 때문에 대명회전의 잘못된 기록을 바로 잡는 종계변무가 역대 조선 왕들의 가장 중대하고 가장 어려운 외교적 현안이 돼왔었다.

금상도 갑신년(1584년, 선조17년)에 황정욱 등을 보내 '잘못된 기록을 바로 잡아줄 것'을 거듭 요청했었다. 천만다행으로 그해 11월 초하루 대전에 들어선 황정욱의 손엔 명나라 황제의 칙서와 함께 대명회전의 문제 부분을 고친 전문全文이 들려져 있었다. 조선이 개국한 게 임신년(1392년)이었으니까, 자그마치 193년 만에 마침내 해묵은 과제가 해결된 것이다.

그 일로 조정은 백관의 품계를 올려주고, 사죄死罪 이하 죄인을 사면해주는가 하면, 사행단엔 승진은 물론 노비와 전택田宅 잡물雜物 등을 차등 있게 내려주었다.

그들이 공신으로 공식 서훈 되기 전인 기축옥사 초기엔 호조판서였던 황종욱은 역란에 연좌된 혐의로 파직까지 당했으나 곧 복직됐고, 이듬해 광국공신光國功臣 1등에 장계부원군長溪府院君에 책봉되고 대제학이 됐었다. 물론 한응인도 2등 공신에 올랐다.

"이축과 박충간이 그렇게까지 한 건 스스로 역모를 조작했음을 자인한 것으로 봐야 한다, 그렇게 생각할 수도 있지 않을까요?"

"글쎄,… 그 정도까진 아니라도 역모가 사실인가에 대한 확신은 없었던 건 분명하다고 봐야겠지."

이번에도 두 사람은 한숨을 내쉬는 것으로 이야기를 끝내야 했다. 어디까지나 그건 추측일 뿐이고, 그것만 가지곤 섣불리 나설 수도 없는 일이었으니까.

"전하께선 20대 초반까진 경연을 거르지 않을 정도로 열심히 배우시고, 공사公私를 분명히 하시는 등 성군의 자질을 보이셨다면서, 어쩌다 이 지경에 이르신 건지, 모르겠습니다."

"보위에 오른 지 10년이 되면서, 그동안 숨겨온 오만의 발톱이 드러난 것이겠지."

"그런 전하 앞에서 오산 공께선 해야 하거나, 하고 싶은 말은 또박또박 다 하셨다니, 전하의 눈엔 무척 고깝게 여겨졌겠지요?"

"그랬겠지.… 좋은 약은 입에 쓰지만 먹어야 하고, 충언은 귀에 거슬려도 귀담아듣고 깊이 새겼어야 하는 건데…"

굽힐 줄 모르는 직간으로 유명한 위징魏徵이 만고의 충신으로 길이 남을 수 있었던 건, 듣기 거북한 말까지도 다 받아주고 되새긴 당唐 태종太宗이 있었기 때문이었다는 건 모두가 다 아는 일이다.

어느 날 당 태종 이세민李世民은 위징에게 말했다 한다. '돌 속에 박힌 보석을 양공良工이 알아보고 잘 다듬으면 만대에 길이 빛나는 보석이 되지만, 그렇지 않으면 길가에 나뒹구는 다른 돌멩이나 다름없는 것이다. 짐은 바탕이 그리 좋지 않았으나 그대가 잘 다듬어준 덕분에 이만큼이라도 이르게 된 것'이라고.

"당 태종 같은 군주를 모시는 건 신하된 사람들의 복일 것입니다. 군왕의 위엄만으로 신하들을 억지로 복종시키려 하지 않고, 자신의 허물을 들춰내는 것까지 다 받아주는 포용력을 지닌 군주야말로 더없이 어진 군왕이 아니겠습니까. 군왕으로부터 그런 말을 듣는 것만으로도 충절의 기상이 차오를 것입니다."

말없이 고개를 끄덕이던 이희영이 불쑥 물었다.

"자네도 알고 있겠지만, 노자는 군왕을 네 등급으로 나누었지. 최상의 군왕은 백성들이 그가 있는 것조차 깨닫지 못하는 사람, 그다음은 백성들이 친근하게 여기며 훌륭한 군왕으로 칭송하는 사람, 세 번째는 백성들이 두려워하는 군왕, 마지막으로 백성들이 뒤돌아서 경멸하면 최악의 군왕이라고.… 자네 생각으로 금상은 어디에 해당할 것 같은가?"

전대식이 질문에 대한 대답이 아닌 씁쓸한 미소로 대신하자 이희영이 덧붙였다.

"훗날 금상은 도량이 좁고 변덕이 심했던 왕으로 기록될 것 같애."

"그렇겠지요. 그게 사실이니까."

근래 서인들 사이에선 '대동계는 정여립이 역란을 획책한 확실한 증거'라는 얘기가 나돌고 있다 한다. '대동계는 역변의 선두에 설 흉도들을 모으기 위해 정여립이 결성한 조직'이었다는 얘기가 새삼스럽게 서인들 입줄에 오르내리는 까닭은 뭘까. 새

롭게 덧붙여진 대목이 있긴 했다. '학문으로 입신한 그가 불순한 뜻을 품지 않고서야 기운깨나 쓰는 자들을 모아 계를 만들어 수하들에게 지속적인 군사훈련을 시켰을 리 만무하다'가 그것이다. 정해왜변 때 왜구를 물리쳤을 정도의 군사력이 확인된 뒤, 역란을 모색해왔을 수도 있다는 얘기도 흘러나오고 있다.

하지만 그건 오산을 전혀 모르는 사람이 의도적으로 모략 음해하기 위해 지어낸 헛소리에 불과하다.

오산은 홍문관 수찬 시절에도 틈틈이 짬을 내 활을 쏘곤 했었다. '활쏘기는 호국護國의 한 방편이 되기도 하지만 마음을 가다듬거나 평정심을 유지하는 데 매우 좋다, 활을 쏠 땐 무념무상의 마음, 겸손한 마음을 가져야 명중시킬 수 있어 정신수양에도 도움이 된다'면서.

어디 그뿐인가. 주례周禮에 활을 쏘는 건 '선비들이 익혀야 하는 여섯 가지 기예技藝 중의 하나'로 명시돼 있다. 성균관에서도 선비라면 '예법을 잘 알고(禮) 글을 잘 쓸 줄 알아야 하며(書) 활도 쏘고(射) 말도 타고(御) 음률도 알고(樂) 주역을 알아 앞날을 내다볼 줄 알아야(數)한다고 가르치고 있으니, 그걸 몰라서 하는 말은 아닐 것이다.

그는 또 주변 사람들에게 문종대왕, 세조대왕, 그리고 남명 조식 선생의 얘기도 자주 했었다.

"농상農桑을 중시했던 문종대왕은 그에 못지않게 군비확충과 상무尚武정신 함양에도 힘썼고, 세조대왕은 문약에 빠진 선비들만으로는 강한 나라를 만들 수 없다며 상무적 기상을 강조하셨으며, 남명 선생 역시 '학문하는 자들도 공자왈 맹자왈만 읊조릴 게 아니라 체력도 단련하고 무술 수련에도 힘써 외침外侵에 대비해야 한다'며 150여 제자들에게 틈틈이 병법을 가르치셨다고 하지 않던가."

"대동계원들에게 활쏘기 등 무예를 가르친 게 바로 역적 모의를 했다는 증거 운운하는 건 터무니없는 억지야. 그런 억지라면 150여 제자에게 병법을 익히도록 독려하셨다는 남명 선생도 반역을 꾀한 것이라고 해야겠지…. 3년여 전 조부상을 당해 고향에 내려갔을 때, 문상오신 오산 사형께서 그러시더군. '사내라면 활도 쏠 줄 알고 창검도 휘두를 줄 알아야 한다, 대동계원들에게 무예를 가르치는 것도 그 때문이다. 하다못해 돌팔매질이라도 잘해야 해안가에 자주 출몰하는 왜구들의 노략질도 막을 수 있을 것'이라고…. 백번 옳은 말씀 아닌가?"

"그렇긴 하지만 쏘개질이나 흑책질에 이골이 난 코린 자들의 눈에는 대동계가 무술훈련을 시키고 있다는 게 좋은 트집거리가 되긴 했을 것입니다."

오산의 성품을 두고도 두 파당의 시각은 크게 엇갈렸다.

서인들은 '정여립은 성격이 직선적이고 말은 잘했지만, 때와 장소를 가리지 않고 함부로 아무 말이나 하고 남을 업신여기는 등 잘난 척하는 병통이 있다'고 비난해왔다.

반대로 동인 쪽에선 '그로부터 업신여김을 당했다면 아마도 같잖은 양반 부스러기들, 그러니까 사람의 도리 같은 건 쥐뿔도 모르면서 엿 같은 양반 체면만 챙기고 따지고, 배운 것과 실제

언행은 전혀 다른 건깡깡이들일 것'이라 했다.

언제부턴가 오산은 떫은 풋감 물을 들인 갈옷을 즐겨 입고 다녔었다 한다. 비단옷을 장만할 형편이 안 돼 그러신 게 아니라 상천들과의 거리감을 좁히기 위해서였다.

"옷차림까지 신경을 써가며 상천들에게 다가갔던 오산 공에게 잘난 척하는 병통이 있었다니, 내가 근래 들어본 말 중에서 가장 얼토당토 않는 말입니다."

"맞아, 내 생각도 같아. 명문가 출신 양반이면서도 양인은 물론 천민들까지도 차별하지 않고 모두 다 대동계원으로 받아들인 것만 봐도 짐작할 수 있는 일이잖은가."

씁쓸하게 웃고 난 이희영이 전대식에게 엉뚱한 질문을 던졌다.

"만약에, 만약에 말이야, 오산 공이 거병을 했다면 어찌 됐을 것 같나?"

"제 생각엔… 아마도 성공했을 것입니다."

"왜 그렇게 생각하는가?"

"사형께서도 조선의 군사력을 아시지 않습니까. 몽골제국 등 외적들의 환란에 시달렸던 고려 때와는 달리 조선조에 들어선 외침이 거의 없다시피 해선지, 변경이나 도성 방비에도 별 신경을 쓰지 않고 있잖습니까. 지금 상태라면 병력 천여 명만으로도 대궐을 점거할 수 있을걸요."

하긴 모든 양인에게 군역을 부과하던 개병제皆兵制를 돈으로 군역을 대신할 수 있는 수포제收布制로 바꾼 이후 군적에 이름만 있는 병력이 대다수라는 건 알만 한 사람은 다 안다. 오죽하면 '실 병력은 군적에 올라 있는 병력의 1할도 안 될 것'이라는 얘기가 나돌겠는가.

전국에 산재해있는 무기고 또한 경비가 허술하기 짝이 없어, 농기구를 든 농민 수십 명이 기습해도 꼼짝없이 무기를 다 내줄 수밖에 없을 것이라는 말까지 오간단다.

"5백 안팎의 대동계원 만으로도 가능했을 거라는 건 아닙니다. 북진하면서 군사도 모으고 무기를 확보해가며 진격했다면 충분히 성공했을 거라는 얘깁니다."

말을 끝낸 전대식이 잠시 멍하니 맞은편 벽을 바라보다 다시 말문을 열었다.

"사형께선 종사나 백성은 안중에도 없고 사소한 일까지 당파적 시각으로 바라보고, 상대 당이 주장하는 건 설사 옳은 일이라도 반대만 하는 이 몹쓸 행태가 언제쯤 사라질 것으로 보십니까?"

"글쎄…. 지금 돌아가는 꼬락서니를 보고 있노라면 쉽게 끝날 것 같지 않네. 그러다가 이 나라는 결국 당쟁으로 망하지 않을까, 그런 걱정도 들고…."

전대식이 누가 듣기라도 하면 어쩌나 싶은지 주위를 두리번거렸다. 이희영은 아랑곳하지 않고 말을 이었다.

"바른 생각, 높은 식견으로 나랏일을 살필 생각은 않고, 서인이니 동인이니 하고 두 쪽으로 갈려 어떻게 하면 상대를 거꾸러뜨릴 수 있을까, 그런 궁리만 하고 앉아있으니 정말 큰 일이야.

이번 옥사도 조정에서 밀려나 있던 서인들이 조정을 장악하기 위해 꾸민 일 아닌가."

고개를 몇 번 끄덕이고 난 전대식이 혼잣말하듯 중얼거렸다.

"나라를 다스리는 자는 터무니없는 일을 만들어 백성들을 들볶아선 안 되고, 백성들이 마음 놓고 자기 생업에 열중할 수 있게 해주어야 한다 했는데, 아껴 썼어야 할 인재들까지 마구 죽여 가며 정치를 하고 있으니…."

"맞아. '나라를 다스릴 땐 작은 생선을 삶듯 조심해야 한다'던 노자의 말씀도 바로 그거였어. '작은 생선을 삶을 땐 칼로 토막을 내거나 내장도 빼내지 않고 그대로 삶되, 이리저리 뒤집으면 생선 살이 다 부스러져 먹을 게 없게 되니, 여기저기 쑤시거나 뒤집는 건 삼가야 한다. 나라를 다스리는 이치도 그와 마찬가지'라고…."

그런데 금상은 뭐든 떠들썩하게 키워 자신의 입지를 강화하는 데만 몰두하는 것 같다고, 덧붙였다.

전대식이 만복과 함께 마뫼암으로 들어서자, 모두가 나와 전대식을 맞아주었다. 무리를 이끌고 있다는 최윤후가 먼저 입을 열었다.

"처음 뵙습니다. 최윤후라고 합니다."

"전대식입니다. 만복 청년으로부터 마뫼암 식구들 얘길 많이 들었습니다."

누가 봐도 영락없는 스님 같은 최윤후를 보면서 전대식은 '그동안 내가 괜히 쓸데없는 걱정을 했었구나' 싶었다. 젊은 시절 출가해 머리를 깎고 2년 넘게 스님으로 살긴 했다지만, 그 후 6년 넘게 무사로 살았다니 가짜 티가 날 수도 있고, 그래서 모든 게 들통이 나면 어쩌나 하고 걱정해 왔으니까.

눈빛도 좋아 보이고, 목소리도 올찼다. 눈매는 담백하고, 눈빛은 또랑또랑했다.

그가 합장하며 건넨 인사를 받으면서 '이 사람, 참 마음에 든다. 뭐든 함께 도모하면 안 될 게 없을 것 같다'는 믿음 같은 게 느껴지기까지 했다. 처음 보고 만난 사람에게서 그런 느낌이 든 건 난생처음이다.

최윤후가 마뫼암 사람들을 소개했다. 최윤후와 함께 대동계에 몸을 담았었다는 권승빈과 문창근은 겉 몸부터 다부져 보였다.

그러나 만복과 함께 오산 공 댁 노비로 살았다는 철만은 키가 작은데다 살집도 많지 않아 왜소해 보였다. 저 몸피론 몸싸움 같은 건 어림없겠다 싶었다.

그런 최윤후의 속내를 눈치 채기라도 한 걸까. 만복이 최윤후와 철민에게 번갈아 눈길을 주며 끼어들었다.

"제비는 작아도 강남을 오가고, 참새는 작아도 알만 잘 낳는다는 거, 아시죠?"

모두가 키득키득 웃었다. 만복이 말을 이었다.

"얼핏 보기와는 달리 정말 잽싸 서너 사람 몫은 합니다."

그 말을 듣고 다시 흘깃 살펴보니 실팍한 맛은 없어도 대추방망이처럼 단단하고 야무져 보이긴 했다.

빡빡머리이긴 해도 미색까지 감추진 못한 유선도 여느 여인과는 달라 보였다. 가녀려 보이긴 해도 야무지고 날렵하게 느껴진 건, 그미가 목봉을 잘 쓴다는 말을 들었기 때문일지도 모른다. 어쨌든 여느 사람은 그미의 고운 얼굴과 가냘픈 몸매 때문에 그가 목봉을 잘 쓴다는 건 꿈에도 모를 것이고, 그래서 쉽게 보고 함부로 덤볐다간 속절없이 당할 수밖에 없을 것이다.

전대식은 잠시 뭉그적거리다 입 밖으로 꺼내놓기 어려운 말을 슬쩍 내던졌다. 별 뜻 없이, 그냥 지나가는 말처럼.

"저와 뜻을 같이하시는 선배 사관께 여러분 얘기를 했더니, 사람이 많다고 다 좋은 건 아니다. 변심하는 사람이 나올 수도 있다시며…"

말이 채 다 끝나기도 전에 어떤 사람은 소리 내 웃고, 어떤 사람은 소리 없이 웃었다. 머쓱해진 전대식이 더는 말을 잇지 못하고 우물거리자 최윤후가 웃음을 머금고 받아주었다.

"이해합니다. 계주님과 옷깃 한번 스친 사람도 잡아내 죽이는 판인데 왜 조심스럽지 않겠습니까. 저희도 처음엔 긴가민가해서 서로를 이리저리 떠보곤 했었습니다."

그러더니, '우리 모두 한 마음으로 추앙해온 어른께서 역도라는 누명을 쓰시고 우리 곁을 떠나신 게 기가 막혀 그분의 원한을 조금이라도 풀어드리자는 생각에서 자발적으로 나선 사람들이니, 걱정하지 않으셔도 된다'고 덧붙였다.

머쓱해진 전대식이 머리를 긁적이며 받았다.

"조금 전에 했던 말은 여러분이 어떤 분들인지 모르는 선배 사관의 걱정일 뿐이니 오해하시진 마십시오. 솔직히 저도 처음엔 비슷한 걱정을 했었지만, 만복 청년에게서 여러분의 이야기를 자주 듣고 나자 믿어도 되는 분들 같다고 판단했습니다. 오늘 와서 직접 여러분을 뵙고 나니 더욱 믿음이 가고, 그래서 참 든든합니다."

"예, 믿으셔도 됩니다. 터무니없는 거짓 고변을 일삼아 온 벼슬아치들은 다 출세했지만, 그자들의 꾐에 빠져 거짓 자복했거나 동조해준 민초들은 너나없이 매를 맞고 죽었다는 걸 저희도 다 알고 있습니다. 우리 모두, 혹 누군가 변심해 저들을 돕겠다고 나선다 해도 목숨 부지하기 어렵다는 것까지 다 알고 있는데 무엇 때문에 제 목숨 던져가며 그런 바보짓을 하겠습니까."

그런 사정까지 훤히 알고 있다면 안심해도 좋을 것 같다는 확신이 들었다.

해주 태생이라는 최윤후, 이 사람은 과연 어떤 사연을 가진 사람일까 궁금했다. 그런 전대식의 마음속을 들여다보기라도 한 듯, 그는 자신의 이력을 비교적 소상하게 털어놓았다. 그리고 나선 차분하게, 그러나 확신에 찬 어조로 말을 이었다.

"들으셨겠지만, 저는 한때 구봉 송익필, 그분을 스승으로 모셨습니다. 그래서 압니다. 이번 역모 사건은 서인들이 조작했다는 걸."

자신을 망가뜨린 동인들에게 복수도 하고 70여 명에 이르는 온 가족이 다시 떵떵거리며 잘 살 수 있게 하려면 누군가에게 역모죄를 씌워 공을 세우는 것뿐이라 판단한 송익필이 치밀하게 기획하고, 정철 등이 실행에 옮긴 게 이른바 '정여립 역변'이라 했다.

 그들이 오산 공을 역모의 수괴로 점찍은 이유도 들려주었다. 새로운 건 아니고, 전대식도 이미 짐작하고 있는 것과 비슷했다. 무엇보다 먼저 서인들은 오산 공이 자신들과 동패였으나 율곡이 세상을 떠난 뒤 변절한 배신자로 여겨져 왔고, 왕의 눈 밖에 나 낙향한 뒤 대동계를 조직, 구성원들에게 군사훈련을 시켜왔는데, 그건 자신을 홀대한 왕에게 격분해 역모를 결심하고 군사력을 확충해온 것이라고 덮어씌우는 데는 더없이 맞춤한 것으로 여겼을 거라고.

 "예, 저희도 그렇게 짐작은 해왔습니다.… 한데 구봉이 최 무사님을 전주로 보내면서 뭘 어찌하라 명한 것입니까?"

 "율곡의 젊은 문도들이 전주에 살수를 보냈다는 얘기를 듣고, 그들이 계주님을 해치지 못하게 막으라 했습니다. '정여립은 더없이 좋은 불쏘시개'라며…"

 "예에? 부, 불쏘시개요?"

 "예, 미욱한 저는 그 말을 듣고도 처음에 그게 무슨 소린지, 그가 왜 계주님을 보호하라고 한 것인지, 모르고 있다가 옥사가 일어난 뒤에야 알았습니다. 그 살수가 계주님을 해치고 나면 달리 마땅한 불쏘시개를 찾아내기가 쉽지 않을 것 같아 그리했다는 걸."

 "불쏘시개, 불쏘시개?… 맞아! 그거였네, 그거였어.… 불쏘시개였어."

전대식이 신음하듯 연거푸 탄성을 토해냈다. 최윤후가 입에 올린 '불쏘시개'라는 그 말 한마디로 모든 정황이 일목요연하게 정리된 것처럼 보였다.

잠시 머뭇거리던 전대식이 좌중을 둘러보며 말했다.

"여러분 중엔 아마도, '선비라는 자들이 불의를 보고도 맞서지 않고 속으로만 끙끙대기만 하고 있다니, 한심하다'고 생각하시는 분도 계실 것입니다. 저희도 '오산 공이 역모를 획책했을 리 없다'는 상소라도 올리는 게 마땅하다고 생각은 했지만…"

최윤후가 말을 자르듯 치고 들어왔다.

"부질없는 짓입니다. 이 판국에 그랬다간 살아남지 못할 게 빤한데 어찌 그런 무모한 짓을 하신단 말입니까? 그건 기개가 아닙니다. 치기 어린 만용일 뿐…"

"그렇게 이해해주시니 바끄러움이 조금이나마 덜어지는 것 같습니다…. 그래서 차선으로 아까 말씀드린 선배 사관 한 분과 훗날 후손들이 사건의 진상을 밝혀내는 데 도움이 될 만한 것들을 찾아내 기록으로 남겨두자고 뜻을 모은 것입니다. 본격적으로 그 일에만 매달리려면 사직을 하는 게 옳겠지만, 그렇게 되면 조정의 동정을 알 수 없게 되고, 그대로 있자니 운신의 폭이 좁아져 이러지도 저러지도 못하고 있었습니다."

"이곳저곳 찾아다니며 진상을 파악하는 데 도움이 될 만한 자료를 수집하는 건 저희가 더 나을 것이니 맡겨 주시지요."

"예, 제가 여기 온 것도 바로 그 부탁을 드리기 위해섭니다.

여러분이 그렇게만 해주신다면 저희는 더 바랄 게 없습니다."

"저희도 전주와 진안, 금구 지역을 둘러보며 이것저것 확인해 볼 게 좀 있어 며칠 안에 두어 사람을 보낼 예정입니다."

"아, 그러십니까?… 최근 서인들 주변에서 흘러나온 이런저런 얘기 중 수상쩍은 게 몇 가지 있는데, 전라도에 가시는 분들께 그것도 좀 확인해 주십사, 부탁드려도 될까요?"

"물론입니다. 저희가 힘껏 돕겠습니다."

거듭 사의를 표하고 난 전대식이 잠시 망설이다 좌우를 둘러보며 '어느 분이 활을 잘 쏘시느냐'고 물었다.

"저도 좀 쏘고, 권승빈, 이 친구도 잘 쏩니다만… 왜 그러십니까?"

최윤후가 되묻자 전대식이 잠시 망설이다 말했다.

"서자 하나를 류성룡 대감께 은밀히 전해드려야 하는데, 화살에 매달아 보내면 어떨까 해서요."

지난 5월 스무아흐레, 왕은 이조판서였던 류성룡을 우의정으로, 서인 핵심 중 한 사람인 최황을 이조판서로 삼았었다.

"류 대감은 동인 아니십니까?"

"맞습니다. 그분에게 협박이나 경고 같은 걸 하려는 게 아니라, 서인들이 어떻게 장난질을 하고 있는지, 그걸 알려드리려는 것입니다."

최윤후는 두 말도 더 않고 그 일도 자신들이 맡겠다 했다.

인정人定을 알리는 스물여덟 번 째 종이 울리자, 모든 성문이 일제히 닫혔다. 어둠만큼 짙은 적막이 넷 에움에 내려앉았다.

막 해시亥時(밤 9시)에 들어섰을 때, 목멱산 동북쪽 기슭, 한성부 남부 성명방誠明坊 먹절골*에 있는 류성룡 우의정 집 기둥에 휘익~ 하는 소리와 함께 화살 하나가 날아와 박혔다.

가만가만 사랑채 주변을 어슬렁거리던 집사가 놀라 재빨리 주위를 두리번거렸다. 그의 작은 눈에 기둥에 박힌 화살 하나가 들어왔다. 또 한 번 찔끔 놀란 그가 뒤따르던 종복에게 '잠든 종복들을 모두 다 깨우라' 했다.

그는 단잠을 망친 종복들을 닦달해가며 집 안팎을 샅샅이 살피는 등 수선을 피웠다. 하지만 기둥에 화살 하나가 박힌 거 말고는 특별히 다른 이상은 없었다.

집사는 사랑채 기둥에 박힌 화살을 힘주어 뽑아내 깃 쪽에 묶여있던 종이쪽지를 조심스레 풀었다. 그때 집주인의 목소리가 창호를 비집고 흘러나왔다.

"밖에 무슨 일이냐?"

"예, 대감마님. 들어가 뵙겠습니다."

집사가 방문을 열고 들어가자 집주인이 눈으로 맞았다.

"조금 전 어디선가 화살이 날아와 기둥에 박혔고, 그 화살에 이 서자가 묶여있었습니다."

무릎걸음으로 다가간 집사가 상전에게 서자를 전했다.

---

* 지금의 서울 중구 묵정동, 충무로 4~5가, 필동 2~3가 일대. 먹절골이라는 지명은 매우 깊어 시커멓게 보이는 우물이 있었던 데서 유래했다고 한다.

"화살에 묶여있었다?"

"예, 대감마님!"

집사가 나간 뒤 류성룡은 꼬깃꼬깃 접힌 서자를 펼쳐보았다. 손바닥 두어 장 크기에 가는 붓으로 쓴 잔글씨가 촘촘하게 담겨 있었다.

> 우상 대감께 아룁니다. 얼마 전 덕흥대원군 묘에 불을 지른 뒤에 뿌려진 글쪽지, 감히 전하를 비난하기까지 했던 그 글쪽지들은 대동별초가 작성한 것처럼 돼 있었지만 그건 속임수입니다. 전하께서 정여립 역변을 이쯤에서 마무리하려 하시자 초조해진 서인 패거리들이 전하를 자극해 옥사를 좀 더 오래 끌고 가며, 이참에 동인들을 모두 내쫓고 조정을 완전히 장악하려고 장난질을 한 것입니다. 저들의 못된 술책을 전하께서도 알고 계셔야 할 것 같사오니, 대감께서 잘 아뢰어주십시오.

류성룡은 서자를 읽고 나서 눈을 감았다.

정말 서인들이 그런 짓까지 했다는 말인가?

그동안 동인들은 '대원군의 묘에 불을 지른 무리는 글쪽지에 적힌 대로 대동별초일 수도 있지만, 정여립 공을 흠모해온 다른 대동계 잔당일 가능성도 배제하진 않았었다. 그런데 발신자를 알 수 없는 서자는 서인들이 전하를 자극하기 위해 부린 꼼수라고 한다.

곰곰 생각해보니, 그 게 사실일 수도 있을 것 같았다. 그렇긴 해도, 서자를 덥석 주상에게 건넬 순 없다. 잘못했다간 동인들이 서인들을 음해하려 벌인 자작극이라는 오해를 살 수도 있기 때문이다.

그렇다고 대전 내관의 눈에 쉽게 띌 수 있는 곳에 슬그머니 놓고 나올 수도 없다. 서자가 '우상 대감께 아룁니다.'로 시작돼 있으니….

이를 어쩐다? 류성룡은 뇌고에 빠져들었다.

며칠 뒤, 류성룡은 드디어 작심했다. '이렇게 할까, 저렇게 할까 하며 망설이기만 하는 건 부질없는 짓이다, 시간을 끈다고 해결될 일이 아니니, 서둘러 전하께 아뢰어야 한다, 그것이 국록을 먹는 벼슬아치의 마땅한 도리일 것'이라고.

결심을 굳힌 류성룡은 조회가 끝날 무렵 왕에게 독대를 청했다. 순식간에 자신에게 쏠린 서인 대신들의 눈총이 따가웠으나 기왕 마음을 굳힌 터라 개의치 않았다.

도승지와 상선*을 제외하고, 사관들까지 모두 대전을 나간 뒤 난 왕이 물었다.

"과인에게 할 말이 있는 것이오?"

"예, 전하!"

류성룡은 선뜻 입을 열지 못한 채 도승지와 상선을 흘깃거렸다. 상선은 괜찮지만, 도승지 한응인이 알아선 안 된다. 그자는

---

* 尙膳 : 내시부의 종이품 벼슬. 내시부의 수장이었으며 궁중의 식사에 대한 일도 맡아보았다.

서인이며 이축, 박충간 등과 정여립 역모 사건을 고변한 자가 아닌가. 그가 여기서 들은 말은 곧바로 정철 등 서인들 귀에 들어갈 것이고, 그렇게 되면 그들이 또 무슨 꿍꿍이짓을 벌일지 모른다.

왕이 금방 눈치 채고, 도승지와 상선도 나가라고 했다.

두 사람, 그중에서도 특히 도승지 한응인은 뜻밖의 어명에 잠시 얼떨떨해하며 미적거리다 어쩔 수 없이 뒷걸음질 쳐 대전 밖으로 나갔다. 그들이 나가고 문이 닫힌 것까지 확인하고 난 류성룡은 용상 쪽으로 몇 걸음 다가가, 품속에서 작은 보자기 하날 꺼내 왕에게 올렸다. 그러면서 나직이 아뢰었다.

"며칠 전 누군가 이 서자를 화살에 매달아 소신에게 보냈사옵니다. 차마 입에 담기 어려운 내용이 담겨 있었습니다. 이 서자를 보낸 자도 그랬지만, 저 역시 전하께서 알고 계시는 게 좋겠다 싶었지만, 공연한 일로 성심聖心만 어지럽혀 드리는 건 아닐까 해서 여러 날 망설이다 가지고 왔사옵니다."

말없이 서자를 펼쳐 든 왕의 손이 미세하게 떨렸다. 부친의 묘소에 불을 지르고, 부친을 부관참시할 수도 있다며 겁박한 것으로도 모자라, 암군 운운하며 자신을 욕보인 자들이 서인이라는 거 아닌가. 사실 여부가 확인된 건 아니지만 그 서자를 읽어본 것만으로도 기가 막혀 온몸이 떨렸을 것이다.

왕은 그 서자를 한두 번도 아니고 서너 번을 읽는 것 같았다. 그러고 나서도 한참 동안 말이 없었다. 잠시 눈을 감고 생각에 잠기는가 싶던 왕이 그리 오래지 않아 눈을 뜨곤 류성룡에게 물었다. 말소리는 의외로 차분했다.

"우상께선 이 서자에 대해 어찌 생각하시오?"

"아뢰옵기 황공하오나, 사실일 수도 있고 아닐 수도 있다고 생각하옵니다."

"그게 무슨 말이오?"

"서자에 적힌 대로 서인들의 농간일 수도 있지만, 반대로 정여립 잔당이 성심을 흔들기 위해 보냈을 수도 있다고 여겨지옵니다."

왕의 얼굴이 단번에 환해졌다.

"과연 우상은 충직한 분이오. 서인들을 모해謀害할 수 있는 좋은 기회인데도 그걸 마다하고 과인을 위해 그렇게 말씀해주시니…."

"성은이 망극하옵니다."

"과인은 이 서자를 모두 다 믿진 않더라도, 그럴 수도 있을 것이라는 가능성은 열어두고 지켜보겠소. 고맙소이다."

"성심을 어지럽혀 드린 건 아닌지 걱정되옵니다."

"아니요. 사태를 판단하는 데 도움이 될 것이오."

말을 끝낸 왕이 용상에서 일어났다. 류성룡은 멀어져 가는 왕의 등을 향해 허리를 굽혀 예를 표한 뒤 대전을 나왔다. 마치 여러 날 어깨를 짓누르던 무거운 짐을 내려놓은 것처럼 몸도 마음도 홀가분했다.

곱지 않은 눈으로 우상을 흘깃거리던 한응인이 우상의 눈길이 자신에게 향하자 찔끔 놀라며 고개를 숙였다.

우상이 그의 시야에서 벗어나자 한응인은 동패들이 기다리고 있을 좌상 정철의 방으로 다급하게 발걸음을 옮겼다.

"그래, 우상이 뭐라던가?"

한응인이 방안으로 들어서 두 발짝도 떼기 전에 좌상이 물었다.

"듣지 못했습니다. 전하께서 저와 상선도 나가 있으라고 하셨습니다."

"아니, 무슨 얘길 나눴기에 도승지와 상선까지 나가래?"

하지만 이미 지나간 일이다. 왕과 우상이 무슨 밀담을 나눈 것인지, 그들이 말하기 전엔 알 수 없게 돼버렸다. 일순 정철과 측근들의 낯빛이 어두워졌다.

전대식이 또 마뫼암을 찾아왔다. 이번엔 이희영과 함께였다.

산 위쪽 큰 나무 위에 걸터앉아 망을 보고 있는 철만을 제외한 최윤후와 유선, 권승빈, 만복, 문창근 등 다섯이 두 사관과 마주앉았다.

이런저런 얘기 끝에, 말길은 서인들이 고변한 내용, 조옥국문*을 통해 밝혀졌다는 여러 사실 중 이해하기 어려운 대목들을 가려내는 것으로 모아졌다.

맨 처음 나온 건, 오산 공이 계원들과 담소도 나누고 사회射會

---

* 詔獄鞠問 : 왕명에 따라 관인과 양반 범죄자를 따로 가두던 의금부 조옥에서 형장(刑杖)을 가하며 중죄인을 신문하던 일

를 열곤 했던 곳은 전주와 진안인데, 고변이 이루어진 곳은 말을 타고 달려도 사나흘 걸리는 황해도였다는 게 이해하기 어렵다는 것이었다. 처음 나온 얘기도 아니다. 그렇긴 해도, 전라도에 거처해온 오산 공이 역란을 도모한 게 사실이라면 그게 천 리 길도 넘는 황해도 수령들 귀에 들어가기까지 전라도 감사, 전주 부윤, 인근 고을 군수 현감 등 지방 수령들은 눈도 가리고 귀도 막고 있었다는 게 아닌가.

또 역도로 몰린 전라도 사람들은 매질을 당하기 전엔 하나같이 모의 사실을 부인했으나, 황해도 일부 수령들이 잡아 보낸 자들은 마치 물어봐 주기를 기다리기라도 한 것처럼 곧바로 역모 사실을 시인하고 나섰다는 것도 괴이쩍다.

게다가 황해도 수령들이 잡아 보낸 자들은 하나같이 반역이 뭔지도 모르는 무지렁이였다.

"그들이 황당무계한 말들을 늘어놓자 친국하시던 전하께서도 '정여립이 모반했다 해도 어찌 저런 무지몽매한 자들과 머리를 맞댔겠느냐고 하시는 걸 제 귀로 똑똑히 들었습니다."

이희영이 말하자, 유선이 받아 전에 없이 격정적으로 말했다.

"정해왜변 땐 어른의 말씀 한마디에 단 하루 만에 수백 인이 모여 손죽도로 출정했을 정도로 대동계의 결속력은 강하고 일사불란했다고 들었습니다. 한데 당신이 억울하게 역란의 수괴로 몰려 쫓기면서도 대동계에 소집령을 내렸거나 도움을 청한 적이 없었다는 것, 그리고 어른을 역란의 괴수 운운하면서도 언제 거병擧兵을 하기로 했고, 어떤 규모로 준비해왔는지 등등은 명확하게 입증해내지도 못했습니다. 그건 애당초 역모 같은 건 없었다고 봐도 되는 반증 아니겠어요?"

그러면서 '오산 공께선 명분주의자까진 아니었어도, 명분을 꽤 중시하시던 분이셨으니, 만약 당신 혼자 마음속으로라도 역모를 생각해보셨다면 그럴듯한 거병의 명분부터 만들어 두셨을 터인데, 그런 낌새라도 눈치 챈 사람이 없었다는 건 고변이 조작됐다고 봐야 한다'고 덧붙였다. 논리가 정연했다.

이번엔 최윤후가 나섰다.

"의금부가 가져간 활 열두 자루와 화살 이백여 발, 장창長槍 이십 자루, 대도大刀와 수리검 각 열 자루 등은 대동계 모임 때 훈련용으로 비치돼 있던 것들입니다. 만약 역란을 획책했다면 사람은 물론이고, 무기부터 늘렸어야 하는데, 사람도 그대로고, 무기를 늘리려 한 낌새도 없었습니다."

그때까지 좌중의 대화 내용을 적느라 듣고만 있던 전대식이 허리를 곧추 펴면서 말했다.

"고변은 있었지만 대다수가 믿지 않고 있을 때, 송강은 '정여립은 이미 도망쳤을 것'이라고 했다고 합니다. 왜 그랬을까요?… 제 생각엔, 그들이 역모 조작을 준비하면서 '무엇보다 먼저, 반드시 해야 할 일은 오산 공을 살해한 뒤 자살로 꾸며놓고, 그가 자살한 건 역모를 자인한 것이라 밀어붙이자', 그랬던 게 아니었을까, 싶습니다."

최윤후가 고개를 끄덕이며 그 말을 받았다.

"그랬을 것입니다. 제가 그들 곁에 1년여 있어 봤기에 좀 아는

데, 그들은 무슨 일이든 아주 치밀하게 계획을 세워놓고 밀어붙입니다. 대교 나리 짐작이 맞을 겁니다."

그는 또 '계주님께선 매우 용의주도하신 분이라, 만약 마음속으로라도 역모를 생각하셨다면 발각될 경우에 대비, 미리 즉각 가동되는 연락망을 구축해두는 등 다양한 계책을 마련해두셨을 건데, 그런 게 전혀 없었다는 건 역변 같은 건 생각조차 해본 적이 없다는 반증'이라고 강조했다.

"이건 좀 다른 얘깁니다만, 오산 공께서 2년 전 가까이 지내던 몇 사람과 계룡산을 찾으셨다가 허물어져 가는 폐암에서 잠시 쉬시던 중 그 암자 벽에 써놓으셨다는 시 한 수가 전해 옵니다. 한번 들어보시지요."

전대식이었다. 그가 그 시를 읊조리기 시작했다.

남쪽 나라 두루 다녔더니 계룡산에서 눈이 처음 밝도다. 뛰는 말이 채찍에 놀란 형세요, 고개를 돌린 용이 조산祖山을 돌아보는 형국이니, 아름다운 기운이 다 모였고 상서로운 구름이 피어오르도다. 무기戊己 양년에 좋은 운수가 열릴 것이니, 태평세월을 이룩하는데 무슨 어려움이 있으리오.

"서인들은 이 시에서 '무, 기 양년에 좋은 운수가 열릴 것' 운운한 건 이미 한 해 전인 무자년부터 역모를 준비해왔다는 증좌라고 지껄였다지만, 저흰 오히려 바로 이 시 속에 역모가 조작됐음을 밝혀줄 대목이 있다고 생각합니다."

'그게 뭐지?'하고 궁금해 할 때, 전대식이 말을 이었다.

"바로 '계룡산에서 처음 눈이 밝았다', '계룡산에 두루 좋은 기운이 모여 있다'는 대목입니다. 터무니없는 음해지만, 만에 하나 역란을 통해 새로운 나라를 일으키려 했다면 아름다운 기운이 모여 있는 계룡산을 기반으로 당신에게 우호적이며 지리적으로도 가까운 전라도와 충청도부터 손에 넣었겠어요, 아니면 무작정 도성으로 짓쳐 들어가겠어요?"

"그야 당연히 전자지요."

서넛이 입을 모으듯 대답했다.

"그렇습니다. 깊이 생각해볼 것도 없이, 조선을 뒤엎고 새 왕조를 세우고 싶었다면 뛰는 말이 채찍에 놀란 형세이자 아름다운 기운이 모여 있다는 계룡산 언저리에 도읍을 일구고, 그곳에서 군사도 길러가며 기회를 엿보았을 것입니다. 사전에 발각돼 조정이 진압군을 보냈다 해도 마찬가집니다. 산속 사정을 훤히 잘 아는 계룡산으로 진압군을 유인해 거기서 맞아 싸운다면 쉽게 이길 수 있을 것입니다. 그런데 역모를 자인한 무지렁이들은 오산 공께서 한겨울에 멀고도 번다한 도성부터 손에 넣으려 했다고 입을 모았습니다. 그건 상식적으로 생각해봐도 말이 안 되는 얘기 아닙니까?"

듣고 나니 모든 게 확연해졌다는 뜻일까. 최윤후와 유선 등이 연신 고개를 끄덕였다. '옳은 말씀'이라고 맞장구를 치고 난 최윤후가 덧붙였다.

"그 정도는 계주님처럼 명민한 분이 아니고, 어느 정도의 식견만 갖춘 사람이라면 누구나 생각해볼 만한 방략입니다. 저라도 그렇게 했을 것입니다."

잠시 이어진 침묵을 걷어내며 이희영이 정리라도 하려는 듯 말했다.

"이처럼 의문점이 수두룩하지만, 문제는 지금 당장은 누구도 반론을 제기하기는커녕 변명조차 할 수 없다는 데 있습니다. 입을 잘못 놀렸다간 역도의 패거리로 몰려 죽게 되는데 누가 이러쿵저러쿵 말을 하겠습니까.… 그래서 후세 사람들이라도 진실을 알 수 있게, '정여립 모반'이라는 건 서인들에 의해 날조됐다는 걸 기록으로 남겨 후세에 전해주자는 게 우리 생각입니다. 물론 수많은 인재를 포함한 동인들을 몰살하다시피 한 서인들의 죄상도 낱낱이 밝혀야 하겠지요."

그러면서 '어렵고 위험하기도 한 일이지만 기왕 죽도 선생의 원혼이라도 풀어주겠다고 나섰으니, 소기의 성과를 달성할 수 있게 힘과 지혜를 모아 달라'고 거듭 당부했다.

오산 공은 서인들이 쳐놓은 덫에 걸려든 게 분명하지만, 그것 역시 심증일 뿐 역모 같은 건 없었다는 걸 입증해줄 물증은 어디에도 없었다. 아무 짓도 하지 않았는데 그런 짓을 하지 않았다는 물증 같은 게 있을 리 없지 않느냐는 얘기도 나왔다.

이희영과 전대식은 전보다 더 자주 만나 불쑥불쑥 머리에 떠오르는 의문점 같은 것들을 하나하나 끄집어내 정리해 가는 중이다.

먼저, 24살에 문과에 급제하고 성균관 학유, 예조좌랑, 홍문관 수찬 등 요직을 거치고도 그 이상 영진榮進 하지 못한 채 낙향, 대동계를 만들어 사람들을 끌어모은 까닭은 뭘까?

"서인들은 '그때부터 내심 역란을 준비해 온 것'이라고 입방정을 떨지만, 내 생각은 달라. 낙향하게 된 이유가 무엇이든 간에 허구한 날 세상 다 산 사람처럼 실의에 빠져 지낼 수만은 없었겠지. 그래서 뭐든 해야 한다고 작심했고, 그러다 당신을 추스르는 방편으로 생각해낸 게 대동계가 아니었을까 싶어."

"항간엔 전라도에서라도 자신의 힘을 과시해보고자 대동계를 조직했다는 얘기도 돌았다고 합니다."

"그 얘긴 나도 들었어. 그 말을 듣고 '절대로 그랬을 리 없다'고 반박할 근거를 제시하진 못 했지만, 그냥 새 까먹은 소리로 치부하고 말자, 그랬었네. 혹여 마음 한구석에 그런 욕심이 도사렸을지는 몰라도, 그것만은 아닐 것이야. 내 생각이지만, 당신이 배우고 익힌 것들을 나눠주고, 천대받는 상천들을 다독여 주고 싶은 마음이 더 컸을 거야. 그게 내가 알고 있는 오산 공이니까."

"저도 그렇습니다. 당신의 영향력을 키우기 위해 대동계를 만드신 건 아닐 겁니다.… 그건 그렇고, 도대체 뭘 어찌했기에 단기간에 그토록 많은 사람이 대동계에 몰려들었을까요? 대다수는 매우 열성적으로 참여했다던데…."

"글쎄…, 확실하다고 장담하긴 어렵지만, 대과에 급제하고 요직을 두루 거친 양반이 신분 차별 같은 거 하지 않고, 모두가 한자리에 모여 환담할 수 있게 해주었을 뿐 아니라, 그분이 내건 대동의 기치가 사람들의 마음을 움직이는데 큰 몫을 하지 않았을까?… 학문이 깊어 모르는 게 없다시피 하고, 설사 거짓말을 한다 해도 믿을 수밖에 없게 만들 정도의 청산유수 능변能辯에 반한 사람도 적지 않았을 것이야… 물론 내 생각이지만."

"능변도 한몫했을 것이라는 사형의 견해, 저도 동의합니다. 거기에다 임금 비위 맞추는데 급급한 다른 벼슬아치들과는 달리 군왕에게도 하고 싶은 말, 해야 할 말은 다 하는 당당한 학자였다는 소문에다, 원하는 사람은 신분 같은 것에 구애받지 않고 누구나 다 받아준 개방성도 큰 도움이 됐겠지요."

권승빈은 '대동계에 합류한 이후 계주님께선 우리가 상상도 해보지 못한 새로운 세상을 열어줄 주실 수도 있는 분 같다는 믿음이 가더라'고 했다.

하긴 '하늘과 땅 사이에 있는 모든 것은 백성들의 것'이라 한 오산 공의 말은 상천들에겐 더없이 새뜻하게 들렸을 것이다. 잘못했다간 오해를 살수도 있겠다 싶어서였는지, '이건 내 생각이 아니라 중국의 고전에 있거나 선현들의 말씀'이라고 강조했었다지만.

한 가지 더 있다. 정해년에 남해안에 왜구들이 떼거리로 몰려들었을 때, 전주 부윤의 요청을 받고 하루 만에 수백 대동계원을 이끌고 달려가 왜구들을 물리치고 개선한 것도 지역민들에게 큰 믿음을 주었을 것이다. 퇴각 중이던 왜구 잔당을 모조리 해치우고 전주로 돌아오자 백성들은 길가로 나와 '대동군 천세'를 연호하며 기쁘게 맞이했다지 않던가.

"제가 무척 아쉽게 생각하는 건, 오산 공은 본래 서인도 동인도 아니었다는 걸 입증해 줄 결정적인 뭔가가 없다는 것입니다. 그런 게 있었다면 '원래는 서인이었으나 동인이 정권을 잡자 날름 당적을 바꾼 배신자'라는 서인들의 거친 공세가 먹혀들 리 없었을 텐데…"

전대식이 말하자 이희영은 '그렇다'며 '나도 오산 공이 당파와는 무관했을 것으로 짐작케 해주는 두어 사례를 알지만, 서인들의 공세를 무력화시킬 결정적인 게 못돼 아쉽다' 했다.

율곡이 세상을 떠나기 6년여 전, 최영경의 아들이 작고했을 때 문상을 간 오산 공과 동행한 사람은 동암東巖 이발이었다. 오산을 서인으로 분류하고 있을 때, 동인 상가에 문상을 갔으니 당파와 무관하다는 건 아니지만, 그때 문상을 함께 간 사람이 하필 이발이었다는 건 좀 이상하다.

이발은 계유년(1573년, 선조 6년) 9월에 시행된 알성시에 장원급제하고, 이조 좌랑과 부제학을 역임했으며 명망도 높아 동인에서 핵심적 역할을 했었다,

"만약 오산 공이 서인 쪽에 가담해, 그걸 의식하고 살았다면, 개인적인 친분 때문에 동인 상가에 문상은 가더라도 동인의 핵심인 동암과 동행하진 않았을 거야."

또 있다. 오산 공이 율곡을 처음 찾아갔을 때 율곡이 던진 첫마디는 '고향이 어디냐?'였다고 한다. '전주'라고 대답하자, 율곡은 '전라도 사람이 어찌 서인인 나를 찾아왔느냐?'며 의아해했

다고 한다. 그때 오산은 '저는 서인 당을 찾아온 게 아니라, 고명하신 학자 율곡 선생님을 찾아뵌 것'이라고 받았다고 전해진다.

전라도 출신 정여립이 자신을 찾아온 걸 율곡이 의아하게 여긴 건, 당시 전라도 사람 대다수는 동인이었기 때문일 것이다. 충청도 출신이었으나 혼인 후 광주 나주 등 처향妻鄕에서 오래 살아 호남인으로 분류된 전 영의정 박순과 같은 매우 드문 예외도 있긴 했지만.

이희영은 '그 대화로 미루어 봐도, 오산이 율곡을 찾아간 건 서인에 가담하기 위해서가 아니라 학덕이 높은 율곡과의 학문적 교류를 원했던 것으로 추정해볼 수 있다' 했다.

일각에선 오산이 오래전부터 나돌던 '목자〈李〉는 망하고 전읍〈鄭〉은 흥한다'는 참언 중 전읍은 鄭씨인 자신을 가리킨다는 도참설을 퍼뜨려왔다는 의혹을 제기했었다. 하지만 천치 바보라면 모를까, 총명하기 이를 데 없던 오산이 그런 짓을 했을 리 만무하다. 만약 그 참언의 '전읍'이 자신임을 확신했더라도 세상에 널리 퍼지면 자신에게 불리할 게 뻔하니 덮고 감추어야 마땅한데, 오히려 그걸 다른 누구도 아닌 오산이 스스로 유포했다니 말이 안된다.

그뿐 아니다. 당색이 짙은 사람들은, 아무리 나라가 위급한 지경에 처해도 당파의 당리당략에 따라 처신했지만, 정해왜변 당시엔 동인으로 분류돼 있던 오산 공이 서인인 남언경 부윤의 요청을 받고 단 하루 만에 수백 대동계원을 모아 손죽도로 달려갔다지 않던가.

그 얘긴 오산이 당파와 무관했거나, 혹 동인에 속해 있었다고 해도 당색은 매우 옅었음을 짐작하게 해주는 대목이다.

또한 서인들의 주장대로 '대동계는 역란 때 써먹으려 양성된 불순한 조직'이었다면 서인인 남언경 전주부윤이 보고만 있었겠는가. 그는 대동계에 식량을 보내준 적도 있었다니, 그것으로 미루어 봐도 대동계가 역모를 위해 양성됐다 운운하는 건 터무니없다.

7. 토역일기討逆日記

 이희영과 전대식, 두 사관이 또 마뙤암을 찾았다. 그들이 다녀 간 지 얼마 안 돼 또 찾아왔다는 건 뭔가 새로운 얘깃거리가 있는 건가 했었다. 그 짐작이 맞았다.
 이희영은 저들이 '정여립 역변'이라고 지칭하는 옥사가 조작됐다는 걸 짐작하게 해주는 몇 가지가 새로 나왔다고 했다.
 최윤후가 반색하며 '그게 뭐냐?'고 다급하게 묻자 벙그레 웃으며 그가 대답했다.
 "그 출처가 참으로 엉뚱하고 야릇합니다."
 궁금증을 참아내기 힘들었던지 누군가 침을 꼴깍 삼켰다.
 "그 출처가 어디냐 하면, 당시 진안 현감 민인백입니다."

"예에? 아니, 그자가 어떻게?…"

"그자가 제 자랑을 하느라 토역일기討逆日記라는 걸 쓰고 있다는데, 그자로부터 청서*를 부탁받은 선비가 그걸 우리에게 흘려주었습니다. 우리 손에 전부 다 들어온 건 아니지만, '역란'이라는 것의 초기 정황을 더듬어 볼 수 있는 대목은 대부분 다 입수했다고 봐도 될 정도랍니다. 물론 내용 대부분은 황당하기 그지없지만…"

말을 끝낸 이희영이 눈짓을 보내자, 전대식이 손에 들고 있던 여러 장의 종이 중 한 대목을 읽기 시작했다.

> 10월 초이렛날, 이광李洸 전라감사가 '수찬 정여립이 도망하여 몸을 숨겼다니 죽도서당을 수색, 토벌하라' 명했다. 곧 관속과 군교들을 이끌고 달려가 수색했으나, 정여립은 없고 지영志永 등 승려 여섯과 사장社長이 있었으며, 백미 200여 석, 피잡곡 100여 석을 다락 위에 쌓아놓고 있어, 그들을 잡아다 현옥에 가두었다.

최윤후가 고개를 갸웃하며 물었다.

"사장이 있었고, 백미와 피잡곡이 모두 3백 석이나 있었다는 걸 보면 죽도서실書室이 아니라 사창**으로 갔다는 얘기 아닙니까?"

"그러게요. 감사는 죽도서당을 수색해보라 했는데 왜 사창으로 간 거죠? 현감이 죽도서당과 사창을 혼동해 잘못 찾아갔을

---

* 淸書 : 초(草) 잡았던 글을 깨끗이 베껴 씀.
** 社倉 : 각 고을의 환곡(還穀)을 저장하여 두던 곳간.

리도 만무하고…"
"그것도 그렇지만, 승려 지영 등 여섯이 있었다니, 그건 또 뭐지요?"
여러 구시렁거림 뒤에 이희영이 최윤후에게 물었다.
"그들 말로는 지영이 죽도서당의 관리자였다는데, 지영이라는 승려를 아십니까?"
"아니요. 모릅니다. 우리가 계룡산에 가 있을 때 들어왔다면 몰라도…. 아니, 그것도 이상해요. 서실에서 먹고 자며 관리해줄 사람은 얼마든지 있는데, 뜬금없이 중에게 서당 관리를 맡겼다?… 그랬을 리 없습니다."
최윤후가 고개를 갸웃거리며 말을 이었다.
"그럼, 지영이라는 중을 찾아보면 어떨…."
"그는 이 세상 사람이 아닙니다. 처음 잡혀갔을 땐 별 탈 없이 며칠 후 풀려났으나 무슨 까닭인지 다시 잡혀가 모진 고신을 받다가 죽었답니다."
잠시 후 이희영이 최윤후에게 물었다.
"서당에 양곡 같은 걸 쌓아둘 만한 공간이 있었습니까?"
"서책을 읽거나 담소를 나누던 서실 위층은 열댓 사람이 둘러앉을 수 있고, 아래층은 옛날 먹을 양곡이며 활, 화살, 창검 등 훈련 장비를 보관하는 창고처럼 쓰이긴 했지만 많아야 서른 섬 정도 쟁일 수 있을 겁니다. 저희가 계룡산에 가 있는 동안 누군가 양곡을 보내 주었다 하더라도 위아래 다 합쳐 꽉꽉 쟁여도 백석까진 모를까, 삼백 석은 어림도 없습니다."

"한데 그곳에 사장이라는 자는 왜 있었을까요?"

대답하는 사람이 아무도 없었다. 최윤후나 권승빈 등도 알 턱이 없었으니까….

잠시 여짓거리던 이희영이 입을 열었다.

"또 한 가지 괴이쩍은 건, 우리가 아는 교활하기 짝이 없는 민인백이라면, 그 양곡이 사창에 있던 것이라도 현청으로 옮겨다 놓고 '이건 정여립의 창고에서 가져온 것이다, 그곳을 지키던 여섯을 붙잡아 문초했더니 반란군을 이끌고 도성으로 진격할 때 쓰려고 비축해둔 군량미라고 실토했다' 어쩌고 하며 호들갑을 떨었을 법한데, '옥에 가두었던 일곱도 조사 결과 별다른 혐의가 없어 며칠 뒤 다 풀어주었다' 했습니다. 뭔가 좀 이상하지 않습니까?"

여러 사람이 고개를 끄덕였다. 결국, 민인백이 수색했다는 곳은 어디였고, 그곳에 있다가 잡혀간 사람들은 누구에게서 어떤 조사를 받았는지 등등은 추후 확인해보기로 했다.

전대식이 이번엔 그다음 날인 10월 여드레 일기라는 걸 읽었다.

> 다음 날, 감사가 또 영을 내리길 각 고을에 포도막*을 설치, 언행이 수상한 자들을 모두 잡아들이라 했다. 나는 그때야 정여립이 역모를 꾀했다는 걸 알고 관내 요소에 포도막을 설치토록

---

* 捕盜幕 : 도적을 잡는 군졸이 지키는 막사. 요즘 말로 하자면 검문소라 할 수 있다.

했다. 6일 저녁에 의금부 도사 유담柳湛과 선전관* 이용준李用濬이 전주에 들어와 큰 호각을 불고 종을 쳐 군사들을 모아 한밤중에 구리마을 반적의 집을 급습했으나 정여립과 그의 아들 옥남은 집에 없고, 그 일당인 지함두池涵斗만 정여립의 형 정여복鄭女復의 집에서 붙잡아 옥에 가두었다.

전대식은 이어 '열이틀엔 장수현長水縣에서 '살인 옥사가 생겼다며 복검覆檢을 해달라기에 다음 날 장계長溪로 가 복검을 했다니 그건 건너뛰고, 오산 공께서 자결했다는 10월 열나흘 일기를 읽겠다'며, 다른 종잇장을 펼쳐 들었다.

해가 뜰 무렵 짐을 챙겨 길을 떠나, 진안현 땅 20리 정도 거리의 신원에 도착, 말에게 꼴을 주려고 하는데, 이미 날이 저물었다. 그때 한 관속이 건네준 보고서를 살펴보니 '수상한 자가 서면西面에 나타나 박장손 등 동네 사람 아홉이 위장 이희수에게 고하고 힘을 합쳐 함께 추격 중'이라 했다. 나는 급히 현청으로 가 관문에서 대각을 불게하고 북을 쳐 잡색군** 등을 소집했더니 눈 깜짝할 사이에 백오십여 명이 모였다. 그들을 거느리고 다복동에 이르자 인근 백성 서른여섯이 역적들을 포위, 그들의 발길을 묶어두고 있었다.…

이건 또 무슨 소린가. 기축년 10월 열이레, 전주에 급파됐던

---

* 宣傳官 : 왕의 지근에서 왕명의 출납과 군무(軍務) 처리 등을 맡던 무관.
** 雜色軍 : 지금의 예비군. 군역을 면제받은 전직 관료, 서리, 향리, 교생은 물론 군역의무가 없는 천민들까지 일정 기간 군사훈련을 받고 평소엔 본업에 종사하다 유사시 향토방위를 맡았다.

선전관 이용준은 '정여립이 죽도에서 자진했다'는 장계를 보내왔었다. 그 자리엔 민인백도 함께 있었다.

그런데 민인백이 나중에 쓴 일기라는 것엔 정여립이 관군에 포위된 채 자진한 곳은 다복동이라고 돼있다. 도대체 뭐가 어찌된 걸까.

이희영은 '그 엄중한 시기에 장수현에 가서 복검을 하고 왔다는 것 자체부터가 매우 이상하다'고 했다.

복검이란 사인이 불분명한 시신에 대해 관할 수령이 초검初檢을 한 뒤 인근 지역 수령으로 하여금 한 번 더 살피게 하는 절차다. 따라서 장수현 인근에 있는 진안 현감이 복검을 다녀왔다는 것이 문제가 있다는 건 아니다. 다만 며칠 전 정여립 공이 역모를 꾀했다는 걸 알았다 했고, 그래서 곳곳에 포도막을 설치했었다. 그뿐이 아니다. 역모 혐의를 받는 사람이 자신의 관할구역 안에서 무리를 이끌고 군사훈련을 해왔다는 건 그도 익히 알고 있는 사실이다. 이런 때 잘못 대응했다간 '관내에서 역도들이 군사훈련을 해왔는데도 방치해왔다'는 이유로 책임추궁을 당할 수도 있다. 그렇다면 제백사하고 비상 경계 태세에 돌입했어야 마땅하다. '장수현의 복검은 반드시 진안현에서 해야 한다'는 법도 없으니, 장수 현감이 복검을 의뢰했더라도 사정을 설명하고 다른 이웃 고을 군수나 현감, 현령 등에게 미뤄도 될 일이었다. 그런데도 굳이 한가하게 이웃 고을 복검을 다녀왔다니, 참으로 이해하기 어렵다.

"그뿐이 아닙니다. 장계에서 신원까진 40리 안팎일 텐데, 해가 뜰 무렵 장계를 출발해 신원에 오니 이미 날이 저물었다는 것도 이상합니다. 도중에 점심을 먹기도 했겠지만, 그 시간으로 미루어 보면 서두르지 않고 세월아 네월아 하며 느릿느릿 왔다는 얘기 아닙니까. 역도로 몰린 사람이 자신의 관할구역인 천반산성에서 매달 한번 동아리 모임을 열어, 수하들에게 무술도 익히게 했으며, 죽도에 서실을 두고 자주 들락거렸을 뿐 아니라 감사로부터 '그를 서둘러 포박하라'는 명을 받았는데, 왜 그렇게 꾸물거렸을까요?"

모두가 고개를 끄덕이거나 갸웃거렸다.

마뫼암 사람들은 '인근 백성들이 계주님 일행을 포위, 발을 묶었다는 것도 새빨간 거짓말'이라고 입을 모았다.

"뼛속부터 진짜 양반인 계주님께선 지체가 낮은 사람이라도 차별하지 않고 따뜻하게 대해줘 인근 백성들이 하나같이 우러르고 따랐는데, 그런 분을 백성들이 감춰주거나 도피시켰다면 모를까, 못 가게 막았다니, 그랬을 리 없습니다. 천부당만부당이라는 말은 이런 때 써야하는 것입니다."

결국 그런 의문점들도 나중에 조사해보기로 했다. 처음에 수상한 사람들을 추격하기 시작했다는 서면 사람 아홉, 다복동에서 오산 공 일행을 포위한 채 발을 묶어두었다는 사람이 서른여섯 등 모두 마흔다섯 중 한두 사람이라도 찾아내 그들의 얘기를 들어보자 했다.

전대식이 그다음을 읽었다.

그즈음 해가 이미 서쪽으로 기울었는지라, 언덕에서 말을 탄 채 좌우를 살펴보니 다복동 동쪽에 '적도' 넷이 보였다. 그들 뒤쪽엔 깎아지른 절벽이 서 있고 좌우엔 수풀이 우거지고 숲밖엔 작은 시내가 있는데 거의 말라 있었다. 덤불 더미에 숨은 반적들이 서면 보이고 앉으면 보이지 않았으며, 그들 중 한 명은 이따금 환도를 휘두르기도 했다. 내가 말 위에서 정여립의 이름을 부르며, 크게 꾸짖고 항복하라 권했으나 듣지 않았다, 일부 관원들은 활을 쏘아 죽이자고 했으나 나는 그를 생포할 생각으로 그들을 제지했다. 머뭇거리고 있을 즈음 해가 서쪽 고개에 걸려있는지라 체포하지 못할까 염려한 끝에 군사 둘을 보내 정여립 무리에 가까이 다가가 정탐케 했더니, 그들이 돌아와 고하기를, 칼을 든 자가 '많아야 이백 명 정도이니 내가 이 칼을 휘둘러 저들을 물리칠 수 있으니 뚫고 나가자' 고 하자, 정여립은 '탈주가 쉽지 않고, 그렇게 하다 보면 무고한 양민들이 죽게 될 것이니 불가하다. 차라리 우리가 죽자' 며 칼을 빼앗아 세 사람을 베고 난 뒤 그도 땅에 칼을 꽂은 뒤 그 칼날에 목을 겨누고 엎어져 자결해버렸다 했다.…

'그 말을 듣고 급히 현장으로 가보니, 정여립과 한 사람은 죽었지만 두 사람은 아직 숨이 붙어 있었다'느니, '정여립의 시신을 수습해 말에 싣고, 그의 아들을 포박해 전주성 안으로 들어가자 수많은 백성이 나와 환성을 올리며, 감격한 나머지 눈물까지 흘리는 자들도 있었다'고 했다.

전대식이 읽기를 마치자 마뫼암 사람들이 서로 앞을 다투듯 한마디씩 보탰다.

"도무지 무슨 말인지 원…. 신원에서 꼴을 먹일 때 이미 날이 저물기 시작했다더니…"

"신원에서 현청까진 이십 리, 현청에 도착해 백오십여 명을 모으는 데도 상당한 시간이 걸렸을 것이고, 그들과 함께 다시 사십 리 떨어진 다복동까지 갔다면 한밤중이었을 건데…"

"그렇습니다. 그 일기가 사실이라 해도 신원에서 이미 날이 저물기 시작했다면 현청을 거쳐 다복동까지 갔다면, 해가 저문 지 서너 시간은 지났을 것 같은데, 현장에 도착한 한참 뒤에 '그사이 해가 저물어 정탐꾼을 보냈다'니, 그게 말인지 막걸린지 도통 알 수가 없네요."

"저는 그보다 민인백이 직접 보고 들은 건 없고, 계주님이 숨어 계신 곳에 다가가 살피게 한 염탐꾼에게서 들었다는 얘기들, 초목이 무성한 산골짜기 안에서, 사위四圍는 이미 어둠 속에 잠겨 있는데 어떻게 목을 늘이어 칼날을 받고, 칼을 땅에 꽂은 뒤 그 칼날에 목을 늘이어 죽는 모습 등을 어떻게 볼 수 있었겠어요."

"아무리 명민하신 분이라 해도 그 어둠 속에서 당신 일행을 포위하고 있는 관민의 수가 많아야 2백 명이라는 걸, 계주님께선 어찌 아셨을까요?"

"그것도 그렇지만, 관군에게 쫓기고 있는데 백성들 수십 명이 길을 막고 못 가게 했다고 칩시다. 이런 다급한 상황에선 칼도 지니고 있으니 그 칼을 휘둘러서라도 돌파해 나가려는 게 보통 사람의 심리일 것입니다. 한데 계주님께선 '어찌 무고한 양민들을 죽이겠느냐, 차라리 우리가 죽자'고 하셨다?… 계주님이 아무리 자애로운 분이셨다 해도 '그냥 우리가 죽자', 그랬을까요? 만약 그러셨다면 계주님은 사람이 아니라 부처님이나 미륵님이라 해야 할 것입니다."

"그렇습니다. 설마, 민인백이 오산 어른을 미화할 생각으로 그렇게 썼을 리는 만무한데…"

"나중에 확인해보면 알게 되겠지만, 전주성 백성들이 계주님의 시신을 보고 박수를 치며 환호성을 내질렀다는 것 역시 거짓말일 것입니다. 슬프고 기막혀서 울었다면 모를까 오산 어른이 작고하셨다는 얘길 듣고 쾌재를 부르며 감격한 나머지 눈물을 흘렸다니, 매우 고약하고도 지독한 거짓말입니다."

이희영은 또 오산 공이 세상을 하직하실 때 함께 있었다는 변승복의 행적과 관련된 의문점도 제기했다.

"평소 오산 공을 숭모해 자주 전라도를 들락거렸던 황해도 안악 사람 변승복은 처족인 조구가 군수 이축의 고변자로 돌아섰다는 얘기를 듣고 말을 타고 안악에서 천리도 넘는 먼 길을 달려 사흘 만에 오산 공 집에 와 그 사실을 알렸다고 돼 있습니다.… 그게 사실이라면 그날은 바로 어명을 받은 의금부 도사 유담이 관군을 거느리고 오산 공의 집을 덮치기 하루 전이었고, 그렇다면 오산 공에겐 하루 정도 대비할 시간적 여유가 있었습니다. 변승복이 급히 달려와 오산 공에게 뭐라 했는지, 그에 대한 오산 공의 반응은 어땠는지 등등은 알려진 게 없지만, 만약 오산 공이 대역을 꾀했었다면, 서둘러 대동계원들을 긴급 소집해 맞서 싸울 준비를 했거나, 관군들이 찾기 어려운 깊은 산속으로라도 숨었어야 마땅한데, 그 하루 동안 아무것도 하지 않았다? 정말 이상하지 않습니까?"

다음 날엔 관군이 '정여립의 집을 덮쳤으나 이미 도주하고 아무도 없었다'고 조정에 보고한 것으로 돼 있지만, 그 또한 확인된 사실은 아니라고 했다.

권승빈과 만복은 마뫼암을 나선 지 열하루 만에 전라도 초입인 여산*에 도착, 허기부터 달래려 주막을 찾았다.

만복은 고기가 들어간 국밥을, 승복 차림인 권승빈은 주먹밥을 주문했다. 주막집에서 요기를 할 땐 늘 그랬다. 달리 준비해 온 옷도, 모자도 없으니 어쩔 수 없는 일이었다. 나중에 권승빈은 고소한 국밥 냄새가 코끝을 간질일 땐 너무 먹고 싶어 환장할 지경이었다고 털어놓았지만, 행로에선 용케 잘 참고 견뎌주었다.

주문한 음식이 나오기를 기다리고 있는데 오른쪽 건너편에서 국밥을 먹던 40대가 자꾸만 권승빈을 흘깃거렸다. 당연히 권승빈은 등골이 오싹해졌다. 전주에 들어서기도 전에 알아보는 사람이 있다?… 이런 낭패가 있나 싶었다.

하지만 곧 '날 알아볼 사람이 있을 리 없다'고 애써 마음을

---

* 礪山 : 지금의 전북 익산.

추슬렀다. 대동계 시절에도 전주에 오간 게 두 번뿐인 데다, 지금은 머리를 빡빡 밀고 승복까지 챙겨 입었는데 누가 알아보랴, 저 사람은 습관적으로 남을 흘금거리는, 좋지 않은 버릇을 가진 사람인가 보다, 그렇게 넘겨짚었다.

그때였다. 권승빈을 흘깃거리던 40대가 큰 소리로 말을 걸어왔다.

"저그,… 나 모르겄능가? 나, 이상한 이상핸디…"

고개를 들어 40대의 얼굴을 보기도 전에 귀에 익은 그의 이름이 먼저 권승빈의 귀와 가슴팍에 안겨들었다. 다시 보니 그의 얼굴도 눈에 익었다.

권승빈은 발딱 일어나, 그에게 다가가 좀 과장되게 그를 반겼다.

"아이고, 이런 데서 뵙다니, 이거 얼마 만입니까?"

"워메, 워메… 맞네, 맞어부렀네.… 아, 근디 언제 출가했당가? 시방 어느 절에 있어?"

그가 퍼붓듯 잇달아 질문을 했다.

그의 이름을 듣자마자 모든 게 달라진 건 그 이름에 얽힌 재미난 사연 덕분이었다. '이상해'라는 이름이 특별히 괴이쩍은 것도 아닌데 짓궂은 누군가 그를 '이상한 이상해씨'하고 불러 모두가 왁자지껄하게 웃었었다. 그 뒤론 누구나 그 사람을 '이상한 이상해씨'라고 불렀고, 본인도 스스로를 그렇게 칭했었다.

그가 권승빈의 귓가로 입을 가져오더니 소곤거렸다.

"아니, 그 난리 통엔 어디 갔었어?…"

권승빈은 주변을 두리번거리며 고개를 절레절레 흔들었다. 여기서는 곤란하니 나중에 얘기하자는 권승빈의 몸짓을 이상해는 금방 읽어내고 고개를 끄덕였다.

만복을 남겨두고 주막을 나온 두 사람은 근처 한갓진 곳에 자리를 잡고 얘기를 나누면서 서로를 탐색했다.

한때 대동계에 몸담았던 동지였다는 것만으로 상대를 믿고 금방 속내를 털어놓을 수 없는 세상 아닌가. 눈 먹던 토끼, 얼음 먹던 토끼 다 제각각이라니…. 이상해가 지금껏 전라도에 살아남아 있다면 자의든 타의든 간에 관군의 앞잡이가 돼 있을 수도 있다.

상대를 선뜻 믿지 못하기는 이상해도 마찬가지였을 것이다. 그 난리 중엔 홀연히 종적을 감췄다가, 여러 달이 지나서야 승복을 걸치고 다시 나타났다? 무슨 꿍꿍이수작을 부리려고 온 건지 그 속을 누가 어찌 알겠는가.

하지만 두 사람 다 칠월 귀뚜라미 뺨칠 정도의 눈치꾸러기들이었다. 그들이 서로를 믿어도 되는 사람이라 확신한 건 주막을 나와 호젓한 길에 마주 서 한 식경 가량 얘기를 나눈 뒤였다.

"여그 사람들은 말이여, 계주님이 자결하신 게 아니고, 현감 놈에게 피살되셨다고 들었네. 그 말을 듣고도 우리가 가만 있어야 쓰겄능가. 당연히 계주님 원수를 갚아야제, 속으론 그렇게 다짐했어도 잉, 뭘 어찌크롬 해야 하는지 알 수가 있어야제. 그래서 이라고 멍하니 세월만 보내고 있네."

그러면서 이상해는 '그래도 분을 이기지 못해 그동안 이빨을

빠득빠득 갈았더니 송곳니가 다 닳아 방석니가 돼 버렸다'며, 익살스럽게 입을 벌려 보였다.

그 말에서 '그가 지금껏 한시도 계주님을 잊지 못하고 있으며, 자신이 계주의 원수를 갚는데 도움이 되는 일이라면 마다하지 않을 것 같다'는 심중心中이 느껴졌다.

치열한 눈치싸움 끝에 두 사람은 서로를 '믿어도 되는 사람'임을 확인하고 나서야 주막 안으로 되돌아왔고, 만복과도 인사를 텄다.

"전주와 진안 등지에서 이것저것 좀 알아볼 게 있어 길을 잡았는데, 이 친구가 계주님의 생가터라도 찾아가 어르신의 숨결이라도 느껴보고 싶다기에 함께 왔습니다."

"아, 그려. 그럼 그렇게 해야제. 잘 왔소.… 나는 산달이 된 마누라를 친정에 데려다주고 전주로 돌아가는 길인께, 같이 가더라고."

그들은 길을 가면서 이 얘기, 저 얘기, 별의별 얘기들을 다 나누었다.

전주에 도착하자, 이상해가 '어디 가서 뭘 하자'는 상의도 없이 권승빈과 만복을 쌍룡리 뒷산으로 데려갔다. 높진 않지만 산속인 건 분명한데, 생뚱맞게 그곳에 웅덩이 하나가 있었다. 그 앞에 걸음을 멈춘 이상해가 눈을 굴려 주위를 살피며 나직이 말했다.

"여그가 계주님 선조 무덤들이 있던 자리여.… '지네 명당'이라든가 뭐라던가, 풍수상 군왕이 날 자리라고 하등만…"

임금이 느닷없이 계주님 선대 어른들 분묘를 모두 이장케 하고, 족친들까지 모두 한 사람도 남김없이 다 전주에서 내보내라 한 것도 이 명당자리와 무관치 않을 것이라는 얘기가 돌았다고 했다.

이상해가 두 사람을 계주의 생가터로 안내한 건 한 시진이 지나서였다. 만복은 '꼭 가보고 싶다' 했으나, 권승빈은 '아직도 지켜보는 눈들이 있을지 모르는데 괜찮을까 싶기도 했다. 그 마음을 어찌 알았는지, 이상해는 '지금은 괜찮을 것'이라 했다.

그가 20여 보 밖에서부터 구중중한 웅덩이를 가리키며, '저그여, 저그' 하고 수선을 피웠다. 가까이 다가가 보니 산 중에 있던 것보다 넓이는 스무 배도 넘을 것 같았지만, 돌을 던져 확인해보니 깊은 곳도 대여섯 뼘에 그칠 정도로 수심이 얕았다. 하지만 악취가 심했다. 더러운 물이 잘 빠지지 않을 뿐 아니라 갖가지 지저분한 오물들까지 여기저기 널려 있어, 웅덩이라기보다 시궁창이라 해야 맞을 것 같았다. 그분과 관련된 곳은 모두 그렇게 더러운 시궁으로 버려진 것 같았다.

"여그가 파쏘*여. '파헤쳐 소沼로 만든 곳'이라는 뜻이랑만.… 임금이 이 집터에서 계주님의 흔적을 완전히 지우고, 풀 한 포기도 자라지 못하게 하라고 해갔고 잉, 관군들이 집에 불을 지르고 집터에 이글거리는 숯불을 쏟아 지져부렸당께."

역적으로 몰리면 집을 헐고 그 자리에 연못을 만드는 경우는 더러 있다. 하지만 그 집터에서 풀 한 포기도 자라지 못하게

---

* 지금의 전주시 색장동과 완주군 상관면의 경계지점인 월암마을

숯불로 지졌다는 얘긴 처음 듣는다.

　말없이 보고 듣고만 있던 만복의 눈에 눈물이 그렁거렸다. 그러더니 잠시 후엔 '주인 어른!' 하며 철퍼덕 땅바닥에 주저앉아 울었다. 이따금 주먹으로 땅바닥을 치며, 꺼이꺼이 소리 내 우는 모습이 처연했다.

　"현감 민인백이라는 놈이 말하길, 계주님 시신을 수습해 전주성에 들어서자 수많은 백성이 쏟아져 나와 환성을 올리고 감격해 눈물까지 흘리는 사람도 있었다고 했다던데, 그거 다 거짓말이죠?"

　"뭐, 뭐라고? 저런 쳐 죽일 놈 같으니,… 승빈이도 대동계원이었응께, 계주님이 전라도 사람들에게, 특히 우리같은 상천들에게 어떤 분이셨는지 알 거 아녀?…"

　'혹 대동별초에 대해 들어본 적이 있느냐?'고 묻자 이상해가 대뜸 대답했다.

　"들어 보고말고, 그들 모두 우리 동패 아니여. 당연히 들었제…."

　"그들에 대해 아시는 게 있다는 말씀이신가요?"

　"아따, 이걸 안다고 해야 할지는 모르겄네잉…."

　앞서 말한 투로는 대동별초의 모든 것을 다 알고도 남을 것 같았으나 돌아온 대답은 그게 아니었다. 그가 주뼛거리며 대답했다.

　"지리산 패를 이끌고 있는 이는 길삼봉이라고, 나도 쪼께 아는 분이여."

"그러니까 대동별초가 지리산에 있다는 건가요?"
"내가 듣기론 잉, 지리산엔 백 명도 넘고, 계룡산에도 쉰 명 정도 있다고 하등만…."
"그들과는 연락이 됩니까?"
"어치크롬 연락이 되겄어. 그냥 들려온 풍문이제. 그란디 지리산에 가면 대장장이들의 마치질과 메질 소리가 요란하디야."
"쌍메질 소리가 요란하다니,… 그 소리 듣고 토벌대가 들이닥치면 어쩌려고?…"
"워메, 승빈이도 지리산을 모릉만 잉…. 지리산이 월메나 깊고 험한디 토벌대가 함부로 들어 간디야. 죽을라고 환장했다면 모를까."

이상해는 그 쌍메질 소리를 따라 올라가면 별초들이 나타나 확인을 하고, 동참하러 왔다 하면 본거지로 데려 간다더라 했다.

"나도 마누라만 아니었으면 지금쯤 지리산에 있었을 것이여.… 가만있자. 내가 백 명이라고 들은 게 한참 됭께, 시방은 이백 명, 삼백 명이 됐을지도 몰겄네…."

'가능하면 대동별초와 연락이 닿는 사람이 있는지, 혹 연대할 방안이 있는지 등등을 알아보라'는 최윤후 대장의 당부가 있었지만, 이상해도 더는 아는 게 없는 것 같았다.

그렇다면 만복과 함께 지리산 속으로 들어가 볼까, 잠깐 그런 생각도 해보다 이내 포기했다. 지리산으로 들어간다고 대동별초 사람들을 금방 만날 수 있다는 보장도 없을뿐더러, 설사 그들을 어렵지 않게 만난다 해도, 입산했다가 그들과 만나 며칠 머물며 이러저러한 이야기를 나눈 뒤 하산하려면 최소한 보름 넘게 걸릴 것 같은데, 그러고 있을 시간적 여유가 없다. 그뿐 아니라 하산하다가 관군들에게 걸려들 위험도 있다. 그들을 꼭 만나야 할 일이 생기면 그때 다시 찾아와도 될 것이다.

민인백이, '정여립 일행이 백성들에게 쫓겨 몸을 숨기고 있다가 자결했다'는 곳으로 주장했던 서면에 간 건 다음 날이다.

그곳엔 산짐승과 약초가 많다 했다. 사냥꾼과 약초꾼들이 임시로 묵는 산척점山尺店이 있는 것도 그 때문이다. 산척이란 산속에 살며 사냥도 하고 약초를 캐는 사람들을 뜻한다.

산척점 말고도 광석에서 무쇠를 뽑아내 농기구 등을 만드는 수철점水鐵店도 있었다.

먼저, '거동이 수상한' 오산 공 일행을 보고 맨 처음 뒤쫓기 시작했다는 아홉 명 중 유일하게 이름이 적혀 있던 박장손이라는 사람부터 수소문했다. 하지만 '그는 이곳에 없다. 도성으로 간 지 오래 됐는데, 꽤 높은 군직軍職을 받았다는 소문이 돌더라' 했다.

그러니까 평난공신平難功臣으로 녹훈된 민인백의 역모 조작에 가담해준 공으로 관직을 얻은 것이리라.

'그렇다면 박장손과 함께 죽도선생 일행을 추격, 포위해 발을 묶어두었다는 다른 사람들이라도 만났으면 한다'고 하자, 하나같이 불쾌감을 드러냈다. 찌를 듯 날카로운 눈길과 함께 '모른다'

거나 '누가 그러더냐?'고 되물었다. 열 명도 넘는 사람들에게 물어봤으나 눈빛도, 대답도 다 비슷했다.

크게 낙담해 있다가, 허기가 져 길 가는 50대에게 '주막이 어디냐?'고 묻자 친절하게 가르쳐주었다. 말길을 열어준 그에게 내친김에 이것저것 물어보았다. 다행히 그는 타관바치들을 경계하지 않고 순순히 아는 대로 다 말을 해주었다. 요약하자면 '서면 사람들이 계주님을 포위, 발을 묶었다는 건 터무니없는 거짓'이라는 거였다.

"마을 사람 중 현감 얼굴은 몰라도 계주님 얼굴 모르는 사람은 없었을 것이요. 현감은 자주 오지도 않았지만, 와도 천민들은 땅바닥에 엎드려 있느라 얼굴을 볼 수 없잖소. 하지만 죽도 선생께선 현감보다 더 자주 오가신 데다, 엎드리지도 않고, 고개를 숙이지도 않고, 눈높이를 맞춰 똑바로 볼 수 있었으니까."

그러면서 덧붙였다. '양반 놈들은 약초꾼과 숯쟁이, 풀무군, 쇠쟁이 등 우리 같은 사람들을 지들 발가락 때만큼도 여기지 않았지만, 계주님께선 사람차별 않고 따뜻하게 대해주셔서 우리 모두 그분을 우러러 존경해왔다'고.

"그랬던 사람들이 계주님 뒤를 쫓고, 에워싸고 발길을 묶었다니, 그게 말이요. 소요?… 댁들 같으면 그랬겠소?"

말투는 투박했지만, 말의 갈피에 조리가 있었다.

주막에서 요기를 하고 나오다, 주막으로 들어오던 네 사람과 마주쳤다. 그중 한 사람이 이상해를 보고 먼저 알은 채를 했다.

"여근 어쩐 일이여?"

"워메, 여기서 만나부네 잉, 이거 얼마 만인가?"

두 사람의 수다가 늘어질 것 같아, 권승빈과 만복은 걸음을 옮겨 서른 걸음 남짓 되는 곳에 가 기다렸다. 40대 일행 셋도 먼저 주막 안으로 들어가고 이상해는 그들 중 한 사람과 주막 밖 한쪽에서 꽤 오래 얘기를 나눴다. 처음엔 웃어가며 무슨 얘긴가를 주고받더니, 시간이 지나면서 차츰 분위기가 무겁게 바뀌어 가는 것 같았다. 멀리서 보기에도 40대의 표정이 굳어 보였고, 몇 차례 도리질까지 하는 걸로 미루어 짚어 본 우리의 짐작이다.

한 식경까진 아니고 한 다경은 훨씬 지났을 무렵, 이상해가 다가오며 입부터 열었다.

"저 사람, 계주님께서 변고를 당하시던 날, 잡색군으로 소집돼 현감을 따라 다녔는디, 그냥 따라 댕기기만 했제, 어디서 무슨 일이 벌어졌는지는 잘 모른디야.…"

그래도 정해진 자리를 지키고 있을 때, 현감 가까이 있던 잡색군들로부터 건너 건너서 '현감의 명을 받은 군사 몇이 대동계주 일행을 죽였다'는 얘기는 들었다고 하더란다.

그런데 날이 밝자 현감은 현장에 있던 2백 명 가까운 군민을 모두 불러 모은 뒤, 누가 물어본 것도 아닌데 '역도가 자결했다'며, '이런 일 뒤엔 엉뚱한 소문이 돌 수도 있으니, 모두 입조심하라'고 경고까지 하더란다.

"그분에게 다복동 뒷산에 함께 가서 현장을 짚어가며 당시 상황을 좀 더 자세히 얘기 좀 해달라고 부탁하면 어떨가요?"

권승빈이 말하자, 이상해가 미간을 살짝 찌푸리며 대답했다.

"안 그래도, 내가 부탁을 해봤는디, 그건 못하겠다고 거절하등만… '서운하겠지만, 산 사람은 살아야 할 거 아니냐. 내 목숨, 셋도 둘도 아닌 하나 뿐인디, 거그 가서 이말 저말 하다 남의 눈에 띄면 무슨 변을 당할지 어찌 알겠냐' 그라드라고."

틀린 말도 아니고, 서운해 할 일도 아니었다.

권승빈 등 세 사람은 다복동 뒷산으로 올라갔다. 혹 지켜보는 눈이 있을지도 몰라 주위를 꼼꼼히 살피는 등 한껏 사리며, 지형지세에 주목했다.

토역일기라는 것엔 '뒤는 깎아지른 절벽이고, 긴 풀이 무성해 적도들이 일어서면 얼굴이 보이고 앉으면 형체가 보이지 않는 동쪽 풀숲에서 정여립이 자진했다'고 돼 있다.

사람 몇이 몸을 숨길만 한 풀숲은 여기저기 널려 있었다. 하지만 '순순히 나와 오라를 받으라'고 했으나 불응하기에, 그들이 숨어 있는 곳 가까이 보낸 염탐꾼들이 오산 공 일행이 말하는 소리도 듣고 자결하는 모습도 목격했다는 장소로 삼을 만한 곳은 눈에 띄지 않았다.

그래도 민인백이 '바로 이곳'이라고 억지라도 쓸 만한 곳으로 지목된 건 큰 소나무 뒤였다. 그 소나무는 오산 공 일행이 숨었던 곳으로 추정되는 곳으로부터 예순 걸음 정도 떨어져 있었다.

세 사람은 날이 어두워지기를 기다려 밤눈이 밝은 편이라는 만복은 소나무 뒤에 숨고, 권승빈과 이상해는 풀숲으로 들어갔다.

한 다경 쯤 지나 세 사람은 다시 한 자리에 모였다. 권승빈이

'우리가 막대기로 휘젓기도 하고 이런저런 이야기도 하고 그랬는데 우리가 보이더냐고 묻자 만복은 아무것도 보이진 않았다고 했다.

"저 뒤쪽 백오십 보 이상 떨어진 둔덕에 민인백이 있었고, 그의 주변에 여러 사람이 관솔불을 밝히고 있었다고 해도 보이지 않았을 거요."

"우리가 말하는 소리는?"

"뭐라 뭐라 웅얼거리는 것 같긴 했지만 무슨 말인지는 알 수가 없었어요…. '포위망을 뚫고 나가자' '안 된다. 자결하자'는 말을 고함지르듯 하며 주고받았을 리는 만무하잖소."

"그야 그렇지."

두 사람 얘기를 듣고만 있던 이상해가 오른쪽 손바닥을 펼쳐 보이며 입을 열었다.

"가만,… 그날이 열나흘이었다면 둥근 달이 떠 있었을 것 아녀?"

"아닙니다. 그날은 워낙 날이 흐려 달이 뜨지 않았다는 건, 그날 진안에 있었다는 사람이 확인해 주었습니다."

권승빈이 말한 '그날 진안에 있었다는 사람'은 유선이었다.

결국 세 사람이 현장을 답사하며 추론한 결과 역시 오산 공이 자살했다는 민인백의 주장은 모두 사실이 아닌 것으로 드러났다.

다음 날 아침, 자결한 정여립 등의 시신을 풀로 엮어 만든 발로 덮은 뒤 말에 싣고, 부상한 정여립의 아들 옥남을 묶어 감영으로 향했다. 곰티재에 이르렀을 때 우리를 향해 여기저기서 어지럽게 화살이 날아들었다. 시신과 부상자를 탈취하려고 숨어 있던 복병들이었다. 내 명에 따라 관군들이 응사하자 역공에 당황한 복병들은 곧 도망쳐버렸다.…

 토역일기 중의 한 대목이다. 하지만 복병들의 정체와 그 수가 얼마나 됐는지, 교전을 했다면 죽은 사람은 없었더라도 다친 사람은 있었을 법한데 사상자 수 같은 것도 없다.
 그뿐 아니라, 국청에서도 복병과 교전했다는 사실을 입에 담은 적이 없다. 참으로 괴이한 일 아닌가. '역란이 확실하다'고 내세울 정황 증거들이 변변치 않은 상태였으니, 그의 말대로 곰티재에서 복병을 만났다면, '그들은 정여립 휘하의 대동계였고, 그것은 곧 대동계가 거병을 했다는 증거이니 역란이 확실하다'고 밀어붙이기 좋았을 것이다. '억지가 반벌충'이라느니, '억지가 사촌보다 낫다'는 속언도 있잖은가. 한데 그걸 포기했다는 건 복병의 기습을 받았다는 주장 역시 새빨간 거짓일 가능성이 높다는 얘기가 된다.
 그래도 혹 민인백의 주장대로 복병을 만난 게 사실인지, 거짓인지 확인해보자며, 세 사람은 곰티재로 향했다.
 곰티재는 진안과 전주를 이어주는 유일한 통로다. 오든 가든 반드시 넘어야 하는 고개인 것이다. 산세가 곰을 닮았다는 만덕산 중턱, 첩첩산중의 험한 고갯길이라 얼핏 보기에도 복병이든,

도적들이든 숨어 있을 만한 곳은 널려 있다시피 했다.

험준한 산세 탓인지 근처엔 민가도 없고 지나다니는 사람도 금방 눈에 띄지 않았다.

어쩔 수 없이 곰티재에 죽치고 오가는 사람을 기다려 보기로 했다. 늘 그러는지, 하필이면 그날만 그랬는지는 몰라도 사람 만나기가 쉽지 않았다. 한 식경도 넘게 기다린 뒤에야 땔나무를 한가득 지게에 지고 오는 더벅머리를 만났다.

그에게 '정여립 계주의 시신을 수습해 가던 진안 현감이 복병을 만났다는 곳이 어디냐?'고 물었다.

"그게 뭔 소리래요?"

일행의 위아래를 훑으며 더벅머리가 되물었다.

어쩔 수 없이 '정여립이라는 사람을 아느냐?'부터 시작해서 민인백이 '토역일기'라는 것에 쓰고, 주변 사람들에게도 흘린 내용을 장황하게 설명해주었다.

"그분이 반역을 모의하다 자결했다느니, 관군이 그분을 죽였다느니 하는 얘긴 들었구만이라. 그란디 이 근처에 복병이 숨어 있다가 만나 서로 싸웠다는 얘긴 처음 듣는디요…. 이 근처에서 그런 일이 있었담믄 내가 몰랐을 리가 없어라.… 더군다나 밤도 아니고 낮이었담서요? 그런 일 없었당께요."

그가 도리머리까지 하며 '그럴 리 없다' 했다.

"서로 활을 쏘았다면 어디선가 버려진 화살 몇 개라도 주웠다는 사람도 있었을 텐데, 그런 얘기도 들은 적이 없당께요."

멀어져 가는 더벅머리의 지게를 바라보며 권승빈이 단정하듯 말했다.

"곰티재 복병도 거짓말이었네. 모든 게 민인백이 지어낸 얘기 같아."

이상해도 '그런 것 같다'고 맞장구를 쳤다.

다시 진안으로 간 권승빈과 만복은 근처 암자 몇 곳을 돌며 좀 더 귀동냥을 더 해보기로 했다. 이상해도 거처를 아는 두 대동계원을 찾아가 얘기를 나눠 보고 오겠노라 했다.

"소집령 같은 거, 전주에선 받은 적 없지만, 저들 말대로 계주님 일행이 관군에게 쫓겨 도망친 급박한 상황이었다면 말이시, 도망 길에 진안에 들어섰을 때 여기 계원들에게라도 소집령을 내렸다거나 도움을 요청하지 않았겠능가."

일리가 있는 얘기였다.

세 사람이 다시 만나기로 한 유초酉初(오후 5시쯤)에 권승빈과 만복이 먼저 주막에 들어섰다. 두 사람의 심드렁한 표정으로 미루어 얻은 게 없는 것 같다.

잠시 후 들어 온 이상해도 자리에 앉으며 가만가만 고개부터 저었다. 그 역시 허탕을 친 모양이다. 두 사람을 만나봤으나, 하나같이 나는 아무 것도 모른다고 하더란다.

"아는 게 있어도, 입을 잘못 놀렸다간 경을 치기 십상인데 누가 쉽게 입을 열겠습니까?"

그때였다. 관군 10여 명이 우르르 주막 안으로 들이닥쳤다.

모두가 창을 꼬나들거나 육모 방망이를 쥐고 있었다. 감궂게 생긴 군관이 권승빈 일행을 가리키며 소리쳤다.

"저놈들이다. 잡아라!"

순식간에 군사들이 세 사람을 에워쌌다. 권승빈과 만복은 즉각 방어 자세를 취했으나 이상해는 어쩔 줄 몰라 했다. 이상해도 명색이 대동계원 출신이니 한두 명은 상대할 수 있으리라 여겼는데 영 아닌 것 같았다. 권승빈이 등을 맞대고 있는 이상해에게 속삭였다.

"이놈들은 우리에게 맡기고, 틈이 보이면 재빨리 도망쳐요."

하지만 이상해는 쓰다 달다 말이 없다. 맞댄 등을 통해 몸 떨림만 전해 주었을 뿐.

권승빈이 빙그르 몸을 돌리며 양발로 두 명을 동시에 걸어찬 뒤 다시 오른 주먹으로 다른 자의 턱을 가격했다. 순식간에 세 명이 맥없이 나가떨어졌.

만복의 억센 주먹과 발길질에도 몇 사람이 얼굴이며 배를 감싸 쥔 채 주저앉았다.

소란은 금방 가라앉았다. 관군들이 죄다 널브러진 것이다. 모두 열 한 명이었다.

놀란 주모는 치고받기가 끝난 뒤에도 정지에서 나오지 못하고 미닫이 문틈으로 빠끔히 눈만 내민 채 어찌할 바를 몰랐다.

이상해도 놀라 휘둥그레진 눈으로 권승빈과 만복을 번갈아 바라보다 입을 뗐다.

"아따, 참말로 대단하데 잉. 거시기, 거 뭐시냐. '받는 소는 소리치지 않는다'는 속담이 생각 나드랑께."

"여기서 이러고 있을 때가 아닙니다. 어서 여길 나가야 합니다."

권승빈의 말이 끝나기 무섭게 세 사람은 재빨리 주막을 빠져나왔다. 외진 산길을 타고 한 식경 넘게 내달린 세 사람은 자신이 온 길이 훤히 내려다보이는 높직한 곳에 이르러 뒤따르는 자들이 없음을 확인한 뒤에야 한숨을 돌렸다.

"우리는 이 길로 도성으로 갈 거지만 성님은 어쩌시려오?"

권승빈이 묻자 이상해가 볼멘소리로 받았다.

"그거시 뭔 말이랑가? 나도 가야지, 뭘 어쩌겄어. 여기 남았다간 무슨 봉변을 할지 알 수 없는 거잖여…."

그는 '가는 길에 처가에 들러 마누라에게 출산 후에도 꼼짝 말고 친정에 있으라 해야겠다'고 덧붙였다. 그의 가족이 진안에 없다니 그나마 다행이다 싶었다.

그날 밤, 진안현청에선 한바탕 난리가 났다. 방망이와 창을 가진 군사 열한 명이 맨몸인 셋을 당해내지 못하고 여기저기 찢기고 피가 낭자한 채 돌아왔으니 왜 아니겠는가.

현감은 한동안 불에 덴 소 날뛰듯 하다가, 간신히 마음을 다잡고 급히 서찰을 써 전라 감사에게 보냈다.

왕은 전라감사의 장계도 읽고, 병조판서 홍여순에게서 보고받는 내내 눈살을 찌푸렸다.

"아니, 도대체 이게 무슨 말이야? 수상한 자들이 진안에 나타나, 대동계에 드나들었던 자들을 찾아다니며, 정여립으로부터 소집령 같은 걸 받은 적이 있는지, 현감이 거느린 군사들과 백성들이 역적을 포위했을 때의 정황이니, 자살 여부 등을 캐묻고 다녔다니, 그럼 역적이 자살한 게 아니었다, 그런 얘기야?"

왕의 추궁에 홍여순은 이내 내 마신 고양이 상이 되며 더듬거렸다.

"그런 건 아니옵고,… 역적이 자살했다는 걸 믿고 싶지 않은 잔당들이 그러는 거 아닐까 여겨지옵니다."

"역적을 죽인지 한두 달도 아니고 여러 달이 지났는데, 아직도 역적에 대해 묻고 다닌 자들이 있다는 것도 괴이하지만, 괴한들의 무공이 아무리 뛰어나도 맨손인 셋에게 무장한 관군 열한 명이 당하다니…. 참으로 한심하기 짝이 없도다."

서인들이 또다시 술렁였다. 대동별초를 자처하는 자들이 벽서를 붙이고 토호의 집을 급습해 곳간을 털고 현청에 들이닥쳐 현령의 목을 벴다더니, 이번엔 정여립 옥사의 진실을 캔답시고 돌아다닌다고 한다. 게다가 대동별초와 동패인지 아닌지도 알 수 없는 그들의 무공도 만만치 않았다니, 이거 참 큰일이다, 싶었다.

8. 정여립鄭汝立공 통원기痛冤記

 조야朝野는 여전히 역옥의 한파에 움츠리고 있다. 서인에 속하지 않은 신료나 식자들은 두셋만 모여도 '이 모진 피바람이 언제쯤 멈출까'하고 두런거렸다.
 한준의 고변으로 시작된 옥사 초기엔 군자감정 김천일金千鎰과 지중추부사 황정욱 등이 옥사의 확대를 걱정하고 만류하는 상소를 올렸었다. '이 추위에 역변 관련자라며 마구 잡아들이면 얼어 죽는 사람도 있을 것이고 군졸들을 피해 도망치다 굶어 죽는 자도 있을 것'이라며, '더는 가혹한 옥사가 이어지지 않게 성은을 베푸소서'라고.
 두 사람의 상소에 대해 왕이 아무런 비답도 내리지 않자, 이번엔 대사간 심충겸沈忠謙이 나서 '일본의 움직임이 심상치 않다는 얘기도 들리니, 서둘러 옥사를 수습하시고 왜적들의 동향에 대비하셔야 한다'고 주청했지만, 왕은 그냥 건성으로 '알았다'고만 했다. 정철이 위관을 맡기 전의 일이다.

하지만 정철이 옥사의 전면에 나선 지 1년이 지난 근래엔 '이제 그만 하자'는 말을 입에 담은 사람은 없다. 형옥刑獄의 정도가 이전과는 비교조차 할 수 없을 만큼 가혹해졌으니, 더 많은 사대부가 나서 적극적으로 말려야 마땅하건만 아무도 입을 열 생각조차 하지 않는 것이다. 워낙 시국이 살벌한 데다 이전에 몇 사람이 상소를 올렸지만 받아들여지지 않았기 때문일 것이다.

한데 그 피 비린 시기에 한 젊은 선비가 용감히 떨쳐 일어났다. 우정언 강성필이었다.

그가 왕에게 차자* 한 장을 올렸다.

'… 역변은 엄히 다스려야 마땅한 일이지만 그동안 천명 안팎의 사람이 죽었고 그중에는 아껴 썼어야 할 인재도 많았사옵니다. 특히 남도에선 역도와 옷깃만 스쳐도 그의 일파라고 몰아붙여 모진 형벌을 가한 탓에 민심도 흉흉해지고, 이 역변에 배후가 있다는 말까지 나돌고 있다니 이젠 그만 멈추시고 민생을 보살피는 데 주력하소서. …'

사간원 소속 정언正言의 품계는 정6품에 불과하지만 포폄**도

* 箚子 : 격식을 갖추지 않고 사실만을 간략히 적어 올린 상소문.
** 褒貶 : 관료의 근무성적을 평가한 뒤, 그 결과에 따라 포상이나 징계를 행하는 것. 매년 6월15일과 12월15일에 근무성적을 평정해 그 결과에 따라 상벌을 내렸다.

받지 않는 등 그 신분을 보장받고, 당상관이라도 그들이 인사하면 정중하게 답례하는 게 관례가 돼 있을 정도로 무게감이 느껴지는 관직이다.

동인들은 '모처럼 강직한 간관을 만나게 된 건 나라의 복'이라며 크게 기뻐했지만, 서인들은 반발했다. 그들은 벌떼처럼 일어나 죽기 살기로 강성필을 물어뜯고 쪼아댔다.

'지금 무엇보다 화급한 것은 역도의 뿌리를 뽑아내는 것인데, 역변을 묻어두자는 자가 있다니, 해괴한 일입니다. 이런 일엔 반드시 배후가 있게 마련이니 강성필의 배후를 엄히 가려 국청에 세우소서.'

강성필도 가만있지 않고 맞받았다.

'그동안 치죄에만 몰두하느라 다른 국사가 다소 소홀해진 건 부인할 수 없는 사실이라, 종묘사직을 온전히 보전하고 날로 피폐해지는 민생을 걱정하다가 간관의 소임을 다 하려고 성상께 올린 차자에 대해 배후 운운하다니, 참으로 개탄스러운 일이옵니다. 그들이야말로 누군가의 사주를 받은 건 아닌지, 자세히 캐물어 보셔야 할 것이옵니다. …'

모두가 숨을 죽인 채 왕이 어떤 비답을 내릴지에 눈과 귀를 모았다.

왕은 강성필이 올린 차자를 꼼꼼히 다시 읽어보고 꼬박 하루 넘게 생각을 다듬었다.

만약 강성필이 10여 일 전에 이런 차자를 올렸다면 '이 자를 당장 하옥하고 배후를 철저히 파헤치라고 명했을 것이다.

하지만 지금은 다르다. 근래 왕의 속마음은 복잡 미묘하다. 왜 그런지 뭔가 잘못돼가고 있는 것 같고, 그래서 불안감까지 스멀거려 마음이 어수선 산란했다.

근래 '정여립 역변은 송익필이 꾸미고 정철을 비롯한 서인 강경파들이 실행에 옮긴 잘못된 옥사'라는 얘기들이 여러 경로를 통해 들려왔다. 그런 얘길 곧이곧대로 말해준 사람은 없었지만, 조심스럽게 들려준 얘기를 종합해보니 그랬다. 왕의 구언을 빌미로 옥사를 확대한 건 조정을 완전히 장악하기 위한 서인 강경파들의 책략이라고도 했다.

그런 귀띔을 받은 뒤, 정철에게 위관을 맡겼을 때와 그 이전을 비교해봤더니 확연하게 차이가 드러났다. 죽거나 크게 다치고 귀양 간 사람들의 수에서도 차이가 컸지만, 특히 동인 인재들을 지나치게 혹독하게 다루었다는 점엔 의심할 여지가 없었다. 또 왕 앞에선 아무개는 선처해주시는 게 어떻겠느냐 해놓곤 뒤돌아선 수하 언관들을 부추겨 치죄의 강도를 더 높이는 이중적인 모습을 감지한 적도 있다.

그뿐 아니다. 어느 날 국청에 갔을 땐 위관인 정철에게서 술 냄새까지 났다. 있을 수 없는 일이었다.

"고얀 놈!"

왕은 혼잣말을 내뱉은 뒤 전교했다.

"강성필이 올린 차자에선 종묘사직과 백성들을 사랑하는 마음이 느껴졌다. 차후라도 역도의 잔당임이 확실한 것으로 드러나면 엄벌해야겠지만, 무고한 사람을 관련자로 몰아 무리하게 치죄하는 일은 없도록 하라!"

그 교지로 정국은 순식간에 바뀌었다. 당하관의 차자 한 장으로 혼돈에 빠져있던 정국이 수습국면으로 돌아선 것이다. 실로 놀라운 일이었다.

이희영이 혼잣말을 중얼거렸다.

"참으로 잘된 일이긴 한데, 지난 1년여 전라도를 온통 들쑤셔 놓았던 자가 헌부의 수장을 맡고 있다는 게 마음에 걸리네…."

얼마 전, 임금은 전라도 순찰사였던 홍여순을 대사간으로 삼았다가 며칠 뒤 대사헌으로 자리를 옮겨주고, 대사간엔 이원익을 앉혔었다.

강성필의 차자에 왕이 화답한 이후 이른바 '정여립 역변'이라는 것도 마무리 수순에 들어가는 것 같다. 얼마 전까지만 해도 도무지 끝날 기미가 보이지 않았었는데 불과 며칠 사이정국이 급변한 것이다.

1년 반도 넘게 온 나라를 뒤흔들었던 옥사 북새에 신료들은 지위 고하를 막론, 너나없이 옥사에 관여하거나 지켜보았을 뿐 다른 일은 제대로 챙길 생각조차 못 했었다. 그러니 매잡이가 안 된 나랏일들이 수두룩할 것이다. 하루라도 빨리 서둘러야 할 일도 적지 않다.

왕세자를 정하는 일도 서둘러야 한다. 금상이 등극한 지 어언

24년, 나이는 마흔이 되었다. 나이만 생각하면 성마르게 굴 일은 아니지만 사람 일은 아무도 모른다지 않던가. 아직은 정정하다 해도 언제 어디서 무슨 일이 벌어질지는 누구도 알 수 없다. 멀쩡하던 사람도 갑자기 짚불 꺼지듯 홀연히 세상을 떠나는 경우도 허다하니까.

세자 자리가 비어있는 상태에서 변고가 생기면, 정국은 정여립 역변 못지않은 혼란과 피바람 속에 잠길 수도 있다. 치열한 공방과 우여곡절 끝에 후사가 정해지고 나면 그 과정에서 티격태격했다가 패한 수십, 수백 명은 목숨을 내놓거나 멀리 유배되거나 몸조차 가누기 힘들어질 정도로 매타작을 당할 게 뻔하다.

갓난아기라도 정궁에게서 태어난 원자만 있다면 후사 걱정 같은 건 하지 않아도 되지만, 그 원자가 없다는 게 문제다. 원자가 없으니, 지금 당장 왕세자를 정해야 한다면 어쩔 수 없이 후궁 소생 중에서 가려 세워야 한다.

후사 문제와 관련된 그런저런 얘긴 이미 수년 전부터 조심스럽게 나돌았지만, 근래 들어선 온 나라가 역변의 수렁에 빠져들면서 그 누구도 그 일을 거론하지도, 마음에 두지도 못했었다. 옥사가 마무리 단계에 들어선 요즘에야 여기저기서 '종묘사직을 위해선 후사를 정해 왕권을 안정시키는 게 시급하다'는 말들이 나오고 있다.

'서둘러 국본國本을 정해야 한다'로 그치지 않고 '아무개가 국본이 되는 게 좋을 것 같다'는 이야기도 나온다. '국본으로 삼을 만하다는 아무개로 가장 많이 꼽히는 건 공빈 김씨 소생인 둘째

왕자 관해군光海君이다. 올해 열일곱인 그에겐 한 살 많은 동복형 임해군臨海君도 있다지만 그는 오래전부터 '성격이 난폭해 용상에 앉힐 수 없다'는 공론이 모아져 있다.

그렇다면 광해군을 국본으로 정하면 될 게 아닌가 싶지만, 그게 말처럼 쉬운 일이 아니다. 무엇보다 지금껏 왕이 후사 문제를 입에 올린 적이 없어, 신하들이 함부로 나서기가 주저됐다.

또 한 가지 꺼림한 게 있다. 광해군을 낳은 지 얼마 안 돼 공빈이 세상을 떠난 이후 왕을 모셔온 여러 후궁 중 근래 주상의 굄을 받는 귀인 김씨의 소생으로 올해 열한 살인 넷째 아들 신성군信城君이 있다는 것이다. '굄은 움직이는 것'이라고는 하지만, 당장은 주상의 총애를 받는 여인은 귀인 김씨고, 그가 낳은 아들도 있는데, 그런 거 다 무시하고 광해군을 세자로 삼으시라 주청하고 나서기는 쉽지 않은 일이다. 만약 주상이 내심 신성군을 후사로 삼고 싶어 한다면 어쩔 것인가.

주상은 신성군을 후사로 삼고 싶어 한다는 속내를 밖으로 드러낸 적은 없지만, 어렴풋이 눈치라도 채고 있는 측근은 있을지 모른다.

하지만 그들도 그건 어디까지나 짐작일 뿐 확인된 게 아닐뿐더러, 그런 건 입에 올리기보다 심중에 가둬두는 게 더 낫다는 걸 잘 알기에 하나같이 입을 다물고 있을 것이다.

이틀 전, 영의정 이산해를 비롯 좌의정 정철, 우의정 류성룡 등 세 정승이 의정부에 다 모였다. 특별한 용무가 있어서 모인 것 아니지만, 세 정승이 한자리에 모였으니 국정 현안에 관한 이야기를 나누는 건 당연했다.

누가 먼저 말을 꺼냈는지 분명친 않지만, '왕세자를 서둘러 책봉해야 국정이 안정되고 후계 문제를 둘러싼 잡음도 일지 않을 것'이라는데는 뜻을 같이했다. 이야기가 '누구를 후사로 정할 것이냐'로 뻗어가자, 류성룡은 '가장 무난한 사람은 광해군이 아닐까 싶다' 했고, 두 사람도 동의했다.

세 사람은 '다음 경연 때 광해군을 세자로 삼으시라 주청하자'고 입을 맞췄다.

바로 그날 어스름, 누군가가 귀인 김씨의 남동생인 내수사 별좌 김공량金公諒을 찾아와 귀엣말을 건네자, 김공량은 즉각 궁궐로 달려가 한참 동안 누이와 소곤거렸다.

그날 밤, 왕의 침전에 든 귀인 김씨가 별안간 눈물을 뚝뚝 흘리며 말했다.

"전하! 좌의정 정철이 전하께 광해군을 왕세자로 삼으시라고 주청할 것이라 하옵니다… 하옵고 전하의 윤허가 떨어지고 나면 신성군과 소첩은 제거해야 한다고도 했답니다. 전하! 전하 말고는 의지할 곳 없는 불쌍한 우리 모자, 부디 버리지 마시고 목숨이라도…"

뒷말은 울음 속에 잠겨 들리지 않았지만, 그미가 무슨 말을 하려 했는지, 왕은 다 알았다.

"난데없이 그게 무슨 말이냐?… 그럴 리도 없지만 누가 뭐라던 과인은 귀인을 버리지 않을 것이다. 쓸데없는 걱정 하지 말라!"
　왕은 귀인을 달래고 나서 곰곰이 생각해보았다. 아무리 정철이라도 그렇지, 감히 군주의 의중도 살펴보지 않고 광해군을 세자로 삼으라 할까?…
　그리고 나서 다시 생각해보니 정철이라면 그런 흉계를 꾸밀 수도 있을 것 같기도 했다.
　세 정승이 왕세자 책봉을 건의키로 약속한 날, 영상은 '몸살기가 있다'며 입궐하지 않아, 좌상 정철과 우상 류성룡만 경연에 들어갔다.
　그때 정철은 작심했다. 영상은 나오지 않았지만 이미 입은 맞춘 바 있으니 뒤로 미룰 게 아니라 오늘 이 자리에서 당장 주청하는 게 마땅하다고.
　정철은 주상이 후사로 신성군을 마음에 두고 있다는 것도, 자신이 '광해군을 세자로 삼으시라' 주청할 거라는 걸 왕이 이미 다 알고 있다는 건 더더구나 까맣게 모르고 있었다.
　정철은 여타 경연관, 서연관들이 다 물러난 뒤 입을 뗐다.
　"전하! 신은 전하께서 천추만세 하실 것을 의심치 않사오나, 그래도 후사는 정해두시는 게 어떨까 하옵니다."
　그 순간 왕의 미간이 씰그러지는 걸, 정철은 머리를 숙이고 있어 보지 못했다.
　정철이 곧 말을 이었다.
　"대다수 신민은 이심전심 광해군이 국본으로 마땅하다, 전하께서도 그리하실 것이라 여기고 있나이다. 통촉하시옵소서."

정철은 왕의 입에서 나올 말을 두 가지로 예상했다. 하나는 '하긴 그래야 할 것 같다'이고 다른 하나는 동석한 류성룡에게 '우상 생각은 어떤가?'하고 묻는 것이었다.

한데 아무 소리도 들려오지 않았다. 이상한 생각에 고개를 든 정철의 눈에 분노로 일그러진 왕의 얼굴이 들어왔다. 순간 당황해 정철이 '이게 뭐지?' 하고 막 헤아려 보기 시작했을 때 왕이 버럭 소리를 내질렀다.

"뭐어?… 세자?"

예기치 못한 왕의 격한 반응에 놀라 우두망찰한 정철이 할긋 했다가 표독스러운 왕의 눈길을 받곤 깜짝 놀라 엎드렸다. 이마와 등줄기에서 진땀이 비어져 나왔다.

"과인이 아직 멀쩡한데 후사를 거론해? 그리고 뭐어, 광해군을 세자로 삼으라고?… 정승 자리에 앉아 권력을 휘두르다 보니 기고만장해진 것인가?… 조선이 정씨의 나라, 정철의 나라나 다름없다고 여기는가? 그런 것인가? 대답해보라!"

정철은 어쩔 줄 몰라 머리를 바닥에 댄 채 팔꿈치로 우상 류성룡을 툭 건드렸다. 가만있지 말고 당신도 거들라는 몸짓말이었다.

하지만 류성룡은 입이 붙어버리기라도 한 듯 단 한마디도 하지 않았다.

자리에서 벌떡 일어난 임금이 정철을 쏘아 본 뒤 휑하니 방을 나가버렸다. 류성룡도 재빨리 일어나 왕의 뒤를 따랐다.

온 힘을 다해 자리에서 일어나 왕을 배웅한 뒤 홀로 남겨진 정철은 어지러운지 휘청거리다 그대로 방바닥에 털썩 주저앉고 말았다.

얼마나 지났을까. 내관의 부축을 받아 간신히 몸을 일으켰다.

대전을 나선 정철의 눈에 맨 먼저 들어 온 건 하늘을 뒤덮은 부유스름한 구름 떼였다. 그의 미간이 금방 일그러졌다.

정철은 차츰 깨달았다. 자신이 큰 실수를 하고 말았다는 걸. 이젠 모든 게 돌이키기 어렵게 돼버렸다는 걸. 자신만 분대꾼으로 내몰리는 것으로 그치지 않고 서인 전체가 위기에 빠질 수 있다는 것도.

불현듯 주상이 사전에 모든 걸 거니 채고 있었던 게 아닐까 하는 의혹이 불쑥 고개를 내밀었다. 그러지 않고서야 자신이 꺼낸 말에 대해 주상이 즉각적으로 격분했을 리는 없다, 싶었다.

그렇다면 그 얘길 처음 나눈 세 사람, 아니 자신은 아니니, 이산해와 류성룡 중 한 사람이 쏘개질한 것으로 봐야 한다. 그가 누굴까? 조금 전, 그 사달이 났을 때 시종 입을 감춰문 채 뭉때린 류성룡일까, 아니면 갑자기 몸살을 핑계로 경연에 나오지 않은 이산해일까.

하지만 지금 그걸 알아내 뭘 하겠는가. 이미 사세事勢는 뒤틀려버렸는데.

하나같이 표정이 어둡고 무거웠다. 분위기 또한 침통했다. 입을 다물기로 약속이라도 한 듯, 모두가 입을 다물고 있었다. 심지어 숨을 들이마시고 내뱉는 것조차 조심스러워했다.

왜 아니겠는가. 안 그래도 왕이 자신들로 부터 점차 멀어지고 있는 것 같아 조마조마했었는데, 정철이 중뿔나게 나서 '서둘러 광해군으로 후사를 정하시라' 주청했다가 날벼락을 맞았다니, 엎친 데 덮친 격이 돼버렸다. 자리를 함께한 서른 명 남짓 중 당사자를 포함해 많아야 서너 사람 빼놓곤 사태를 이 지경에 이르게 만든 좌상 정철을 내심 마땅치 않게 여기고 있을 것이다.

그렇다고 언제까지 모두가 입을 꾹 닫고만 있을 수는 없다. 누군가는 말문을 열어줘야 숨이라도 마음 놓고 쉴 수 있을 것이다.

바로 그때 성혼이 나서 헛기침을 하고 난 뒤 말문을 열었다.

"자, 자… 사방이 막혀있어도 하늘까지 막힌 건 아니고, 하늘이 무너져도 솟아날 구멍이 있다니, 우리 스스로 까부라지진 말고 힘을 냅시다."

기다리고 있었다는 듯 홍성민이 날름 그 말을 받았다.

"그럼요. 미리 걱정 사서 한다고 좋아지는 일은 없습니다. 이런 때일수록 마음을 다잡고 머리를 맞대 빠져나갈 방도를 찾아야 합니다."

정철은 눈을 감은 채 쓰다 달다 말이 없다. 자리를 함께하고 있어야 할 송익필은 보이지 않았다. '송익필 형제들을 하루속히 잡아들이라'는 어명이 한 번도 아니고 두 번 반복되자 더 깊숙이 숨어버렸을 것이다.

좌중에 다시 정적이 내려앉았다. 이대로 두어선 안 되겠다

8. 정여립鄭汝立공 통원기痛寃記 *343*

싶었던지, 최규일이 정철을 흘깃거리며 입을 뗐다.
"전하께서 우리를 멀리하는 것 같다는 낌새가 느껴진 게 어제오늘 일도 아니긴 합니다만, 공개적으로 '정여립 옥사를 서인들이 조작했다는 말을 과인도 들었다'고 하셨을 땐 너무 놀라 숨이 막히는 줄 알았습니다."
"누군들 안 그랬겠어요."
"문제는 지금 당장은 우리가 할 수 있는 게 아무것도 없다는 것입니다. 당연히 한동안 각다분할 것입니다. 그렇다고 움츠러들기만 해선 안 됩니다. 이런 때일수록 더 애써 정사에 몰입하는 시늉이라도 해야 합니다."
"그래야겠지요. 언관들도 당분간 정여립 역변 관련 주청이나 차자는 삼가고 그 외의 것을 찾아 살피는 데 역점을 두는 게 좋을 것 같습니다."
"옳으신 말씀입니다."
홍성민이 뒤쪽에 앉은 젊은 신료들에게 눈길을 주며 말을 이었다.
"모두 알아들었는가?"
'예!'하는 대답이 나오자, 이번엔 성혼이 좌중에게 말했다.
"다들 알겠지만, 나무뿌리는 거센 바람을 견뎌야 더욱 튼튼해지고, 꽃은 차디찬 겨울바람을 맞고 나야 아름답게 핀다는 거, 명심들 하게."
이번에도 '예'하는 대답이 돌아왔다.
성혼이 다시 나서 '여러 사람이 떠들어대면 신중한 사람도 휩쓸리게 마련이고, 믿는 사람이 많아지면 소문도 진실이 된다는 것도 잘 새겨들 두라'고 일렀다.

하지만 상황은 예상보다 더 나쁘게, 더 빠르게 바뀌어 갔다. 다음 날 한순간에 세상이 급격하게 달라져 버린 것이다. 한때 국정을 좌지우지하다시피 했던 좌상 정철이 실권이라곤 전혀 없고 벼슬 이름만 있는 영돈령으로 추락했다. 그렇게 하라고 시킨 건 아니건만 서인들은 소스라친 뒤 스스로 가라앉았다. 숨을 죽인 채 바짝 움츠렸다.

"화무십일홍花無十日紅이요, 세불십년장勢不十年長이라더니, 그 대단했던 '정철 시대'가 10년은커녕 2년도 못 버티고 끝나가는군요.… 수십 년도 갈 것 같았던 정철 시대가 한순간에 와르르 무너져 내리는 걸 보고, 사람들은 새삼 인생무상을 절감했을 것입니다."

전대식의 말을 받은 건 이희영의 허허로운 웃음이었다.

"그러게… 단풍 든 잎사귀도 떨어지는 때가 있는데, 너무 갑작스러워 얼떨떨하기까지 하네. 쌓기는 어려워도 무너지는 건 한순간이라, 세상일이 다 그런 것인데, 무슨 영화를 얼마나 더 보며 살겠다고 그 많은 사람을 잡아들여 떡 치듯 패고 지지고 죽이더니.…"

"당하관 시절엔 그 누구보다 원칙을 중시하고 꼿꼿하기만 했다던 송강이 왜 그 지경이 된 건지, 저는 정말 모르겠습니다."

"누군가 그러더군. 말 등위에 올라 호령을 하다 보니 말이 미친 듯이 앞으로 내달렸고, 고삐를 당겨보았으나 듣지 않았는데 그렇다고 말 등에서 뛰어내릴 수도 없어 어쩔 수 없이 내쳐 달렸을 것이라고."

"그랬을 수도 있겠지요.… 전하께서 유독 최영경 어른의 죽음을 안타까워하신다면서요?"

"그렇대. '음흉한 성혼과 악독한 정철이 나의 어진 신하를 죽였다'며, 특히 정철을 일컬어 독철毒澈, 간철奸澈이라며 치를 떨기까지 하신다더군."

"한땐 정철은 호랑이와 독수리의 절개를 가진 사람이라고 격찬해 마지않던 양반이…"

이희영이 나직이 한숨을 토해냈다. 정철의 실각에 웬 한숨인가 싶어 의아해하고 있을 때 그가 전대식에게 눈길을 주며 말을 이었다.

"송강의 실각으로 서인들의 기세는 다소 움츠러들겠지만 홍여순이 병권兵權을 쥐고 있고, 옥사 이후 언론도 뒷걸음질을 치고 있는 것 같아 걱정이야."

한때 정철의 최측근으로 꼽히다가 정철이 임금의 눈 밖에 난 걸 알고는 재빠르게 정철 탄핵에 앞장서 온 홍여순은 얼마 전 병조판서 자리를 꿰찼다.

왕이 정언 강성필이 올린 차자를 수용하는 전교를 내렸을 땐 대사헌이던 홍여순을 걱정했던 이희영 봉교가 이번엔 병판이 된 그를 껄끄럽게 여기고 있는 것이다.

"언론의 뒷걸음질, 저도 걱정스럽긴 합니다만, 지난 2년 동안 아무나 걸면 걸렸고, 매질 몇 번에 피가 솟고 살점이 묻어난다는 걸 보고 듣고도, 누가 제 몸 던져가며 바른말을 하려 하겠습니까?…"

이희영의 대꾸가 없자 전대식이 다시 말을 이어갔다.

"정철은 한성 태생이지만 전라도는 그에게 제2의 고향이나 다름없다고 들었습니다. 그의 아버지와 형이 귀양에서 풀려났을 때 찾은 곳이 할아버지 산소가 있던 전라도 창평이었고, 거기서 스승 김윤제를 만나 송순, 김인후, 기대승 등 당대의 석학들에게 배웠으며, 거기서 김윤제의 외손녀와 혼인도 했고, 을해년(1575년, 선조 8년) 8월 당쟁에 휘말렸을 때 낙향한 곳도 창평이었다고 하던데, 무슨 억하심정으로 전라도 유생들을 부추겨 호남 사림士林을 몰살하다시피 했을까요?"

"나도 그게 궁금해. 그가 전라도에 살 때 그곳 사람들로부터 괄시를 받았다는 얘긴 들어보지 못했는데…, 아니 설사 그런 일이 있었다고 해도 그래, 어떻게 그렇게까지…."

오죽하면 이발 공의 광산 이씨 문중 아낙들은 칼로 고기를 다질 땐 '정철 이놈, 죽어라!' 그런 뜻으로 철,철,철…하며 다지겠느냐 했다.

약속이라도 한 듯 동시에 터져 나온 긴 한숨 소리에 또다시 말길이 싹둑 끊겼다.

잠시 후 그 말길을 이어준 건 이희영이었다.

"이건 좀 다른 얘기지만… 맹자께선, 왕도정치는 민생의 안정과 인간다운 삶의 성취를 목적으로 하되 그것을 실현키 위해선 힘과 무력에 의한 강제적 해결이 아닌 통치자의 인격과 덕의 감화력에 의한 평화적이고 순리적인 해결이 바람직하다고 하셨지. 그렇게 되려면 군주가 인복人福이 있어야 한다고 하셨다던데, 주상은 인복도 없는 것 같아."

"인복도 없지만, 긴장하고 자중하게 만드는 정적政敵조차 없었지요… 마음에 안 들면 죽여야 할 사람들만 있었을 뿐이라고 할까…"

그랬다. 왕은 평소 자신에 대해 비판적이거나 숨어서라도 비난한 사람들은 대부분 다 죽였다. 대표적인 인물이 '금상은 시기심이 많고 모질며 고집이 세다. 이런 임금 밑에선 아무런 일도 할 수 없다'고 통탄했던 이발 공이다.

"정통성이 없으니 다른 군왕들보다 왕권을 강화하고 싶은 욕심이나 필요성 같은 건 더 절실했겠지요. 저라도 전하의 입장이었다면 그랬을 것입니다만, 아무리 그렇다고 해도 아까운 인재들을 포함, 천명도 넘는 사람들을 죽였으니, 천벌을 받을 것입니다. 희생자 중엔 아껴 썼어야 할 인재가 무척 많았다는 것도 너무 아쉽고…"

"그렇겠지. 어쩌면 송강도, 귀한 재사들의 피로 자신의 자리를 더 공고히 해보겠다는 전하의 고약한 속내도 모른 채 엉겁결에 깨춤을 춘 것인지도 몰라. 그렇더라도 정철을 비롯한 서인 강경파들은 죽어서라도 그 죗값을 치러야겠지만."

"암요. 얼마나 많은 사람이 죽었습니까. 연산군 때부터 명종대

왕 때까지 일어난 네 왕조 47년에 걸쳐 일어난 네 번의 끔찍한 사화士禍로 희생된 사람은 모두 합쳐도 오백도 안됐다던데, 이 옥사로 죽은 이는 2년 사이 그 두 배도 넘지 않습니까."

두 사관은 동시에 또다시 깊은 한숨을 내쉬었다. 잠시 침묵이 이어지고 있을 때 전대식이 좀 엉뚱한 이야기를 꺼냈다.

"이건 여담입니다만, 송강이 전하에게 아부하는 글을 많이 썼지만, 어쨌든 그의 필력筆力은 뛰어나다고 해야 하지 않겠습니까?"

"그렇지.… 그렇긴 하네만 문장만 아름다우면 뭐 하는가. 마음 씀씀이가 곱고 곧아야 하는데, 이번 옥사 처결 과정을 보면 그게 아니었잖아. 어디 정철뿐인가. 조선 팔문장으로 꼽히던 송익필도 마찬가지였고…."

"하긴 조조도 한 문장 해서 전장을 누비며 숱한 명언과 아름다운 시를 남겼다지 않습니까. '하늘과 땅의 조화로 만물이 자라나니, 그 가운데 귀한 것은 오로지 사람이라네.' '술잔 잡고 노래하나니 우리네 인생 살면 얼마나 살까. 아침이슬 같은 인생이 아니던가.' 등등. 그렇게 뛰어난 문인이며 경세가였던 조조도 의심이 많고 잔혹했다더니, 송강 역시 8순 노인과 어린아이들까지도 마구 죽일 정도로 혹독했지요."

"이 사람아, 방금 지하의 조조가 버럭 하는 소리, 못 들었는가? 어떻게 자기하고 정철을 견주냐고, 화를 냈네."

"인정합니다. 제가 실언했습니다."

전대식이 껄껄 웃으며 승복했다.

전라도에 갔던 권승빈과 만복이 돌아왔다. 꼭 한 달 만이다. 대동계원이었다는 이상해도 함께였다.

그들은 말했다. 죽도서당은 부서지고 파헤쳐져 형체를 알아볼 수 없을 정도가 돼 있었고, 진안 사창에서 일했던 사람들도 모두 바뀌어 아쉽게도 민인백이 전라감사의 명을 받고 들이닥쳤던 곳이 어디였는지도 알아내진 못했다고.

하지만 오산 공 일행을 포위한 채 발을 묶어두었다던 서면 사람들로부터 '그런 적 없다'는 얘기도 듣고, 현감 민인백을 따라 오산 공이 자결했다는 다복동 뒷산까지 출동했었다는 잡색군도 만났다 했다. '정여립 등의 시신을 수습해 곰티재를 넘으려 할 때 복병들의 기습 공격을 받았다'는 민인백 주장 역시 거짓이었다는 걸 확인한 것도 성과였다.

모두들 권승빈과 만복의 노고를 치하해 주고, 이상해도 따뜻하게 맞아주었다.

그날 저녁을 먹고 난 뒤에도 전라도에서 보고 들은 얘기를 나누던 중, 만복이 느닷없이 최윤후에게 물었다.

"이건 좀 뜬금없는 얘기지만 주인어른께서 이루고자 하셨다는 대동세상이란 도대체 어떤 세상이었습니까?"

금방 대답하기 어려운 질문이었다. 최윤후가 적잖이 당황하며 머뭇머뭇했다. 만복의 질문이 갑작스러웠던 데다, 뭐라고 해야 좋을지, 선뜻 떠오르지 않고 있음이 분명해 보였다.

그때 유선이 조심스럽게 나섰다.

"중뿔나게 나서는 것 같습니다만, 제가 말씀드려도 될까요?"

최윤후가 반색했다.

"아, 그럼요.… 솔직히 말해 저는, 계주님께서 갈구하신다니 대동세상이란 분명 옳고 좋은 세상일 것이고, 언젠가는 이루어져야 하는 세상이라는 정도에 불과할 뿐, 그게 어떤 세상인지 구체적으로 알기 쉽게 설명할 자신이 없습니다."

솔직 담백한 최윤후의 고백에 민망해진 듯 얼굴까지 붉히면서 유선이 입을 뗐다.

"저라고 어찌 대동세상에 대해 훤히 다 알겠습니까.… 다만 어른께서 들려주신 격양가擊壤歌 얘기가 새록새록 떠올라서.…"

"격양가는 또 뭐래요?"

만복이 반문하자 유선은 '격양가는 땅을 치며 노래한다는 뜻이며, 태평성대였던 요堯나라 시절을 한마디로 축약해주는 노래'라고 조곤조곤 말해주었다.

한 사람이 길을 가다 만난 농부에게 요 임금의 공덕을 칭송하는 말을 늘어놓았다. 그 말을 듣고 난 농부가 들고 있던 지팡이로 땅을 두드리는 것으로 장단을 맞추며 노래했다.

> 해 뜨면 나가서 일하고, 해지면 돌아와 쉰다.
> 우물 파서 물마시고, 밭 갈아서 밥 먹는데
> 임금이 뭘 어찌한 들 나와 무슨 상관이랴?

"그러니까, 자신이 아무런 근심 걱정 없이 잘살게 된 게 임금의 공덕이라는 것조차 알지 못한 채 살아가고 있다는 얘기지요.

그렇듯 임금이 있는지 없는지 백성들이 잘 모를 정도라도 별문제 없이 나라가 잘 다스려지는 세상, 그것이 바로 대동세상이라고 하셨습니다."

잠시 숨을 돌리고 난 유선이 말을 이었다.

"그게 바로 무위이치無爲而治라고 하시면서, 바로 그 무위이치 세상이 대동세상이다, 그런 세상은 꿈속에서나 있을 법하고, 도저히 실현 불가능할 것 같기도 하지만, 그런 세상은 이미 오래전 고대 중국에 실재했던 세상이었다고 하셨습니다."

'무위이치는 또 뭐냐?'는 만복의 질문에 유선은 '직역을 하자면, 아무 짓도 하지 않았는데도 잘 다스려진다, 곧 나라가 잘 다스려지는 상태를 말하는 것'이라고 대답했다.

모두가 고개를 끄덕였다. 그렇다고 어찌 말 몇 마디로 대동세상이 어떤 것인지 단번에 확실하게 알아들었으랴만, 그래도 '그런 세상을 살아봤으면 원이 없겠다'는 바람들은 가져보았을 것이다.

방안에 묵직한 침묵이 내려앉았다. 잠시 후 그 침묵을 거둬들인 건 권승빈이었다. 먼 길을 걸어온 탓에 피곤했던지, 저녁을 먹고 나자 금방 연신 하품을 해대던 그가 어느새 말똥말똥해져 입을 열었다.

"기존의 것을 무너뜨리거나 갈아엎고 새 판을 짠다는 게 얼마나 어려운 일인지, 어른께선 잘 아시고 계셨을 것입니다. 또한 조선왕조 치세에선 어림없는 일이라는 것도.… 그럼에도 불구하고, 대동세상을 일시에 이루진 못하더라도 한 걸음, 한 걸음씩

내디뎌 단계적으로라도 개혁은 이루어야 하고, 그 일에 누군가 앞장을 서야 한다면 당신께서 나설 수 있다, 그래야 한다고 생각해보셨을 수는 있을 것 같다, 싶긴 합니다."

그러면서 덧붙였다. '감히 계주님과 그런 얘기를 나눠본 건 아니고, 그냥 내 생각으론 그러셨을 것 같다는 것'이라고.

창호를 뚫고 들어온 보름달 빛 때문일까? 쉽게 잠이 오지 않았다. 애써 잠을 청해봤지만 그럴수록 정신은 말똥말똥해졌다.

최윤후는 다른 사람들이 깨지 않게 슬그머니 방문을 열고 나와 마루 끝에 걸터앉았다. 밝은 달빛이 마당에 한가득 들어차 있었다. 조금 과장하면 대낮 같았다.

어디선가 얕은 기침 소리가 들렸다. 최윤후는 신을 찾아 신고 소리가 난 쪽으로 살금살금 다가갔다. 화단 가 방석 바위에 누군가 앉아 있었다. 그냥 앉아만 있는 게 아니라 뭔가를 끼적이고 있었다.

유선이었다. 유선도 인기척에 고개를 들었다가 최윤후를 보곤 배시시 웃으며 자리에서 일어났다.

"주무시지 않고 왜 나오셨어요?"

"오늘따라 잠이 안 와서 한참 뒤척이다 나왔습니다. 한데 낭자께선 뭘 그리 열심히 쓰시는 겁니까?"

"아, 이거요… 별거 아니에요."

"별거 아니라니까 더 궁금합니다."

그래도 한참 망설이던 유선이 결국 털어났다.

"사실은…, 아까 낮에 격양가 얘기를 하면서 불현듯 들었던 생각인데… 격양가와는 정 반대가 되겠지만 조선 상천들의 한이 담긴 노랫말을 지어 뿌려보면 어떨까 해서요."

달빛에 최윤후의 낯빛이 금방 환해지는 게 보였다.

"그거 아주 좋은 생각이십니다. 그걸 오는 가을 겨울, 왜 바람이 불 때 풍등에 실어 날려보내면 좋을 것 같네요."

"제가 그런 걸 지어본 적이 없어서 잘 될지, 모르겠어요. 반시진 전부터 나와 이런저런 생각만 했지 아직 한 줄도 쓰지 못했습니다."

"아직 시간이 많으니 천천히 만들어 보세요. 기대하겠습니다."

최윤후가 그 말을 끝으로 일어나 고개를 숙여 보인 뒤 방 쪽으로 걸어갔다.

'세상이 뒤집어졌다'는 얘기가 마뫼암에 까지 들려왔다. 기세등등하던 정철이 한순간에 실각하면서 서인 패거리들이 나동그라졌다는 것이다. 마뫼암까지 흘러온 풍문은 딱 거기까지였다.

계주님을 역도로 몰아세우는 데 앞장서 왔을 뿐 아니라 천명도 넘는 사람을 죽이고 귀양을 보내는 등 패악을 일삼던 정철이 실각했다? 항간의 소문을 어찌 다 믿을 수 있을까만 마뫼암사람들은 제발 헛소문이 아니기를 빌고 또 빌었다. '사실이라면 반분은 풀릴 것 같다'며 하하 호호 웃기도 했다.

하지만 당장 사실 여부를 확인할 길은 없었다. 모두가 궁금 답답함을 떨쳐버리지 못하고 안절부절, 어찌할 바를 몰랐다. 차라리 안 들은 것만 못하다며 투덜거리는 사람도 있었다.

참다못한 권승빈과 유선이 서로 자기가 도성 안으로 들어가 알아보고 오겠노라 하던 참인데 이희영과 전대식 두 사관이 마당 안으로 들어섰다. '사람 죽으란 법 없다더니 정말 그렇다'며 모두가 그 어느 때보다 더 두 선비를 반가이 맞았다.

왜 그러나 싶은지 잠시 어리둥절하던 두 사관이 자초지종을 듣고 나서 활짝 웃으면서 입안에 넣고 온 이야기보따리를 풀어놓았다. '정철이 중뿔나게, 서둘러 후사를 정하시라. 광해군이 좋겠다'고 왕에게 진언했다가 날벼락을 맞은 건 사실이라고.

"그 일로 격노하신 전하께서 우의정 류성룡 대감을 좌의정으로 올리시고, 찬성 이양원 감을 우의정으로, 정철을 영돈녕부사領敦寧府事로 밀쳐내셨습니다."

영돈녕은 종친부에 속하지 않는 임금의 먼 친척들을 위해 설치된 돈녕부의 수장으로 품계는 정승들과 같은 정1품이지만 실권은 없는 한직이라는 덧붙임도 뒤따랐다.

"벼슬자리만 바꾼 게 아닙니다. 전하께선 '정철이 조정에서 동인들을 죄다 몰아내고 그 자리에 서인 세력을 심기 위해 옥사를 핑계로 제멋대로 무고한 사람들을 죽였다고 들었다'는 등 공개적으로 정철을 비난하길 서슴지 않고 계십니다."

그 말을 듣고 모두가 하나 같이 고소해했다. 특히 만복과 철만은 처음엔 눈물까지 글썽이다가 나중엔 금방 어깨춤이라도 출듯 좋아서 입을 다물지 못하고 벙글거렸다.

왕의 마음이 완전히 돌아섰다는 걸 확인하고 난 일부 신료들은 정철이 저지른 비행들을 속속 까발렸고, 그래서 그에 대한 세평이 더욱 나빠지고 있다 했다. '영돈녕 자리에서도 내쳐야 마땅하다'는 논핵도 그치지 않고 있다는 것이다.

정철 탄핵 숙덕공론의 중심엔 대사헌 홍여순이 있다고 했다. 전라도 순찰사로 있으면서 정철의 비위를 맞추느라 누구보다 집요하고 악랄하게 이른바 '정여립 잔당'을 색출한다며 무지막지한 고신 등으로 전라도를 공포에 떨게 했던 그가 이번엔 정철을 때려잡는 데도 발 빠르게, 아주 적극적으로 나서고 있다는 것이다.

"삼삼오오 모여 소곤거린답니다. '사람 볼 줄 아는 이들의 예상은 한 치도 빗나가지 않았다'고. '앞에서 꼬리친 개가 뒤에서 발꿈치를 문다더니, 딱 그 꼴을 본 것 같다'고.…"

이희영은 '오래지 않아 송강은 파직을 당하는 것으로 그치지 않고 귀양까지 가게 되지 않을까 싶다'고 털어놓았다.

두 사관은 추락한 정철 얘기를 일단락지은 뒤엔 전라도에 다녀온 권승빈 등과 많은 얘기를 나눴다. 그들이 보고 들었다는 건 단 하나도 놓치지 않겠다는 듯 귀를 바짝 세웠고, 일부는 꼼꼼히 기록도 했다.

특히 역변 초기는 물론 그 이후에도 쭉 전주에 있었다는 이상해에겐 당시 전라도의 민심동향이나 떠돌던 소문 등에 관해 이것저것 묻기도 했다.

"그때 전라도에선 요 잉, 계주님께서 아드님 등과 함께 죽도에서 단풍 구경을 하시다가 급습한 현감 민인백 등에게 피살되셨다는 소문이 돌았어라."

이상해의 말이 끝나기 무섭게 이희영이 미간을 좁히며 되물었다.

"그러니까, 다복동 뒷산에서 피살되신 게 아니라 죽도에서 변을 당하셨다는 말입니까?"

"예, 그게 사실인지는 몰라도, 소문은 그렇게 돌았당께요."

고개를 갸웃하고 난 이희영이 '다복동 뒷산까지 따라갔었다는 잡색군에게서, 오산 어른의 시신이나 생포됐다는 아들을 직접 보았다는 얘긴 들었느냐?'고 물었다.

세 사람이 어리둥절한 표정으로 잠깐 서로의 눈을 마주쳤다. 이윽고 권승빈이 고개를 저으며 대답했다.

"그런 얘긴 듣지 못했습니다. 저희도 미처 '당신 눈으로 계주님 시신을 확인했느냐, 아드님은 어떻드냐?'고 물어볼 생각도 못했고요."

이희영이 또 고개를 갸웃거리고, 눈을 깜박이며 무슨 생각엔가 빠져들었다가, 이번엔 유선에게 물었다.

"선전관과 현감 민인백이 오산 어른을 살해해 놓고 자결하신 걸로 꾸몄다는 얘기를 나눈 건 언제였습니까?"

"그들이 어른의 시신을 전라감영에 넘기고 돌아온 날 밤이었습니다."

"다복동이 아니라 죽도에서 단풍 구경을 하시다 변을 당하셨다는 얘기, 터무니없는 헛소문으로 치부해버릴 일은 아닌 것 같다는 생각이 드는군요.… 이상한 게 한둘이 아니지만, 그중에서도 오산 공 댁에서 제천문祭天文을 비롯 서찰들이 무더기로 발견됐으니, 그런 것들이 바로 역모의 증표라고 우기는 건 궤변이고 억설이라는 생각이 듭니다."

전대식도 '저게 무슨 소리지?'하는 표정이었지만, 최윤후는 도통 모르겠다는 듯 고개를 갸웃거리다 물었다.

"그게 무슨 말씀이신지… 제천문이라는 건 또 뭡니까?"

이희영이 곧장 대답했다.

"나도 그 제천문인가 하는 것을 받아 보거나 읽어 본 건 아니지만, 왕의 실덕을 열거하고, '조선왕조의 운이 다한 것 같다'는 등 좀 심한 문구가 많이 들어 있었다고 합니다. 우리 모두 함께 생각해봅시다. 우리가 만약 대역大逆을 모의했다가 들통이 나 급히 도망을 쳐야 할 위기에 처했다면 뭐부터 할까요?… 먹고 입을 것?… 아닙니다. 그런 걸 챙기기보다 저들의 손에 들어가면 안 되는 제천문 같은 것, 그리고 모의에 가담한 동조자들과 주고받은 서찰부터 없애야 마땅합니다."

"그렇겠지요. 그래야 뒤탈이 덜할 테니까요. 그건 어렵지도 않고, 많은 시간이 걸리는 것도 아닙니다. 항상 불씨가 남아있는 아궁이에 그것들을 던져 넣기만 하면 되는 거니까…"

"그렇습니다. 그런데도 그 위험한 것들을 다 그대로 두고 나갔다?… 그건 서인들이 꾸민 것이거나, 오산 공께서 도주하신 게 아니라 일상적인 외출이었다는 걸 반증하는 것이니, 그렇다면 죽도에서 단풍 구경을 하시다 변을 당하셨을 수도 있다는 얘기가 됩니다."

"맞는 말씀입니다. 저보다 더 잘 아시겠지만, 어른께선 뭘 하시든 간에 흑죽학죽 어름어름하시는 분이 아니십니다. 천에 하나 만에 하나라도 역란을 꿈꾸셨다면 모든 서찰을 읽으신 뒤 그 즉시 없애버리셨을 것입니다. 어수룩하게 그런 걸 보관해두실 분이 아니라는 말씀입니다."

"맞습니다. 만약 마음속으로라도 생각해보셨다면, 조정을 비롯해 곳곳에 간자를 심어두시고 궐이나 대신들의 동태 등을 면밀하게 살피셨을 것입니다. 당연히 그들로부터 '빨리 피하라'는 연락도 받으셨을 것이고요."

듣고만 있던 권승빈이 머뭇거리며 입을 열었다.

"어느 주막에서 들은 얘긴데요, 만약 계주님께서 위급상황임을 감지하셨다면, 대동계원 일부라도 긴급 소집해 그들과 함께 지리산이나 계룡산 혹은 천반산성에 진을 치고 관군과의 일전에 대비하셨을 것이다. 하지만 그런 낌새 같은 게 전혀 없었다고 했습니다."

그러면서 자신들이 알아본 바로는 민인백 일당이 어른을 죽도에서 살해한 뒤, 시신들을 다복동으로 옮겨다 놓고, 거기까지 도망쳐 온 걸 알고 뒤쫓아 살해한 것으로 야료를 부리고도 남을 작자들이라고 덧붙였다.

윤3월 열나흘에 마침내 양사가 들고 일어났다. 이희영의 예상대로였다.

"그동안 영돈녕 정철이 조정의 기강을 마음대로 쥐고 흔들어 그의 위세가 온 나라를 뒤덮다시피 하였사옵니다. 나라를 혼란에 빠뜨린 그를 파직하소서."

왕은 곧 '아뢴 대로 하라' 했다. 이로써 '정철 천하'는 공식적으로도 막을 내렸다. 정철이 우상으로 발탁된 게 기축년 11월 초하루였으니 1년 반도 채우지 못한 17개월 여 만이다.

이틀 뒤 왕은 승정원에 전교했다.

'예전엔 대신을 파직 축출하면 조당朝堂에 방을 붙였었다. 이는 그 죄상을 온 나라 사람들에게 자세하게 알려 뒷사람을 경계하기 위함이었다. 정철을 파직한 과인의 뜻도 조당에 방을 붙여 널리 알리라!'

당시 왕이 정철에 대해 얼마나 격분하고 있었는지를 알 수 있게 해주는 대목이다.

그 후에도 정철 일파에 대한 탄핵 공세는 수그러들지 않았다.

'정철을 비롯 백유함, 유공진, 이춘영 등은 서로 짜고 정사를 어지럽히고, 자기와 의견을 달리하는 사람을 모함하려고 호남의 유생들을 꾀어 이름난 정승을 포함 올곧은 사대부들을 역적으로 몰아 없애려 하였으니, 그들 모두 멀리 귀양 보내시라'는 상소가 올라왔다.

결국 정철은 처음엔 진주로 유배됐다가, 얼마 후엔 평안도 강계로 옮겨졌다.

정철을 추종하던 무리도 추풍낙엽 신세가 되었다. 우찬성 윤근수와 판중추부사 홍성민, 호조 판서 윤두수, 황해 감사 이산보 등은 '정철에게 붙어 간사한 무리를 끌어들이고 자기들과 의견을 달리하는 사람을 배척했다'는 양사의 탄핵으로 유배 또는 도성 밖으로 추방되거나 파직당했다.

그뿐이 아니었다. 왕은 '서둘러 정철 측근들을 찾아내 도려내고, 그동안 정철의 모함으로 배척된 사람들을 발탁해 쓰도록 하라'는 전교까지 내렸다.

정철을 압송해 강계로 가던 도사 이태수는 순안에 이르러 '정철의 병이 위중해 정해진 기일 안에 압송하기 어려울 것 같다'는 장계를 올렸다가 날벼락을 맞았다.

"이레면 갈 수 있는 길을 스무날이 걸려 가는 등 간악한 도적을 압송하는 일을 소홀히 한 이태수를 잡아다 추국하라!"

왕은 또 '성품이 교활하고 독살스런 정철이 배소에 도착하면 잡인들과 또 무슨 일을 꾸밀지 모르니 엄히 감시토록 하라'고까지 했다.

왜국의 동태를 살피러 갔던 통신사 일행이 1년 만에 돌아왔다.

그들이 주상에게 복명하는 자리에 갔던 이희영이 돌아오자, 전대식이 불쑥 물었다.

"통신사들은 도대체 뭘 하다 이제 왔답니까?"

"대마도에 도착했을 때 영접사도 나오지 않는 등 무례하게 굴어 대마도에서 한 달이나 지체했다가 지난해 7월에야 경도京都에 도착했는데, 그들의 수괴 풍신수길이 동북지역 순행을 나가 있어 돌아오길 기다렸다가 11월에야 만나는 등 우여곡절이 많았대."

왜 그런지 말투가 시큰둥했다.

"나라 꼴이 참…"

혼잣말하듯 툭 토해놓은 이희영의 탄식에 전대식은 무슨 문제가 있음을 직감했다. 조심스럽게 '무슨 일이 있었느냐?'는 물음에 이희영은 곧바로 대답하지 않았다.

눈을 감고 미간을 찌푸리고 있던 이희영이 잠시 후 눈을 뜨고 나서 천천히 입을 뗐다.

"정사가 부산에 도착해 '왜적의 동태가 심상치 않아 보였다며 병화兵禍에 대비해야 한다'고 보고했다는 건 자네도 알지?"

"예, 그렇게 들었습니다."

"정사는 오늘도 같은 얘길 했는데 부사는 전혀 다른 소리를 하더군. '신은 그런 느낌을 받지 못했는데 정사가 병화 운운하는 건 민심을 혼란스럽게 할 우려가 있다'느니 어쩌느니…."

"네에?… 같은 곳엘 함께 가서, 같은 사람을 만나고 같은 걸 보고 와서 서로 다른 말을 한다는 게 말이 됩니까?"

"나는, 그럴 수는 있을 거라고 생각해. 같은 사안, 같은 물건이라도 시각에 따라, 관점에 따라 달리 보일 수도 있는 거니까…. 다만 두 사람의 엇갈린 복명 때문에 위험천만한 왜구들에 대한 경계를 게을리하면 어쩌나 해서 걱정된다는 게 문제지만?…."

이희영은 꽤 오래전부터 '왜국의 동태가 심상찮은데, 임금도, 대신들도 옥사에만 매달리고 있으니 걱정'이라 했었다.

정사 황윤길黃允吉은 서인이고, 부사 김성일金誠一은 동인이다. 그들이 지난해 3월 부산에서 왜국으로 떠나갈 땐 서인이 정권을 장악하고 있었다. 하지만 지금의 정국 상황은 딴판이다. 그들이 출국했을 때는 서인 세상이었지만 지금은 정국이 동인들의 손에 들어가 있다. '병화에 대비하는 게 좋을 것 같다'는 황윤길의 경고보다 '그랬다간 민심만 흉흉해질 수 있다'는 김성일의 말에 귀를 기울이는 신료가 더 많은 것도 그 때문일 것이다.

며칠 뒤, 조헌 등 일부 서인들이 '흉악한 왜구들이 언제 무슨 일을 벌일지 모른다. 방심해서도 안 되고 사태를 오판해서도 안 된다'고 논박했다.

그에 대해 동인들은 '세력을 잃고 황망해진 서인들이 민심을 자극해 역전의 발판이라도 마련해볼까 하는 생각에서 비롯된 술수'라고 몰아붙였다.

얼마 후, 귀 밝은 일부 동인들이 소곤거렸다. 류성룡 대감이 김성일에게 '황윤길에게 어깃장을 놓느라 딴소리를 하는 건 아니냐, 그랬다가 나중에 왜구들이 우리에게 총칼을 겨누면 어쩌려고 그러느냐'고 하자 '저라고 어떻게 왜적들이 함부로 나서지 못할 것이라고 단정할 수 있겠습니까. 하지만 그런 얘길 잘못 꺼냈다간 신민들이 겁을 먹고 쫄면 나라가 뒤숭숭해질 것 같아 그런 것'이라고 대답했다느니, '김성일이 사행 길에서 왜구들에게 겁을 먹고 졸보처럼 행동했던 황윤길에 격분해 어깃장을 놓앉다고 하더라' 등등.

근래 이희영은 깊은 시름에 잠겨 지낸다. 자주 한숨을 몰아쉬거나, 멍하니 먼 산을 바라볼 때도 많다. '아무래도 왜구들이 무슨 일을 저지를 것 같아 불안하다'며.

최근 옥사는 좌의정 류성룡과 우의정 이양원이 주관하고 있다. '무고한 사람을 무리하게 치죄하는 일은 없도록 하라'는 왕의 전교도 있었던 데다, 두 정승이 진실규명보다는 오로지 자복을 받기 위해 과도하게 자행돼온 고신을 중단하면서 낭자했던 비명과 역한 피 비린 내가 현저하게 줄어들었다.

하지만 이미 너무 많은 사람이 죽었다. 정확한 희생자 수는 헤아려 낼 수조차 없으나, 과거 어떤 왕조에서도 유례를 찾아볼 수 없을 만큼 사상자가 많은 건 확실하다. 목숨을 잃은 사람만도 천명을 넘고, 아직은 간신히 숨이 붙어있긴 해도 죽을 날만 기다리거나 운신을 못 하는 사람도 수두룩하다고 한다. 콩깍지 도리깨질하듯 떨어졌던 매질 탓이었을 것이다. 간신히 살아남았어도 가산을 모두 빼앗겨 굶기를 밥 먹듯 하는 사람도 적지 않다고 한다.

왕이 전교했다. '원통하게 죽은 최영경의 직첩을 돌려주고, 정철 등의 사주를 받아 신료들을 무고해 온 양천경 양천회 형제와 강견, 김극관, 김극인 등도 잡아들여 엄히 치죄하라'고.

양천경 형제 등은 두어 번 형신을 받은 뒤 곧바로 자복했다.

'정철의 풍지*를 받고 최영경이 길삼봉이란 말을 지어냈다'고.

그들 모두 멀리 북도로 유배했으나 일부는 배소로 가던 중 장독으로 죽었다 한다.

송익필 송한필 형제를 조속히 잡아들이라는 왕명이 떨어진 뒤, 그들 두 사람 뿐 아니라 부필富弼 까지 3형제 모두 다 잡혔다.

송익필은 홍산현**에 숨어 있다가 제 발로 걸어 나와 차꼬를 찼다고 한다. 그러나 극형에 처해지진 않았다. 죄가 가벼운 부필은 석방하고, 익필과 한필은 평안도와 전라도로 유배됐을 뿐이다.

또 해가 바뀐 임진년(1591년) 2월.

기러기는 떼를 지어 북으로 날고 강물도 풀려 콸콸 소리 내며 흘러갔다. 언 땅도 녹았으니 곧 새싹이 트고 경염이라도 하듯 다투어 갖가지 꽃들도 필 것이다. 남녘엔 이미 매화나 유채꽃이 흐드러지고 있다 한다.

봄은 왔건만, 혹독한 추국을 받고 죽은 사람들은 살아나지 못했다. 마구 휘두른 형장에 맞아 부서진 뼈도 다시 붙지 않았다. 모진 매를 맞고 몸져누웠던 사람 중 자리를 털고 일어난 사람은 극히 드물었다.

---

* 風旨 : 분명하게 표현되지는 않았으나 분위기나 암시 또는 소문으로 나타나는 특정인의 의도나 속마음.
** 鴻山縣 : 지금의 충남 부여군 홍산면.

모질고 악랄했던 역옥의 폐해를 어찌 말로, 글로 다 늘어놓을 수 있으랴. 몇 달을 밤낮없이 말해도, 수천, 수만 장에 억울한 사연을 다 써 내려가도 끝내기 어려울 것이다.
　피해자 중엔 서책을 가까이하고 고담준론을 나누며 경륜을 쌓아온 인재들이 많았지만, 지금 호남에선 살아남은 인재를 찾아보기가 어려울 정도라 한다.
　유사 이래 이번처럼 많은 사대부가 화를 당한 적도 없다. 정여립과 평소 서로 마음이 통했거나 과거의 인연 때문에 문안 편지 한 통이라도 주고받은 게 드러나면 '역적과 친하게 지냈다'는 이유로 죽거나 매를 맞고 귀양을 갔다. 귀하게 썼어야 할 조선의 인재들이 못난 왕과 정철을 비롯한 서인 패거리들이 저지른 패악에 높은 뜻, 장한 꿈을 펴보지도 못하고 이승을 등진 것이다.
　이희영과 전대식은 그동안 마뙤암 사람들을 비롯 여러 사람의 진술 등을 취합하고, 구체성이 확보된 심증 등을 토대로 간추리고 분석한 '세칭 정여립 역란의 전모'를 정리해 가는 중이다.
　먼저 역란은 송익필 형제가 기획하고, 이축과 박충간 등이 무지몽매한 자들을 구슬려 역모가 사실이었던 것처럼 털어놓게 하는 것으로 시작됐으며, 이어 정철이 윤자신과 홍여순 등을 진두지휘해 잡아들인 사람들은 모진 형신에 못 이겨 거짓 자백을 했고, 이 과정에서 역모가 실제로 진행된 것처럼 일부 국문조서가 조작되기까지 했다 한다.
　이때 이름도 들어본 적 없는 양천회 등이 몰려와 정언신 우상과 이발 형제 등 동인 유력인사들, 그리고 지리산 기슭에 은거 중이던 최영경 등을 마구 물고 뜯으면서 옥사가 더욱 그악스럽게 확산됐고, 그들 배후에도 정철 등이 있었다는 건 이미 다 드러났다.

하지만 오산 정여립 공이 거병키 위해 계획을 짜두었다거나 검토했다는 흔적도, 심지어 역란엔 필수적이라 할 수 있는 무기를 확보하려 했던 움직임 같은 게 드러난 건 전혀 없다.

서인들은 '역도의 무리가 정여립에게 보낸 서찰들 속에서 반역의 징후가 느껴졌다'고 억지를 썼지만, 유력인사들이 나라를 걱정하고 한심한 왕의 작태를 걱정하긴 했어도 역란을 모의했다는 결정적 증거로 삼을 만한 것은 없었다.

아무튼 현재로선 마음속에서라도 오산 공이 역란을 도모한 것 같다는 낌새는 그 어디에서도 느껴지지 않았다.

"항간엔 평소 언행이 무겁고 어엿했던 오산 공의 성향이나 기질을 고려할 때, 설사 역모를 획책했다가 들통이 났다 하더라도 몸을 숨기지 않고 당당하게 국청에 나와 왜 그런 짓을 하게 됐는지 떳떳이 밝히고 칼을 받았을 것이라고, 자결할 수밖에 없겠다 싶었어도, 국청에 나와 하고 싶은 말 다 한 뒤 칼을 받았을 것이라는 얘기가 나돌고 있습니다."

전대식의 말에 이희영이 고개를 끄덕이며 말했다.

"터무니없는 얘긴 아니네. 오산 사형은 그러고도 남을 분이지…."

그러고 나서 좌중을 둘러보며 말을 이었다.

"그런데, 우리 모두 한 가지 더 해야 할 일이 있습니다."

그게 무엇이냐는 최윤후의 반문에 이희영이 대답했다.

"그동안 우리 모두 가까이서 보고 들어 온 오산 공의 언행 중 역란을 모의했다고 저들이 억지를 쓸 만한 것들을 모아 보는 것입니다."

그 말에 마뫼암 사람들이 너나없이 얼떨떨해했다. 뜬금없이 그게 무슨 말이냐, 우리가 왜 그래야만 하느냐, 그런 표정이었다.

그럴 줄 알고 있었다는 듯 이희영이 빙긋 웃고 나서 말을 이었다.

"그런 게 왜 필요하냐 하면…, 우리가 이 옥사를 한쪽으로 치우쳐 본 게 아니라 객관적 입장을 견지하며 살펴왔다는 걸 후세 사람들에게 알려주기 위해섭니다. 그래야 우리가 남길 기록물의 가치가 더 높아집니다. 일방적으로 오산 공의 편에서만 보고 듣고 쓴 것으로 보이게 되면 단순한 참고자료 정도, 혹은 그 이하로 폄하되기 쉽다, 그런 말입니다."

그러더니 자기부터 말해보겠다며 말을 이었다.

"맹자께선 임금이 임금답지 못하면 충성을 바칠 이유가 없고, 군주가 부당하게 백성들을 괴롭히면 그 군주를 죽이거나 필부로 돌아가게 해도 무방하다 하셨지만, 오산 공께선 그런 말까지 입에 올리신 적은 없었지요. 하지만 교조적 주자학에 함몰돼있는 자들의 눈에는, 차별 없이 모두 잘 사는 대동사상 운운하고, 천문학과 풍수지리 등 민생과 밀접한 분야에 관심을 가져온 오산 공이 매우 불온 불순한 사람으로 비쳤을 수 있을 것입니다."

또한 오산 공이 계원들에게 들려주신 얘기 대부분은 경전에 나오거나 선현들의 말씀이었지만, 왕조 국가에선 용납하기 어려운 얘기들도 적지 않았다. '군주가 부당하게 백성들을 괴롭히면 그 군주를 죽여도 좋다'까진 아니었어도 '백성이 곧 하늘이며, 나라의 근본은 백성'이라느니, '하늘이 백성을 낳고 왕을 세워 그로 하여금 통치를 대행케 한 것'이라느니, '백성이 가장 존귀하고, 사직은 그다음이며, 임금은 가볍다'는 민귀군경설民貴君輕說 같은 게 동티가 됐을 가능성은 있다고 본다고 덧붙였다.

유선이 동감이라며 거들고 나섰다.

"그동안 조선의 산하山河는 모두 임금의 것이요, 백성들은 너나없이 임금을 극진히 모셔야 한다고 여겨왔는데, 어른께선 '나라는 모든 사람의 소유이며 어진 분이라면 누구든 임금으로 모실 수 있다'고 하셨으니, 왕실 등의 시각에선 '저건 반역이다', 그렇게 보았을 수도 있을 것입니다."

이번엔 권승빈이 잠시 머뭇거리다 한마디 보탰다.

"저도 괴이쩍게 여긴 게 있습니다. 요동에서 왔다는 의연 스님이라는 분은 '전주 남문 밖에 서린 왕기를 느껴 전주로 왔다' 했는데 그분이 말하는 왕기의 출처가 조상 대대로 전주 남문 밖에서 살아오신 계주님을 말하는 것이라는 건 누구나 다 짐작할 수 있었습니다. 또 지함두 도사 등 몇몇 분은 '죽도선생 주변에 용龍자가 들어간 지명이 많은 게 예사롭지 않다'고 떠벌였습니다. 물론 어른께선 의연 스님의 그 말을 하찮게 여기시긴 했지만, 그 정도로 그치실 게 아니라 단호히 내치시거나 입단속을 시켰어야 했던 게 아닐까 싶습니다. 당시 그런 말을 들을 때마다,

저는 이따금 '저러다 트집이라도 잡히면 어쩌려고 저러시는 걸까' 해서 걱정했었습니다."

오산 공 주변 지명에 '龍'자가 들어간 곳이 많은 건 사실이다. 오산 공의 조상 묘는 용암龍岩마을 뒤쪽에 있고, 죽도를 휘감고 흐르는 물은 용담龍潭이라고도 한다. 두 개의 봉우리가 마치 말의 귀처럼 생긴 진안 마이산은 한때 용출산龍出山으로 일컬어졌고, 지금도 여름이면 수목 사이로 드러나는 봉우리가 용의 뿔처럼 보인다 해서 용각봉龍角峯이라 한다.

'龍'자는 아니지만, 오산 공이 낙향해 살던 집은 제비산帝妃山 인근에 있었는데, 그 제비는 '황제의 아내'라는 뜻이니 곧 왕의 궁터라는 말이 된다.

그 집에서 내려다보이는 '올(來)터'*로 불리는 저수지를 두고, 인근 금산사 신도들은 '미륵님이 오실 터'라 했지만, 지함두 등은 '도잠 스님과 설청 스님도 정감록에 나오는 정씨 진인, 즉 죽도 어른께서 오신 터'를 뜻하는 게 분명하다고 떠벌였었다.

마이산의 지기地氣에 관한 얘기도 그들은 입줄에 올랐었다. 마이산은 전형적인 금산金山인데, 조선 왕실은 목木이라 오행상극의 '쇠가 나무를 이긴다'는 금극목金克木의 이치로 봐도 조선 왕실은 마이산의 강한 금 기운을 당할 수가 없다. 또 북서쪽으로 흐르다가, 다시 남서쪽으로 방향을 틀어 서해로 흘러 들어가는 금강은 활 모양을 하고 있는데, 구봉산과 운장산, 대둔산, 계룡산

---

* 지금은 '올터'가 변음된 '오리알 터'로도 불리며 공식 명칭은 원평 저수지다.

은 거의 일직선으로 늘어서 활줄을 연상케 하고, 마이산은 활줄을 받는 오늬 모습을 연상케 할 뿐 아니라, 그것들이 한성을 겨냥하는 모양새여서 만약 누군가 마이산을 근거지로 역란을 일으킨다면 그곳에서 잡아당긴 화살이 시위를 떠나 조선왕조로 향하기 때문에 나라가 무너질 것이라는 얘기도 전해져 왔다는 등등.

하긴 태종 대왕이 마이산에 천지탑을 쌓은 건 금기가 강한 마이산의 지기를 억제하기 위해서였다는 건 널리 알려진 얘기다.

"이건 막연한 제 추측이라서 매우 조심스럽긴 합니다만…. 여러 사람이 은근히 부추겼어도 처음엔 일소에 붙이셨던 계주님이 나중엔 많은 사람이 저토록 바라고 바라니, 내가 새로운 세상을 일구는 데 앞장서 볼까 하는 생각은 해봤을 수도 있었겠다. 싶었습니다."

'그렇게 여길 만한 근거라도 있느냐?'는 물음에 최윤후는 손사래를 치며 '제가 계주님이었다면 그랬을 수도 있을 것 같다는 얘기'라 했다.

"하지만 계주님께선 맹세컨대 그 어떤 준비는커녕 속내조차 내비치신 적도 없었습니다. 그건 확실합니다."

"대동계가 신분에 구애받지 않고, 천민들까지 다 받아들인 것부터가 경국대전에 명시된 신분제를 정면으로 거스른 것이며, 몰래 숨어서 한 건 아니지만 대동계가 매달 한 번이라도 군사훈련을 해온 것도 역모로 몰아붙이기 좋은 꼬투리가 되었을 것입니다."

"맞습니다. '역란에 투입할 군사를 조련해온 것'이라고 억지 쓰기 좋았겠지요."

좌중의 대화를 적어나가던 전대식이 붓을 놓으며 노기 섞인 목소리로 투덜거렸다.

"그분의 족친이라는 이유만으로 삼족을 멸해 절손된 동래 정 씨가 수두룩하다던데, 그래선 정말 안 되는 모진 짓이었습니다. 동아 속 썩는 건 밭 주인도 모른다는데, 만에 하나 오산 공께서 대역을 도모해오셨다 해도, 그런 얘기는 입 밖에 낼 수 있는 일이 아니고, 그렇다면 당연히 몰랐을 것이며, 집안사람들끼리 왕래도 할 수 있는 것인데 마구 잡아들여 애꿎은 사람을 너무나 많이 죽였습니다. 가해자들은 천벌을 받아 마땅합니다."

그는 여전히 노기를 누르지 못한 채 '동인 계열, 그것도 주로 전라도 사람이 절대다수인 천명도 넘는 사람을 죽이고 귀양 보내고 젊은 선비들의 앞길까지 막아버린 건 결코 용서해선 안 되는 일'이라며, '서인들은 아니라고 하겠지만, 제 눈에 이번 옥사는 명백한 특정 지역, 특정 파당 탄압을 위해 벌인 일이 분명하다' 했다.

무거운 침묵이 방안을 가득 채웠다. 잠시 후 그 침묵을 걷어낸 건 이희영이었다.

"이미 여러 번 말해왔지만 기축옥사는 서인들이 동인 세력을 제거하기 위해 기획하고 확대한 옥사였다는 게 점차 확연해지고 있습니다. 옥사가 2년 가까이 이어지면서 이루 다 헤아리기조차 어려울 정도로 많은 사람이 죽거나 귀양 가거나 다치게 했는데 그 책임소재를 묻고 따지자면 금상의 잘못이 가장 크다고 해야 할 것입니다. 그다음은 위관을 맡아 옥사를 혹독하게 몰고 간 정철이고요."

물론 세간에 알려진 정철의 악행 중엔, 피해자와 그 가족, 그리고 동인 측 인사들이 정철을 원망하고 비판하던 과정에서 부풀려지거나 과장된 것도 없진 않을 것이다.

"그래도 옥사를 확대한 빌미가 된 양천회 정암수의 상소가 정철의 지시로 이뤄졌고, 장독 등 고문 후유증으로 옥사에서, 귀양길에, 배소에서 죽은 사람 중 대부분도 그가 위관으로 있을 때 화를 입었다는 점으로 미루어 봐도 송강이 옥사를 주관할 때 유독 모질고 혹독했었다는 건 누구나 다 짐작해볼 수 있는 사실입니다."

그다음으로 죄를 물어야 할 자가 누구냐고 묻는다면 윤자신과 홍여순이라 할 수 있을 것이다. 그들이 전주 부윤으로, 전라도 순찰사로 내려와 있는 동안 화를 입은 사람이 오백 명도 넘는다고 하니까.

"오산 공과 함께 산행山行을 했다는 것만으로 정개청 선생을 살해했고, 그분을 따랐다는 이유만으로 역도로 내몰려 고신을 당한 끝에 목숨을 잃거나 유배된 이가 쉰 명을 넘습니다. 게다가 제자 4백여 명에겐 금고처분을 내려 벼슬길을 막아버렸습니다. 기가 막힌 일이었지요."

그러면서 기축옥사로 참화를 당한 사람 중엔 동인들이 단연 많았지만, 당파와는 무관한 백성들도 적지 않았고, 그 옥사 이후 호남에 반역지향反逆之鄕이라는 낙인이 찍힌 건 두고두고 조선의 큰 문젯거리가 될 것이라고 지적했다.

"호남 선비들이 거의 다 죽고 얼마 남아있지도 않지만, 간신히 살아남은 사람들도 대부분 과거 응시 자격을 박탈당하는 금고처분을 받았으니 조정에 진출하는 선비들의 수도 눈에 띄게 줄어들 것입니다."

"그렇겠지요. 차별도 심해질 것이고…. 또 송강이 일부 호남 선비들을 제 꼭두각시로 내세워 다른 쪽 호남 선비들을 무더기로 제거하면서 호남의 사류가 둘로 나뉘어 대립하고 서로 적대시하게 된 것도 큰 문젭니다."

"저 역시 송강이 왜 그렇게까지 했는지, 정말 모르겠습니다. 눈에 헛거미가 잡혀 일시적으로 사리 분별을 못 했던 게 아닐까 싶기도 하고…."

여기저기서 깊은 한숨 소리가 새 나왔다. 그 한숨 소리를 헤집고 전대식이 나섰다. 착 가라앉은 목소리엔 미처 다 억누르지 못한 노기가 섞여있었다.

"이번 옥사를 주도한 서인들은 나라와 백성이 혼돈에 빠지고 피멍이 드는 건 생각지 않고 제 놈들의 하찮은 야욕을 채우는 데만 급급했으니, 그 어리석기가 '낟가리에 불 질러 놓고 손발 쬘 놈들', '노적가리에 불 지르고 싸라기 주워 먹는 놈들'에 비유될 만합니다."

그 말의 무게 때문이었을까. 순식간에 분위기가 숙연해졌다.

이희영이 좌중의 분위기를 슬쩍 살피고 나선 전대식을 다독이듯 말했다.

"하지만 전 대교! 그동안 내가 정말 걱정해온 게 뭔지 아는가. 이번 옥사로 인해 점진적으로라도 체제를 바꿔보려던 개혁 성향의 동인 세력이 급격히 위축되면서, 그 자리를 새로운 것이나 변화를 두려워하며 과거와 지금의 것을 지켜내는 데 급급한 서인들이 꿰차고 국정을 계속 주도해 나가면 어쩌나, 그랬는데, 1년 반 만에 세력 교체가 이루어져 한시름 놓게 됐으니 그나마 다행 아닌가."

그 말을 끝내고 난 이희영이 이번엔 방 안에 있는 사람들과 일일이 눈을 맞추고 나서 진중한 표정과 목소리로 좀 길게 이야기를 풀어놓았다.

"우리가 이 일을 자청하고 나선 까닭이 있습니다. 아시겠지만, 진실이라는 건 최고의 가치이며 보호받고 존중돼야 할 덕목입니다. 진실을 추구하는 사람들이 없거나 모른 척 외면하면 금방 거짓이 세상을 지배하게 되고 악의 무리만 살아남을 게 뻔한 터라, 우리의 후손들이 그런 세상에서 살게 돼도 난 모르겠다, 그럴 수는 없었습니다. 옳고 그름을 가리는 건 훗날 우리 후손들에게 맡기더라도 우리가 살았던 시대에 있었던 일들을 사실 그대로 후세 사람들에게 알려주는 건 오늘을 사는 우리들의 몫이다 싶었습니다. 그래서 나선 것입니다. 아직 다 마무리가 된 건 아니지만, 쉽지 않아 보이던 그 일들, 벌써 절반 넘게 해낸 것 같습니다. 우리가 남길 서책엔 오산 공이 모반을 획책한 게 사실인가,

조작된 것인가를 명확하게 가려내는 데 도움이 될 만한 자료들은 물론, 대동계를 통해 그분이 이루고자 한 것은 무엇이었는지, 거기에다 수많은 인재를 몰살하다시피 해온 서인들의 죄상도 빼놓지 않고 다 담을 것입니다. 어쩌면 그것은 죽도 선생을 비롯 억울하게 세상을 떠나신 원혼들을 저승으로 편안히 모시기 위한 씻김굿 같은 것이라고도 할 수 있을 것입니다.… 이 일에 동참해 주신 여러분께 깊이 감사드립니다."

이희영이 말을 끝내고 모두에게 깊숙이 고개를 숙여 인사하자, 방 안에 있는 모든 사람 역시 두 사관의 용기와 신념에 경의를 표했다.

'그 서책의 제목도 생각해둔 게 있다'는 이희영에게 최윤후가 '그게 뭐냐?'고 물었다.

"오산 정여립 공 통원기痛寃記입니다.… 여러분 생각은 어떻습니까?"

"오산 정여립 공 통원기, 분하고 억울한 사연을 담은 기록물이라… 아주 좋습니다만, 그걸 어디다 보관하실 생각이십니까?"

또 최윤후였다. 아무리 애써 통원기를 만들어 놓아도 그게 서인들의 눈에 띄었다간 그 기록은 곧바로 불구덩이에 던져질 것이고, 관련자 모두가 목숨까지 내놓아야 할지도 모른다. 그렇다면 만드는 것 못지않게 어디에 보관할 것인가도 매우 중요하니, 그것도 미리 정해 놓는 게 좋을 것이다.

이희영과 전대식은 아직 거기까진 생각해보지 못했는지, 곧바로 대답을 내놓지 못했다. 다들 생각에 잠겨 있는데 최윤후가 조심스럽게 입을 열었다.

"통원기가 완성되면 세 권을 더 필사해 오동나무 상자 안에 넣어 각기 따로 보관하는 게 어떨까 싶습니다. 원본은 여기 마뫼암에 탑을 세워 그 밑에 봉안하고 필사본은 죽도 서실 터를 비롯해 세 곳에 파묻어 보관한다면.…"

최윤후가 채 말을 다 끝내기도 전에 이희영이 반색하며 무릎까지 치면서 말했다.

"그거 참 좋은 생각이십니다."

전대식도 묘안이라고 찬동했다.

최윤후는 '곧 탑을 축조하는데 필요한 준비를 서두르겠다'고 약속했다.

이희영이 '마지막으로 하고 싶은 얘기가 있다' 했다. 또 무슨 얘긴가 해서 모두 궁금해하며 눈과 귀를 모았다. 그가 또박또박 말했다.

"사람이 아무 생각 없이 숨 쉬고 먹는 것으로 생명을 이어간다면 짐승들과 뭐가 다르겠습니까. 사람은 마땅히 어떤 것이 옳고 그른 것인지 판별하고 깨닫고 개선해 나가는 데 관심을 가져야 합니다. 그래야 세상이 조금씩이라도 나아지고 발전하는 것이지요."

'그런 의식과 여망을 가진 수백, 수천, 수만 사람의 뜻이 모이고 덩이가 되면, 모두가 함께 잘 살아가는 대동 세상도 이룰 수 있을 것'이라고도 했다.

"대동 세상을 두고 '꿈같은 얘기'라거나, '우리 살아생전에 그런 세상이 오겠느냐며 지레 포기해버리면 그런 세상은 영영 오지 않을 것입니다. 현실적인 제약 때문에 우리 생전엔 못 보더라도 내 자식 세대, 손자 세대, 그 후 세대라도 우리 후손들이 대동 세상에서 화평하게 살 수 있게 우리가 그 기반을 닦아 나가야 합니다."

그렇게 하려면 늘 정신 바짝 차리고 깨어있어야 하며, 주변 사람들에게 '포기하지 말고, 절망만 하지 말고, 두 눈 부릅뜬 채 지켜보고, 두 귀 바짝 세워 듣고 생각하며 마음속으로라도 비판도 가해야 한다'고 강조했다. 대동은 유교의 지향점이기도 하니, 유교의 나라 조선에서도 대동 세상은 이룰 수 있고 그래야 마땅하다고도 했다.

"신분적 평등을 추구한다 해서 모든 사람이 다 똑같아져야 한다는 건 아닙니다. 그런 세상은 그 어디에도 없고, 있을 수도 없습니다. 예컨대 모든 사람이 다 똑같이 양반 노릇만 하려고 들면, 농사는 누가 짓고, 옷은 누가 만들며, 집은 누가 짓겠어요. 각자 하는 일과 사회적 위치에 따라 차이는 분명히 존재하고 용인돼야 합니다."

다만 그런 차이가 차별로 이어져선 안 된다, 그래야 모두 함께 화평하게 잘 사는 세상을 일궈나갈 수 있는 것이라 덧붙였다.

막 자정子正을 넘긴 야밤이었다. 도성 안은 칠흑 같은 어둠과 괴괴한 정적 속에 가라앉아 있다. 돌연 하늘에 자그마한 불꽃

몇 개가 피어올랐다.

"어, 어? 저, 저게 뭐야?"

한 순라군의 소스라침에 동료들이 일제히 고개를 쳐들었다.

"저, 저건 풍등 같은데…. 한데 이 밤중에 웬 풍등?"

"한두 개도 아니고, 하나나 둘 셋 넷…. 여덟 개네. 뭔가 좀 수상한데?"

"수상하면 뭘 어쩔 건데?"

어쩌긴 뭘 어쩌겠는가. 하늘로 치솟아 둥둥 떠다니는 풍등을 끌어 내릴 수도 없고, 그 안에 뭐가 있는지 들여다볼 수도 없는데.… 궐 안에도 눈 달린 순라군들이 있으니 그들도 보고 있을 것이다. 풍등들은 남풍에 떠밀려 앞서거니 뒤서거니, 더러는 옆으로 삐져나가기도 하면서 춤추듯 흐느적거리며 도성 안으로 들어갔다.

다음날, 날이 밝으면서 도성 안 곳곳에서 바람을 타고 날아오다 하늘 높이 띄워준 불이 꺼지면서 추락한 풍등들의 잔해가 곳곳에서 발견됐다. 또한 풍등에 매달려 있던 글쪽지들은 바람을 타고 산지사방으로 흩어졌다. 그 쪽지들이 많은 사람들의 눈길을 모았다.

이목구비 달려있긴 너도나도 마찬가지,
먹고 입고 똥 싸기는 사람마다 똑같은데
두냥닷푼 양반들의 사람차별 지독하네.
동서인의 싸움질로 나라꼴은 쇠퇴일로

> 방방곡곡 탐관오리 백성들은 살기 막막.
> 나오느니 한숨이요 흐르느니 눈물이네.
> 백성들아 숨지 말자, 깨어있자, 저항하자.
> 우리 모두 힘을 모아 풍진風塵세상 물리치고
> 차별 없는 상생 화합 대동 세상 이뤄보세.

풍등에 실려 곳곳에 뿌려진 글쪽지들은 그보다 훨씬 더 많고 무성한 소문으로 다시 살아나 더 빠르게, 더 멀리 퍼져나갔다.

얼마 후엔 그 쪽지 글에 노랫가락을 붙여 은밀히 흥얼거리는 사람들까지 차츰 늘어나기 시작했다.

그 무렵, 왜인들은 30여 만에 달하는 병력 중 20만을 동원, 조선을 침공할 준비를 끝내고 풍향風向 등을 살펴가며 출항 명령이 떨어지기만을 기다리고 있었다.

하지만 조선에선 왕도, 신료들도, 민초들도 왜구들이 곧 몰려올 것이라는 걸 짐작조차 하는 사람은 없다시피 했다.

김용상 장편소설
黨爭의 쏘시개로 스러진 先覺者 정여립

인쇄 2023년 11월 20일
발행 2023년 11월 25일

지은이 김용상
발행인 서정환
펴낸곳 신아출판사
주소 서울시 종로구 삼일대로 32길 36(익선동 30-6 운현신화타워) 305호
전화 (02) 3675-3885, (063) 275-4000
팩스 (063) 274-3131
이메일 munye888@naver.com, sina321@hanmail.net
출판등록 제465-1984-000004호
인쇄·제본 신아문예사

저작권자 ⓒ 2023, 김용상
이 책의 저작권은 저자에게 있습니다. 서면에 의한 저자의 허락없이 내용의 일부를
인용하거나 발췌하는 것을 금합니다.
COPYRIGHT ⓒ 2023, by Kim Yongsang
All rights reserved including the rights of reproduction in whole or in part in any form.
잘못된 책은 바꿔 드립니다.

ISBN 979-11-93055-50-2   03810
값 16,800원

Printed in KOREA

* 이 도서는 2023년 전주도서관 출판 제작지원 사업 선정작입니다.